THANATEA

DE LA MÊME AUTRICE

Série Hannah Baxter

Dust, Denoël, 2015
Quand la neige danse, Denoël, 2016
Récidive, Denoël, 2017
L'Homme de la plaine du Nord, Denoël, 2020

Cataractes, Denoël, 2019
Boréal, Denoël, 2018
Le Dernier Chant, Denoël, 2021
Abîmes, Denoël, 2022

NOUVELLES

Phobia, 2018
Arthur, 2018

SONJA DELZONGLE

THANATEA

fleuvenoir

ISBN : 978-2-265-15617-3

Dépôt légal : mars 2023

À toutes les Sara,
À la vie, à la mort.

Am stram gram

Une fois encore, depuis que l'homme enterre ses morts, la terre accueille pour son ultime voyage une dépouille enfermée dans la nacelle capitonnée.

Tandis que le cercueil descend dans la fosse, deux femmes pleurent en silence sans oser se regarder, de peur de voir en l'autre leurs propres sentiments. Peine, chagrin, douleur, incompréhension et, sans doute, le plus lourd de tous, la culpabilité. Plus pesante que cette caisse qui, dans quelques instants, disparaîtra sous des pelletées de terre et de cailloux. Plus écrasante que ces pierres qui plombent leur ventre à l'idée qu'elles ne la reverront plus jamais. Que ça aurait pu être elles. Que ça aurait *dû* être elles.

Esther, Layla, Hélène. Elles se connaissent depuis toujours. Aujourd'hui, l'une d'elles est couchée dans cette boîte scellée. Les deux qui restent la regardent s'enfoncer dans la fosse, comme si, à l'intérieur, il y avait un peu d'elles-mêmes. Les yeux de l'une sont gonflés à force de larmes derrière les verres fumés. Ceux de l'autre, clouée sur un fauteuil roulant, sont restés secs.

Il fait beau, parce que la nature ignore les enterrements. Ce n'est pas pour l'occasion qu'un petit vent fait chanter les peupliers, que les cyprès bruissent en chœur et que les cigales cymbalisent dans la douce chaleur de ce début de juin. La nature ignore les occasions et le temps qui passe. Elle ignore aussi laquelle d'Esther, de Layla ou d'Hélène est dans ce cercueil qui, déjà, résonne sourdement de la terre dont on le recouvre. À l'instar de bien des secrets.

Am stram gram.

Personne

Un casque de boue dégoulinant jusque dans la nuque, le visage frappé de gouttes de pluie aussi grosses que des billes, ses pieds nus en sang, elle n'est plus que l'une de ces ombres qui vacillent dans les éclairs crépitants. Quelque part, sur la rive, de petites lumières s'affolent. Trop loin, inatteignables, telles des outres crevées, les nuages déversent sur la terre et sur sa peau souillée des gerbes d'eau glacée. Elle ne sait plus depuis combien de temps elle court. Ni pourquoi. Elle ne sait pas à qui et à quoi elle doit échapper, mais elle continue de courir sur ce sol irrégulier qui lui entaille la chair. Que s'est-il passé ? Elle n'en a plus aucun souvenir. Juste la vision d'une lumière aveuglante, en même temps qu'une déflagration étourdissante. Puis tout est devenu sombre. À présent, le long de la barrière de rochers, les vagues se soulèvent, monstrueuses, et retombent de toute leur masse, telles des orques, mâchoires ouvertes sur leur proie. Que fait-elle dans cet endroit perdu ? Pourquoi est-elle ici ? Peut-être parce qu'elle aussi est perdue…

Elle aperçoit soudain les croix d'un vieux cimetière, surgissant du rideau liquide, épées plantées dans des corps de terre, penchées dans tous les sens, titubantes, comme elle, dans la tempête. Elle trébuche sur l'une d'elles qui gît au sol, et manque de chuter. Elle tourne sur elle-même, planète égarée dans les ténèbres. Ses vêtements en lambeaux ne forment plus qu'un avec sa peau. Elle n'a plus mal, ne sent plus le feu sur son corps. Ni même à l'intérieur. L'eau a tout éteint. Sauf la seule étincelle qui lui reste. Fragile et vaine. L'espoir.

Un regard sur ses mains. Rivières saillantes, les écorchures et les coupures plus profondes sont pleines de terre. La terre qui les a avalés, elle et ses souvenirs. La mémoire lui revient pourtant par bribes, par rafales, charriant ce qu'elle a voulu oublier. Sur sa poitrine une chaînette et un médaillon en argent. Un prénom y est gravé. Un éclair cisaille le ciel, illuminant l'arbre qui lui apparaît dans la clarté éphémère. La flamme de la forêt. Ses fleurs sont des gouttes de sang. Éclaboussures vermeilles dans la nuit électrique. Il se dresse devant elle comme un supplicié sur la roue. Écartelé, frappé, mutilé par un vent implacable. Il hurle de toutes ses branches et de toutes ses ramilles. Alors qu'elle va se réfugier dessous, l'une d'elles vient lui fouetter le visage. L'entaille, du sourcil gauche au bas de la joue droite, est nette, aussi fine qu'un trait au crayon. Le sang ne coule pas. Même lui ne peut pas s'échapper.

Craquements, gémissements juste au-dessus d'elle. L'obscurité se fissure de toutes parts. Elle n'est plus qu'eau ruisselante, torrents de boue et chaos. Le tronc, court et trapu, résiste, mais l'abri est incertain. Elle délie les doigts refermés sur le médaillon. Il n'est même pas gravé à son nom. Elle n'est personne et personne ne la trouvera.

À cet instant, dans un flash, un grésillement intense déchire l'obscurité. L'arbre s'embrase comme une torche. La flamme de la forêt brûle alors que la mémoire lui revient. Elle se souvient enfin de tout. Elle est venue ici pour mourir.

1

Plusieurs semaines avant l'enterrement

— Alors, c'est le grand jour…

La voix de Layla résonna entre les omoplates et sur la nuque d'Esther. Son binôme, son équipière, et son amie de toujours. Elles avaient grandi dans la même cité, à l'époque où tous cohabitaient dans un joyeux mélange. Immigrés italiens, portugais, polonais, yougoslaves, juifs, arabes. Avant que le monde ne devienne noir et blanc, un monde sans nuances. Un monde de colère et de violence. De mépris et de haine de la différence.

Esther se retourna. Oui, c'était aujourd'hui.

— Je ne sais pas si c'est le *grand jour*, c'est peut-être juste un jour parmi tant d'autres.

Les yeux de Layla braqués sur elle. Chargés d'interrogations et de tristesse. Leur douceur et leur espièglerie. Comme ils allaient lui manquer.

— T'as raison, c'est juste un jour parmi tant d'autres, mais un *putain* de jour puisque c'est le dernier que tu passes ici, avec nous.

Layla, trop pudique pour dire « avec moi ». Esther se pressa les paupières avec le pouce et l'index.

— Tsss ! Non, non, pas de ça, Lay… On a dit que non, tu te rappelles ? On ne chialera pas comme des gonzesses !

— Je sais, mais ça fait quand même bizarre et surtout, ça fait chier. *Tu* fais chier…

Quand Layla prenait sa mine boudeuse de sale gosse, sa fossette au menton se creusait un peu plus. Elle avait ramassé ses cheveux sur le haut de son crâne, en une boule où étaient piquées deux pointes en bois laqué. Défaits, ils partaient en une tornade noire et lui donnaient l'air d'un frison, son cheval préféré, qu'elle s'était promis de s'offrir un jour.

— Viens là…

Esther la serra dans ses bras. Elle n'en menait pas large non plus.

— Je sais que tu me pardonneras, soupira-t-elle dans le cou de son amie.

Toujours ce parfum de cocotte depuis des années. Esther n'avait jamais osé lui avouer à quel point il lui filait la gerbe. La même odeur que les désodorisants de bagnole. Mais elle était prête à tout pour son amie, y compris mettre son nez à l'épreuve.

— Je t'ai déjà pardonné, Chups… grogna Layla en se dégageant doucement de l'étreinte. Mais c'est dur quand même.

Chups… Ça leur était resté de l'enfance. Comme tant d'autres choses. Tant de souvenirs. Un vrai collier de perles au goût sucré. Amer aussi, parfois. Layla était « Chupa » et Esther « Chups ».

— Tu viendras me voir, hein, t'as pas intérêt à m'oublier ! rit-elle.

— Bon, on va le boire, ce verre ? éluda Layla.

À l'aube de la quarantaine, Esther se demandait si elle était vraiment prête à tout quitter. Un peu tard pour se raviser. Les meubles les plus lourds attendaient les déménageurs, et l'état des lieux était prévu pour le lendemain.

Avec Layla, dès le lycée, en première, leur choix professionnel s'était porté sur la police. Elles formaient en ce temps-là une équipe soudée par l'amitié et les rêves. Tout ce qu'il fallait pour changer le monde. Comprenant rapidement, et à leurs dépens, que ce dernier projet était peut-être un peu trop ambitieux, elles avaient décidé que lui venir en aide serait déjà une bonne chose.

Et voilà, bientôt vingt années à traquer les criminels, qui s'étaient écoulées à la vitesse d'une comète. Qu'Esther soit montée en grade plus rapidement que Layla n'avait pas ébranlé leur amitié ni leur pacte. « Avec mes origines, je peux déjà m'estimer heureuse de faire partie de la maison », avait souri Layla devant son amie, tout embarrassée de lui annoncer la nouvelle. Promue lieutenante à trente et un ans. Une ascension qui concluait de belles années à la police judiciaire d'Auxerre, après un passage difficile en banlieue parisienne, et qui se concrétisait par une mutation à Lyon la même année. Layla l'avait suivie comme son ombre dès qu'elle avait pu. Mais aujourd'hui, Esther quittait la police, sa famille.

Ces cinq dernières années, peut-être même dix, le climat social s'était gâté en France et les forces de l'ordre en faisaient les frais chaque jour.

— Marre de risquer ma vie pour un simple contrôle d'identité, de voir des collègues se faire agresser ou immoler dans leur voiture et trembler de me retrouver à leur place, sans parler des quarante suicides de flics par an… Je ne veux pas en arriver là, j'ai déjà donné, s'était justifiée Esther auprès de Layla dont le regard se chargea de cumulus d'incompréhension et de reproches lorsqu'elle apprit la décision de son amie.

— Et *nous* ? Tu y as pensé ?

Cette double question avait sonné comme un appel désespéré. Cette question qui tombe au moment d'une rupture. *Et nous ?…*

— Nous, ça ne change pas et ça ne changera jamais. Chupa et Chups, c'est pour toujours, lui avait dit Esther, les deux index crochetés. Et puis ce n'est pas si loin, la Suisse. Tu viendras me voir. Je suis sûre que tu vas adorer le coin, le Léman, la vue sur Évian, sur Thonon…

— Je n'ai déjà pas le temps de m'occuper de Nour, alors la Suisse…

Nour, la petite étoile de Layla, bientôt cinq ans, la plupart du temps chez ses grands-parents, pour leur plus grand bonheur. Et pour la plus grande culpabilité de sa mère.

En effet, la Suisse n'était pas loin. Mais là où allait Esther, Layla ne pouvait pas la rejoindre. Il n'y avait pas de travail en binôme ou en équipe, là-bas. Esther changeait de vie. Peu après sa démission, elle avait dégotté une annonce dont la singularité l'avait intriguée. Une société installée sur les bords du Léman cherchait « un·e préposé·e au café ». Esther avait écarquillé les yeux et relu le début au moins trois fois avant de poursuivre. S'attardant surtout sur le salaire. Même avec son grade et son ancienneté dans la PJ, elle n'aurait pu espérer la moitié de ce qui était proposé. Cinq mille euros net. Pour préparer et servir du café !

Certaines aptitudes et connaissances en la matière étaient requises, ainsi qu'un CV avec photo. Pas de diplômes ni d'études particulières. Seulement ça, s'y connaître en arômes ainsi qu'en taux de caféine et bien présenter. *Préposée au café*, s'était-elle amusée en s'imaginant dans ce rôle. Car, clairement, ce serait un rôle pour elle. À l'opposé de la femme qu'elle était, un peu garçon manqué sans paraître trop masculine, sportive, active, mais pas ménagère pour deux sous. Pourtant, ce poste faisait, quelque part, écho à son histoire.

Un jour, elle avait entendu un de ses oncles, de retour de ce qui était encore la Yougoslavie communiste des années 1980, raconter sa visite d'une entreprise d'État dans laquelle une femme avait été embauchée pour préparer du café aux employés. Du café turc dont la confection était tout un art, en même temps qu'un savoir-faire ancestral. Doser le café et le sucre, le moudre à la main au moulin, un objet tubulaire en cuivre, obtenir une poudre aussi fine que du sable des Seychelles. Cette femme était là depuis une quarantaine d'années. Quarante années à faire du café chaque jour. Quarante années à se tenir à disposition de salariés dont elle connaissait sans doute des parcelles, voire plus, de vie intime, pour les avoir entendus, observés, scrutés derrière son comptoir, en répétant les mêmes gestes. Une sorte d'automate ou de meuble, auquel on finissait par ne plus faire attention. C'était exactement ce dont Esther avait besoin. Se faire oublier.

Cette histoire l'avait marquée au point qu'elle s'était passionnée pour les différentes façons de préparer le café et s'était éprise de la variété de ses saveurs. Corsée, amère, serrée, ronde, fruitée, suave, épicée, cacaotée… Et voilà qu'elle tombait sur cette annonce. C'était un signe. Elle voulait en tout cas y croire. N'ayant rien à perdre, elle avait postulé. Envoi d'un CV édulcoré avec photo et lettre de motivation, où il n'était naturellement pas question de son métier de flic à la PJ.

La réponse était arrivée sans tarder, sous la forme d'un appel téléphonique. Une voix de femme, quelque peu monocorde, lui avait fait part de l'intérêt que son profil et ses connaissances avaient suscité.

— Il nous faut quelqu'un de fiable, ponctuel, sans excentricité et qui ne compte pas ses efforts, avait précisé la directrice des ressources humaines d'un ton strict.

Sur ce dernier point, Esther était sûre de cocher la case. Tout comme sur l'absence d'excentricité, trait de caractère qui l'avait toujours mise sur ses gardes. À ses yeux, une personnalité excentrique avait soit des choses à cacher, soit un problème d'ordre psy. Un avis assez radical, elle l'admettait.

— Je peux vous demander quel est le secteur d'activité de l'entreprise ?

Il n'était pas précisé dans l'annonce, comme cela se produisait lorsqu'il s'agissait d'arnaques ou de recherches d'*escorts* par exemple. La localisation, quant à elle, demeurait aussi imprécise : quelque part en Suisse, « sur les bords du lac Léman ».

Quoi qu'il en soit, c'était un poste plutôt insolite et l'insolite avait toujours plu à Esther.

— Nous sommes sur un marché extrêmement lucratif, ce qui explique le salaire mensuel, avait répondu la DRH.

— C'est-à-dire ? L'automobile ? L'informatique ? Les nouvelles technologies ?

— Non, rien de tout ça. Notre secteur est plus pérenne. Je dirais même qu'il touche à l'éternité. La mort, madame, est un secteur inépuisable, en particulier aujourd'hui, avec les pandémies et l'explosion des cancers. Nous sommes une entreprise de pompes funèbres, une multinationale qui emploie cent mille personnes dans le monde et crée environ dix mille postes par an. Son nom est Thanatea.

2

— Hélène ne vient pas ? demanda Esther, tenant un gobelet recyclable rempli d'un vin rouge râpeux.

— Je ne sais pas. Elle a dit qu'elle passerait, mais tu sais comment elle est, souffla Layla qui avait opté pour un jus de pomme. Ah ben tiens, quand on parle de la louve...

Aussitôt, Esther s'approcha de la nouvelle venue, un gobelet vide à la main.

— Rouge ? Rosé ? Champagne ? Désolée de t'en proposer là-dedans...

— Non merci. Je ne reste pas. Comment tu te sens pour ce dernier jour ?

— Plus légère.

— Tu m'étonnes, huit cent trente grammes de SIG-Sauer en moins, sans compter le holster, ça fait la différence, la taquina Layla en sirotant son jus.

— Pas chargé alors le SIG, sourit Esther.

Elle brandit ensuite son verre dans un geste conciliant.

— Allez, les filles, comme au bon vieux temps ! Tchin ! Et promettez-moi une chose...

— Ah non, pas de promesses qu'on ne tiendra pas !

— Cette fois, ma chérie, tu feras une exception, grogna Esther. Donc, jurez-moi de prendre soin de vous.

— Dans ce cas, on doit commencer par changer de taf.

— Jurez-moi aussi de ne pas vous prendre le bec, continua Esther. L'union fait la force. Et vous devrez être fortes.

— Sans toi, ça va être compliqué, soupira Layla.

Esther leva les yeux au plafond.

— Lay…

— On va essayer, promis, dit Hélène.

Esther tourna la tête vers elle, croisant son regard clair et déterminé. Depuis son cancer du sein, celle-ci avait perdu quinze kilos, ce qui, sur quatre-vingts de muscles, ne se voyait pas trop. Et elle faisait presque un mètre quatre-vingts. Esther l'avait connue avant de rencontrer Layla, arrivée un peu plus tard dans la cité et avec laquelle elle avait tout de suite bien accroché. Elle avait été le trait d'union entre les deux filles, qu'a priori tout opposait. Dans la famille ouvrière d'Hélène, le racisme anti-Noirs et anti-Maghrébins était assumé, alors que Layla, sa mère et son jeune frère Icham étaient entrés clandestinement en France après avoir vécu dans le bidonville de Casablanca. Mais la fraîcheur et l'indulgence de l'enfance, avec la douceur de quelques rêves communs et l'espoir de les réaliser, avaient réussi à transcender leurs différences. Un temps du moins.

Au fil des années passées dans la police, en effet, le climat social devint de plus en plus criminogène, Hélène imputait cela à un laxisme de la justice et à une politique d'immigration trop souple, ce qui la confortait dans ses affinités avec l'extrême droite.

De son côté, Layla demeurait convaincue que les gouvernements successifs avaient échoué dans le domaine de la sécurité et qu'on accablait toujours les mêmes pour de mauvaises raisons. Leur amitié, déjà improbable, s'était distendue comme un vieil élastique et Esther était restée le pilier du trio.

— Merci, Hélène. Et toi ? Ça va ?

— Un peu compliqué en ce moment, mais qu'est-ce qui ne l'est pas, aujourd'hui ! Bon, les filles, je vous laisse.

— Déjà ?

— Oui, désolée. Je n'ai pas trop le cœur à la fête ce soir, je voulais juste te dire au revoir. Prends soin de toi, Azoulay, et donne des nouvelles !

Étonnées par cette sortie particulièrement précoce, Esther et Layla la regardèrent en silence s'éloigner à grands pas, puis disparaître de leur champ de vision.

— Ça n'a pas l'air d'aller fort, Gorce… soupira Esther, le nez dans son verre presque vide. Et moi non plus d'ailleurs, je suis à sec !

— Et si on arrangeait ça ?

Cette voix dans son dos. Une voix qu'elle ne connaissait que trop. Qu'elle ne redoutait que trop. Qu'elle n'avait que trop entendue, sur tous les tons. Elle lui fit l'effet d'un seau d'eau glacée sur la tête et la nuque. Les jambes en coton, Esther se retourna lentement, déployant un effort surhumain pour contenir le tremblement qui gagnait ses membres et les muscles de son visage. Une sorte de réflexe de Pavlov de l'ancienne victime face à son ex-bourreau.

— D'Orsay ? parvint-elle à prononcer dans un filet de voix.

Stupéfaite, Layla observait son amie. Où était passée la lieutenante Esther Azoulay qui, pleine d'assurance, tenait effrontément la dragée haute à ses collègues masculins ? La voir se liquéfier ainsi devant ce type lui fit presque mal.

Un sourire carnassier souleva les lèvres de l'homme en question. Esther inspira un grand coup et se ressaisit. Mais l'autre avait eu le temps de jouir de son effet. Marc d'Orsay. Son ancien coéquipier et binôme. Promu lieutenant lui aussi à Lyon. Et, récemment, capitaine à la PJ de Marseille où il était arrivé sept ans auparavant, en 2015.

Il avait transformé la première année d'Esther à Lyon en enfer. Elle n'en avait jamais parlé à ses proches, pas même à Layla. Devant l'étonnement de son amie qui s'inquiétait de son corps amaigri et de ses traits tirés, Esther s'était contentée de répondre que c'était dû au changement d'air et à un travail de dingue aux Minguettes, l'une des grandes plaques tournantes du crime organisé, de la drogue et du trafic d'armes. Layla avait fait semblant de la croire et avait respecté son silence.

Esther avait connu Marc d'Orsay avant Romain, qui avait été un pansement posé sur une plaie à vif, elle le réalisait. Et maintenant qu'elle s'était enfin débarrassée de sa compresse, la blessure encore purulente menaçait de se rouvrir.

Peu de femmes savaient résister à d'Orsay. Sa beauté sauvage et animale, son regard magnétique, son intelligence bien supérieure à la moyenne, lui donnaient un net avantage sur la plupart de ses « victimes ».

Le dérapage avait eu lieu la nuit, dans sa voiture, quand il avait proposé à Esther de la ramener chez elle. Ils avaient terminé au lit. Tout avait été à peu près normal pendant quelques semaines. Sauf que, par la suite, Esther n'avait pas compris ce qui lui arrivait. D'Orsay s'était mis peu à peu à souffler le chaud et le froid à sa guise. Lors d'accrochages de plus en plus fréquents, il rejetait chaque fois la faute sur Esther avec un certain plaisir, en activant le bouton « culpabilité ». Même le jour où elle avait appris par une collègue compatissante qu'elle n'était pas la seule à profiter du lit de Marc, Esther s'était sentie fautive, se disant que s'il allait voir ailleurs, c'était sans doute parce qu'elle ne le comblait pas. Très rapidement, d'Orsay était parvenu à la dépouiller de huit kilos et d'une bonne partie de sa personnalité. Elle n'était plus que l'ombre d'elle-même, une sorte de transparence fragile, d'âme errante sortie du corps.

Au bout de sept mois, après qu'il l'eut piétinée comme un paillasson en lui infligeant une dixième rupture, ruptures à la suite desquelles il revenait toujours la chercher en pleurant qu'il ne pouvait vivre sans elle, Esther, à deux doigts de l'internement, avait pris rendez-vous chez une psychiatre réputée, Irène Cossowitz. Là encore, pour essayer de mieux comprendre Marc, car elle était persuadée que quelque chose clochait en elle, qui expliquait qu'elle ne parvenait pas à le rendre heureux.

Mais la psy avait tout de suite donné un nom au mal dont souffrait Esther : l'emprise. Elle avait mis un moment à dessiller les yeux de sa patiente, sans se décourager pour autant. Elle en avait vu plus d'une dans cet état, parfois pire. Elle avait même connu un suicide qu'elle n'avait pu empêcher.

Un jour, au cours d'une séance, sans prévenir, le déclic s'était fait dans le cerveau d'Esther. L'accouchement douloureux de son inconscient, d'un événement traumatique à l'origine de ses rapports particuliers aux hommes dans une dynamique d'autodestruction. Irène avait cette fois utilisé l'hypnose. Au cours d'un voyage temporel, Esther s'était alors revue enfant, à six ans, puis à huit, à neuf, prépubère et, enfin, adolescente. À n'importe lequel de ces âges, le même cauchemar la poursuivait, lui collait à la peau comme ces mains et ces doigts rugueux sur ses cuisses, ses fesses, son sexe nu. « Ce sera notre petit secret, n'est-ce pas ? Tu es une gentille fille, hein, Esther ! » lui susurrait une voix bien réelle. « Tu ne trahirais pas ton tonton adoré, n'est-ce pas ? » David, le frère cadet de sa mère, qui, déjà toute petite, la faisait sauter sur ses genoux. Elle ne l'avait jamais trahi, parce qu'elle savait garder les secrets. Parce qu'elle ne voulait pas causer du tort à son oncle chéri qui avait toujours joué avec elle, doté des meilleures intentions du monde. C'était là que tout avait commencé. Les prédateurs comme Marc d'Orsay reniflaient la proie idéale à des kilomètres. Les cœurs meurtris, prêts à les accueillir dans leur intimité, à tout leur donner. Ses victimes ne se rendaient compte du piège que trop tard, lorsqu'elles étaient déjà engluées dans la toile. Et même si elles réussissaient à s'échapper de leurs filets, l'emprise continuait, souterraine, pernicieuse, malsaine. Comme avec la drogue, il suffisait de peu de choses pour replonger. Esther le savait et avait gagné en lucidité, mais l'effet que lui fit d'Orsay, qu'elle ne s'attendait pas à voir à son pot d'adieu, rouvrait ses failles. Malgré tout ce qu'elle avait vécu depuis, malgré Sara, malgré sa force, que son travail et sa volonté avaient façonnée, la carapace se craquelait de nouveau. D'Orsay était à Esther ce qu'une seringue était à un ex-camé. Tentation et répulsion.

— Content de te voir en tout cas, tu es radieuse, enchaîna Marc qui se tenait tout près d'elle.

Trop près. C'était comme si on lui enfonçait subitement un pieu dans les tempes. La douleur, vive, avait surgi en même temps que d'Orsay sous ses yeux. Par réflexe, elle s'éloigna sans un mot, chancelante.

— Ça va, ma belle ? s'inquiéta Layla, la main posée sur le bras d'Esther.

— Oui, oui, c'est... c'est le rouge, il m'a déclenché une sale migraine, je crois. Je ne vais pas tarder.

— Oh, s'il te plaît, ma chérie, reste encore un peu... C'est ton soir... Notre dernier...

— Arrête ton char, Lay, c'est certainement pas notre dernier soir, non !

— J'ai un cacheton si tu veux, ça te fera du bien.

— Merci, docteure Bennani, ça va aller, souffla Esther en esquissant un pauvre sourire.

Mais d'Orsay, alors distancé, les rattrapa.

— Je te ramène ? proposa-t-il en se plantant devant elle.

La douleur vrilla la tête d'Esther de plus belle.

— J'ai ma voiture, merci, lui balança-t-elle sèchement avant de rejoindre le buffet avec Layla.

Vingt minutes et un verre plus tard, encore affectée par ces détestables retrouvailles, Esther annonça cette fois plus fermement à Layla qu'elle rentrait chez elle. Elle avait de la route à faire le lendemain avant de prendre possession de son nouveau logement, un logement de fonction fourni par son futur employeur. Après quelques étreintes et embrassades émues avec ses collègues, la dernière et la plus longue étant pour Layla à qui elle promit de donner des nouvelles une fois installée, le sac rempli de cadeaux inutiles, Esther sortit sans se retourner de l'immeuble moderne et sans âme de la PJ de Lyon pour se diriger vers sa voiture à travers le parking silencieux et désert. Il n'était pas loin de 22 heures, elle n'avait pas prévu de rester si longtemps.

Au moment où elle ouvrit la portière de sa Jeep, deux mains puissantes la plaquèrent contre le véhicule, rendant impossible toute tentative de fuite.

— Alors, comme ça, tu n'as même pas pensé à m'inviter à ton pot de départ ? grinça la voix de Marc au creux de son oreille, dans des effluves d'alcool et de cigare. C'est pas grave, ma jolie, tu vois, dès que j'ai appris pour ta petite sauterie, je suis venu tout seul, comme un grand. J'avais très envie de te revoir. Même si ce n'est pas réciproque. Mais personne ne te connaît comme moi, Azoulay. Personne ne sait qui tu es vraiment. Sauf moi. Tu peux te tirer au bout du monde, je te retrouverai toujours. Tu entends… toujours. Et tu payeras ce que tu m'as fait. Cher, très cher.

Les mains lâchèrent leur prise aussi soudainement qu'elles l'avaient immobilisée. Le temps qu'Esther reprenne ses esprits et fasse volte-face, son ex-bourreau avait disparu dans la nuit, la laissant seule avec ses tempes qui, transpercées d'une lance, pulsaient comme jamais.

3

Thanatea. Un nom qui sonnait comme celui d'une femme ou d'une déesse. Un mot plutôt agréable, exotique, à condition de ne pas en connaître l'origine grecque, *thanatos*, la mort. Le plus long des voyages. L'éternité.

Une autre qu'Esther aurait sûrement été refroidie, assez en tout cas pour décliner aussitôt l'offre d'emploi. Pas elle. Durant toutes ces années passées dans la police, Esther avait côtoyé la mort sous ses aspects les plus sombres, les plus violents. Non seulement sur les scènes de crime, mais aussi lorsqu'il fallait l'annoncer aux proches des victimes. Pour Esther, c'était le plus éprouvant. Même si elle était formée à ça, elle n'était pas psy. Au moins, malgré le caractère un peu macabre de son nouvel environnement, elle n'aurait plus à affronter la mort dans la rue ou dans le silence figé d'une maison transformée en scène de crime, à évaluer les stigmates d'un meurtre sur les corps des victimes.

Esther s'était renseignée sur Google. Thanatea avait pignon sur Net, le site était tout ce qu'il y avait de plus officiel, propre, limpide. Là-bas, la mort était un concept, du marketing, enveloppé dans du velours ou du satin. Les défunts étaient rois. Des rois et des reines choyés. Les cercueils, du simple sapin aux bois exotiques ou aussi précieux que l'ébène, faisaient l'objet d'une présentation digne d'un magasin d'ameublement, sans compter les tissus servant au capitonnage, qui étaient exposés et envoyés par échantillon à la demande. On proposait même des cercueils en résine, en verre ou en Plexiglas. Les poignées, en bronze, en argent, en plaqué or ou en or massif, dessinées par des créateurs, puis réalisées par des artisans, à l'instar des caisses mortuaires, Esther en avait eu le vertige. Mais il n'y avait pas que ça… Thanatea assurait en effet des prestations plus confidentielles, comme l'accompagnement à la mort. À condition d'en avoir les moyens et de fournir un dossier médical justifiant d'une maladie incurable.

Tu voulais changer de vie, ma vieille… se sourit-elle dans la glace, ce soir-là, après une bonne douche. Elle se félicitait en tout cas de n'avoir donné aucune précision à Layla sur les activités de son futur employeur, craignant sa réaction. Son caractère méditerranéen n'était pas dénué de charme, mais ses excès avaient aussi tendance à l'exaspérer. Elle n'en avait pas non plus parlé à Hélène. Ce serait son secret, au moins dans un premier temps.

Avant d'éteindre la lumière, couchée sur un matelas par terre, Esther balaya du regard ce nid douillet qu'elle s'était construit. Enfin, jusqu'à ce que Romain emménage chez elle. Là, il avait peu à peu grignoté son espace, pour finir par l'absorber. Et elle avec. Leur couple avait quand même tenu des années, mais avait fini par imploser.

Leur séparation effective datait d'à peine deux mois. Elle le revoyait partir à vélo, le ficus attaché à l'avant et la caisse avec le chat sur le porte-bagages, encombré par leurs souvenirs qu'elle lui abandonnait volontiers. Leur déchirure, en revanche, elle la gardait au fond de son âme. Ces quatre lettres gravées dans le marbre de la douleur. *Sara*. Quatre lettres pour cette petite fille dont l'absence avait fait d'elle un abîme. « Il n'y a rien de pire pour des parents que la mort de leur enfant. » Qu'en savaient-ils, tous ces porteurs de bonnes paroles, ces faiseurs de confiture dégoulinante de bons sentiments ? Bien sûr qu'il y avait pire : voir son enfant souffrir jour après jour, regarder la maladie enfoncer ses crochets dans sa chair et les ressentir en même temps dans son cœur, contempler, impuissant, cette boule de bonheur s'étioler et se chiffonner au fil des semaines jusqu'à devenir un petit fantôme dans sa bulle. Ce pire-là, Esther l'avait vécu.

Désormais, les cartons fermés par un solide ruban adhésif et empilés attendaient le déménagement prévu le lendemain matin. À cet ordre nouveau et provisoire se mêlait déjà l'excitation de l'inconnu. Esther n'était pas une impulsive, plutôt une bombe à retardement. Ses choix et les décisions qui en découlaient mûrissaient en silence dans l'obscurité de son caveau, avant de jaillir d'un bloc et de désarçonner son entourage qui les prenait alors pour des élans irréfléchis. Ses parents en avaient souvent fait les frais.

Ses parents... Alain et Déborah Azoulay. L'autre blessure profonde d'Esther. Un couple fusionnel. De leur vivant, comme dans leur mort. Alain avait en effet suivi de quelques heures seulement Déborah, frappée d'une rupture d'anévrisme. Lui avait succombé au chagrin. Tout simplement. Son cœur n'avait pas résisté. Tout comme il n'avait pas résisté en voyant pour la première fois, sur le marché où il avait l'habitude d'acheter sa viande casher, cette jolie blonde ashkénaze aux yeux gris de chat persan, originaire de Varsovie. Leur disparition, qui avait foudroyé Esther, remontait à bientôt neuf ans. La jeune femme s'était retrouvée orpheline à trente et un ans, juste l'année de sa promotion au grade de lieutenante. Ni frère ni sœur pour répartir le poids du chagrin. Depuis ce jour, elle s'était abîmée un peu plus dans le travail pour ne pas sombrer. Jusqu'à cet autre jour où une balle l'avait touchée au thorax. Elle avait cru qu'on lui poinçonnait le torse et, surtout, qu'elle était en train d'y passer. Son gilet pare-balles l'avait sauvée, elle n'avait eu que trois côtes cassées. En revanche, elle avait pris une décision.

Il n'y aurait pas de deuxième balle, cette fois potentiellement fatale. Au moins, au royaume des morts, elle serait pénarde.

Pendant son séjour en Suisse, la plupart de ses cartons et de ses meubles seraient stockés dans un box qu'elle louait pour deux cent quarante euros par mois. Elle y avait déjà fait un aller-retour en voiture avec quelques affaires.

Tout ce qu'elle emporterait serait ses souvenirs et sa douleur. Dans une boîte estampillée « Fragile ».

4

La sonnerie de son smartphone l'arracha à un cauchemar où d'Orsay, qui avait le premier rôle, lui tirait une balle dans la tête.

— Merde… haleta-t-elle, une paume plaquée sur son front intact.

« Lay » s'affichait à l'écran. *Non, pas maintenant…* grogna-t-elle intérieurement en décrochant malgré tout.

— Gueule d'amour ou gueule de bois ? riait son amie à l'autre bout du fil avec sa voix de moineau joyeux.

— Ni l'une ni l'autre. Je vais pas avoir trop le temps, là… Faut que je me bouge, les déménageurs vont bientôt arriver. Et j'ai encore l'état des lieux à me taper après. T'es pas au taf ?

— J'ai pris ma journée pour profiter de Nour et faire mon deuil. Ça ne sera pas de trop.

— Ton deuil de quoi ?

— De ton départ.

— Oh, ma belle… C'est trop mignon !

— Sinon, ça va, toi ?

Le ton d'Esther se fit plus grave :

— Comme quelqu'un qui part pour sa nouvelle vie. Mais oui, ça va…

— Vous mentez très mal, lieutenante Azoulay.

— C'est que la vérité prend un peu plus de temps et s'avère parfois inutile.

— C'est ce type, c'est ça ? J'ai vu comment il te dévorait des yeux et ta réaction, aussi… Toi qui ne rougis jamais, tu étais comme ton verre de vin.

— À ce point ?

— Pas loin du parme.

— C'est le capitaine d'Orsay, PJ de Marseille, lâcha Esther. Vous vous êtes croisés sans vous rencontrer. Tu es arrivée à Lyon quand il en partait tout juste. Mais j'ai pas envie d'en reparler maintenant, il est sorti de ma vie et il est bien là où il est.

— OK, je comprends, mais j'ai eu un drôle de ressenti sur ce mec et je ne me trompe jamais.

— Sauf pour le tien…

Au silence soudain de Layla, Esther regretta aussitôt ses mots.

— Excuse-moi.

— Non, non, tu as raison. En revanche, moi, je t'ai toujours tout dit et tu m'as soutenue. À quoi sert une amie, sinon ?

— Écoute, Layla, il y a des gens qui te dépossèdent de toi-même. Qui te dépouillent de tout, jusqu'à ton instinct de survie. Tu n'es plus qu'une coquille vide, un automate. C'est ce que j'étais, à l'époque. Il m'a vidée de ma substance. Ça aurait pu très mal se terminer si je n'avais pas eu une aussi bonne psy. Je ne savais plus qui j'étais. Je n'avais plus confiance en personne, surtout en moi. Et puis, il a quitté Lyon, c'était fini. Du moins, je le croyais…

— Et là, il se pointe comme une fleur à ton pot de départ ? Tu l'avais invité ?

— Non, bien sûr ! Il a dû l'apprendre par un de ses contacts lyonnais. Ce n'était pas un secret d'État.

— Très rassurant !

— Je vais partir et, malgré ses promesses, il ne pourra pas me retrouver.

— « Ses promesses » ? Tu veux dire qu'il t'a menacée ?

— Ne t'inquiète pas, je gère.

— Évidemment que je m'inquiète ! Ce type est malsain. Il pue les emmerdes à des kilomètres. Je n'ai jamais éprouvé ça, même avec Cherkaoui.

— Je te donnerai des nouvelles, promis, éluda Esther, l'œil sur sa montre. Allez, je dois te laisser. Fais attention à toi, tu en auras plus besoin que moi. Et… promets-moi que tu iras rendre visite à Sara de temps en temps…

Une fois qu'elle eut raccroché, dans le silence de l'appartement, une sensation de vide happa Esther. Les adieux par téléphone, c'était pire que tout. Il y avait quelque chose de désincarné, de tellement abstrait… Comme si Layla appartenait déjà au passé, à cette vie dont elle ne voulait plus.

« Tu peux te tirer au bout du monde, je te retrouverai toujours. » Une phrase qui, sur un autre ton, aurait pu résonner en elle comme une déclaration passionnée. Mais les mots qui avaient suivi s'enroulaient autour de sa gorge et de sa poitrine, tels des petits serpents venimeux, et elle sentait leurs morsures partout en elle. « Tu payeras ce que tu m'as fait. » Des souvenirs remontèrent. Les mauvais surtout. Contrairement à Cherkaoui qui avait frappé Layla, la laissant sur le carreau, inconsciente, devant leur fille, d'Orsay n'avait jamais touché Esther. Pas une gifle, pas un seul coup. C'était une autre violence qu'elle avait subie, dont les traces étaient invisibles. La plus difficile à prouver à son entourage.

Esther repensa à cette nuit. Après une humiliation de plus, suivie d'une sempiternelle rupture, elle avait perdu beaucoup de sang dans les toilettes. Trop. Le germe de vie qu'elle portait dans son ventre n'avait pas résisté.

« Tu n'arriveras jamais à rien, Esther. » Il avait raison, elle n'avait même pas réussi à se méfier de lui… « Tu es vraiment nulle, je dois toujours rattraper tes bourdes. » En réalité, il n'avait rien rattrapé du tout et n'avait fait que l'enfoncer davantage. « En venant à Lyon, tu as vu trop grand, tu n'es pas à la hauteur de ce poste. Sans moi, tu n'es rien. » *Sans toi, je suis devenue lieutenante, connard !* « Je suis le seul à t'accepter. Parce que je te connais, ma jolie, je te connais mieux que toi-même, et ce que je vois n'est pas reluisant. » Mais lequel était le moins reluisant des deux ?

Des sentences qui se superposaient sombrement à une autre litanie. « Il faut que tu sois gentille, Esther. Une petite fille qui n'écoute pas et qui n'est pas sage, on la punit. » « Il n'y a que moi qui te comprends, ma petite. Tes parents, ils s'en fichent de toi, trésor, mais pas moi. Moi, je veux que tu sois une bonne fille, et pour ça, il faut obéir. » Son oncle. Ce monstre dont Irène l'avait libérée aussi. Ce monstre qui avait enfoui ses perversions et ses secrets dans sa tombe, laissant à Esther le goût amer de la frustration. Jamais elle ne pourrait porter plainte, il ne moisirait jamais en prison pour ce qu'il avait commis. Avait-elle été le seul objet de ses déviances ? Y avait-il eu d'autres fillettes prisonnières des griffes de la bête ? Ne plus y penser. Ni lui ni d'Orsay ne lui pourriraient plus l'existence. Ni personne d'autre d'ailleurs.

Après une douche rapide, elle eut à peine le temps d'enfiler un jean et un sweat à capuche, car les déménageurs sonnèrent. Vers midi, lorsqu'ils eurent terminé, Esther rassembla ses dernières affaires et attendit l'employée de l'agence pour l'état des lieux. Dans cet appartement vide, elle ne se sentait déjà plus chez elle. Un autre ou plusieurs locataires, pas plus de deux sans doute, allaient lui succéder et, à leur tour, investir l'endroit, l'habiter, le façonner à leur image.

Ne pas se retourner.

Elle roulait désormais sous le soleil d'avril, le mois du renouveau, quand la nature finit de sortir de son sommeil hivernal. Elle aussi sortait d'un sommeil, d'un hiver trop long. Mais maintenant, elle était bien réveillée et, bientôt, elle serait là où plus personne ne pourrait l'atteindre ni la trouver. À Thanatea.

5

Prête à sortir, Layla jeta un œil à l'heure écrite en chiffres verts sur sa box et son cœur se comprima. Esther allait partir aujourd'hui. Une larme roula sur sa joue. L'amitié peut être aussi forte que l'amour. C'est, d'ailleurs, l'un de ses multiples visages. Un sentiment auquel se mêlent tendresse, affection, manque. Dorénavant, Layla allait devoir vivre avec ce manque. Elle n'irait pas, cette fois, rejoindre Esther. Elle vivait pour son job qu'elle avait toujours rêvé d'exercer, et ne priverait pas ses parents de leur petite-fille. Pas après tout ce qu'ils avaient fait pour elle.

Dès qu'ils avaient appris que Layla était enceinte, ils avaient en effet déménagé de leur cité auxerroise pour venir s'installer près d'elle, à Lyon. En réalité, si Layla avait demandé sa mutation, ce n'était pas seulement pour retrouver Esther. Elle y emménageait avec l'homme de sa vie. Du moins le croyait-elle à l'époque. Mehdi Cherkaoui, enfant de la cité lui aussi, né aux Minguettes, devenu créateur de jeux vidéo. Malgré leur rencontre encore toute fraîche chez des amis communs, c'était lui qui l'avait décidée à quitter Auxerre pour la capitale des Gaules. Un an plus tard, elle attendait un bébé et son existence virait au cauchemar.

Nour était arrivée après huit mois de grossesse, comme une bénédiction dans une relation déjà chaotique, parmi les vapeurs de cannabis que Cherkaoui fumait à longueur de journée. Il était fou de sa fille et cet amour le dévorait. Pris dans la nasse de ses émotions, l'alcool, devenu un refuge illusoire, n'avait fait qu'aggraver cette sensation d'être acculé dans un rôle qu'il n'assumait pas, et exacerbait sa colère. Il avait ainsi été condamné à trois ans ferme pour coups et blessures ainsi que violence conjugale aggravée, avant d'être relâché pour bonne conduite. Désormais, il subissait une injonction d'éloignement et ne pouvait voir sa fille que dans des lieux publics sous surveillance, accompagnée de sa mère ou de ses grands-parents. Pour le moment, il se tenait à carreau.

Avant d'aller chercher Nour chez ses parents pour l'emmener au parc de la Tête-d'Or, Layla devait passer à la mairie et était déjà en retard. Elle en ressortit avec la boule au ventre. Cherkaoui ayant reconnu sa fille, même s'ils n'étaient pas mariés et malgré leur histoire, Nour continuerait de porter le nom de son père. Au bout de multiples tentatives pour faire valoir ses droits maternels, Layla ressentait cela comme une injustice, une brûlure permanente. Mais ainsi étaient écrites les lois. Elle essaya alors de se raisonner en se disant que c'était elle qui en avait la garde et que, ensemble, elles partageaient des moments privilégiés, que son boulot rendait trop rares, mais pas moins précieux, alors que l'autre luttait toujours contre ses propres démons.

À la vue de la petite bouille d'ange de son étoile, de sa « lumière » – ce que *Nour* signifiait en arabe –, les derniers nuages se dissipèrent dans les yeux de Layla. *Layla*, qui voulait dire « nuit ». À elles deux, elles étaient le jour et la nuit. Jamais l'une sans l'autre.

Plus rien n'existait dans ces instants de complicité. Sa fille, son trésor, son cœur. Son rire la remplissait d'une joie profonde. Tout comme la présence dans sa vie d'Icham, ce petit frère de deux ans son cadet avec lequel Layla avait vécu une véritable épopée clandestine. Lui aussi voulait changer le monde. Ou plutôt, l'améliorer. Il était devenu architecte dans ce but. Architecte de la beauté, en même temps que du confort et de l'utile. Il ambitionnait de rendre les cités plus accueillantes et agréables, espérant qu'ainsi elles ne seraient plus la cible de délinquants désœuvrés, ni le lieu de trafics en tout genre. À l'âge de seize ans, il avait déjà rempli des carnets entiers de dessins et de projets. Layla les avait découverts, les yeux débordant de larmes et d'admiration. De son côté, elle avait aussi pris sa décision. Elle passerait le concours d'entrée de l'école de police. Elle arrêterait les chauffards et empêcherait des jeunes en scooter de se faire tuer. Elle rétablirait l'ordre dans les zones sensibles et lutterait contre le crime, quel qu'il soit. Pour ça, il lui faudrait ignorer ceux qui lui cracheraient dessus en la traitant de « sale keuf » et de « traître ». Mais si elle n'agissait pas, elle ne pourrait pas se regarder en face.

Esther, Hélène et elle avaient vécu dans le même environnement et toutes les trois avaient intégré la police pour les mêmes raisons, ou presque. Ensuite, malgré l'écart qui s'était creusé, elles avaient continué à se voir de temps à autre, avec une étonnante persévérance. Une sorte d'hommage à leur trio d'antan. Une façon de le faire vivre en dépit de ce qui pouvait l'ébranler. Comme lorsque deux êtres, ne sachant s'ils s'aiment encore, s'obstinent à préserver un mariage qui n'a plus vraiment de sens. Elles se remémoraient alors, autour d'un verre, ces tendres années qui les avaient rapprochées, enfants pleines de vie et assoiffées d'idéaux face à des jeunes de la cité dont l'unique but était d'en ébranler l'équilibre. Elles se rappelaient ces temps d'insouciance, quand la mère de Layla invitait Esther et Hélène à manger un couscous à la maison. « Vous pourriez ouvrir un restaurant », lui avait un jour suggéré Esther en tendant son assiette pour être resservie. Apparemment, ces souvenirs partagés leur suffisaient à retrouver leur trio ou, du moins, à en avoir l'illusion.

Quand Layla y pensait, tous ces moments lui semblaient si lointains, de petites lumières dans le brouillard. Étouffées et pourtant toujours vivantes.

À présent, dans le parc, elle ne quittait pas Nour des yeux, qui s'ébattait avec d'autres enfants dans l'aire de jeux. Lorsqu'elle aurait joué tout son saoul, elle l'emmènerait voir les animaux dans le secteur de la Plaine africaine. Les girafes fascinaient particulièrement la petite fille. « Oh, on dirait des arbres qui marchent ! » s'était-elle écriée en les voyant la première fois. Depuis, c'était le même refrain tous les week-ends : « Maman, on va voir les zirafes ? » Layla aimait ces instants de communion entre elle et les animaux, sans doute tout aussi curieux de ces étranges bipèdes derrière le grillage. En songeant à ça, elle enfonça les mains dans les poches de sa parka. Malgré l'arrivée du printemps, il ne faisait pas encore bien chaud, mais ce ne fut pas la température extérieure qui la pénétra d'un frisson glacé. Là-bas, sous un marronnier, un peu à l'écart, se tenait un homme en blouson de cuir, le col remonté jusqu'aux joues, en train de fumer et de regarder dans leur direction. Et cet homme, elle en mettrait sa main au feu, était Marc d'Orsay.

6

Lorsque Hélène était rentrée chez elle après le pot d'adieu, elle avait trouvé Gauthier vautré dans le canapé devant un jeu vidéo, une dizaine de canettes vides alignées sur la table basse du salon, un joint à moitié grillé à la bouche, la manette entre les mains et Titi à ses pieds, les yeux rivés sur son maître dans une expression béate.

— Salut bébé… avait-il lâché sans même la regarder.

Hélène s'était délestée de son blouson et de ses chaussures en silence, puis avait traversé la pièce pour rejoindre la cuisine. Jouer, Gauthier ne faisait plus que ça ces derniers temps. Sans compter sa consommation d'herbe qui avait doublé.

— Tu me rapportes une canette, bébé ?

Hélène avait passé la tête dans l'embrasure de la porte.

— Je ne suis pas ta bonniche, alors tu lèves ton cul et tu vas te la chercher toi-même.

— Hou… de mauvais poil, on dirait, avait-il sifflé en rallumant son joint. Alors, t'as vu les deux greluches ? La rebeu et la youpine ?

Un silence en guise de réponse.

— Hé, j'te cause !

— Lâche-moi, je suis fatiguée, je vais me coucher. Et puisque tu l'aimes tant, tu dormiras sur le canapé. De toute façon, tu commences à en avoir l'habitude, depuis quelques semaines.

La gorge nouée, elle avait gagné la chambre et s'était glissée dans le lit qui ne respirait plus que solitude et amertume. Car leur couple n'avait pas toujours ressemblé à ça.

Hélène Gorce et Gauthier Maréchal s'étaient rencontrés sur un terrain de rugby à Lyon, un soir de match particulièrement animé. Hélène jouait avec son équipe auxerroise et ce lieutenant de la BAC était venu avec d'autres supporters encourager leurs adversaires, l'équipe féminine du LOU[1] rugby qui évoluait en Élite 1 féminine. Pourtant, Maréchal n'avait eu d'yeux que pour elle. À la fin du match gagné par Auxerre et sa Viking blonde, il avait réussi à l'approcher, encore essoufflée et rouge, qui savourait sa victoire. Au premier regard, les mots étaient devenus superflus. Leurs âmes s'étaient reconnues et s'étaient aussitôt connectées, comme deux échantillons d'ADN d'un seul et même individu. Un mois plus tard, Hélène Gorce demandait sa mutation à la PJ de Lyon, qu'elle n'avait pas obtenue tout de suite. En attendant, impatiente de rejoindre Gauthier, elle avait accepté un poste d'agent de sécurité à temps partiel dans une société de gardiennage.

Mariés dans la foulée, ils s'étaient installés ensemble dans un trois-pièces, à proximité du légendaire parc de la Tête-d'Or, dont le nom provenait d'une rumeur selon laquelle une tête en or massif y serait dissimulée quelque part. Ils n'avaient jamais essayé de la trouver. Un tel trésor n'apporterait que des emmerdes.

À l'époque, Gauthier ne lui avait pas caché son addiction aux jeux vidéo, dans lesquels passait une bonne partie de son salaire. Ce « détail » n'avait rien changé pour Hélène. En

1. Lyon olympique universitaire.

revanche, elle lui avait demandé de laisser Esther en dehors de ses sempiternelles litanies contre les Juifs. En définitive, Gauthier avait ses défauts, mais aucun homme n'avait été aussi attentionné à son égard et ne lui avait porté une telle admiration. Alors il pouvait bien caresser la manette, dès lors que ce n'était pas une autre femme.

Avant d'essayer d'avoir un enfant, ils avaient adopté Titi, un staff d'un an qui n'avait du célèbre canari que la taille du cerveau. Lorsqu'ils jugèrent le moment opportun et s'estimèrent capables de l'assumer, ils décidèrent de marquer d'une grossesse leur troisième anniversaire de mariage. Mais au lieu d'un embryon, ce fut le crabe qui s'invita dans le corps d'Hélène. Cancer du sein de stade 2. Chimio et radiothérapie. À la clef, ablation du sein gauche et chirurgie avec reconstruction mammaire. Alors que d'autres hommes auraient fui, Gauthier l'avait accompagnée avec une constance exemplaire. Pourtant, depuis quelque temps, des turbulences secouaient leur couple.

Quand il était sobre, Maréchal devenait plus froid et plus distant qu'avant. En semaine il rentrait tard, sentait l'alcool et le cannabis. Hélène fermait les yeux et se raccrochait à son travail. Des reproches n'auraient fait qu'ajouter aux tensions. C'est pourquoi elle se taisait, comme ce soir-là.

Le lendemain, Hélène, qui n'était pas d'astreinte ce samedi, se leva tard et passa par la cuisine se faire un café. Maréchal se pointa quelques minutes après, la gueule enfarinée, et s'approcha d'elle pour l'embrasser, mais Hélène l'écarta d'un geste ferme.

— Je te demande pardon, bébé… implora-t-il d'une voix pâteuse.

— Comme à chaque fois. C'est trop facile ! J'en ai marre, Gauthier. Je sors, j'ai besoin d'air, là.

En proie à une vague nausée, Hélène enfila sa tenue de jogging, mit à Titi son harnais et claqua la porte derrière elle. Sa relation avec Gauthier était en train de devenir un problème.

Elle prit le chemin du parc et, sur place, décida d'en faire le tour complet. Peu à peu, la marche exerça son effet apaisant. Elle parvint même à sourire au soleil, sous lequel l'herbe et les feuilles des arbres luisaient comme recouverts de vernis. Le staff, lui, reniflait chaque pisse qu'il arrosait de la sienne.

Gauthier et elle auraient-ils des enfants un jour ? En voyant ceux que leurs parents tenaient par la main ou avec lesquels ils faisaient du vélo ou de la trottinette, Hélène se posa la question avec un pincement au cœur. Après la chimio, ils avaient essayé, sans succès. Les examens et analyses n'avaient décelé aucune stérilité ni chez l'un ni chez l'autre. Le blocage venait d'ailleurs. Si ça avait fonctionné, où en seraient-ils aujourd'hui ? Les enfants peuvent séparer autant que ressouder un couple en crise. Et eux ? En tout cas, force était de constater que les tensions n'allaient pas en diminuant actuellement. Gauthier était de plus en plus fuyant. Aussitôt rentré, il repartait à l'entraînement sans proposer à Hélène de l'accompagner. Il avait même changé d'eau de toilette. Elle commençait à soupçonner l'existence d'une autre femme, mais préférait évacuer ce poison de son esprit.

Imperceptiblement, ses pas la conduisirent à l'aire de jeu qui se trouvait à proximité de la Plaine africaine. Se tenant à distance à cause de Titi et attentive à ce qu'aucun enfant ne s'en approche sans prévenir, elle aperçut Layla, accroupie près de sa fille, levant la tête vers un homme qui se tenait debout à côté d'elles. Elle sentit instantanément un picotement le long de la nuque, en même temps qu'un nœud se formait au niveau de sa gorge. Cet homme ressemblait étrangement au capitaine d'Orsay, qui lui avait fait des avances et même harcelée, peu de temps après son arrivée à la PJ de Lyon.

7

— Viens mon cœur, il faut partir, glissa Layla à sa fille en la prenant par la main.

— Oh trop bien, on va voir les zirafes !

— Les *g*irafes… la corrigea-t-elle. Non, pas cette fois, il est tard.

— Mais tu avais promis qu'on irait voir les zirafes ! pleurnicha Nour, la mine renfrognée.

— On retournera les voir quand tu sauras prononcer leur nom.

— Tu es méchante ! cria Nour, les narines dilatées comme un taurillon. Je veux aller chez papy et mamie !

Layla sentit qu'elle perdait patience, mais, exposée aux regards réprobateurs, elle se contrôla.

— Lundi, je dois aller travailler tôt, donc tu dormiras chez eux demain soir. En attendant, tu es avec moi et tu fais ce que je te dis. Maintenant, on y va.

Joignant le geste à la parole, elle tira Nour un peu trop brusquement et la fillette se laissa tomber de tout son long. Les vêtements pleins de sable, l'enfant se mit à pleurer de plus belle. Sa mère se baissa pour la consoler, coupable.

— Oh mon ange, je suis désolée… Tu ne t'es pas fait mal ?

— Elle n'est pas très gentille avec toi, ta maman, on dirait.

Le sang de Layla se figea. Cette voix, elle l'avait déjà entendue et en frémit aussitôt. Accroupie à côté de sa fille qu'elle essayait de calmer, elle leva la tête. Ses yeux s'attardèrent sur celui qui la toisait avec un sourire mauvais. Marc d'Orsay.

— On se connaît ? demanda Layla sèchement, les bras autour de Nour qui, tout aussi surprise, s'était arrêtée de pleurer.

— Pas encore. On a fait que se croiser au pot de départ de ta grande amie, Esther Azoulay.

D'Orsay cracha ces derniers mots plus qu'il les prononça. Layla se redressa en tenant fermement la main de Nour. Elle la serra même encore plus. Elle doutait que cette rencontre soit fortuite et ce qui émanait de ce type ne lui plaisait pas davantage que la veille. Il lui faisait l'effet d'un vent glacé.

— Le hasard, peut-être, comme maintenant, cingla-t-elle. Que me veux-tu, d'Orsay ? Au lieu de tourner autour du pot…

— Un pot ? Tu n'as pas une très bonne image de toi-même, on dirait, souligna l'homme dans un sourire féroce et méprisant. Pourtant, tu te crois suffisamment intéressante pour t'attribuer la raison de ma présence ici.

Des mots choisis pour atteindre, faire mal.

— C'est drôle, j'ai beau chercher, je n'en trouve pas d'autre, répondit Layla du tac au tac.

— Arthur ! appela-t-il sans transition.

Bouche bée, Layla vit accourir un garçon auquel elle aurait donné six ou sept ans, les cheveux en bataille, couleur blé, les mêmes yeux sombres que son père, d'une beauté saisissante qui promettait de briser bien des cœurs, l'air quelque peu frondeur et le regard franc. *Contrairement à d'Orsay, pour le coup*, se dit-elle.

— Je te présente mon fils, Arthur. Ça te va, comme explication, Bennani ?

— Bonjour, Arthur… Bon, nous, on doit filer, annonça-t-elle précipitamment, un peu confuse de sa bévue.

— Tu es si pressée ? On n'a même pas eu le temps de bavarder…

— En effet, je suis pressée.

Pressée d'en finir avec toi, pensa-t-elle très fort.

— Je suis à Lyon pour quelques jours, si ça te dit de prendre un verre.

— Désolée, je croule sous le travail. Tu viens, Nour ?

— Dans ce cas, au plaisir, Bennani. Peut-être ici même, qui sait ? Ou ailleurs… Arthur et moi serions ravis de vous revoir, toi et ta petite.

Mais Layla, sans que Nour oppose la moindre résistance cette fois, comme impatiente, elle aussi, de s'éloigner de ces ondes néfastes, avait déjà tourné le dos à l'ancien bourreau d'Esther. Partir vite, ne pas rester dans les parages de cet homme. Sortir du parc où elles risqueraient de le croiser de nouveau. Le monde est si petit, surtout quand on veut éviter quelqu'un. Layla apprécia de sentir dans sa main celle petite, toute chaude et rassurante de sa fille.

— Je te promets qu'on reviendra voir les girafes, mon cœur.

— Demain ?

— Demain, il pleut.

— Samedi prochain ?

— S'il fait beau, oui, souffla Layla en accélérant le pas.

Quelques minutes plus tard, elles prenaient place dans le Duster couleur sable et Layla traversa la ville pour gagner les bords de Saône par le tunnel de la Croix-Rousse, jetant des regards inquiets dans le rétroviseur. Mais personne ne les avait suivies. Une fois la voiture garée dans son box au sous-sol de leur immeuble, elles empruntèrent l'ascenseur.

— C'était qui, le monsieur ? demanda soudain Nour pendant que Layla ouvrait la porte de chez elle, encore tremblante.

— Un collègue.

— C'est quoi, un collègue ?

— Quelqu'un qui travaille au même endroit que moi.

— Vous travaillez ensemble ?

— Disons qu'on fait le même métier.

— Il a l'air gentil.

— Tu sais, mon cœur, parfois on peut avoir seulement l'air.

— Pourquoi tu dis ça ? Il a seulement l'air ?

— On va goûter, tu veux ? éluda Layla lorsqu'elles furent déchaussées.

Cet appartement du 9e arrondissement lyonnais, au dernier étage d'un immeuble récent, qu'elle avait acheté seule, avec un crédit sur vingt ans quand l'immobilier était encore abordable dans ce quartier, témoignait de sa réussite et était sa fierté. Sur l'immense terrasse, exposée plein sud, elle avait installé des lauriers ainsi que des hibiscus visiblement très heureux de leur emplacement.

Profitant de ce que sa fille était devant un dessin animé, occupée à boire son chocolat chaud en y trempant des cookies, Layla prit son portable et s'isola dans l'entrée.

— Esther ? Allô ? Tu m'entends ?

— Le réseau n'est pas très bon… devina-t-elle à travers quelques grésillements.

— Tu es partie ?

— Je ne vais pas tarder.

— Tu ne vas pas me croire…

Layla raconta en quelques mots à Esther sa rencontre avec Marc d'Orsay et son fils. Au silence qui suivit, Layla crut que la communication avait été coupée.

— Chups ? Tu es là ?

— Oui…

— D'après moi, il n'était pas là-bas par hasard, lâcha Layla. Ce qui signifie qu'il savait que j'irais au parc et à quelle heure, donc qu'il m'a filée depuis l'école de Nour et peut-être même avant. En plus, il s'est rencardé sur mon nom.

— Lay, arrête ta parano. Tous les Lyonnais emmènent leurs enfants à la Tête-d'Or. Toi y compris. Ce mec est malsain, d'accord, et capable de tout, mais il était avec son fils, ça n'a aucun rapport avec toi. Tiens-toi à distance de lui si tu le revois, c'est tout. Son pouvoir d'attraction est tel qu'au début tu ne t'en aperçois pas. Lorsqu'il finit par t'habiter corps et âme, c'est à ce moment-là que tu es foutue.

— Je ne risque pas de le revoir. Mais je m'inquiète plutôt pour toi, ma chérie. Ce mec t'a déjà fait du mal. Et, en plus, il t'a menacée. Promets-moi de faire attention à toi.

L'instabilité du réseau priva Layla de la réponse de son amie. Elle demeura quelques instants appuyée contre le mur de l'entrée, tapissé de photos de Nour et d'elle, tandis que, du salon, lui parvenaient les éclats de rire de sa fille, absorbée par son dessin animé. « Malsain et capable de tout. » Les mots d'Esther claquaient dans sa tête comme des étendards au vent. « Capable de tout. » Elle n'en doutait pas une seconde.

8

Tirant sur la laisse de Titi, Hélène recula de quelques pas, tout en gardant d'Orsay et Layla dans son champ de vision. Son regard balaya la scène, trébucha sur quelques femmes voilées dont, pour certaines, seuls les yeux étaient visibles. *Des corneilles tristes*, se disait-elle chaque fois qu'elle en rencontrait. En attendant, que faisaient Layla et Marc d'Orsay ensemble sur une aire de jeux ? Il était pourtant censé bosser à Marseille… S'étaient-ils donné rendez-vous ? Rapidement, les traits crispés de Layla et sa façon de toiser d'Orsay en serrant sa fille contre elle avertirent Hélène d'une certaine tension. Layla réagissait comme un animal face au danger. Les sens en alerte, prête à fuir.

Hélène entendit soudain d'Orsay crier le prénom d'Arthur et vit accourir un blondinet à la beauté saisissante. D'Orsay aurait un fils… À moins que ce ne soit un neveu. Elle ne pouvait entendre ce qu'ils se disaient, ni lire sur leurs lèvres – Layla s'était relevée et ils se tenaient face à face.

Hélène était en couple avec Gauthier lorsque d'Orsay l'avait draguée en insistant lourdement malgré ses refus d'aller boire un verre ou de passer une soirée avec lui. Ce qui émanait de ce type l'avait glacée, même si elle ne pouvait s'empêcher de lui trouver un attrait presque magnétique.

Paradoxalement, c'était ce qui l'avait rendue méfiante et hermétique à ses tentatives de séduction.

Après quelques minutes, elle vit Layla prendre sa fille par la main et partir précipitamment. Elle vit aussi Marc d'Orsay la suivre des yeux jusqu'à ce qu'elle soit hors de sa vue. Un regard de fauve. Puis il fit brusquement volte-face en direction d'Hélène qui se décomposa. Merde. Ses doigts se resserrèrent sur la laisse de Titi, sagement assis à ses pieds, tandis que d'Orsay avançait vers elle à grands pas. Arthur était retourné à ses jeux avec les autres enfants. Impossible pour Hélène de faire comme si elle n'avait rien remarqué. Elle attendit, sur la défensive, prête à couper court à l'échange.

— Mais c'est la petite Gorce ! Quelle surprise ! s'exclama-t-il d'un ton qui sonnait faux.

« La petite Gorce ». Il l'appelait déjà comme ça à l'époque, prenant un malin plaisir à ce jeu de mots à peine voilé. Elle préféra ne pas répondre, mais il en fallait plus pour le décourager.

— Heureux de te revoir ! Qu'est-ce que tu fais là ?

Hélène tendit le menton vers Titi.

— Comme tu peux le constater, je promène mon chien.

— Belle bête, commenta-t-il en s'agenouillant pour caresser le staff qui se laissa faire sans manifester de joie. Comment il s'appelle ?

— Demande-lui.

— Vise un peu cette mâchoire d'acier ! Elle te broie une main d'homme en quelques secondes. Une vraie machine à tuer, mais si ça se trouve il ne le sait même pas. Ta maîtresse ne souhaite pas me dire ton petit nom, alors je vais devoir t'appeler « le cabot », dommage…

— Et toi, qu'est-ce que tu fabriques ici ? le coupa Hélène.

— Eh bien, j'ai emmené Arthur, mon fils, dont j'ai la garde ce week-end, s'aérer un peu par ce beau temps et je suis tombé sur ta pote Bennani. Mais je ne t'apprends rien puisque tu nous observais depuis un moment, non ?

Hélène, mal à l'aise, eut droit à un sourire qui découvrit deux rangées de dents parfaites. Ce mec était une bombe. Une bombe à fragmentation, dont les éclats se plantaient partout dans le corps et le cœur de ses victimes.

— Je venais d'arriver, en vrai, et… je regardais les gosses jouer, se justifia-t-elle. J'aime voir les enfants heureux. Surtout après ce qu'on leur a fait vivre ces deux dernières années.

— Entièrement d'accord… Et toi ? Tu as des enfants ?

— Non… répondit-elle à contrecœur.

— Toujours avec ce… Maréchal, le cow-boy de la BAC ?

— Toujours. D'ailleurs, je te laisse, il faut que je rentre, le cow-boy m'attend pour aller faire des courses.

— Tu joues encore au LOU ?

— Oui, je joue encore. Salut, d'Orsay. Bon retour dans le Sud.

« Et bon débarras », brûla-t-elle d'ajouter. Tirant sur la laisse, elle tourna les talons et, à l'instar de Layla un peu plus tôt, commença à quitter les lieux quand elle entendit les pas crisser dans son dos.

— Gorce, attends ! J'ai pris ma semaine pour être un peu plus longtemps avec Arthur. On pourrait…

Hélène s'arrêta et pivota au ralenti.

— Te fatigue pas, d'Orsay, les mecs dans ton genre ne m'intéressent pas plus qu'avant. Jette ton dévolu sur une autre.

Le flic, loin de se démonter, s'approcha d'elle et lui murmura à l'oreille :

— Dommage, parce que je kiffe les filles comme toi, qui savent résister à la première tentation, mais peut-être pas à la deuxième. Pour toi, j'ai tout mon temps, ma petite Gorce. Tiens, si tu changes d'avis.

Sur ces mots, il lui tendit une carte de visite avec un clin d'œil assuré. Hélène la prit d'un geste nerveux et se dirigea vers la poubelle voisine où elle la jeta avant de s'éloigner à grandes enjambées avec Titi qui, sentant la colère de sa maîtresse, n'en menait pas large. Cinq ans avaient passé depuis que le destin avait un jour décidé de mettre d'Orsay sur son chemin. Cinq années écoulées à la vitesse d'une tornade, auprès de quelqu'un qu'elle ne reconnaissait plus aujourd'hui. Gauthier, son mari. Cinq ans de mariage… aujourd'hui ! calcula Hélène, catastrophée. *Merde, merde, merde*… En voulant se faire pardonner ce matin, Gauthier s'était-il souvenu de leur anniversaire ? Ils l'avaient toujours marqué, d'une façon ou d'une autre. Des fleurs pour elle, une bricole pour lui, un resto, une virée en boîte de nuit pour revivre l'insouciance de leur rencontre, un cinéma ou une escapade en amoureux à la mer, si le travail le leur permettait. C'était la première fois qu'ils n'avaient rien prévu. Le cœur d'Hélène pesa dans sa poitrine comme un de ces pavés qu'elle foulait en sortant du parc.

En étaient-ils vraiment arrivés à la fin… Elle pressa le pas, creusant la distance avec d'Orsay. Pourtant, jusqu'à la grille, elle eut la sensation étrange d'une présence derrière elle.

Le silence l'accueillit à son retour. Un silence inhabituel, Gauthier étant d'ordinaire affalé sur le canapé devant un match, lors de ses week-ends de relâche.

— Gauthier ? appela Hélène d'une voix vacillante. Gauthier ! Tu es là ?

Elle regarda le frigo, sur lequel ils se laissaient des petits mots sur des Post-it coincés sous un magnet. Rien. Était-il allé chez un collègue essayer un nouveau jeu ? Avait-il rejoint une femme ? Celle qui était à l'origine de ses sautes d'humeur, de cet abîme qui s'était creusé entre eux… *Non, il ne m'aurait pas fait ça. Pas le jour de notre anniversaire de mariage*, tenta-t-elle de se rassurer, en vain.

Une inspection rapide de la salle de bains lui indiqua qu'il n'avait pas dû prendre de douche. Un départ précipité. Comment demander à l'un de ses amis s'il était avec lui sans risquer d'être vue comme la fille qui flique son mari ? Impossible. Elle s'abstint donc et décida d'attendre. Sans se l'avouer, elle nourrissait un mince espoir que, se rendant compte, lui aussi, de la date, il se soit empressé d'aller lui acheter des fleurs et qu'il revienne en lui proposant un restaurant ou un concert. Une option, maintenant que le monde était enfin revenu de son hystérie sanitaire et que tous les citoyens étaient de nouveau libres de sortir sans discrimination et sans être tracés comme du bétail.

À presque minuit, Hélène commença sérieusement à s'inquiéter après être passée par la case colère, puis résignation. Il avait oublié leur anniversaire, ou bien s'en foutait, sinon il serait déjà là. Exaspérée, elle prit son portable et lui envoya un texto : « T'es où ? » Moins d'une minute après, l'écran afficha : « T'occupe. Je rentre pas. » Au bord de la nausée, elle essaya de l'appeler. La voix de Gauthier, monocorde, invitait son correspondant à le recontacter. Il avait coupé son téléphone. Cette fois, pas de doute, il avait rejoint l'autre pétasse.

Anniversaire de merde.

Mariage de merde.

Vie de merde.

Telles furent ses pensées pour cette soirée foutue.

Soirée de merde.

9

— On se commande une pizza, mon petit crabe ?

Nour regarda sa mère comme une sainte apparition. À l'instar de « burger » ou de « glace », « pizza » faisait partie de ces mots magiques qui, instantanément, avaient ce pouvoir de transfigurer une soirée morose en vraie fête. Depuis sa première pizza, Nour restait fidèle à l'hawaïenne, avec ses petits dés de jambon et d'ananas. Contre l'avis de ses parents, Layla souhaitait la laisser décider si elle mangerait du porc ou non, en fonction de la pratique religieuse vers laquelle elle s'orienterait. Pour elle, en revanche, ce serait plutôt une pizza sans jambon ni chorizo. Et bientôt, avec la nouvelle lune, elle observerait le ramadan.

Trois quarts d'heure plus tard, le livreur apporta une hawaïenne et une forestière sans jambon. Mère et fille, assises l'une contre l'autre sur le canapé devant une émission de variétés, savouraient leur pizza encore chaude en même temps que ce moment passé ensemble.

— Tu viendras dormir chez papy et mamie, toi aussi, maman ? demanda Nour entre deux bouchées.

Layla eut soudain de la peine à déglutir. Ces questions récurrentes la tuaient. Elles accentuaient son impuissance et son incapacité à remplir son rôle comme une mère normale. En fait, dans la vie de Layla, rien n'avait jamais été normal.

— Je viendrai dîner avec vous, mon cœur. Mais tu sais bien que je ne pourrai pas rester dormir. Il n'y a pas assez de place.

— Ben si, si on dort ensemble.

Que répondre à cela ? La vue de Layla se brouilla tout à coup d'un voile humide. Elle mordit dans une autre part de pizza, ce qui la dispensa de parler. L'effet « pizza » était en train de retomber et elles terminèrent dans un silence qui érigea un mur entre elles. *Putain de métier. Mais qu'est-ce que je l'aime*, songea Layla, les yeux posés sur la nuque frisottée de sa fille. *Tu l'aimes, oui, au point de ne pouvoir y renoncer pour passer davantage de temps avec la chair de ta chair*, lui susurrait sa petite voix intérieure. Celle qui avertit, qui conseille, celle qui agace aussi parce qu'elle a souvent raison et que, pourtant, on oublie trop souvent d'écouter.

— C'est l'heure d'aller au lit, mon ange.

Une fois Nour couchée avec les traditionnels câlins et baisers sur le front, dans sa chambre d'enfant où les mauvaises choses de ce monde ne pouvaient pas l'atteindre, Layla se glissa à son tour sous la couette avec sa tablette. À son chevet, brillait le regard rieur de son étoile. La photo datait des quatre ans de Nour, célébrés en famille. Un mouton avait été sacrifié pour le méchoui. Il avait cuit à la broche une bonne partie de la nuit, devenant hâlé au fil des heures. La fête avait duré toute la journée du lendemain. À côté du portrait de sa fille, une photo d'elle et de son frère, enlacés et heureux, était aussi encadrée.

Avant qu'elle ferme les yeux, comme très souvent, ses souvenirs la ramenèrent au temps où Icham et elle avaient trois et cinq ans et couraient encore, sales et dépenaillés, dans le labyrinthe crasseux du plus grand bidonville marocain, en mendiant du pain. Puis à cette nuit où Latifa et ses deux enfants fuirent à pied ce pays et sa misère, clandestinement, sans papiers, avec l'aide d'un passeur grassement payé par

Mokhtar Bennani, leur protecteur, qui les attendait à Tanger. Une semaine à travers le Moyen Atlas et le Rif pour éviter les villes. Trois jours à dos de dromadaire, puis de mulet, pour la plus grande joie des enfants. De ce périple qui aurait pu s'avérer fatal, malgré le vent brûlant qui leur asséchait la bouche et les yeux, malgré les nuits froides à dormir à même le sol, Layla avait gardé une impression d'intense liberté, et surtout une soif de découvrir le monde et de vivre.

Mokhtar Bennani, l'homme qui leur donna son nom en se mariant à leur mère, n'était pas leur père biologique, mais fut bien plus. Leur sauveur, celui qui les éleva et les aima comme ses propres enfants. Violée par un ami de son premier époux, Latifa avait été répudiée et, enceinte, sans travail, avait trouvé refuge dans le bidonville de sa ville natale où elle avait accouché d'Icham, alors que Layla avait deux ans. Mokhtar Bennani, le frère de la femme qui avait aidé Latifa en l'hébergeant le temps de sa grossesse, était tout de suite tombé amoureux de ce regard sur lequel les chagrins et les douleurs de la vie avaient déposé un voile de pudeur et de tristesse. Seulement, il ne pouvait pas s'unir à une mère célibataire, de surcroît répudiée après avoir été violée, aussi décidèrent-ils de fuir pour avoir une chance de vivre leur amour.

Après avoir vendu son petit commerce de cuirs à Casablanca, Mokhtar était donc parti en éclaireur à Tanger pour leur dégotter une place sur un porte-conteneurs. Avec ses contacts et l'argent de sa boutique, muni d'un passeport, il avait pu leur offrir une traversée de Gibraltar à Malaga, d'où ils avaient embarqué dans un camion de fournitures en direction de Marseille en priant pour passer les contrôles et la frontière. Une fois là-bas, une relation de Bennani les avait hébergés le temps qu'il trouve un emploi dans le bâtiment. Deux ans après, Mokhtar et Latifa s'étaient enfin mariés et, avec les enfants, s'étaient installés à Auxerre où Bennani avait ouvert une épicerie. Depuis, Layla priait tous les soirs avant de s'endormir. Outre la générosité d'un homme, c'était la prière et le pain qui les avaient sauvés, leur répétait Latifa, les yeux embués, reconnaissante.

Un jour, Layla racontera à Nour l'incroyable épopée familiale. Elle lui parlera du courage absolu d'une femme, Latifa, sa grand-mère, grâce à laquelle Icham et elle virent le jour. Elle lui révélera que Mokhtar n'était pas son père biologique, mais que les liens du cœur parlaient parfois plus que ceux du sang. Nour saura alors qui était vraiment sa mère, d'où elle venait et pourquoi elle n'avait pas pu être une mère normale.

Layla essaya d'oublier cette journée, assombrie par sa rencontre « fortuite » avec d'Orsay au parc, tout en pensant à Esther, dont elle n'avait reçu qu'un bref « Bien arrivée ». Elle n'avait même pas une amie normale.

10

Après un passage sans encombre de la douane, Esther était arrivée au lieu de rendez-vous fixé par son unique interlocutrice à Thanatea, qui lui avait assuré que quelqu'un la conduirait ensuite à destination. Elle s'était garée sur un parking privé, équipé de caméras de surveillance, à l'extrémité d'une allée d'arbres, en bordure du lac. Comme convenu, une personne, sans doute un chauffeur, l'attendait. Lorsqu'elle comprit qu'elle allait devoir laisser sa Jeep ici et ne prendre que ses affaires, Esther fronça les sourcils sous ses lunettes de soleil.

— Désolé, madame, nous n'embarquons pas les véhicules personnels des employés sur Thanatea.

L'homme était grand et mince, vêtu d'un costume trois pièces qui lui donnait plutôt belle allure, et coiffé d'une casquette de chef de gare ridiculement désuète. Quant à sa barbe bien taillée, mais épaisse, elle semblait faire rempart entre le monde extérieur et lui-même.

— Thanatea est un lieu-dit ? Je croyais que c'était le nom de la société... s'étonna Esther en ouvrant son coffre. Et pourquoi parlez-vous d'embarquer ? Ça ne se trouve pas sur les bords du Léman ?

Le chauffeur se précipita aussitôt pour prendre ses valises et son sac.

— Thanatea est le nom de l'entreprise et de l'île sur laquelle elle est implantée, expliqua-t-il.

Une île… Un détail qui n'était pas mentionné dans l'offre d'emploi. *Sans doute pour préserver l'intimité de ceux qui venaient y faire leur dernier voyage*, se dit Esther. Et par la même occasion, la sienne. Alors, une île, pourquoi pas…

— Je vais vous demander de me confier les clefs de votre véhicule, énonça l'homme d'un ton affable, en la fixant avec insistance de son regard d'un bleu étonnamment clair qui la transperça.

Encore une chose qui n'était pas prévue au programme. Esther hésita, soudain déstabilisée. Reprendre ses affaires et se tirer d'ici ou bien se laisser porter par les événements et voir où ça l'amènerait. Après tout, il serait toujours temps de démissionner en cas de problème…

— Madame Azoulay ? Vos clefs.

Une main tendue accompagna le rappel à l'ordre formulé cette fois d'un ton plus ferme qui déplut à Esther. Les yeux de chat qui la scrutaient dégageaient quelque chose de mystérieux, d'insondable. Et pourtant d'étrangement familier. Se souvenant qu'elle avait un double dans une poche de son sac, elle les lui remit dans un soupir contrit parfaitement simulé. Puis elle le suivit jusqu'à un ponton recouvert de peinture blanche au bout duquel était amarré un bateau à moteur de type vedette. Une fois tous deux à bord, il détacha les amarres et gagna l'avant.

— Mettez-vous à l'aise, lui suggéra le chauffeur en l'invitant à s'installer sur l'un des sièges de cuir fauve derrière le poste de commande. Je ne me suis pas encore présenté : Marten, à votre service. Je suis chauffeur, mais également jardinier sur Thanatea. Et, croyez-moi, les fleurs, ce n'est pas ce qui manque là-bas !

Le bruit du moteur masqua ses derniers mots. Dans un doux roulis, manœuvrée avec souplesse, l'embarcation se détacha du ponton et prit de la vitesse. Sur l'autre rive, en face, côté français, se découpaient les reliefs verdoyants où se nichaient les villes de Thonon et d'Évian. Une légère brume flottait à la surface du lac comme une fine gaze trouée par endroits. Le Léman, cette vaste étendue d'eau en forme de croissant, entre la Suisse et la France. Esther avait du mal à croire qu'elle se trouvait là, sur un bateau, en route pour une destination inconnue entourée de territoires pourtant familiers.

— J'ai l'impression que nous nous sommes déjà croisés dans d'autres circonstances… lâcha soudain Marten. Mais moins gaies qu'aujourd'hui. Hôpital Édouard-Herriot à Lyon, service pédiatrie et maladies orphelines, ça vous parle ?

Esther le dévisagea dans un tremblement. Non, ce n'était pas possible…

— Vous… vous devez confondre, répondit-elle précipitamment.

— Alors vous avez un sosie.

— C'est possible. On en a tous un, paraît-il. Pourquoi cette société s'est-elle implantée sur une île ? s'enquit-elle ensuite pour échapper au silence gêné qui s'installait.

— Pardon ?

Esther réitéra sa question plus fort.

— Depuis le début du XXe siècle, commença Marten, les gens qui souhaitaient mettre un terme à leur vie et à leurs souffrances ou tout simplement partir dignement avant de devenir séniles se rendaient sur l'île. On la surnommait alors « l'île aux Morts ». Dans le fond, Thanatea n'a fait que perpétuer une tradition qui existait déjà et développer davantage de services. Et puis ce nom, c'est tout de même plus joli, vous ne trouvez pas ?

Esther ravala sa salive. Elle n'avait pas vraiment d'avis sur le sujet.

— C’est vrai, ça sonne mieux, se força-t-elle à dire. Et comment aidait-on ces gens à mourir à l’époque ?

— Dans le plus grand secret, bien sûr. Avec du personnel spécialisé. On les appelait « les aides mortuaires ». Un peu le pendant des aides-soignants, mais pour un accompagnement à la mort. Les candidats à cette mort assistée avalaient une solution létale et s’éteignaient paisiblement, comme s’ils glissaient simplement dans un sommeil profond. Sauf que de celui-là, personne ne s’en réveille. Vous ne vous étonnerez donc pas qu’il y ait un vieux cimetière sur l’île, où reposent les premiers suicidés. Et c’est précisément parce que tout cela dérange que Thanatea ne figure sur aucune carte. Aujourd’hui, c’est devenu un lieu privé, sous bonne garde. Depuis sa création, la société offre, ici et partout où la loi le permet, des prestations encadrées dans un environnement exceptionnel. On souhaite à nos défunts de reposer en paix. Ce qui, en réalité, est impossible dans des conditions prétendument normales. Quand vous verrez le cimetière de Thanatea, vous comprendrez. On y repose *vraiment* en paix. Les tombes ne risquent pas d’être vandalisées, personne ne vient voler les fleurs fraîches pour les revendre. Sans compter qu’une fois la concession achetée, c’est pour l’éternité, si je puis dire. À Thanatea, on aide les gens qui ne veulent plus de leur vie à réussir leur mort.

— Et leurs proches ? Ils ne viennent pas sur l’île prendre part aux obsèques ? s’étonna Esther.

— La cérémonie à laquelle ils peuvent assister est organisée dans une annexe qui se trouve sur les rives. À proximité du lieu où est garée votre voiture. Sur l’île elle-même, à part les employés, ne sont autorisés que celles et ceux qui ont décidé de mourir et qui ont payé pour ça. La plupart sont en rupture avec leur famille, ou alors n’ont tout simplement pas prévenu leur entourage de ce projet. En tout cas, la mise en terre du défunt se déroule dans la plus stricte intimité, en présence d'un prêtre pour ceux qui le souhaitent, d'un représentant de Thanatea et des fossoyeurs.

— C'est fou, on ne pourrait pas imaginer ça sur le Léman… Un lac aussi connu et fréquenté.

— Chaque endroit sur Terre possède ses mystères et ses légendes. Tenez, saviez-vous que lors de sa lune de miel à Évian avec la belle Elizabeth, le docteur Victor Frankenstein n'avait rien pu faire pour empêcher la créature sortie de son cabinet, et de son cerveau, de tuer sa jeune épouse ?

— Ce n'est qu'une fiction, sourit-elle pour se donner contenance.

Elle avait été officier de police judiciaire des années durant et confrontée à de véritables horreurs, mais les mots de Marten sonnaient étrangement. Si Esther n'avait jamais lu le roman de Mary Shelley, en revanche elle avait, comme tout le monde ou presque, vu au moins une de ses adaptations à l'écran. Ce conte horrifique lui avait paru si réel… Entendre évoquer ce terrifiant passage alors qu'on l'emmenait en bateau, seule à bord, sur une île au milieu d'un lac aussi vaste que le Léman, une île où l'on venait pour mourir, la fit soudain frémir.

— La réalité est bien pire, commenta Marten par-dessus son épaule. Et les monstres existent, même si on essaye, dès notre enfance, de nous faire gober le contraire. Sauf qu'ils ne sont pas planqués derrière les rideaux de notre chambre.

Il sembla à Esther que le ton du chauffeur était nettement moins obséquieux et son langage un peu plus relâché. Sa vraie nature reprenait-elle le dessus tandis qu'ils approchaient de leur destination ?

— J'en ai rencontré deux, de ces monstres. En plein jour et ailleurs que dans ma chambre… On leur aurait donné le bon Dieu sans confession, dit-elle sans savoir pourquoi.

— Ils vous ont marquée, ça se sent.

Esther hocha la tête sans répondre. *Dans ma chair*, pensa-t-elle.

Droit devant eux, un morceau de terre et de rochers entouré d'eau grandissait à vue d'œil. Thanatea, l'île aux Morts.

11

Un bloc de ciment dans l'estomac, Hélène, qui avait ruminé tout le dimanche et n'avait réussi à dormir qu'une heure cette nuit encore, arriva à son bureau, où elle s'empressa de s'enfermer et où l'attendaient des dossiers en cours, ainsi que les quelques événements du week-end. Un incendie criminel dans un supermarché, une attaque à main armée dans un petit commerce et un viol en réunion, trois jeunes d'une vingtaine d'années sur un mineur de treize ans. La triste routine.

Gauthier l'avait recontactée juste avant qu'elle ne parte au travail. Un échange laconique entre deux étrangers. Ce qu'ils étaient devenus l'un pour l'autre. Finalement, ces deux derniers jours n'avaient fait que précipiter l'inéluctable. La trahison de l'homme de sa vie était désormais bien réelle. Même si Hélène ne parvenait pas encore à en identifier l'origine. Gauthier avec une autre femme. Le soir, la nuit de leur anniversaire de mariage. Elle lui avait fait cracher le morceau, à coups de menaces de trouver la porte close et la serrure remplacée à son retour. Dans sa tête et dans son cœur, les émotions, allant de la colère à la tristesse, tourbillonnaient comme des feuilles mortes dans le vent d'hiver. Et, au milieu de cette confusion, une réalité, qu'elle ne savait pas comment accueillir.

Enceinte. Avec ses deux barres, le résultat sans appel du test de grossesse, qu'elle avait acheté deux jours auparavant à cause de nausées récurrentes et réalisé le matin même, lui brûlait encore les yeux. Elle devait avoir, bien sûr, confirmation par un spécialiste et, pour ça, voir au plus vite son gynécologue. Mais en attendant elle ne savait pas si elle devait s'en réjouir ou pleurer. Ce qui devait être une joie s'était transformé en cauchemar.

On frappa à la porte, qui s'ouvrit sur Layla en même temps qu'Hélène expulsait un petit « Oui » de sa gorge serrée.

— Hello ! Comment ça va ?

Hélène toisa Layla froidement.

— Comme une nana dont le mari s'en tape une autre.

— Oh non, je suis désolée, je...

— Je n'ai pas envie qu'on me plaigne.

Layla se mordit l'intérieur de la joue. Elle contempla ensuite machinalement la fine cicatrice à l'intérieur de son poignet gauche. Celui du cœur. Elles avaient toutes les trois la même, Esther, Hélène et elle. *À la vie, à la mort*. Un serment qu'elles avaient prêté, ensemble, en s'entaillant la chair et en mélangeant leur sang.

— Ce n'est pas ça du tout, Hélène. Sache juste que si tu as besoin, je suis là. Tu te souviens ? À la vie, à la mort !

Un silence sombre accueillit ces derniers mots.

— Je suis sincèrement désolée de ce qui t'arrive, ajouta-t-elle.

— Pas moi.

Layla lui jeta un regard interloqué. Hélène hésita avant de se confier, puis se lança :

— Gauthier était en train de vriller. Il me faisait peur. Et moi aussi, je me faisais peur. À la maison, ça devenait...

— Il t'a frappée ? demanda Layla sur le qui-vive.

Lorsqu'elle écoutait les femmes parler de leurs problèmes conjugaux, son histoire personnelle la rattrapait aussitôt. Hélène secoua la tête.

— Non, il n'a jamais levé la main sur moi. Mais il avait une addiction aux jeux vidéo et, depuis plusieurs mois, au cannabis, qui rendait le quotidien invivable.

— Tu ne nous en as jamais rien dit, souffla Layla, abasourdie.

— Ce ne sont pas des choses dont on se vante. Enfin bref, assez pleuré sur mon sort, tu as eu des nouvelles d'Esther ? s'enquit Hélène, soulagée de pouvoir faire diversion.

Elle n'aurait pas voulu devoir annoncer à Layla qu'en plus de tout ça elle était enceinte. Pas encore.

— « Bien arrivée », c'est tout ce qu'elle m'a envoyé. Mais je ne le sens pas.

— Quoi donc ?

— Ce départ. Je suis sûre qu'elle m'a caché des choses. Déjà, elle a été très évasive sur son futur employeur. Je sais seulement que c'est une société qui cherchait une « préposée au café ». Autant dire, rien…

— C'est quoi, ce délire ?

— J'en conclus qu'elle n'a pas été discrète qu'avec moi. Apparemment c'était l'intitulé du poste.

— Ça fait bidon, son truc, non ?

— Ça existe, je me suis renseignée. Malgré tout, j'ai un mauvais pressentiment.

— Je vois assez mal Esther Azoulay se faire avoir comme une bleue, pas toi ?

— Tu m'étonnes ! gloussa Layla. C'est que… je n'aime pas ne pas savoir où elle est.

— Pas d'adresse, rien ?

Layla fit la moue.

— « On a nos portables », c'est ce qu'elle m'a répondu.

— Elle doit avoir ses raisons… à nous de les respecter.

— Ça me fait bizarre qu'elle ne soit plus là. Elle me manque… Heureusement, il y a du taf, ça va combler le vide. Tiens-moi au courant pour toi et Gauthier. C'est quand même bien triste.

S'il n'y avait que ça, se dit Hélène, un nœud dans la poitrine. Quand Layla sortit, elle resta prostrée dans le bureau qu'elle partageait avec un collègue absent pour burn-out, et essaya de se concentrer sur l'étude d'un dossier : la mort suspecte d'une ancienne aide-soignante en EHPAD. En vain.

Enceinte. Pas là, pas maintenant. Avorter. Sept lettres qui clignotaient en rouge devant ses yeux. C'était la seule issue qu'elle entrevoyait et qui s'imposait à elle. Ce qui la libérerait de ses doutes et de ses peurs. *Tu ne penses qu'à toi*, se reprocha-t-elle aussitôt. Et Gauthier ? Quel exemple serait-il pour son enfant ? Un père adultère… accro aux jeux vidéo et au cannabis. Lui dire ou lui taire ? Il n'en saurait jamais rien, après tout…

Pourquoi tu nous as fait ça, Gauthier ? Hélène se moucha, roula le Kleenex en boule et marqua un panier dans la corbeille à papiers. Sa dextérité, ça, au moins, elle ne l'avait pas perdue. Elle prit son smartphone et chercha un numéro dans son répertoire. Docteur Moulard. Un nom sacrément prédestiné pour un gynécologue. Un sujet de fous rires avec Gauthier sous la couette. Du temps où ils riaient encore et faisaient l'amour.

— Allô ? C'est pour un rendez-vous en urgence. Je souhaite avorter, lâcha-t-elle dans un souffle.

12

— Nous arrivons, annonça Marten tout en faisant un signe du bras à la silhouette vêtue de blanc qui les attendait.

Une fois que le bateau eut accosté, avec l'aide du lamaneur, un homme d'âge moyen de type indien ou pakistanais, Marten l'amarra entre deux autres embarcations à la ligne sportive, visiblement conçues pour la vitesse. *Sans doute en cas d'urgence*, se dit Esther, qui se sentit aussitôt rassurée. Elle avait elle-même appris à piloter ce genre de bolides avec Marc d'Orsay, sur le lac d'Annecy, et s'apprêtait à passer le permis quand elle avait finalement préféré mettre son argent dans ses séances avec Irène.

Ses affaires furent chargées dans une voiturette de golf toute vitrée et électrique où, amusée par tant de cérémonies dans ce lieu isolé, elle prit place sur le siège passager à côté de Marten. Sans l'embarcadère en acier et la ceinture de rochers couleur ardoise faisant office de rempart, Esther se serait crue sur une île sauvage et presque déserte. Des cris lui parvinrent d'en haut. Elle leva la tête et aperçut, ailes tendues, deux aigles qui décrivaient des cercles dans une sorte de danse amoureuse. Ces rapaces l'avaient toujours accompagnée. Où qu'elle aille dans la nature, elle en rencontrait, comme si son destin était lié à eux.

Marten et elle roulèrent une vingtaine de minutes sur un chemin de terre avant de bifurquer dans une allée de cyprès taillés comme la barbe du chauffeur, et de déboucher devant une grille scellée entre deux murs d'enceinte d'une hauteur dissuasive, qui abritaient un parc.

— Tout est préservé, ici, précisa Marten. Nous traversons une forêt primitive. Seuls les rochers en bordure de l'île et ces murs, ainsi que le bâtiment que vous allez voir avec les logements de fonction, sont les fruits d'interventions humaines. Les cyprès ont été plantés, bien sûr, mais toute cette végétation était déjà là.

La grille s'ouvrit pour les laisser passer sans que Marten ait à activer une seule commande. *Forêt primitive, nature préservée, mais vidéosurveillance*, nota Esther en son for intérieur lorsqu'elle remarqua l'œil d'une caméra encastrée dans un arbre à l'entrée.

Ils remontèrent ensuite une route en gravier brun, toujours dans le silence bruissant de la forêt où s'engouffrait le vent du lac. Quand ils en émergèrent enfin, ils se retrouvèrent devant des blocs aux grandes baies vitrées dont les toits complètement plats accueillaient d'immenses panneaux solaires amovibles et étaient tapissés, comme les murs, d'un décor végétal. Camouflage idéal pour ne pas être repéré par un drone ou un hélicoptère, une fois les panneaux retirés.

— Ce sont les logements de fonction, dit simplement Marten, sortant d'un mutisme qui contrastait étrangement avec sa volubilité sur le bateau. Le vôtre est un peu à l'écart.

Le petit véhicule, qui s'avérait être un excellent tout-terrain, emprunta l'une des travées, juste à sa largeur, et avança jusqu'à un bloc effectivement isolé des autres et plus petit, devant lequel Marten s'arrêta.

— Nous sommes arrivés à destination, annonça-t-il avec un sourire.

Un sourire empreint d'une certaine tristesse ou plutôt de cette mélancolie venue des profondeurs qui, parfois, troublait son regard. Un sourire auquel Esther avait déjà répondu furtivement… dans un passé qu'elle voulait oublier.

Lorsqu'ils entrèrent dans le logement, elle constata avec surprise que ce n'était en réalité qu'un seul appartement, une sorte de loft plus vaste qu'elle n'aurait imaginé pour elle seule. Comme dans les hôtels, Marten avait ouvert la porte à l'aide d'une carte magnétique qu'il lui remit.

— Voilà, vous êtes ici chez vous, autant qu'il vous plaira. Le plus longtemps, j'espère.

Ce qu'elle capta à ce moment au fond de ses yeux posés sur elle, dans l'ombre de sa visière, lui donna des frissons. C'était bien lui… et elle n'avait pas de sosie…

— Il y a une conciergerie, à l'entrée du complexe, le numéro d'appel est noté, avec le mien, d'ailleurs, à côté du téléphone fixe.

— Il y a un code pour le WiFi ?

— Non, ni code WiFi ni réseau. Tout est préservé des ondes néfastes, ici, y compris les employés. Mais ce n'est qu'un détail.

— C'est une blague ? protesta Esther. Personne ne m'a prévenue de ça non plus ! Comment je fais pour contacter mes proches ?

— Le but n'étant pas de vous en couper, c'est déjà bien assez isolé comme lieu de travail, vous aurez tout le loisir de communiquer avec eux en vous rendant à la conciergerie où il y a une salle commune avec Internet et du réseau 4G.

Une salle commune, bonjour l'intimité ! pesta Esther intérieurement.

— On dirait que ça vous contrarie…

— Pas mal, oui.

— Vous vous habituerez à vivre sans toute cette dépendance, vous verrez, et vous ne vous en sentirez que mieux. On apprend beaucoup, en compagnie des morts. Même si vous n'êtes pas amenée à les côtoyer directement, cette atmosphère vous remplira de quiétude. Si vous avez besoin de quoi que ce soit, en tout cas, n'hésitez pas.

— Il n'y a pas de télé non plus, j'imagine.

— Un aquarium mural, c'est bien plus reposant.

— En fait, ce ne sont pas les employés qui décident de ce qui est bien pour eux en dehors des heures de travail, mais la direction, c'est ça ?

— Ça fait partie du contrat que vous signerez demain. Sachant que vous serez libre de refuser quand vous aurez tous ces éléments en main. On ne retient personne à Thanatea. Ce sont les gens qui veulent venir travailler ici. Vous avez bien répondu à cette annonce, n'est-ce pas ?

— Dans laquelle tout n'était pas précisé et pour cause, s'agaça Esther.

— Vous constaterez vite que ce n'est pas si terrible que ça de passer moins de temps sur son ordinateur et sur son portable. On dort mieux, je vous assure. Je vous laisse prendre possession des lieux et après-demain, après votre journée libre, je vous montrerai mon paradis si vous le souhaitez. Sous ma casquette de jardinier, cette fois.

Marten la salua en l'enveloppant de son regard mélancolique et nuageux. La porte se referma derrière lui dans un clic feutré. Se retrouvant face à elle-même, Esther se sentit terriblement seule et inutile. *Dans quoi je me suis embarquée*... Une déferlante de souvenirs s'abattit sur elle. Layla, Romain, le monstre qui lui avait volé son enfance et cet autre qui avait tout fraîchement refait surface sans crier gare. Et puis Sara... Le service où elle avait séjourné. Cette horrible période que le destin voulait apparemment lui faire revivre.

Esther fit quelques pas dans l'espace dépouillé qu'elle allait désormais habiter. L'expression « chez-moi » lui paraissait tellement incongrue, si éloignée de ce qu'elle éprouvait dans l'atmosphère froide et impersonnelle de ce loft sans intimité, malgré la beauté chatoyante des poissons exotiques qui évoluaient dans l'aquarium mural. Il y avait même de minuscules méduses d'un bleu électrique. Un vrai tableau vivant.

Dans ce loft, une douche à l'italienne, trop spacieuse pour une personne, côtoyait, dans un étrange paradoxe, un lit une place qui avait l'air d'avoir été choisi pour signifier à l'occupant qu'il devait renoncer à une vie amoureuse ou ne serait-ce que sexuelle. À l'autre bout, une cuisine tout équipée, y compris d'un piano de cuisson, comme si l'employé qui vivait ici était forcément un cordon-bleu, dotée d'un vaste plan de travail central, s'ouvrait sur le salon dont le mobilier, étonnamment spartiate, se résumait à une table basse en tek et un canapé d'angle, tourné vers la baie vitrée donnant directement sur un petit jardin privatif bordé de lauriers et d'hibiscus. Dans le fond, la neutralité du lieu, dénué de toute empreinte d'un prédécesseur, l'aiderait à prendre ses marques et à l'investir en y apportant sa patte. Tout, ici, semblait fait pour un nouveau départ. Ou un dernier voyage.

Sans défaire ses valises, Esther sortit de son sac le strict nécessaire pour la toilette et la nuit, une trousse et un pyjama. Elle n'était plus du tout sûre de vouloir rester. Quelque chose, dans son cerveau reptilien, l'avertissait. Depuis longtemps, les gens venaient ici pour mourir. Ces lieux suintaient la mort.

Esther s'assit sur le lit, pensive, son regard errant de l'autre côté de la baie vitrée, sur le jardin où, à cette heure, le soleil ne donnait plus. Layla s'inquiétait certainement de son silence. Lay… Chupa… Son ancienne vie.

La sonnerie stridente du téléphone scellé au mur, juste au-dessus de son chevet, la fit soudain sursauter.

— Bonjour, madame Azoulay.

Elle reconnut la femme avec laquelle elle avait échangé lors du recrutement. Celle-ci ne lui avait même pas communiqué son nom.

— Êtes-vous bien installée ? s'enquit-elle. Le chauffeur vous a-t-il transmis les consignes sur le WiFi et les appels ?

— Oui, d'ailleurs j'ai été assez étonnée que vous ne m'ayez pas mise au courant de l'absence d'Internet et de réseau mobile dans le logement. J'en ai eu la désagréable surprise à mon arrivée. Je souhaiterais être prévenue, s'il y a d'autres choses que vous ne m'aviez pas encore précisées.

— Nous y veillerons, soyez-en assurée. En attendant, vous commencerez donc lundi, à 6 h 30, samedi et dimanche étant des jours de relâche, sauf pour des occasions particulières.

— C'est-à-dire ?

— Vous ne serez pas sollicitée tous les week-ends, les enterrements à Thanatea étant extrêmement régulés, mais il y aura aussi les mariages. Des événements au cours desquels on sert le café. C'est même toute une cérémonie.

— Des mariages ? Je croyais que l'île n'était pas accessible au public...

— Ah, je vois que Marten ne vous en a pas parlé. Nous organisons des mariages posthumes. Autrement dit, nous marions des défunts selon leurs dernières volontés. Il arrive également qu'un conjoint survivant souhaite s'unir à son compagnon décédé. Dans ce cas, cela se passe sur un écran. L'île est en effet fermée aux visiteurs. Le café n'est en réalité destiné qu'aux permanents de Thanatea.

Des mariages posthumes... Esther n'en croyait pas ses oreilles. *C'est d'un morbide !* se dit-elle, passablement refroidie.

— Nous ne faisons pas de discrimination à Thanatea, poursuivit la femme, d'une voix sans nuances. Dans le domaine conjugal, les morts ont les mêmes droits que les vivants.

— Est-il prévu que je rencontre la direction de l'entreprise ?

— La PDG, Mme Horn, est rarement ici. Elle est la plupart du temps en déplacement ou au siège, à Okinawa, au Japon.

Tiens, une île aussi, songea Esther. Et Horn, un nom qu'elle avait déjà croisé quelque part.

— Elle est japonaise ? demanda-t-elle.

— Non, mais elle est très attachée au Japon. Son mari, qu'elle a perdu, était américano-japonais. Sinon, préférez-vous prendre vos repas du soir au réfectoire ou bien cuisiner vous-même, sachant que vous n'aurez qu'une demi-heure de pause déjeuner à midi et que vous resterez sur place ?

Encore sonnée par les informations qu'on venait de lui communiquer, Esther ne sut même pas ce qu'elle avait répondu avant de couper la communication, l'estomac lesté de plomb. En raccrochant, son regard s'arrêta sur la table de chevet cubique, dont l'unique tiroir était légèrement entrebâillé, comme une invitation à y fouiner. L'ouvrant complètement, elle fit une étrange découverte. Tout au fond se trouvait un petit papier bleu plié, qui évoquait un oiseau au long cou avec les ailes déployées, à côté d'un cylindre en terre cuite, surmonté d'une figurine humanoïde. L'objet, intact, paraissait très ancien. Le prenant dans sa main pour l'étudier de plus près, Esther sentit une vague glacée déferler dans tout son corps. La statuette, qui devait mesurer une dizaine de centimètres, finement travaillée, représentait une femme dont le visage et les cheveux ressemblaient aux siens comme deux gouttes d'eau.

13

Le portable de Layla vibra dans sa poche au moment où elle quittait le bureau d'Hélène. C'était sa mère. Son cœur fit le yoyo. Elle n'avait pas pour habitude de l'appeler à son travail.

— Maman ? Tout va bien ?

— Ne t'inquiète pas, ma fille, Nour va bien et nous aussi. Mais je viens d'apprendre par ton ex-belle-mère que Mehdi a demandé la garde exclusive de sa fille et a annoncé qu'il se battrait jusqu'au bout. J'ai pensé que c'était important que je te téléphone.

Une main sur le front, se retenant de l'autre au mur du couloir, Layla avait envie de hurler quand elle raccrocha. Pourquoi n'avait-elle pas été avertie par son avocate ? Au bord du vertige, mille questions pulsaient dans son cerveau et lui vrillaient les tempes. Si Cherkaoui n'avait pas été jugé pour meurtre sur sa conjointe, c'était peut-être juste par chance, une bonne étoile qui l'avait sauvée d'une mort violente « accidentelle ». Une chute malencontreuse, la tête qui rencontre un coin de table ou le sol un peu trop rudement. Il ne l'avait pas frappée à mort comme un forcené, c'est vrai, mais cette noirceur glacée, qu'elle avait eu le temps de saisir dans son regard avant de sombrer dans une semi-inconscience sur le carrelage de la cuisine, elle ne la connaissait que trop.

Pour l'avoir souvent surprise dans les yeux de tueurs lors d'interrogatoires. Tout ce qu'il voulait maintenant, c'était sans aucun doute se venger, l'atteindre dans sa chair, à distance. Et pour ça, il était prêt à tout, même à se servir de leur fille. Sauf que s'il recommençait son harcèlement, ce serait elle qui le tuerait. Un serment qu'elle prêta entre ses dents serrées.

— Tout va bien, mon lieutenant ? lui lança Julie, une jeune stagiaire déjà très investie.

— Oui, oui, merci, beaucoup de boulot…

Excuse peu convaincante, mais, discrète et respectueuse de la hiérarchie, Julie n'insista pas.

— Layla ! Le boss te cherche. Il a l'air furieux…

L'info venait d'un de ses coéquipiers qu'elle croisa dans le couloir alors qu'elle s'était enfin remise en chemin vers le bureau qu'elle avait partagé tant d'années avec Esther. Depuis ce matin, elle avait tout fait pour retarder le moment où elle trouverait la place en face d'elle vide. Une place qui serait bientôt attribuée à quelqu'un d'autre. Personne n'est irremplaçable. Mais personne n'égalerait Esther. Personne ne lui arriverait à la cheville, ni même au talon. Que ce soit dans le travail ou dans la sphère intime de l'amitié.

À contrecœur, alors qu'elle n'avait qu'une envie, rentrer chez elle avec Nour, elle frappa à la porte du commissaire divisionnaire et l'ouvrit dans la foulée.

— Asseyez-vous, Bennani.

À la suite du décès brutal de leur ancien supérieur, qui avait succombé à une crise cardiaque au sein même des locaux, Morize, débarqué de Bordeaux, avait repris le flambeau. À quarante-cinq ans, il était déterminé à dépoussiérer la PJ lyonnaise et à lui apporter du sang et un souffle nouveaux. Aussi ne manquait-il pas une occasion pour mettre la pression sur l'ensemble des enquêteurs, gradés ou non. Une convocation, même informelle, n'augurait donc rien de bien réjouissant.

— Où en êtes-vous dans le dossier Til ?

Layla prit une grande inspiration. Son groupe piétinait, faute de preuves. François Til, un écrivain lyonnais de romans policiers, était soupçonné du double meurtre de sa femme et du frère de celle-ci, qui auraient été amants depuis toujours. Mais l'affaire était extrêmement délicate, car elle impliquait probablement des personnalités du gratin politique local. Layla et son équipe marchaient sur des œufs.

— On manque d'éléments pour l'interpeller.

— Trois mois que vous êtes dessus, Bennani. Vous avez conscience que ça ne peut plus durer.

— On fait tout notre possible, figurez-vous.

— Ce n'est pas l'avis du procureur.

— Il n'est pas sur le terrain.

Et vous non plus, eut-elle envie d'ajouter avant de préférer se mordre la lèvre.

— Ce n'est pas ce que je voulais entendre, lieutenante Bennani.

Morize s'avança sur son fauteuil et croisa les doigts sur le bureau en toisant Layla par-dessus ses lunettes rectangulaires à monture blanche. *Quand quelqu'un aura-t-il le courage de lui dire que c'est moche ?* se demanda Layla pensant, qu'après tout, c'était le rôle de sa femme, même si la rumeur courait que Morize était gay.

— Donc, écoutez-moi bien, parce que je ne le répéterai pas, poursuivit-il. Je reçois des pressions d'en haut qui, forcément, se répercutent sur les équipes. Vous avez deux semaines pour boucler cette affaire et je suis large. Deux semaines sans vie privée, c'est peut-être long pour vous, mais très court à l'échelle d'une enquête. Dois-je vous rappeler que les victimes faisaient partie de l'entourage du maire ?

— Et moi, dois-je vous rappeler que nous sommes en sous-effectif ? répliqua-t-elle sur le même ton en se levant. Non, inutile, parce que rien ne bougera, de toute façon.

Par contre, que ce soit clair, les victimes pourraient être des SDF, ça ne changerait rien non plus... pour moi, en tout cas. Deux semaines, c'est bien noté, chef.

Sans un mot de plus, elle sortit et claqua la porte.

Une fois dans son bureau, tout en évitant de regarder la place vide d'Esther, Layla contacta son avocate, Ophélie Meyer, qui était aussi une copine de bringues.

— Ophélie ? commença-t-elle d'une voix fermée. Ma mère vient de m'apprendre pour mon ex. Pourquoi tu ne m'en as pas informée ?

— Je suis désolée, ma belle, j'ai la tête sous l'eau. En même temps, je ne me plains pas... Mais c'est vrai, j'aurais dû prendre quelques minutes pour t'appeler. Je ne l'ai su que ce matin et j'allais le faire dans la journée.

— La prochaine fois, je procrastinerai aussi pour régler tes honoraires, envoya Layla sèchement.

— Je viens de te dire que je regrette. Tu veux connaître les détails ou continuer à me faire la morale ?

Layla se renversa sur le dossier de son siège en levant les yeux au plafond, vers le néon blafard sur lequel étaient collés quelques cadavres de mouches.

— Ma mère m'a déjà annoncé l'essentiel. Cherkaoui veut la garde exclusive de Nour ! Un ex-taulard ! Je rêve. Mais vas-y, je t'écoute.

— Visiblement, ta mère est plutôt bien renseignée. Le souci, c'est qu'il peut l'obtenir.

— C'est quoi ce délire ?

— La réalité, Layla.

— Tu m'expliques ?

— Je dois filer à une audience au tribunal, un procès en assises. Je devrais déjà y être. Et puis, ce serait peut-être mieux qu'on en parle de vive voix. Tu es libre ce soir ?

14

Ce ne pouvait être un hasard. Et il existait forcément une explication. Peut-être était-ce un cadeau d'accueil réservé à chaque nouvelle recrue ? Mais pourquoi cet origami en forme d'oiseau qui résonnait si fort en elle, et quel était le message ? Il représentait un cygne, symbole de paix et d'amour éternel. Peut-être le précédent occupant des lieux l'avait-il oublié dans le tiroir ou bien laissé délibérément, par bienveillance ? Autant de questions qu'elle poserait à Marten lorsqu'elle le verrait.

Esther referma le tiroir en ne gardant que l'origami. Contrairement à la figurine, dont la ressemblance avec ses propres traits la tourmentait autant qu'elle l'interrogeait, cet oiseau l'attirait étrangement. Le retournant pour l'examiner sous toutes les coutures, elle découvrit, inscrit à la main au feutre bleu foncé, un chiffre : « 1 ». Le premier d'une série ? Elle le plaça sur la table de chevet, au pied d'une lampe de style industriel. Elle ressentait une étroite connivence avec ce pliage… Comme une part d'enfance qui se manifestait…

Des souvenirs remontèrent telles des bulles. Ses parents, si unis qu'elle en avait souffert malgré elle, se jugeant parfois de trop au milieu de cette relation fusionnelle. Layla, son amie, son inséparable, qu'elle avait fini par abandonner. Hélène, qu'au fond elle plaignait d'être tombée dans une famille de beaufs et de racistes, qui l'avait contaminée. Elles s'en étaient payé, ensemble, des journées d'insouciance à imaginer leurs vies : un mari, des amants, la maison qu'elles auraient, le nombre d'enfants dont les deux autres seraient les marraines. Tellement différentes, elles avaient au moins en commun de désirer un monde plus juste, sans violence ni crime. Était-ce trop demander ?

Esther regarda l'oiseau. Il la regardait aussi. Elle avait le sentiment qu'il veillerait sur elle. Comme un ange. Son ange. À cet instant, elle en eut presque la certitude : c'était ici qu'elle trouverait enfin la paix et l'oubli.

Prenant son smartphone et la carte magnétique, Esther se dirigea vers la porte d'entrée avec l'intention de se rendre à la salle commune, sans savoir vraiment comment. Stupéfiée par la découverte de l'île, puis de la propriété, elle n'avait pas tout retenu des explications de Marten. Finalement, jetant un œil au jardin, elle se ravisa. Il y avait peut-être un moyen de gagner le parc par là sans se faire remarquer. Et elle espérait secrètement qu'il y ait un peu de réseau à l'extérieur. S'imaginer dans cette salle, parmi des inconnus, à devoir parler à Layla sans la moindre intimité lui apparut insupportable.

Elle entrouvrit juste assez la baie vitrée pour se faufiler dans le petit jardin à la recherche d'un passage qui donnerait sur le parc. Ce qu'elle dénicha sans peine, entre deux haies. Elle marchait maintenant à l'ombre des arbres, sur un tapis de mousse et de terre aux relents printaniers et humides. Des grappes de champignons remplissaient leur rôle de sentinelles aux pieds des chênes, des hêtres bicentenaires et des quelques conifères.

Les yeux rivés à l'écran de son portable, elle attendait d'obtenir au moins deux barres pour pouvoir appeler Layla.

— Madame Azoulay ?

Les mots, formulés par une voix étonnamment grave et pourtant féminine, vinrent ricocher dans son dos. *Zut…* Elle se retourna en soufflant. Une femme d'une cinquantaine d'années, à l'austérité presque monacale, sans maquillage, les cheveux poivre et sel tirés en arrière découvrant un front immense, vêtue d'une sorte d'uniforme bleu nuit et gris, lui faisait face. Ses yeux très noirs transperçaient Esther comme deux dagues, malgré une esquisse de sourire poli.

— Oui ?

— Bonjour. Je suis la concierge et vous souhaite la bienvenue. M. Marten a dû vous dire de vous adresser à moi pour toute demande.

— En effet. Je n'ai pas de question pour le moment, tout va bien, je vous remercie.

— Nous nous employons à veiller au bien-être de nos résidents et faisons tout pour que vous vous sentiez au mieux dans cet environnement. En revanche, il y a un règlement qui s'applique à tous. Y compris à moi-même, sauf urgence. M. Marten vous a certainement parlé de la salle Internet d'où vous pouvez aussi appeler.

— Je ne dérange personne, ici. Et je préfère avoir mon intimité pour communiquer avec mes proches.

— Croyez que j'entends entièrement vos arguments, madame Azoulay, seulement les termes du règlement n'ont pas été établis de façon arbitraire, mais pour des raisons très précises. Ne pas troubler la quiétude de ces lieux, auquel ce parc naturel préservé appartient, et éviter au maximum les effets nocifs des ondes. Telles sont la priorité et la volonté de Mme Horn. Et le respect du règlement entre dans votre contrat de travail.

Qui n'est pas encore signé, faillit lui jeter Esther à la figure. Mais elle n'allait pas pinailler, et la concierge était le genre de personne qu'il valait mieux avoir dans sa poche que compter parmi ses ennemis.

— Est-il possible de m'entretenir avec Mme Horn ?

— Comme vous le savez sans doute, elle vit à l'étranger. Au début, elle venait régulièrement, le temps de la mise en place de la société, mais maintenant elle gère tout à distance, avec l'aide de la directrice des ressources humaines qui, elle, se tient à notre disposition. Elle ne prend pas non plus les appels téléphoniques venant de ses employés. Sinon ça n'en finirait pas. Mme Horn reste cependant très à l'écoute et accorde une grande importance à l'aspect humain dans son entreprise. Voulez-vous bien me suivre à la salle pour passer votre appel ? Ainsi, vous saurez où elle se trouve et ne risquerez plus de vous égarer dans le parc.

C'est ça, vieille pie, tu sais très bien que je ne me suis pas « égarée », se dit Esther en lui lançant un regard furieux. Elle avait deviné, en effet, avec la caméra de surveillance qui se fondait au décor, que tout ici faisait l'objet d'un contrôle rigoureux. La concierge avait dû être prévenue par les agents de sécurité.

« Bien arrivée », fut tout ce qu'Esther eut le cœur d'envoyer à Layla, par WhatsApp, depuis l'espace commun. Ensuite, n'ayant pas faim, elle déclina l'invitation de la concierge à se joindre aux autres résidents pour le dîner. La seule éclaircie dans ce ciel soudain assombri était Marten et la douceur mélancolique qui l'habitait. Elle savait qu'ils partageaient la même tristesse, le même besoin de solitude.

Le soir, après la douche, elle se brossa les dents au-dessus de la vasque. Lorsqu'elle releva la tête, elle croisa son reflet dans le miroir, qui lui renvoya l'image de ce corps nu qu'elle eut l'impression de redécouvrir. Du bout des doigts, de son sein gauche à son sternum, elle suivit le trajet d'une ancienne brûlure qui avait laissé une plaque dépigmentée et fripée, juste sous un tatouage. Quatre lettres entremêlées y formaient un prénom. Sara.

Elle avait reçu du café bouillant sur la peau. Brûlure au second degré. Ironie du sort ou bien travail de l'inconscient pour régler ce qui ne l'avait pas été, elle allait passer ses journées à en servir. Son sourire crispé se mua en grimace. Des larmes s'échappèrent de ses yeux et roulèrent sur ses joues. Elle enfila un tee-shirt ainsi qu'un caleçon long et se glissa sous la couette couleur taupe en coton satiné. Là, son regard tomba sur le numéro de téléphone de Marten. « N'hésitez pas à l'utiliser », avait-il dit. Elle oscilla quelques instants, puis finalement renonça. Elle n'avait rien à lui demander de concret et, en même temps, elle aurait voulu parler. Juste ça, parler à quelqu'un qui lui tendrait une oreille bienveillante, sans avoir à sortir de son logement de fonction. Quelqu'un dont elle se sentirait proche, sur la même longueur d'onde. Mais, paradoxalement, Marten représentait aussi cet écho d'un passé trop lourd à porter.

Esther prit l'oiseau bleu entre ses doigts, aussi délicatement que s'il s'agissait d'un papillon, et le déposa au creux de sa paume. 1. Où était le 2 ?

— Je le trouverai, c'est promis, murmura-t-elle en fermant les paupières.

Veille, mon ange, veille sur moi. Sara.

15

Toute la journée Hélène s'était sentie prise entre deux parenthèses sans pouvoir en sortir. L'après-midi touchait à sa fin et elle n'avait pas eu davantage de nouvelles de Gauthier. De son côté, elle avait laissé un message à son avocat disant qu'elle souhaitait amorcer une procédure de divorce. À cette heure, Titi devait l'attendre avec impatience. Le pauvre chien était condamné à se retenir douze heures d'affilée, et Hélène s'en voulait de lui faire subir les conséquences d'un job aussi prenant. Elle plia donc bagage, rangea un dossier qui traînait encore avec les autres, enfila sa Barbour et éteignit la lumière en quittant son bureau, une barre entre les omoplates. Elle ne se rappelait pas la dernière fois où elle avait été heureuse. Réellement, profondément heureuse. Où elle avait perçu les ondes d'un vrai bonheur, ce frémissement hormonal, cette décharge de sérotonine dans tout le corps. Cette sensation d'exister, d'être. Intensément. Plus elle avançait, plus l'obscurité se refermait sur elle. Les trois heures de terrain d'aujourd'hui, sans réelle progression, la maintenaient dans ce brouillard.

Enceinte, *avorter*, *enceinte*, *avorter*... Cette insupportable rengaine rythmait ses pas et ses pensées. Le rendez-vous chez le gynécologue était pris. Elle avait désormais deux jours pour l'annuler. Ou commettre l'irrévocable. Avec ses semelles de plomb, traverser le parking jusqu'à son SUV ressemblait à un marathon. Sauf qu'à l'arrivée, c'était une foule qui accueillait d'ordinaire les coureurs, non pas un seul homme, un bouquet de fleurs à la main.

Une fraction de seconde, entre chien et loup, Hélène crut que, revenu à la raison, Gauthier lui faisait la surprise de l'attendre à sa voiture. Mais en se rapprochant, son instinct l'alerta d'une présence indésirable. Marc d'Orsay était le dernier qu'elle aurait espéré voir ce soir-là.

— Bonsoir Hélène, susurra-t-il dès qu'elle fut à portée de voix. Content de te voir.

Un sourire chaleureux appuya ses paroles. Hélène lui lança un regard froid. Elle, elle n'avait envie de voir personne.

— Tiens, je n'ai plus droit à « petite Gorce » ? railla-t-elle en déverrouillant son véhicule.

— Justement… Si je me suis permis de venir à l'improviste à la sortie de ton travail, c'est pour te présenter mes excuses.

Hélène le toisa avec ironie, se disant qu'il allait pleuvoir des grenouilles. Ou peut-être préparait-il quelque chose. Elle resta donc sur ses gardes.

— Des excuses ? Tu n'as pas fini, alors…

— Je ne suis pas là pour qu'on se prenne la tête. C'est sincère, Hélène. J'aimerais que ces fleurs te le prouvent.

Des lys blancs… Ses préférées. Ceux que Gauthier lui offrait d'habitude pour leur anniversaire de mariage. *Comment a-t-il pu savoir… ?* Peut-être avait-il simplement deviné. Ou eu de la chance. Malgré toutes ses interrogations et son étonnement, Hélène se sentit, un quart de seconde, flancher. Subitement vulnérable, exposée. Cet homme était-il capable de sincérité ? Et Gauthier était-il en définitive meilleur que lui ? Avait-il été sincère avec elle durant toutes ces années ?

Des fleurs royales… Leur parfum était enivrant. Cet homme l'était également. Et toxique comme ces plantes que, pourtant, elle aimait.

— J'ai été très con, au parc, plaida-t-il. Pour me faire pardonner, j'aimerais t'inviter à prendre un verre ce soir, au Ninka.

La mâchoire de l'officier de police se contracta imperceptiblement.

— OK pour un verre, se surprit-elle à dire, et merci pour le bouquet.

Un sourire discret et victorieux accueillit cette réponse.

— On est partis ?

— Je te rejoins, il faut que je sorte mon chien.

— Tu es sûre ?

— De devoir sortir mon chien, oui.

— De venir me rejoindre…

Sur un dernier regard, Hélène déposa les lys sur le siège passager et s'installa derrière le volant avant de démarrer au nez du flic. Pendant tout le trajet, elle se demanda ce qui lui avait pris d'accepter ce verre avec un homme qui lui inspirait tant de sentiments contradictoires et si elle allait vraiment s'y rendre. *Enceinte*, *avorter*, *enceinte*, *avorter*… Son mari, un traître, un beau salaud. Et si elle s'octroyait un peu de bon temps ? Elle en avait le droit, après tout. Toutes ces choses qu'on se refuse. Tous ces plaisirs dont on se prive pour avoir l'illusion de rester loyal, intègre ou dans la norme. L'être humain naît et grandit entravé. *Seule la mort nous libère de nos chaînes*, pensa Hélène. *Ou le sexe.* Ce soir, elle choisirait la seconde option.

En la voyant, Titi lui fit une fête digne d'un chien, le compagnon le plus fidèle qui soit. Avec lui, ni tromperie ni mensonge. Laisse, harnais. Promenade rapide. Elle avait pris sa décision. Se changer les idées. Mais, avant tout, changer de culotte.

Trois quarts d'heure plus tard, douchée et maquillée, elle entrait au Ninka où d'Orsay l'attendait, assis à une table devant sa pinte d'IPA à moitié vide.

— Tu sais que tu es belle, lui glissa-t-il alors qu'elle s'installait en face de lui, regrettant déjà d'être là. Qu'est-ce que tu veux boire ? Cocktail, bière, vin…

Hélène hésita. Enceinte, avorter… Pic et pic et colégram. L'alcool serait un bon appui à la pilule abortive.

— La même chose que toi pour commencer.

— Une soirée pleine de promesses…

— Ne te fais pas de films, d'Orsay. Si je suis venue, c'est juste parce que je n'avais rien d'autre de prévu.

— C'est déjà ça, répondit le flic d'un ton aigre-doux.

— Arthur va bien ?

Une ombre glissa furtivement dans les yeux de d'Orsay qui afficha pourtant un sourire.

— Il est chez sa mère. On a passé un moment ensemble hier. Je l'ai emmené au musée, voir des dinosaures. Enfin, leurs squelettes. Il a adoré. Moi aussi, j'aime ça, les squelettes.

— Comment tu as deviné, pour les lys ? demanda-t-elle alors que le serveur déposait déjà une pinte devant elle.

— Je n'ai pas eu à *deviner*. Ces fleurs, c'est toi. Comme une évidence. Mystérieuses, froides, majestueuses, sensuelles, au parfum de reine.

Hélène sentit son cœur palpiter tel un oisillon au creux de la main. Malgré tous les signaux d'alarme qui s'affolaient dans son cerveau, ce tête-à-tête avait quelque chose d'agréable, qui lui faisait peu à peu lâcher prise. Si elle craquait ce soir, ce serait fulgurant, étourdissant, brutal, bestial. Dans tous les cas, libérateur.

Un peu plus tard, après minuit, elle craqua et ce fut fulgurant, étourdissant, brutal, bestial. Dans la chambre d'hôtel où séjournait d'Orsay, ils baisèrent la nuit entière, frénétiques, insatiables, avides de leurs bouches et de leurs peaux, l'un contre l'autre, l'un dans l'autre.

16

Douchée et habillée en tenue réglementaire, un tailleur gris plomb et une chemise bleu nuit qu'elle avait dénichés sur un cintre dans le placard, à l'intérieur d'une housse, Esther retrouva Marten qui la conduirait au bâtiment principal, là où elle allait servir le café tous les jours.

Leurs yeux en dirent plus long que leurs bouches lorsqu'ils se saluèrent. Il sembla à Esther que, moulée dans son tailleur, elle lui faisait un certain effet.

— Avez-vous passé une bonne nuit ? s'enquit-il d'une voix toujours aussi douce et chaleureuse.

— Très bonne, merci, mentit-elle en lui rendant son sourire.

En réalité, elle avait dû dormir quatre heures en pointillé. Elle s'était réveillée vers 5 heures, déboussolée et avait mis quelques minutes à reconstituer les lieux de son nouveau domicile. Thanatea. Un bout de terre sur le Léman. L'île aux Morts. L'aquarium et ses hôtes exotiques l'avaient finalement ramenée à la réalité. Le loft, sa baie vitrée, le jardin privatif et la forêt autour. L'ensemble sous vidéosurveillance. L'absence de réseau, hormis dans la fameuse salle dédiée aux communications.

— J'ai été rappelée à l'ordre, avoua-t-elle au chauffeur, une fois à bord de la voiturette électrique.

Et, sans attendre, à la fois amusée et énervée, elle lui livra le récit de sa rencontre avec la gardienne. Marten hocha la tête.

— Je comprends que ce soit difficile, mais vous vous habituerez.

— Vous avez probablement raison, acquiesça-t-elle avant de changer de sujet. Le logement de fonction où je suis, il y a eu quelqu'un avant moi, j'imagine, n'est-ce pas ?

— Oui, il s'agissait d'une jeune femme qui a également occupé votre poste avant vous. Pourquoi ?

— J'y ai fait une découverte. Une petite statuette, dans le tiroir du chevet. Et un origami en forme d'oiseau. On dirait un cygne.

Esther se garda de parler de la singulière ressemblance entre le visage de la statuette et le sien. Le chauffeur demeura silencieux, comme absent.

— Auriez-vous une idée de ce que c'est, Marten ?

— Pas la moindre. Sans doute la personne qui a vécu dans le loft les a-t-elle oubliés.

Le ton du chauffeur, sur cette réponse, avait été plus expéditif. Peut-être avait-il reçu des consignes de discrétion. Ils arrivèrent dans un silence embarrassé devant le bâtiment principal, dont Esther avait déjà pu contempler l'architecture sur le site Internet. Un bloc de granit noir à cinq étages. Un paquebot sur la terre ferme.

— La DRH vous attend à l'intérieur, une grande blonde qui tient un peu de la cigogne, lui dit Marten avec un clin d'œil. On se voit après ? Si vous souhaitez toujours explorer mon petit paradis…

— Tant que ce n'est pas l'enfer, avec plaisir ! lança Esther en sortant de la voiturette.

Elle franchit les deux portes automatiques et chercha des yeux « la cigogne ». Celle-ci faisait déjà le pied de grue dans la rotonde du hall d'accueil, plutôt impressionnant. Esther apprendrait plus tard qu'il s'agissait du hall aux Orchidées, en référence à l'incroyable multitude de ces fleurs, de variétés différentes, qui décorait l'endroit. Des minuscules dans les tons violets ou orangés, aux grandes et même géantes : blanches, rosées, jaunes, mauves, bleu ciel, mouchetées. La plus rare trônait au centre, dans une cage en verre, sous une protection digne de *La Joconde* au Louvre : l'orchidée noire. Mais Esther n'eut guère le temps d'admirer le design contemporain, de se perdre dans ce minimalisme à la japonaise, ou de frissonner devant ces fleurs mystérieuses et fascinantes. La cigogne fondit sur elle et elle put enfin mettre un visage sur la voix au téléphone. Un visage laiteux sans cils ni sourcils, et, trouva-t-elle, d'une ressemblance frappante avec celui de l'actrice Tilda Swinton.

— Madame Azoulay, bienvenue à Thanatea. Avant que je vous fasse une rapide visite des lieux et vous conduise à votre poste où je vous donnerai quelques précisions, nous allons passer à mon bureau pour signer le contrat.

Aussitôt, elles se dirigèrent vers l'un des trois ascenseurs, dont la porte en acier brossé se referma sur elles comme celle d'un tombeau, et montèrent jusqu'au cinquième étage.

— Chez nous, la hauteur n'a rien à voir avec une marque quelconque de hiérarchie, justifia la cigogne, dont Esther ignorait toujours le nom. Par ici, je vous prie.

Dans le bureau aux murs sombres laqués et au plafond bas, où étaient encastrées des rangées de LED, Esther se sentit soudain oppressée malgré les quatre-vingts mètres carrés. Elle avait déjà hâte d'en sortir.

— Voici donc votre contrat, si vous voulez bien le lire, le parapher et le signer.

La DRH lui tendit un stylet et une tablette sur l'écran de laquelle s'affichaient les onze pages du document. Une longueur décourageante pour quiconque était allergique à la paperasse.

— Il n'est pas assorti d'une période d'essai ? s'étonna rapidement Esther, qui venait de s'atteler malgré tout à la lecture de tout le contenu.

— On considère que le futur employé saura donner satisfaction pour un travail d'une telle simplicité.

— Pas de préavis non plus pour un éventuel licenciement ou une démission ?

— Tout se fait à l'amiable dans notre entreprise, ou plutôt sur rupture conventionnelle, c'est notre philosophie.

Suspendant son geste, Esther serra le stylet entre ses doigts. Tout ceci était trop flou et sonnait creux.

— Je ne peux pas signer, je suis désolée, souffla-t-elle en secouant la tête.

— Je vous garantis que vous n'aurez pas de mauvaise surprise, madame Azoulay. Notre priorité est le bien-être de nos clients, mais aussi de nos salariés. Si vous le souhaitez, vous pouvez prendre connaissance tranquillement de ce contrat et le signer ultérieurement…

— Donnez-moi une semaine. Que je voie au moins si ce poste me convient. J'ai bien conscience que le salaire est largement au-dessus de ce que je pourrais trouver ailleurs, mais…

— C'est d'accord. Une semaine. Allons-y, je vais vous montrer ce que vous aurez à faire. La visite de l'établissement sera pour un autre jour, nous avons pris un peu de retard.

L'espace dédié au café se situait au premier étage, dans un salon sans fenêtres, avec, comme seul moyen d'échapper à une sensation d'étouffement, un écran mural sur lequel défilaient des images numériques en haute définition de paysages sublimes, assorties d'une musique sirupeuse. Archipels lointains perdus dans l'immensité turquoise, déserts, étendues sauvages, savanes, forêts tropicales, sommets himalayens, banquises et icebergs bleutés, cascades, volcans, toutes ces merveilles terrestres pour s'évader sans bouger. *Ça sape plus le moral qu'autre chose*, pensa Esther. Mais après ce qui avait été son quotidien toutes ces années, le paradis sur terre la reposerait peut-être. Elle décida donc de se laisser porter par les événements et de lâcher prise.

La cigogne, perchée sur ses talons comme pour bien affirmer son statut au sein de l'entreprise, lui montra ce qui serait désormais son univers. Celui du café.

— Ce n'est pas seulement une drogue douce, c'est avant tout un moment de détente, de convivialité ou de solitude privilégiée, déclara la DRH devant la batterie de machines et de cafetières. Si vous avez un bon sens de l'observation, ce dont je ne doute pas, vous noterez rapidement les habitudes et les besoins de nos employés, comme ceux de nos clients. Un psy ou un sociologue trouverait son bonheur ici. Enfin, voici votre outil de travail. Ou plutôt *vos* outils. Il y en a pour tous les goûts. Percolateur, machine à espresso avec broyeur intégré, cafetière italienne de nos grands-mères…

La DRH prit sur la table un récipient évasé en cuivre pourvu d'un manche fin, qu'Esther reconnut aussitôt.

— Il s'agit d'une *djezva*, poursuivit Tilda Swinton. C'est pour faire le café turc, que l'on sert dedans. Celle-ci est en cuivre, mais vous en avez également en émail. Ceci étant, ne vous inquiétez pas, voyant que vous êtes nouvelle, chacun vous indiquera ses préférences. Ils ont tellement hâte de boire leur bon vieux café servi avec le sourire qu'ils vous attendent comme le messie.

Esther se rappela que son oncle avait rapporté un ustensile semblable d'un de ses voyages, et qu'il avait donné la recette du café que l'on y prépare à l'intérieur. Une recette qu'elle avait retenue. L'eau, sucrée, devait être portée à ébullition avant d'y ajouter quelques cuillères de café moulu, aussi fin que de la poussière ou des cendres. Une fois bien mélangé, on le remettait à chauffer jusqu'à un doux frémissement, puis on le retirait du feu pour que le liquide retombe, et ce trois fois de suite. Ce café avait la réputation d'être le plus fort au monde, à cause de la présence du marc au fond de la tasse, dans lequel on pouvait d'ailleurs lire l'avenir.

— Vous trouverez tout le matériel nécessaire dans les placards et sur les étagères. La réserve est derrière cette porte. Une vraie caverne d'Ali Baba. Certains employés ont leur tasse ou leur mug attitré. Voilà, vous n'avez que quelques minutes avant qu'on lâche les chevaux ! Vous êtes prête ?

— Je pense, oui.

Le visage impassible de la directrice parut enfin s'animer d'un semblant de vie.

— Dans ce cas, je vous laisse. Bonne chance ! Si besoin, n'hésitez pas à m'appeler, je suis sur le site toute la journée. Les pics sont en général entre 7 heures et 7 h 30, 9 h 30 et 11 h 30, 13 heures à 13 h 30 ou 14 heures, et le tout dernier vers 16 heures. Votre journée est finie une fois le matériel nettoyé, astiqué et rangé, ce qui vous mènera jusqu'à 18 heures ou, dans le meilleur des cas, 17 h 30.

C'est parti, se motiva Esther en regardant s'éloigner l'échassier sur ses talons. Mais, alors qu'elle se retournait et s'apprêtait à caler une tasse dans la machine à espresso, elle se figea. Là, juste sous ses yeux, à côté de l'appareil, le même oiseau bleu au long cou que celui du tiroir. D'une main tremblante, elle le souleva et le déposa dans sa paume. Sur sa petite tête, formé avec soin, le chiffre 2.

17

Hélène était rentrée chez elle au petit matin, lourde de culpabilité d'avoir laissé Titi seul avec une lampe allumée pour lui donner l'illusion d'une compagnie. Ça ne s'était jamais produit. La veille, avant de rejoindre d'Orsay, elle avait envoyé à Gauthier un message sans équivoque : « Si tu remets les pieds à l'appart, c'est pour prendre tes affaires et partir. » Apparemment, il n'était pas pressé de s'exécuter et avait découché une troisième nuit.

Mais parce qu'un animal ne fera jamais de reproches à son maître, le staff réserva à Hélène une fête dénuée de toute jalousie ou de suspicion, ce qui lui balança davantage encore l'image de sa propre défaillance à la figure.

— Ça n'arrivera plus, mon Titi, juré, lui dit-elle, le visage enfoui dans le cou de l'animal dans une longue étreinte.

Son odeur de chien, chaude et rassurante. *Non, ça n'arrivera plus*, se promit-elle aussi en repensant à cette chambre d'hôtel où elle avait échoué. Un traquenard. Était-il vrai qu'aucune femme ne résistait à d'Orsay, comme elle l'avait entendu ? Elle faisait désormais partie de son cheptel. De celles qui lui avaient permis, grâce à leur faiblesse, de se forger cette réputation.

« Tu files déjà ? On va se revoir ? » Ces mots, dont l'écho lui collait la nausée. Non, elle ne le reverrait pas. Sur la tête de Titi. Et elle tenait à son chien bien plus qu'à d'Orsay.

Elle n'eut qu'une heure pour le promener, avaler un café et prendre sa douche avant d'aller au turbin. Sur le trajet, elle avait déjà reçu deux appels, deux nouvelles dont elle ne sut dire si elles étaient vraiment bonnes. La première venait de son avocat qui lui donnait rendez-vous pour enclencher la procédure de divorce après un entretien. Il y aurait forcément un face-à-face avec Gauthier. Elle n'était pas certaine d'en avoir envie, pas si tôt. L'autre émanait du secrétariat du docteur Moulard qui lui proposait un créneau dans l'après-midi suite à un désistement. Elle n'était pas certaine d'être prête, mais avait accepté.

*

* *

De son côté, Layla cuvait une soirée pas mal arrosée dans un bar où elle avait atterri en compagnie de son avocate, après une entrevue à son cabinet au sujet de la garde exclusive de Nour. L'alcool l'avait aidée, même si ce n'était qu'une illusion, à digérer les détails du bras de fer qui s'annonçait avec Cherkaoui, mais au fond, elle ne décolérait pas.

— En fait, la justice, dans ce pays, c'est quoi ? avait-elle lancé à Ophélie tandis que les enceintes crachaient un morceau d'Animal Triste, « Tell Me How Bad I Am ».

— Ce qu'on en fait, ma chérie !

— De la merde, alors ! On en fait de la merde !

— Honnêtement, dans le cas de ton ex, la merde, c'est qu'il est le père de ta fille et qu'il a des droits.

Layla l'avait regardée, furax. La parfaite bourge lyonnaise, catho à ses heures perdues, un mari dans les affaires, deux enfants qui n'avaient pas à subir un environnement familial violent. Comment aurait-elle réagi à sa place ? Aurait-elle eu l'air si détaché en sirotant son putain de cocktail ?

— Qu'est-ce que tu veux dire ? Qu'un mec qui frappe la mère de sa gamine peut prétendre à la garde exclusive ? Que c'est légitime ?

— Ce n'est pas mon avis, mais ça s'est déjà vu, hélas. Les assos pour les droits des pères sont très actives. Je sais, Layla, pour toi, ça n'a pas de sens.

— C'est vrai, ça n'a pas de sens. Et pas que pour moi.

— Alors, à tout ce qui en a ! avait répliqué Ophélie en levant son verre de spritz.

Au même instant – de la masse humaine agglutinée au bar comme un banc de moules à leur rocher – surgit devant elles un homme plutôt grand, mince, le teint mat, les cheveux mi-longs poivre et sel plaqués sur la nuque, des lunettes fumées sur le nez, un sourire détendu. Ophélie sembla se troubler une fraction de seconde avant de se reprendre et, tout en lui rendant son sourire, de les présenter un peu à contrecœur.

— Layla, une de mes clientes et amies. Thierry, un copain de lycée.

Ce que Layla fit mine d'avaler, avant de les laisser échanger sur leurs souvenirs de jeunesse et de cul autour d'un autre verre.

*

* *

Hélène arriva pile à l'heure chez le gynécologue qui la reçut aussitôt.

— Vous avez donc fait un test de grossesse chez vous, nota-t-il avant de l'ausculter. Quels étaient vos symptômes ? Pieds gonflés ? Étourdissements ?

— Non, juste du retard avec mes règles, nausées, vertiges. Mais je les avais, dans un premier temps, attribués au stress.

— Avez-vous des raisons d'être stressée en ce moment ?

— En plus du travail, dans mon couple, c'est tendu. Je souhaite donc avorter, docteur. Mon mari et moi avons essayé, il y a presque cinq ans, d'avoir un enfant, mais comme vous le savez, à la place, j'ai eu un cancer du sein. Aujourd'hui, ce n'est plus d'actualité.

— À ce propos, de quand date votre dernière mammographie ?

— Plus de six mois.

— Il est temps d'en refaire une, là… Avec une écho.

Le spécialiste leva les yeux de l'écran de son ordinateur dont la lumière filtrait à travers ses rares cheveux, dressés sur son crâne comme un duvet de poussin.

— Je vois qu'ils ont un créneau de disponible au cabinet de radiologie juste à côté. Je vous fais l'ordonnance, vous y allez tout de suite et vous revenez me voir.

Il était moche, mais gentil. Une demi-heure plus tard, elle était allongée sur la table d'échographie après un passage à la mammo. Toujours aussi agréable de se faire écraser les nibards… du moins, le droit, le seul vrai qu'il lui restait. La radiologue, une blondinette dont les yeux opale ne quittaient pas l'écran, peu causante, mais appliquée, promenait la sonde à l'extrémité arrondie sur le ventre d'Hélène, y laissant des traces de gel comme un escargot, sa bave.

— J'ignore si ce sera une bonne nouvelle ou pas pour vous, mais vous n'êtes pas enceinte, il s'agit probablement d'un faux-positif, annonça-t-elle, concentrée. Je n'observe pas de modification de la paroi utérine, ni de gonflement mammaire significatif.

Une fois l'examen terminé, Hélène s'essuya le ventre avec la boule de papier absorbant que lui tendit la radiologue et se rhabilla dans une sorte de brume glacée. « Vous n'êtes pas enceinte », « faux-positif ». Fausse joie. Entre la bonne et la mauvaise nouvelle, en réalité, son cœur balançait au bout d'une corde.

Un assistant entra au même moment dans la pièce et déposa à côté de la radiologue les clichés et le compte rendu de la mammographie, établi par son confrère.

— Je voulais avorter, lâcha enfin Hélène, accusant malgré tout le coup.

Parce qu'il y a ce qu'on croit vouloir alors qu'au fond on ne le veut pas, et ce qu'on s'imagine ne pas vouloir alors qu'on le réclame de tout son être. Elle ne savait pas vraiment dans quelle catégorie ranger cette annonce.

La blondinette, plongée dans les résultats, ne broncha pas. Puis, lentement, elle releva la tête et planta ses yeux, tels deux lasers, dans ceux d'Hélène.

— En revanche, votre mammographie n'est pas très bonne. Je suis vraiment désolée, madame Gorce, mais il faut aller voir votre oncologue de toute urgence, pour des analyses complémentaires.

18

Esther regarda autour d'elle, dans « l'espace zen » comme on l'appelait ici, cherchant qui aurait pu déposer l'origami à côté de la machine à café. Dans son ancien métier de flic, on disait toujours qu'au bout de deux fois, ce n'était plus une coïncidence. Elle pensa à un clin d'œil de Marten. Un moyen discret de lui souhaiter la bienvenue. Dans tous les cas, elle n'envisageait pas qu'il puisse s'agir d'une menace, mais plutôt d'un geste bienveillant ou d'un jeu… « Trouve-moi », semblait lui signifier l'éventuel numéro 3.

— Attention, ça refroidit vite, le café.

La voix, déjà familière, à l'autre bout du comptoir en zinc, la fit sursauter. Afin d'apprivoiser la machine, Esther s'était préparé une tasse, mais prise dans ses réflexions, avait oublié de la boire. Elle glissa l'origami dans le tiroir, puis se retourna. Elle ne parlerait pas du deuxième oiseau bleu au chauffeur. Si c'était bien lui qui semait ces cailloux de papier, il risquait de ne plus le faire. Et elle voulait voir où ça la mènerait. Pour le moment, ça ne ressemblait pas vraiment à un jeu de piste. Chaque fois, les deux oiseaux avaient été là, à portée de main.

— Marten ! Vous m'avez fait peur…

— Désolé, ce n'était pas le but.

Le chauffeur, qui avait retiré sa casquette, longea le comptoir. Ses cheveux massés en arrière étaient d'un blond foncé, presque châtains. Par contraste, le bleu gris de ses iris ressortait, limpide, éclatant. Et toujours cette mélancolie poignante dans le regard. À certains moments, Esther avait l'impression de plonger dans les yeux d'un loup. À d'autres, dans ceux d'un homme blessé.

Dans des circonstances différentes, Esther se serait sentie attirée. Marten semblait lui aussi troublé. Mais pas de relations sur le lieu de travail, telle était la devise d'Esther. Ça n'apportait jamais rien de bon. Elle en avait déjà payé le prix avec d'Orsay.

— Alors, pas trop le trac ? L'échassier blond vous a mise à l'aise ?

Esther ne put retenir un rire. La comparaison allait bien à la DRH. Et voir Marten lui procurait un certain plaisir.

— Je vous dirai ça tout à l'heure. Oui, elle m'a tout expliqué, je devrais m'en sortir.

— Ça doit vous changer… Quel métier exerciez-vous avant ?

— Et vous ?

— D'accord… Pardon pour mon indiscrétion. C'est vrai qu'en général, on vient à Thanatea pour oublier.

— C'est pour ça que vous avez échoué ici ? Oublier ?

— Et vous ? sourit Marten.

— OK. Un partout.

Esther se sentit rougir et devint cramoisie.

— Je vous laisse, à ce soir. Je vous attendrai devant, lui lança Marten qui remit sa casquette.

Il allait sans doute chercher et transporter d'autres gens, ceux qui venaient sur l'île pour leur dernier voyage. Esther se demandait s'ils étaient nombreux et ce qui motivait leur choix. Lassitude, vieillesse, maladie, dépression ? S'ils y avaient longtemps réfléchi, si ça valait la peine de cesser le combat, de déposer les armes ? En payant une fortune au passage. En vérité, elle pouvait comprendre une telle démarche et aurait même aimé pouvoir en discuter avec eux. Mais on les conduisait dans la plus grande discrétion jusqu'à un bâtiment tenu secret, lui avait révélé Marten. Elle devrait donc se faire à l'idée que, pour elle, la plupart de ces femmes et ces hommes demeureraient invisibles.

Pour une première journée, elle se débrouilla plutôt bien et, à la fin de son service, elle avait hâte de retrouver Marten qui patientait dehors. Cette fois, il n'y avait pas de voiturette.

Une sorte d'aura mystérieuse entourait les lieux, à l'instar de ces murs de granit sombre moucheté de blanc.

— On y va à pied, dit-il simplement. C'est par ici.

Ils empruntèrent un chemin de gravillons rosés qui, plus loin, se rétrécissait, les obligeant à marcher l'un derrière l'autre, Marten en tête. Une douce brise venant du lac caressait à rebrousse-poil une herbe dense, tapissée de fleurs sauvages, pâquerettes sanguines, violettes, iris, timides boutons-d'or. Des fleurs au parfum d'enfance. Ainsi parée, Thanatea ressemblait à une jonque, immobile sur l'eau. Tout autour, le regard se perdait dans les milliers de miroitements et de scintillements liquides. Un kaléidoscope grandeur nature au-dessus duquel les aigles étaient rois.

— C'est déjà le paradis, murmura Esther.

— Juste un avant-goût. Nous y arriverons dans quelques minutes.

Et Marten tint sa promesse. Devant eux, l'espace s'ouvrit soudainement. Le chemin se ramifiait en un entrelacs de petites allées sablonneuses. Chacune menait à un massif de fleurs aux couleurs éclatantes sur un tertre. Une explosion florale de teintes et de parfums. Esther, énivrée, les contemplait, et elle ne savait plus où donner de la tête et du nez.

Elle en oublia même l'œil des caméras, un peu trop présentes, et l'absence de réseau sur l'île.

— Voici mes plus charmantes et plus fidèles compagnes, déclara Marten avec fierté.

L'émotion se lisait sur son visage.

— Suivez-moi. Connaissez-vous bien les fleurs ? Leur nom ? Leur caractère ? Elles ont chacune le leur, vous savez, et vous le sentirez très vite en les apprivoisant.

À part les tulipes, les roses et quelques autres espèces classiques qui ornent les vases, pas vraiment, pensa Esther en prenant soin, à chaque enjambée, de ne pas en écraser.

— Ici vous ne trouverez pas de fleurs de cimetière comme les chrysanthèmes ou les jonquilles. Vous verrez des spécimens qui célèbrent la vie, la beauté, l'amour. Des reines et des princesses qui, j'en suis sûr, vous ramèneront à différents âges. Les goûts évoluent en la matière. En tout cas, ce que vous offrez ou plantez, dans des pots ou dans votre jardin, en dit long sur vous, sur l'intention qui y est mise ou le message que vous voulez transmettre.

— Et vous, quel est votre message ? Il y a tellement de variétés ici qu'on s'y perd…

— Je vais vous faire un aveu… Parfois, je m'y perds aussi. Alors, je viens les admirer et tout rentre dans l'ordre. Regardez ces anémones et leur corolle bleutée. Leurs pétales… du velours. Elles vous sourient. Rendez-leur un sourire. Je les ai installées dans ce coin en compagnie de l'azalée de Chine, à la silhouette un peu plus agressive, qui commence tout juste sa floraison. Elles s'entendent à merveille et ont besoin toutes les deux de soleil. Là, voici les narcisses, les étoiles du jour. La perfection. Mais que serait le printemps sans tulipes ? Les plus populaires et les plus simples à mon sens. L'élégance et la grâce réunies.

Esther avançait, étourdie, dans les pas de Marten.

— Ici, un jeune magnolia, déjà vigoureux, qui donne quelques fleurs blanches précoces. Son ombre abrite un myosotis aux dix nuances de bleu. Et son voisin, c'est un cognassier du Japon, plus âgé et plus expérimenté en matière de floraison. Prenez le temps d'observer ses boutons rouges et roses.

Ils continuèrent et contournèrent un énorme massif violet qui recouvrait un autre tertre.

— Ah, les clématites et leurs clochettes ! s'exclama le chauffeur-paysagiste.

Comme hypnotisée, Esther s'était arrêtée devant un arbuste fleuri, dans lequel son regard alla se perdre.

— Ce sont des daphnés. Fleurs de la gentillesse et de la séduction. Envoûtantes. Je vous sens sous le charme.

— Une drôle de force en émane, c'est vrai, reconnut Esther, proche du malaise.

Sur la tombe de Sara, elle avait planté un daphné.

— Et à côté, enchaîna Marten, vous avez le dahlia blanc, pour la tendresse.

— Magnifique…

Émue, Esther leva les yeux vers ceux de Marten, qui ressemblaient à deux bleuets. Ensemble, ils s'engagèrent dans une autre allée, dépassèrent d'autres massifs, longèrent d'autres parterres parfumés, rencontrèrent des rosiers blancs, rouges et feu, et arrivèrent aux rochers ardoise qui bordaient l'île. Une barrière infranchissable si on venait du lac, mais qu'on pouvait escalader de l'intérieur, au risque de se briser le cou ou, dans le meilleur des cas, une jambe ou un bras.

— Voilà, ici prend fin mon paradis.

— C'est incroyable, Marten. Je n'avais encore jamais vu de jardin aussi… beau et délicat à la fois. Comment faites-vous pour obtenir ces merveilles ? Ces feux d'artifice de couleurs et de formes ?

— L'amour. Simplement l'amour. Elles sont comme nous. Elles s'épanouissent avec des soins, de l'attention, de la douceur.

— Vous devez leur en donner beaucoup, alors.

— Oui, et je leur parle aussi. Mais leur vrai secret de beauté n'a rien à voir avec moi. Je ne fais qu'entretenir ce qui est dans leur nature. En effet, leur unique engrais est déjà dans la terre. Un seul engrais, particulier. Parce que là où nous marchons depuis tout à l'heure, Esther, c'est le cœur même de Thanatea. L'immense cimetière où reposent nos morts.

19

Récidive, pas enceinte, récidive, pas enceinte, récidive… Pic et pic et colégram. Quel est ce jeu pervers dont nous sommes les pions malgré nous ? Qui bat les cartes et lance les dés ? Certains diraient Dieu, d'autres, le diable et les cartésiens, le hasard. « Le cancer est une loterie », avait déclaré l'oncologue qui lui avait annoncé qu'elle faisait partie des gagnants la première fois. *Plus de chances de remporter ça qu'une grosse cagnotte*, s'était alors dit Hélène, sonnée. Bour et bour et ratatam.

Après quelques années de répit, le crabe revenait d'autorité s'installer dans son corps. Les résultats de la biopsie programmée prochainement devraient le confirmer sous une dizaine de jours, même si persistait une petite lueur d'espoir. Étrangement, ce serait presque une délivrance. Elle n'aurait pas à partager avec Gauthier la nouvelle trop violente d'une maternité, ce qui donnerait en plus un droit de regard sur la vie du fœtus à celui qui avait tout fait voler en éclats. Il l'avait, par le passé, soutenue dans son combat contre le cancer. Désormais, si elle choisissait cette option, elle se battrait seule. Ça n'appartiendrait qu'à elle. Personne ne lui dicterait sa conduite. Elle ne verrait pas les visages changer d'expression à son passage, dégouliner de compassion ou de pitié silencieuse. Parce qu'elle le garderait pour elle.

En toquant de nouveau à sa porte, la maladie voulait lui dire quelque chose. Cette fois, elle l'écouterait.

Lorsqu'elle se retrouva à marcher vers sa voiture, toute angoisse était retombée. Avant de démarrer, elle sortit son portable et composa un SMS : « On se voit ce soir ? » Elle avait juré sur la tête de Titi. Elle hésita un instant avant de l'envoyer, puis finit par cliquer sur la petite flèche. La réponse ne se fit pas attendre :. « Avec plaisir, Fleur de Lys. »

Il était 17 heures passées lorsque Hélène revint au bureau. Juste à temps pour filer sur le terrain avec son équipe. Cette fois, un mineur de treize ans venait de tirer mortellement sur son petit frère avec le fusil de papa, dans un quartier résidentiel de la ville. Chronique de la vie ordinaire.

Le soir même, sous la douche après avoir sorti Titi qu'elle avait retrouvé avec encore plus de bonheur, comme un baume pour effacer la noirceur de la journée, Hélène se sentit véritablement soulagée de ne pas avoir à mettre un enfant au monde. Pas dans ce monde-là, non… Pas dans un monde où les gosses ne savent plus faire la différence entre la réalité et le virtuel, entre abattre leur jeune frère d'un coup de fusil et actionner une manette, scotchés à leurs écrans. Pas dans un monde où un mari infidèle claque la porte sans explication le soir de l'anniversaire de mariage. Pas dans un monde où on meurt de cancers et de chagrin.

Hélène libéra toutes ses larmes, qui se fondirent dans le ruissellement d'eau chaude, presque brûlante sur sa peau devenue rouge écrevisse.

Elle pleura intensément, vomit sa culpabilité et sa colère jusqu'à l'anesthésie. Puis elle se passa le gant de crin sur tout le corps, frictionna les fesses et la culotte de cheval, les hanches aussi, et insista vigoureusement sur la poitrine, sur son unique sein constitué de tissus graisseux et de muscles. Se frotta jusqu'au sang.

Sanglée dans son peignoir et dans sa détresse, elle prit ensuite le temps de se maquiller. Un peu trop. Boucla son soutien-gorge en dentelle, enfila un string assorti, un jean et un polo blanc moulant sous une veste de cuir et chaussa exceptionnellement la seule paire d'escarpins qu'elle possédait, en plus de celle de son mariage. Pour la cérémonie civile, Gauthier et elle s'étaient présentés en tenue de rugby, leur passion commune, qui avait contribué à les rapprocher. Elle fit un câlin à Titi et lui murmura ces quelques mots :

— Ne crois jamais les humains, mon Titi, et encore moins tes maîtres. Je t'avais juré que ça ne se reproduirait plus, mais je sais que tu ne m'en voudras pas si je ne reviens que demain matin. Je te laisse la lumière.

Titi l'attendra, Titi sera toujours là, Titi l'aimera jusqu'à la fin.

S'accrochant à cette certitude réconfortante comme à une balise dans la tempête, elle sortit. Elle avait une demi-heure de retard, mais d'Orsay lui avait donné rendez-vous dans sa chambre d'hôtel, il pouvait bien patienter un peu. Baiser et s'amuser, c'était tout ce dont elle avait besoin maintenant.

20

Thanatea. La porte de sortie proposée sur une île au milieu du Léman, qui ne figurait sur aucune carte. D'après Marten, elle était implantée côté suisse où, à l'instar de la Belgique, le suicide assisté se pratiquait en toute légalité. Et pour des portefeuilles bien fournis. À Thanatea, mourir était un luxe. Comme si la mort ne faisait plus vraiment partie de la vie. Ici, elle représentait avant tout un business juteux, concept avec lequel les employés aussi bien que la direction semblaient très à l'aise. Avec des salaires allant jusqu'à sept mille euros, avait entendu Esther de la bouche de l'un d'eux en pleine discussion avec ses collègues, ils pouvaient se le permettre. *Cet aspect matériel contraste tellement avec la beauté mystérieuse de l'île*, se disait l'ancienne flic.

En apprenant que le « paradis » de Marten était en réalité le cimetière de Thanatea, elle s'était soudain sentie mal, proche de l'évanouissement. Elle avait été prise d'un vertige dès lors qu'elle avait su que chaque fleur avait été sélectionnée avec soin en fonction de la personnalité du défunt, et plantée là où reposait le corps. Que chaque tertre constituait une tombe et que les morts, ici, étaient enterrés sans cercueil, juste enveloppés d'un linceul, comme l'exigeait le règlement de l'île.

— « Souviens-toi, homme, que tu es né poussière et que tu redeviendras poussière », rappela Marten citant un extrait du livre de la Genèse, de sa voix d'une étrange douceur tandis qu'ils roulaient vers la résidence, dans la voiturette qu'ils avaient récupérée. L'absence de cercueil est un choix qui s'inscrit dans le respect de cette sagesse.

— Pourtant, vous exploitez ce marché en proposant des articles funéraires, y compris des cercueils…

— Oui, pour la vente par Internet, en Suisse et à l'export, parce qu'il y a une forte demande et que la législation l'impose dans certains pays, et en particulier dans les cimetières chrétiens. En revanche, dans d'autres religions, comme l'islam, le défunt, après avoir été lavé, est placé dans un linceul blanc symbolisant la pureté, puis enseveli à même la terre, le corps sur le côté droit tourné vers La Mecque, dans les vingt-quatre heures qui suivent le décès. Ceux qui décident de terminer leur vie à Thanatea y sont également inhumés et ont, de leur vivant, signé un document qui précise cette particularité.

— Ce qui permet donc à des musulmans d'être enterrés ici ?

— Les musulmans ne reposent qu'auprès d'autres musulmans. Chez eux, le défunt doit également avoir connu les personnes qui lui feront sa toilette, ainsi que celles qui le descendront dans sa dernière demeure. D'autre part, l'euthanasie ou le suicide assisté n'est pas autorisé par l'Islam. Pas plus que la crémation. Comme chez les juifs, d'ailleurs. De toute façon, nous ne pratiquons pas la crémation non plus.

Esther sentit sa poitrine se comprimer et manqua d'air. Sara… Elle avait demandé à être incinérée. Si jeune, elle savait ce qu'elle voulait. Elle avait toujours su.

— Arrêtez-vous là, Marten, je… je vais continuer à pied, souffla-t-elle péniblement en ouvrant la portière.

— J'ai dit quelque chose qui vous a contrariée ?

— Pas du tout… J'ai juste besoin de marcher. Une première journée à un nouveau poste, c'est souvent stressant.

— Je vous accompagne ?

— Merci, Marten, mais je veux être seule.

Ses mots, d'une froideur qui la surprit elle-même, claquèrent entre eux. Elle se trouva injuste envers cet homme qui, depuis son arrivée sur l'île, n'avait fait preuve que de bienveillance et d'attention, et les regretta aussitôt.

— Désolée…

— Ne le soyez pas, je comprends. C'est moi qui suis un peu trop insistant. À demain, alors.

La voiturette redémarra en silence, glissant sur l'allée. Esther attendit qu'il fût hors de vue et sortit son portable de sa poche. Pas plus de réseau qu'ailleurs.

— Merde ! enragea-t-elle.

Elle accéléra le pas. S'arrêta un peu plus loin. Regarda l'écran, tendit la main en tenant le smartphone vers le ciel. Toujours rien. L'absence de réseau était-elle vraiment pensée pour le repos des morts et le bien-être des employés de l'île ? Elle commençait à se le demander. Pour sa part, l'idée d'avoir échoué au milieu d'une zone blanche l'avait très rapidement oppressée.

La salle commune. Elle n'y couperait pas, cette fois. Il fallait qu'elle parle à Layla. Quelque chose, ici, la tenait en alerte sans qu'elle sût expliquer pourquoi. Peut-être que son amie la rassurerait, en lui disant qu'elle se faisait un film. Que, comme au fin fond de certaines campagnes, il existait des zones qui échappaient aux ondes et que c'était une bonne chose. Sauf quand on a besoin d'appeler sa sœur de cœur. En réalité, on avait fini par oublier ce qu'était la vie avant l'apparition du portable. *Pourtant, on n'était pas plus malheureux à cette époque*, essaya-t-elle de se persuader à coups d'arguments tout faits.

Esther gagna la salle à contrecœur. Là, sitôt entrée, quatre barres s'alignèrent comme par magie en haut de l'écran du smartphone. Par chance, à cette heure, l'endroit était presque désert. Elle avait hâte de discuter avec Layla. Mais elle perçut aussitôt la fêlure de son amie à son ton quand elle décrocha, malgré la joie sincère qui transpirait de ses mots.

— Ça ne va pas, Lay ?

— Je t'entends mal…

Esther répéta sa question.

— Tu me manques ! souffla Layla d'une petite voix.

— Toi aussi… Mais je te connais, il y a autre chose.

— Un problème de garde avec Cherkaoui… Et puis Hélène n'est pas au top non plus alors ça n'aide pas…

Rapidement, Layla raconta l'infidélité de Gauthier à Esther qui resta plusieurs secondes sans voix. Romain l'avait trompée, elle aussi, mais ça l'avait laissée indifférente. Peut-être même cette trahison l'avait-elle soulagée. Parce qu'elle ne pouvait plus rien lui donner. De toute façon, quand on avait perdu son enfant, tous les malheurs semblaient bien fades à côté.

— T'es là ?

— Oui, oui…

Enfin, je ne sais pas si je suis vraiment là où je suis.

— Je t'entends à peine, dit Layla. C'est très haché…

Esther regarda les barres de réseau, pourtant toujours au nombre de quatre. Elle se déplaça malgré tout de quelques mètres.

— C'est mieux ?

— Ouais, ça va, mais je suis en voiture, c'est peut-être pour ça… Alors, c'est comment, ton nouveau poste ? Tu t'éclates ?

— Je viens de commencer… Ça va… Et toi ? Tu as revu d'Orsay ?

— Allô ? Allô ? Esther ! Je t'entends plus !

Il y eut un grésillement sur la ligne et la communication coupa. Ça venait sans doute de Layla. *Fait chier !* Esther essaya de la rappeler, en vain. Elle n'avait plus qu'à regagner son appartement.

Elle sortit de la salle et, tout en marchant, ressassa ce qui arrivait à Hélène. Quelles que soient devenues leurs relations à l'âge adulte, Esther se dit qu'elle ne méritait pas une telle trahison de la part de Gauthier. Hélène avait dû tomber de haut en découvrant la vraie nature de l'homme avec lequel elle avait partagé ces dernières années en toute confiance. Esther soupira en glissant la carte magnétique dans le bloc. La porte du loft s'ouvrit dans un clic feutré. Elle pensa à Romain, à leur vie dont il ne restait que quelques éclats épars sur une tombe. Là où gisait leur couple, mort en même temps que la famille qu'ils avaient construite. Mort en même temps que le ciel s'effondrait sur leur tête. Mort en même temps que leur petit ange partait en rejoindre d'autres.

21

— Tu es en retard.

— Désolée, j'ai fait comme j'ai pu. Tu es pressé ?

D'Orsay venait de lui ouvrir au bout de cinq minutes. Cinq minutes à la faire poireauter devant la porte de sa chambre. Parce que Marc d'Orsay n'attend pas. Surtout pas une femme. Et surtout pas Hélène Gorce. *Cette grosse vache. Pour qui elle se prend…*

— Non, entre, dit-il sèchement. Mais j'ai fait renvoyer le Moët. Le champagne chaud, c'est de la pisse, c'est dégueulasse. On se contentera du minibar.

— Ça me va, répondit Hélène en se débarrassant de sa veste sur l'une des chaises. Je ne suis pas venue pour picoler.

— Eh ben moi, j'aurais bien bu une flûte. Donne ta veste, je vais la ranger dans la penderie, je n'aime pas quand ça traîne.

Hélène s'exécuta sans un mot. L'atmosphère était tendue, électrique. Elle était à deux doigts de repartir. Et d'Orsay, à deux doigts de la renvoyer d'où elle venait. Les femmes qui lui imposaient leur rythme, sans le respecter, il avait envie de leur faire mal, très mal.

Sa mère avait toujours été en retard. À six ans, il attendait devant la grille fermée de l'école qu'elle vienne le chercher. Elle venait. Une heure après la fin de la classe. Parfois plus.

« J'ai été retenue au travail. Tu sais, ce n'est pas toujours facile, pour une femme seule », s'excusait-elle avec une petite moue contrite. Et Marc se taisait. Il ne lui disait pas qu'il était mort d'inquiétude en pensant qu'il lui était arrivé quelque chose. Parce que, c'est sûr, ce n'était pas facile pour elle et il ne voulait pas en rajouter. Son père, lui, ne pouvait pas venir le récupérer, tout simplement parce qu'il n'existait pas. D'Orsay ne l'avait jamais vu. Un père. Tous les gosses autour de lui en avaient un. Que les parents soient divorcés ou en couple. « Pourquoi je n'ai pas de papa, comme mes copains ? » harcelait-il sa mère. « Parce que les hommes sont des connards et des lâches. Et puis, on n'est pas heureux, rien que tous les deux, mon lapin ? Mmm ? » lui répondait-elle en le pressant tendrement contre ses seins qu'elle lui avait donné à téter jusqu'à l'âge de quinze ans.

Un jour, elle débarqua devant l'école en Golf décapotable achetée d'occasion, échevelée, en retard comme toujours. D'Orsay, malgré ses six ans, eut droit au siège passager. De là, alors qu'il dévorait sa mère des yeux, il remarqua la trace rosée sur son cou. Il ne savait pas encore ce qu'était un suçon, mais en percevait la dimension intime et charnelle. Plus tard, il avait appris de la bouche de sa mère qui avait trop bu. Ce n'était pas le travail. Il s'était senti trahi et terriblement seul. Il avait cru que sa mère n'avait pas d'autre homme que lui dans sa putain de vie. Il avait confiance en elle. Une confiance aveugle dont seul un enfant est capable envers un parent. Il s'était alors juré qu'aucune femme ne le ferait plus attendre. Et s'il était entré dans la police, c'était pour retrouver son père, cet inconnu. Ainsi avait-il découvert que sa mère avait été violée à dix-sept ans. Que, dans son milieu, on n'avortait pas. Et que l'ordure qui l'avait agressée n'en était pas à son premier crime. Quand, en regardant la photo de son géniteur, il avait décelé dans les traits de ce visage fermé quelque chose des siens, sa colère s'était retournée contre lui, contre sa mère, cette femme légère qui écartait aussi allégrement les cuisses. Une pute. Une mère qui, aux yeux de son fils, présentait le défaut d'être une femme libre. Elle l'avait bien cherché. *Non, plus jamais une femme ne le ferait attendre. Plus jamais une femme ne lui mentirait en prétendant qu'il était tout pour elle, parce qu'il l'écraserait avant. Telle une mouche.*

— J'espère que ce n'est pas pour moi que tu t'es fagotée de cette façon ? lança-t-il à Hélène avec un sourire mauvais. On dirait une poupée gonflable.

Ce mec baisait comme un dieu et était un vrai connard. Mais Hélène n'avait besoin que de sa dose de sexe. Elle s'approcha de lui. Il en imposait, la dépassait d'une tête au moins. Une montagne de rage à peine contenue. Tout ça simplement pour un retard ? Il fallait vraiment qu'il voie un psy. Ce qu'elle s'abstint de lui suggérer.

— Tu aimes ça, hein, les poupées gonflables ? T'en as peut-être même une chez toi ? Allez, avoue... dit-elle en le poussant sur le lit.

Il la laissa l'enfourcher sans opposer de résistance. Sa bouche tout près de la sienne. Ses cuisses de joueuse de rugby qui se resserraient sur ses hanches.

— Qu'est-ce que tu as, là ? demanda-t-il en se décalant légèrement.

— Où ça ?

— Ton polo est taché... Tu saignes ? Tu t'es blessée ?

Hélène soupira. Le gant de crin.

— Je me suis frictionnée un peu trop fort avec ma serviette. Mais tu vas vite me l'enlever ce polo, non ?

— Bonne idée...

D'Orsay paraissait plus détendu. Sans prévenir, il se cabra d'un coup de reins et fit rouler sa cavalière sur le dos afin de se retrouver entre ses jambes, tout en lui maintenant les bras en croix au-dessus de la tête. L'excitation s'empara d'eux instantanément. Ils se dépouillèrent frénétiquement de leurs vêtements, l'un aidant l'autre à retirer son jean, à défaire ceinture et soutien-gorge. En quelques secondes, ils furent nus, aussi emmêlés que deux lutteurs sur un ring. Tandis que d'Orsay entrait en elle, Hélène ferma les yeux et s'abandonna à l'orgasme qui, tellurique, puissant, remontait des profondeurs. Après une chevauchée sauvage, ils se détachèrent enfin, épuisés, vidés. Puis d'Orsay s'approcha à nouveau d'elle et fit glisser un index sur la cicatrice de l'implant mammaire qu'il semblait découvrir, comme s'il déchiffrait des mots en braille.

— Ça fait longtemps ?

— Pas loin de cinq ans. Je crois… ou quatre, je ne sais plus trop.

— Une vraie saloperie, ce cancer. Je suis désolé. Mais heureux que tu sois là.

— Même si je suis en retard et si je ressemble à… à… une « poupée gonflable » ?

— J'ai été con. Vraiment con. Désolé.

— J'espère que tu comptes m'offrir des fleurs chaque fois que tu seras con, comme ça je pourrai bientôt devenir fleuriste.

Touché. S'abstenant de tout commentaire, il sourit et lui caressa le ventre, puis se dirigea vers le pubis. C'est alors qu'elle les vit, tatouées à l'intérieur de son avant-bras. Deux initiales entrelacées. E. A. Comme Esther Azoulay.

— C'est quoi, ce tatouage ? Des initiales ? Pas les tiennes, en tout cas…

Le temps après l'amour. Le temps des corps en sueur et essoufflés. Le temps des confidences ou de l'indifférence. Le temps des aveux ou d'une déclaration. Le temps de partir ou de rester. Le temps des questions, aussi. Parfois sans réponse.

— Tu es bien curieuse, madame Maréchal !

— Ne prononce pas ce nom, s'il te plaît…

— Désolé, fit d'Orsay en embrassant Hélène sur le front, le baiser froid d'un reptile.

— Ça ne répond pas à ma question.

— Peut-être que je n'en ai pas envie, rétorqua-t-il sèchement en s'écartant d'elle.

— Parce que ce sont les initiales d'Esther Azoulay ?

Une chape de plomb s'abattit soudain sur eux. Un air glacé enveloppa Hélène.

— Ce sont celles de la mère d'Arthur, si tu veux tout savoir. Estelle Auffret.

— Vous n'étiez pas mariés ?

— C'était quand on s'est rencontrés. Mais en l'occurrence, elle a toujours gardé son nom, même après le mariage.

Ça sonnait faux. Hélène s'en contenta pourtant. Si elle voulait continuer à prendre du bon temps avec d'Orsay, il fallait lui donner l'impression qu'il avait le contrôle et ne pas tenter de s'immiscer dans son intimité. Pas d'implication. Sexe et légèreté.

— Et toi ? demanda le flic, une étincelle malsaine au fond des pupilles.

— Moi ? Je n'ai pas de tatouage.

— Tu ne regrettes pas de t'être mariée à ce toquard ?

Hélène eut la désagréable sensation d'avaler des clous. Elle n'aurait jamais dû lui confier que Gauthier la trompait.

— Compliqué à dire… Quand on s'engage, on est heureux, on ne se doute pas que l'autre sera un jour capable de nous faire du mal, sinon il n'y aurait que des célibataires, lâcha-t-elle amèrement.

Elle regarda l'heure : 5 heures. Elle devait y aller.

— Reste encore un peu, l'implora-t-il en la retenant dans ses bras.

E. A. Une poussière dans l'œil. Même si elle s'en fichait. Même s'il n'était pas question qu'elle tombât amoureuse de ce type. Peut-être une question d'amour-propre.

— Je dois sortir Titi.

— Il y en a, ce sont les enfants. Toi, c'est ton chien, soupira-t-il.

— Jaloux ?

Hélène abandonna la chaleur des draps et partit à la recherche de ses vêtements éparpillés. Pendant qu'elle se rhabillait, le portable de Marc d'Orsay vibra sur la table basse au pied du lit. Il rampa jusqu'à elle et attrapa le smartphone.

— Un message à cette heure ? ne put s'empêcher de relever Hélène qui, le ventre rentré à s'en couper le souffle, enfilait son jean comme une combinaison de plongée.

— Qu'est-ce que ça peut bien te foutre ? De toute façon, tu te tires, ricana d'Orsay en tapotant sur le clavier de l'appareil.

— OK, reçu cinq sur cinq.

— Allez, ne le prends pas mal… C'est juste un pote que sa petite copine vient de quitter. Alors il passe ses nuits en compagnie de sa bouteille de whisky.

— Je compatis ! J'espère ne pas en arriver là.

— Pourquoi ? Tu as l'intention de rompre avec ton mec ?

— Qu'est-ce que ça peut bien te foutre ? répliqua-t-elle en l'imitant.

— J'adore quand tu sors les griffes, s'amusa-t-il en reposant son smartphone sur la table de chevet.

Si Hélène avait pu voir le SMS, elle aurait lu ces trois mots : « Tu me manques. » Un mensonge. Encore. Mais ce n'était rien à côté de ce qui l'attendait. En effet, en franchissant le seuil de chez elle vers 6 heures, elle trouva un appartement silencieux, trop silencieux. Elle reconnut aussitôt le spectre de l'absence. N'osa pas appeler Titi, parce qu'elle savait déjà. Gauthier était passé, avait embarqué toutes ses affaires y compris sa console et ses jeux. Seulement, il ne s'était pas contenté de ça. La trahison ne lui suffisait pas. Il avait aussi enlevé ce qu'il lui restait de plus cher, laissant un vide atroce.

Elle découvrit le message écrit au marqueur, fixé sur la porte du frigo par un magnet : « J'ai pris mes affaires et Titi. Il sera mieux avec moi. T'es enfin débarrassés de nous. Adieu, bébé. » Instantanément, une puissante émotion la submergea. *L'orthographe n'a jamais été ton fort, ça, c'est sûr, connard.* Elle froissa le Post-it dans son poing, au bord des larmes et du gouffre.

22

Layla ne parvenait même pas à profiter de sa fille qu'elle n'avait pas vue depuis deux jours. Elle était arrivée chez ses parents vers 20 heures, avec trente minutes de retard. Icham, lui, avait décliné l'invitation à cause d'une réunion de travail sur un projet d'urbanisme important. Nour avait fini de manger et était plantée devant un film sur Netflix. *Mia et le lion blanc*. « Les animaux, c'est ma famille », avait-elle sorti à sa mère récemment. Plus tard, elle voudrait vivre avec eux et s'investir dans leur protection.

— Tu as l'air bien sombre, ce soir, ma fille. Tu pourrais rejoindre Nour dans le salon. Elle ne te voit déjà pas souvent…

La voix inquiète et vibrante de reproches à peine voilés de sa mère devant les restes du tajine de poulet aux citrons. Le plat préféré de Nour. En particulier l'accompagnement, les pommes de terre à l'huile d'olive.

— C'est ça, enfonce un peu plus le clou…

Layla se prit la tête entre les mains.

— Si au moins tu me disais ce qui se passe.

— Je n'ai pas envie d'en parler.

Une mère n'est pas celle à qui on dit tout. C'est même la dernière à qui on parle. Surtout Latifa.

— C'est Mehdi, c'est ça ? insista-t-elle pourtant.

Layla leva vers elle des yeux désespérés.

— Ne l'appelle plus par son prénom, pas devant moi. Pour moi, c'est Cherkaoui. D'ailleurs, pour moi, c'est personne.

— C'est le père de Nour, malgré tout. Pour elle, il compte.

— C'est ça… Tu sais, même à cet âge, une enfant n'oublie pas.

Les coups, Latifa, elle connaissait. De son premier mari. Les faits se répétaient, comme une fatalité, de génération en génération.

— Tu crois vraiment qu'elle s'en souvient ? Elle était petite, quand même.

— Bien sûr qu'elle s'en rappelle. La preuve, on est obligées d'en discuter régulièrement elle et moi parce que c'est un cauchemar qui revient sans cesse. Elle se réveille souvent en pleurant la nuit.

— Pas quand elle dort ici.

— Je sais, elle est plus heureuse avec vous.

— Ce n'est pas ce que j'ai voulu dire.

La porte d'entrée s'ouvrit et Bennani apparut. Carrure imposante et corps vigoureux, en dépit de ses soixante-douze ans et de sa barbe presque blanche.

— Bonsoir ma fille, dit-il à Layla. Content de te voir.

Elle lui répondit du bout des lèvres. Latifa lui adressa un léger signe de tête. Il comprit tout de suite que l'humeur n'était pas très bonne. Il revenait du PMU où il avait joué cinq cents euros et raflé mille. Bennani savait s'arrêter et ne mettait jamais sa famille en danger. C'était son petit plaisir, une fois par semaine, comme d'autres fumaient un cigare ou dégustaient un bon whisky.

— C'était quel tiercé gagnant, ce soir ?

Latifa demandait pour la forme afin de montrer de l'intérêt à son mari, car les courses la laissaient indifférente. Elle plaignait même les pauvres bêtes d'avoir à courir pour enrichir ou ruiner des types qui parfois n'y connaissaient rien aux chevaux.

— Qu'est-ce qu'elle a ? lui glissa Bennani à l'oreille en tentant d'être discret.

— Des problèmes au travail, je crois.

— *Elle* vous entend, je vous signale. Et non, ce n'est pas le travail, maman, lâcha Layla sur un ton exaspéré en se levant de table.

Elle alla retrouver Nour, se faufila derrière elle et la serra fort, la figure enfouie dans ses cheveux bouclés et soyeux. Son odeur de chocolat chaud et de pain grillé. Douce et apaisante. Son unique refuge dans ce monde qui s'égarait. La plus belle chose qu'elle ait conçue dans sa vie. Même si c'était avec une ordure.

— Alors, ce lion blanc ? Il est gentil avec Mia ?

Nour hocha vigoureusement la tête sans quitter l'écran des yeux. Elle aussi savait être absorbée, au point que plus rien n'existait autour.

— Tu sais que maman dort avec toi ce soir, mon cœur ?

— Trop bien !

Partagée entre la télévision et sa joie, le visage de Nour s'éclaira.

— Et le vilain cauchemar ? Mamie Latifa m'a dit qu'il n'était pas revenu, c'est vrai ?

— Laisse-moi regarder le flim, maman ! protesta Nour en secouant ses boucles.

— Le film, ma chérie. D'accord, je te laisse.

Un peu frustrée, Layla retourna dans la cuisine où sa mère finissait de ranger la vaisselle. Son père était parti lire son journal dans leur chambre. Layla le trouvait fatigué ces derniers temps. Et plus renfermé. Comme s'il ne savait plus quoi faire de lui-même. Elle imaginait que c'était peut-être ça, vieillir. Observer avec angoisse se réduire le chemin qu'il restait à parcourir. Se retirer peu à peu du monde. Se détacher de ses proches pour éviter de souffrir. Affronter chaque jour dans le miroir les traits creusés par l'inéluctable. Quelqu'un avait dit aussi : « La vieillesse est un naufrage. » Layla avait bien peur que ce soit vrai.

Son portable vibra dans la poche de son jean. Un numéro masqué. Elle ne répondait pas, d'habitude, mais il était un peu tard pour que ce soit du démarchage intempestif. Peut-être Esther qui tentait de la joindre depuis un fixe ? Elle décrocha. Un frisson glacé la transperça dès qu'elle reconnut la voix. Comment avait-il eu son numéro ? Elle s'isola aussitôt dans la chambre d'amis, devenue celle de Nour par la force des choses.

— Qu'est-ce tu veux ?

— Tuer un peu le temps. Ça te dirait d'aller boire un verre demain soir ?

— Je crois que tu n'as pas bien compris… Je n'ai aucune envie de te voir. C'est plus clair, comme ça ?

— Dommage, je voulais te parler de ton amie, Esther, savoir si elle t'avait vraiment tout raconté sur nous deux… Mais comme tu voudras.

La communication coupa avant que Layla réagisse. Elle fit cependant le lien entre la sirène des pompiers qu'elle entendait dans la rue en bas de chez ses parents et son écho dans le téléphone, couvrant presque les derniers mots de son correspondant. Elle se précipita à la fenêtre et vit avec effroi la silhouette de Marc d'Orsay, son portable encore à la main, regarder dans sa direction pendant quelques instants avant de se fondre dans la nuit.

23

Sara. Depuis sa mort, Esther ne l'évoquait jamais. Ou presque. Pas même avec Layla. C'était comme un accord tacite entre elles. Le prénom de son ange ne devait jamais affleurer. Ne jamais s'immiscer dans le fil d'une conversation. Même son dossier médical, elle l'avait récupéré pour le brûler. Toutes ces mauvaises nouvelles, ces promesses, ces espoirs éphémères, ces verdicts en chaîne qui condamnaient sa fille. Tout ce par quoi Romain et elle étaient passés. De l'encre et du papier. Partis en fumée. Elle avait aussi supprimé de son smartphone toutes les photos de Sara, sauf une. Celle où son ange lui souriait de toutes ses petites dents qui pointaient à peine. De minuscules perles d'émail dans leur écrin. Et ses grands yeux d'ambre, bordés de longs cils noirs, ouverts sur le monde.

Sara, son absence. Une douleur sans nom, venue se superposer au chagrin du deuil de ses parents. Frappée de nouveau par la tragédie, Esther avait cru sombrer dans la folie. Avait pourtant tenu. Mais cette folie, elle la portait en elle, comme un mal en veille. À combien de reprises Esther avait-elle regardé son arme de service posée sur la table, devant elle… Se disant que ce serait tellement plus simple. Elle ne l'avait pas fait. Pour Sara. Sara qui ne se plaignait jamais, joyeuse et pleine de vie. Un rayon de soleil à travers la vitre de son aquarium.

Romain, lui, avait abandonné Esther en cours de route, au bord de l'abîme dans lequel il s'était refusé à plonger avec elle. Ça les avait broyés, déchirés. Et pour finir, séparés. Elle lui en avait voulu d'avoir cette force qui lui paraissait si étrangère. Ou cette indifférence. Elle ne comprenait pas comment il réussissait à vivre, elle qui ne parvenait même pas à survivre. Comment respirait-il encore, alors que Sara avait rendu son dernier souffle ? Comment son cœur pouvait-il continuer de battre, quand celui de Sara s'était arrêté ? Son fantôme se dressait entre eux. Il s'endormait avec eux, se réveillait avec eux, surgissait toujours entre eux s'ils tentaient de se rapprocher.

« Ce sera sans moi », lui avait un jour dit Romain, à bout. « On a fait tout ce qu'on a pu, Esther. Je ne veux plus être ce mort-vivant. Autant mourir pour de bon. » Esther souhaitait la même chose, au fond. Sans avoir jamais eu le courage de franchir le pas. *On a fait tout ce qu'on a pu.* Alors qu'il aurait fallu faire l'impossible…

En rentrant ce soir-là, Esther sortit l'oiseau numéro 2 de son sac à dos et le déposa à côté du 1 sur le chevet. Seraient-ils juste une paire ou bien le numéro 3 apparaîtrait-il au détour d'un chemin ? Pour l'emmener où ? *Que veux-tu me dire ?*

Machinalement, Esther leva la tête vers le tableau vivant au mur du salon. Les poissons jouaient à se poursuivre entre les algues et les rochers miniatures. Une véritable faune et flore aquatiques à échelle réduite. Sara aussi avait connu son bocal dans lequel elle jouait, mangeait et dormait. Enfant-poisson qui avait dû se construire son propre monde, un monde où les visages familiers et aimés devaient rester de l'autre côté d'une vitre. Parce que toucher ou être touchée pouvait lui être fatal, une caresse, un baiser, s'avérer mortels. Immunodéficience, défaillance du codage génétique, un de ces soldats du système immunitaire transmis par les chromosomes de ses parents. Des mots qu'Esther avait voulu oublier. L'expression « enfant-bulle » sonnait plus douce à l'oreille et au cœur et l'aidait à accepter l'inacceptable. Avoir été porteuse de mort…

Elle s'approcha de l'aquarium au mur. Y colla le front. Ainsi qu'elle le faisait pour voir Sara. Être au plus près d'elle. Si près qu'elle pouvait presque la sentir respirer à travers la paroi. Leurs doigts qui restaient superposés dans une parfaite symétrie. « Maman, je t'aime. » Sa bouche de petite fille au crâne aussi lisse et poli qu'un galet qui s'ouvrait et qui se refermait sur des mots silencieux, à l'instar de ce poisson curieux qui la fixait de ses yeux globuleux en libérant de parfaites sphères transparentes.

C'est alors qu'elle la vit, couchée au fond, sur les galets sombres veinés de rouge. Une statuette en terre. Mais au contraire de la première – trouvée dans le tiroir – qui lui ressemblait de façon frappante, celle-ci représentait une fillette aux joues rebondies et au crâne nu. Comme Sara, l'enfant-bulle.

24

Ce matin-là, Morize avait appelé dans son bureau Layla, Hélène et Philippe Delgado. Ses trois meilleurs enquêteurs, ne lui en déplaise. Layla, comme souvent, évita le regard insistant de Delgado, qui n'avait toujours pas fait le deuil de ce qui n'avait été pour elle qu'une passade. Ils avaient en effet couché ensemble alors qu'elle venait d'intégrer la PJ de Lyon et que son couple traversait déjà une zone de turbulences. Delgado, grand gars athlétique de quarante-cinq ans, coupe en brosse, barbiche taillée de près et anneau à l'oreille droite, avait, quant à lui, eu un vrai béguin pour cette fille pétillante, volontaire et, il fallait bien le reconnaître, ravissante. Il aurait même été prêt à quitter femme et enfants pour elle. D'ailleurs, ses yeux le trahissaient encore chaque fois qu'ils se posaient sur « Laylaland », comme il l'avait surnommée. Elle avait été son petit paradis. Un paradis perdu.

— Je ne vais pas vous faire languir davantage, attaqua Morize, après les avoir dévisagés quelques instants en silence, avec ce sourire caustique qui exaspérait tant Layla.

Elle était persuadée qu'il s'agissait d'une démonstration de son pouvoir. C'était à lui et lui seul de donner le départ. Ses canassons n'avaient qu'à bien se tenir pendant que lui jouissait de les voir piaffer d'impatience.

— Il y a eu un second vol de cadavre à l'IML[1].

— Un second ? Ça signifie qu'il y en a eu un premier, nota Delgado.

Layla le fusilla d'un regard qui se traduisait sans mal par : « Ce que tu peux être con, parfois. »

— Quelle perspicacité, Delgado ! se moqua gentiment le commissaire en roulant des billes derrière ses verres.

Avec sa façon de traîner les syllabes et de se passer la main dans les cheveux, il avait l'air plus gay que jamais.

— En effet, il y a bien eu un premier vol qui, d'après le légiste en chef, serait l'œuvre d'étudiants en médecine. Ils auraient eu besoin de se défouler.

— C'est sûr, quoi de mieux qu'un macchabée pour ça… marmonna Layla.

— Vous dites, Bennani ? Ce serait utile de partager vos réflexions, à moins qu'elles soient sans intérêt… Bien… Vous connaissez notre devise, poursuivit Morize, lorsqu'un fait se produit deux fois, ça n'est plus une simple coïncidence.

— Ils ont peut-être voulu se défouler une seconde fois, le tança Layla.

Depuis le début de la réunion, Hélène restait mutique et semblait avoir quitté son corps.

— Qu'en dit le légiste en chef ? s'enquit Delgado.

— Ce n'est pas lui qui a signalé cette disparition, mais son assistante fraîchement recrutée.

— Les cadavres sont ceux d'hommes ou de femmes ? demanda Layla.

— Eh bien voilà, on y vient ! Ce n'est pas trop tôt ! siffla le serpent à lunettes. Deux femmes de type caucasien, trente-trois et trente-six ans. La première était une prostituée retrouvée morte par strangulation. Quant à la deuxième, sans emploi, elle se serait suicidée en ingurgitant des boîtes de

1. Institut médico-légal.

somnifères et de morphiniques, le tout arrosé d'une bouteille de gin. Elle a plongé dans le coma pour ne plus en sortir.

— Un dénominateur commun ?

Morize toisa Delgado et secoua la tête.

— À part une autopsie pratiquée à l'IML, rien de notoire. Aucun lien de parenté, ni amical ou amoureux. Bref, Delgado et Gorce, vous vous y collez.

— Et moi, j'enfile des perles ? lâcha Layla malgré elle. Qu'est-ce que je suis venue faire ici, alors ?

— Me parler du dossier Til, bien sûr. Vous avez dû avancer.

— En deux jours, absolument, je l'ai même résolu.

— Mobiliser deux enquêteurs sur une histoire de disparition de cadavres, c'est pas un peu trop, chef ? intervint Delgado plus fermement.

Lorsque son lieutenant s'affirmait, Morize était dans ses petits mocassins à glands, une légère rougeur aux joues et un air d'écolier modèle. Sans que personne ne l'explique, il acceptait de Delgado, sans broncher, des remarques qu'il n'aurait tolérées d'aucun autre policier sous ses ordres, même gradé.

— Je sens que cette affaire n'est pas comme les autres. Je compte sur vous deux pour me conforter dans ce sentiment, dit Morize en ignorant Layla.

Et moi, je peux aller me brosser, brûla-t-elle d'envie de lui jeter à la figure. Mais elle se contenta de se lever de son siège avec humeur, encore à cran à cause de l'épisode de la veille avec d'Orsay. Elle n'en avait pas dormi de la nuit et s'agaçait de ne pas avoir réussi à joindre Esther, à qui elle avait finalement juste demandé dans un message de la rappeler dès que possible. Depuis ce matin, la charge de travail lui permettait de ne pas trop gamberger, pourtant, le coup de fil de Marc d'Orsay la titillait. Pourquoi voulait-il lui parler d'Esther ? Ce mec paraissait vraiment bizarre, même s'il était flic, l'un n'empêchant pas l'autre, et Esther semblait l'obséder.

— Que faites-vous, Bennani ?

— Je retourne bosser sur le dossier Til. C'est bien ce que vous vouliez, non ? Jour et nuit, c'est ça ?

— Tout bien réfléchi, vous allez plutôt aider le lieutenant sur cette enquête, vous aussi. Et peut-être même que Blanchard pourra vous donner un coup de main à son retour. Vous entendez, Delgado, vous dirigerez donc les opérations et m'en référerez au fur et à mesure.

— Qu'est-ce qui vous laisse penser qu'il s'agit d'une affaire peu commune ? demanda le flic en ramassant les fichiers sur le bureau.

Morize inspira profondément.

— J'ai un ami lyonnais dont la femme, une pure beauté, est décédée d'une embolie à l'hôpital, il y a deux ans. Selon la tradition, son corps a été exposé dans la chapelle ardente de l'établissement. Le lendemain, il avait disparu, et n'a jamais été retrouvé. Il n'est pas impossible que ces trois disparitions soient liées. À vous de m'apporter des réponses.

25

Une nouvelle journée de travail en cette fin de semaine s'annonçait après une autre nuit entre rêves et réveils. Des rêves de bulles et d'enfants-poissons. En allant prendre sa douche aux aurores, Esther s'arrêta devant l'aquarium. Là, au moins, elle n'avait pas rêvé, la statuette était toujours posée sur les galets et semblait lui sourire. Marten lui donnerait peut-être une explication sur la présence de ces deux objets dans son logement de fonction. Des objets qui lui étaient apparemment destinés, à moins qu'avec l'émotion et le stress de ce changement de vie, son cerveau ne lui jouât des tours. Elle avait en tout cas hâte de lui parler.

Malheureusement, dehors, ce n'était pas Marten qui l'attendait. Elle reconnut l'homme de l'embarcadère, de type indien.

— Bonjour, lui lança-t-elle, décontenancée. Marten n'est pas là ?

— C'est moi, chauffeur, *today*, madame.

— Il ne travaille pas ? insista-t-elle.

— Pas conduire, mais travail au jardin, là-bas.

Malgré sa légère contrariété, Esther comprit. Marten devait avoir un défunt à inhumer et des fleurs à planter sur la tombe toute fraîche. Quelle variété, cette fois ? Des roses ? Des hortensias ? Des pivoines ? Était-ce un homme, une femme ? Quelle avait été sa fin de vie pour confier sa mort à Thanatea ?

Esther monta dans la voiturette presque à contrecœur, se surprenant elle-même à regretter à ce point la présence de Marten. Elle devait l'avouer, malgré l'étonnement du début et ses réticences, elle se sentait bien en sa compagnie. Sans doute était-ce dû à cette blessure commune qu'elle ressentait profondément, alors qu'elle ne savait au final rien de lui.

Sur le trajet, elle se promit d'essayer de contacter Layla depuis l'espace détente où elle préparait et servait le café. Elle n'avait pas demandé, mais il devait y avoir du réseau là-bas. Elle y avait en effet déjà vu des employés écrire des SMS, les yeux rivés à leur écran. La veille, sa communication avec Layla avait été coupée, sans qu'elle ait eu le temps de lui poser davantage de questions sur cette histoire de garde et son amie semblait vraiment avoir le moral en berne. Certes, elle était loin désormais, mais elle comptait bien être aussi présente que possible.

Esther éprouva presque de la joie à retrouver la batterie de machines à café, de mugs, de tasses et de soucoupes, comme un orchestre qui attend son chef en silence, ne demandant qu'à retentir et à jouer sous sa direction. Étrangement, de la même façon qu'à son ancien poste d'officier de police judiciaire, elle se sentait investie d'une mission. Non plus celle de faire respecter l'ordre et de traquer des criminels, mais d'apporter du réconfort le temps d'une pause. Un réconfort qui, pour le moment, n'était que celui des papilles puisqu'elle n'avait pas encore échangé avec les autres salariés. Ils semblaient garder une certaine distance. Ils observaient cette nouvelle recrue, la jaugeaient, peut-être même la comparaient-ils à la précédente. De son côté, elle imprimait leurs visages, leurs manières, leurs habitudes, se concentrait pour retenir leurs horaires de pause-café, pour associer leur voix à leur physique. Elle aussi les étudiait afin de déterminer le caractère de chacun et anticiper leurs véritables intentions. Dresser un profil, en somme. Finalement, rien qu'elle n'ait déjà eu à faire à la PJ. Seule la nature de son activité différait.

Ce matin-là, elle servit des cafés à une centaine d'employés, avait-elle compté. Un peu plus que la veille. Davantage d'hommes, aussi. Peut-être des retours de congé ou bien le bouche-à-oreille. Sans être une beauté fatale, Esther connaissait un franc succès tant auprès de la gent masculine que féminine.

Et si elle n'avait eu que peu de relations dans sa vie, c'était uniquement de son fait.

Une fois le comptoir essuyé et désinfecté, les tasses et les soucoupes propres rangées à leur place, les machines nettoyées et les stocks de café et de sucre vérifiés, Esther profita d'un court moment de répit pour tenter de téléphoner à Layla.

— Je crains que ce ne soit pas le bon endroit pour les communications personnelles.

Esther leva brusquement la tête en direction de la voix. Un homme, un bras nonchalamment posé sur le comptoir, lui souriait. Il portait la tenue réglementaire de Thanatea, costume trois-pièces gris et chemise blanche. Les LED orangées du plafond se reflétaient sur ses cheveux gominés d'un noir corbeau. Incarnant une élégance d'une autre époque, avec la même allure rétro que Marten, il émanait de sa personne le charme altier et la puissance d'un cerf. Esther ne se souvenait pas l'avoir croisé. Ou plutôt, si elle l'avait croisé, elle s'en rappellerait.

— Apparemment, les consignes sont strictes, ici… dit-il, le menton pointé vers un panneau au mur qu'elle n'avait pas remarqué, sur lequel était dessiné un portable barré d'un trait rouge. Mais je prendrais bien une boisson…

— Je suis en pause, navrée, je n'ouvre que tout à l'heure, au déjeuner, lâcha Esther, voyant s'envoler une fois de plus tout espoir de téléphoner à Layla en privé. Ceci étant, j'ai vu des employés enfreindre cette consigne…

Un regard amusé et assuré répondit à cette information.

— Je pense qu'ils devaient être en train de jouer à Candy Crush ou autre casse-tête du genre.

— Et vous ? Vous y jouez aussi ? D'ailleurs, vous êtes ?

— Andreas Dante, je travaille au département marketing, se présenta-t-il simplement, une main tendue.

Il y avait un moment que ce geste n'était plus dans les mœurs, et ce n'était pas pour déplaire à Esther. Esquivant ce salut démodé qui impliquait un contact physique qu'elle ne souhaitait pas, elle repassa derrière le comptoir.

— Je viens de commencer et je visite un peu les lieux, poursuivit Dante en retirant sa main d'un air contrit.

D'expérience, Esther sut qu'il mentait sur la « visite des lieux ». À cette heure, il ne se trouvait pas là par hasard.

— Si je fais des exceptions, je ne vais pas m'en sortir, dit-elle. Mais comme je suis nouvelle, moi aussi, ce sera mon cadeau de bienvenue. Quel café je vous sers ?

— Je n'en bois pas, merci.

Esther le toisa d'un air surpris. Aux yeux d'une ancienne flic qui l'ingurgitait par perf, ne pas boire de café revenait à ne pas baiser.

— Un verre d'eau alors ? Plate ou gazeuse ?

— Avec plaisir, sourit le salarié. Plate, s'il vous plaît.

Esther remplit un verre au logo de Thanatea, un « H » doré qui se détachait sur une forme épurée de l'île.

— Vous êtes donc nouveau ici ?

— Arrivé hier. Et vous ?

— Il y a deux jours.

— Et ça se passe bien ?

— Je prends mes marques. Ce n'est pas très sorcier, comme job. Ça demande juste quelques connaissances en arômes et un sens du relationnel.

— Ce que vous semblez posséder…

— Je m'adapte.

— J'imagine que votre prédécesseur vous a laissé des consignes. Des petites astuces, peut-être ?

— Pas un mot.

Les yeux sombres de Dante se troublèrent un instant. L'instinct d'Esther sonna aussitôt l'alerte.

— Pourquoi m'interrogez-vous sur la personne que je remplace ?

— On vous a attribué le même logement qu'elle ?

— Oui, c'est ce qu'on m'a dit en tout cas.

— Vous pourriez me le montrer ?

— Pourquoi je ferais ça ? Vous venez de débarquer, je ne vous connais pas… Mais pourquoi toutes ces questions ? Vous êtes flic ? Détective ?

— Ah non, pas vraiment… se justifia-t-il. La jeune femme qui occupait ce poste avant était ma sœur et elle a brutalement disparu. Je cherche à savoir ce qu'il lui est arrivé.

26

— Bon, eh bien je vous propose qu'on s'y mette gaiement ! Pour commencer, réunion dans mon bureau, lança Delgado aux deux filles qui lui emboîtèrent le pas.

Il leur fit de la place en poussant des dossiers entassés pêle-mêle à côté de deux photos de ses enfants et d'une boule à neige renfermant la tour Eiffel, souvenir d'un court séjour parisien volé au temps en compagnie de Layla.

— On va tout d'abord former les binômes, annonça-t-il en couvant d'un regard appuyé celle qu'il ne pouvait oublier. Gorce, tu plancheras avec Blanchard sur la pute… enfin… quand ce foutu Covid lui permettra de reprendre le boulot.

— Ça t'écorcherait la gueule de dire « prostituée » ? grinça Layla, que ce manque de respect rendait hargneuse.

— Ah ben on va s'amuser, Bennani, parce qu'on sera en binôme.

— J'aurais préféré être avec Hélène, vois-tu.

— Je te demande pas ton avis, *vois-tu.*

Tu vas regretter ton choix, songea-t-elle dans un silence crispé, avant de poursuivre :

— On s'occupe donc du second cadavre disparu, c'est ça ?

— Tu vois, quand tu veux… sourit le lieutenant.

Layla, indifférente à son sarcasme, regarda pensivement la photo d'identité de la jeune femme, jointe au dossier, sur laquelle elle était plus souriante que sur le cliché pris par le légiste... Elle se souvint ensuite des propos de Morize pour décrire la compagne de son ami lyonnais : « Une pure beauté. » Des mots plutôt rares dans la bouche du commissaire. Une beauté, en tout cas, qui avait, elle aussi, disparu deux ans plus tôt.

Puis ses yeux se portèrent sur la blonde platine qui avait librement exercé le plus vieux métier du monde. Sa photo était posée à côté de celles des deux autres victimes.

Layla les examina tour à tour. Trois femmes. Elles auraient pu s'appeler Esther, Hélène et Layla... Sauf qu'elles ne se connaissaient pas. Mais elles avaient tout de même des prénoms. Jade, Muriel et Alexandra. Un détail lui sauta aux yeux.

— Morize a qualifié l'épouse de son pote de « pure beauté », lâcha Layla en relevant la tête vers Hélène et Delgado. Mais les autres sont pas mal non plus, chacune dans son genre. Tu l'as, Phil, ton dénominateur commun. Ce sont toutes les trois de très belles femmes.

— Et alors ? C'est peut-être un hasard.

— Ou pas.

— Je suis d'accord avec Layla, se força à prononcer Hélène, il ne faut rien négliger.

Elle parlait comme un automate. Si tant est qu'un automate soit doué de parole. Layla n'avait pas le temps de s'isoler avec elle pour discuter, mais elle ressentait son mal-être comme la chaleur d'un four allumé.

— Perso, même si elle a été canon, je trouve rien de sexy à une morte, répliqua Delgado dans une grimace de dégoût.

— Toi, non, mais d'autres, peut-être.

— Des malades ou des tarés, alors...

— Je me rappelle un film qui m'avait marquée, dit Layla, pensive. *La Chambre verte*, de Truffaut.

— Ça raconte quoi ?

— Un type perd sa femme et un ami vient le voir pour lui apporter son soutien. Pourtant, lui-même a une vie de merde. Il vit seul dans une immense baraque, avec une gouvernante et un gosse sourd et muet qu'il a pris sous son aile pour essayer de lui apprendre à parler. Mais cet ami, par ailleurs rédacteur à la rubrique nécro d'un canard, a un secret... Il voue à sa défunte épouse un culte plutôt étrange et s'enferme pendant des heures dans la chambre qu'il lui a dédiée.

— Rassure-moi, il se la tape pas, hein ! C'est pas une histoire de nécrophilie ?

— Pas au sens sexuel, non. Par contre, avec la nana qu'il va rencontrer, il tisse une relation qui tourne autour du culte et de l'amour des morts.

— C'est morbide, ton truc !

— Pas plus que ce qu'on voit dans notre métier, répliqua Hélène. Beaucoup de tueurs, notamment en série, sont excités par la mort, par l'idée de perpétrer un meurtre et de jouer avec le corps dans une mise en scène macabre.

— Oh, les filles, vous lisez trop de thrillers... On dérape, là. Si ça se trouve, ces pauvres femmes, enfin leurs cadavres, ont été simplement victimes d'une mauvaise blague.

— « Une mauvaise blague », ça, c'est de la piste, Delgado ! éclata de rire Layla.

— Et pourquoi pas ? se vexa le flic.

— Creuse de ce côté si tu veux. Avec Hélène on va gratter l'autre piste, celle de la beauté d'une morte et de tout ce qu'elle provoquerait chez un cinglé.

— Oh oh oh ! Je te rappelle que nous sommes en binôme, et que Gorce est avec Blanchard, qu'on attend d'un jour à l'autre.

— Donc, pour le moment, Hélène est avec nous, que ça te plaise ou non. Et puisque nous sommes toutes les deux raccord, le binôme, c'est nous. Tu viens, Hélène ?

Avant que Delgado pût réagir, Layla ramassa les dossiers pour en faire des copies et, suivie d'Hélène en mode pilotage automatique, sortit du bureau.

— Ce que le point de vue de ces mecs peut être étriqué ! pesta Layla dans le couloir. Putain ! Leur champ de vision est tellement réduit, comparé au nôtre… À croire que leur cerveau aussi ! Ça va, toi ? T'as pas l'air dans ton assiette. Des nouvelles de Gauthier ?

— Il est venu prendre ses affaires en mon absence, et il a emmené Titi.

Les derniers mots d'Hélène se noyèrent dans un sanglot.

— Sérieusement, il a pas fait ça… Le mec te trompe, se barre et en plus il te prive de ton chien. C'est dégueulasse !

— C'était le nôtre. De toute façon, Titi sera mieux avec lui qu'avec quelqu'un qui est en récidive.

D'un coup, Layla faillit s'étrangler avec sa salive. Elle lança à Hélène un regard atterré.

— Qu'est-ce que tu racontes ?

— Oublie, il y a plus urgent.

— Certainement pas, l'arrêta Layla en posant sa main sur celle d'Hélène. Tu le sais depuis quand ?

— Deux jours. Mais ça va, je t'assure. Pour être honnête, le manque de Titi est pire que l'idée de mourir.

— Ah mais tu vas te battre, Hélène Gorce ! Il n'est pas question de baisser les bras, je te préviens !

— Tu sais comme moi ce que les métastases veulent dire. Je n'ai pas envie de me voiler la face. Layla, mon travail est tout ce qui me reste. Maintenant que tu es au courant, je ne veux plus parler de moi ni de la maladie. Ces trois femmes, elles sont mortes. Moi, je suis encore en vie et je veux découvrir quels salopards sans couilles s'attaquent à des cadavres.

Layla s'approcha d'Hélène et la pressa contre elle, longuement, dans une tendre étreinte. Elles se tinrent ainsi, telles deux naufragées dans la tempête, telles deux amies qu'elles étaient, malgré leurs différences, malgré leurs silences. Malgré l'absence d'Esther. À la vie, à la mort.

27

Esther eut besoin de quelques minutes pour digérer l'information que Dante venait de lui livrer. Une femme avait occupé ce poste avant elle. Une femme qui avait disparu.

— Combien de temps votre sœur a-t-elle travaillé ici ?

— Quelques semaines, un mois peut-être. Je ne sais pas exactement.

— Et comment a-t-elle atterri à Thanatea ?

— Nous étions en contact régulier, mais elle tenait à son jardin secret et ne disait pas tout à son grand frère, un peu trop protecteur à son goût. Tout ce dont je suis sûr, c'est qu'elle a répondu à une annonce.

— Elle vous en a certainement dit plus, si vous êtes là.

— Elle m'a parlé de Thanatea, de ce qu'elle y faisait et m'avait envoyé le lien vers le site de l'entreprise. Quand j'ai cessé d'avoir de ses nouvelles, j'ai appelé et on m'a expliqué qu'elle était partie. Mais je n'y crois pas.

— Pourquoi ? C'est une grande fille, non ? le taquina Esther.

— Elle ne m'aurait jamais laissé sans nouvelles plus d'une semaine.

— Et qu'est-ce qui vous laisse penser qu'elle aurait disparu ici ? Elle a très bien pu quitter l'île et disparaître après. Avait-elle un petit ami ? Ou bien voyait-elle des hommes… Juste pour…

— Elle n'était pas comme ça, la coupa-t-il. Si elle avait démissionné, elle m'en aurait parlé.

— Et son jardin secret ?

— Vous seriez dure en affaires, vous !

Esther sourit. Il n'avait pas tort.

— Vous avez fini votre tour, monsieur Dante ?

Tous deux se retournèrent en direction de la voix qu'Esther reconnut aussitôt. La pâle cigogne.

— Oui, je… J'ai fait une petite halte à l'endroit qui semble le plus attractif.

— Il le sera encore plus à l'heure du café, répliqua froidement la DRH. Si vous voulez bien me suivre, vous avez votre contrat à signer.

Sur un coup d'œil à Esther et un haussement d'épaules en signe d'impuissance, Dante emboîta le pas à l'échassier blond. Mais il en avait dit assez pour réveiller l'instinct de limier de l'ancienne lieutenante. Finalement, cette incursion de la directrice, comme par hasard, tombait au bon moment…

Fallait-il croire à cette histoire de disparition ? Après tout, peut-être que cet homme affabulait. Les mythomanes sont toujours convaincus de leurs mensonges. Pourtant, d'expérience, Esther savait capter les accents de sincérité chez les témoins qu'elle interrogeait et l'émotion qu'elle avait perçue chez Dante paraissait sincère.

Plusieurs questions lui vinrent à l'esprit tandis qu'elle se préparait pour le service de midi. Comment une employée se volatilisait-elle d'un tel environnement ? Et, surtout, pourquoi partait-elle sans en avertir son frère alors qu'il connaissait son nouvel emploi ? Il était aussi possible qu'elle ne s'y soit pas assez bien intégrée pour continuer. Ce qui ne représentait pas une raison suffisante pour plier bagage à l'insu de sa famille la plus proche. Si, toutefois, Andreas Dante était vraiment son frère… Esther sentait qu'elle devait en apprendre davantage sur cette femme, et que Dante avait encore des choses à lui confier. Restait une option : mener elle-même son enquête. Ça, elle savait faire.

Elle revit Dante un peu plus tard, aux alentours de 13 h 30, en compagnie de trois employés, un homme et deux femmes. Ce n'était plus le même. Leurs regards se croisèrent furtivement et il sembla qu'il l'ignorait. Une conséquence de son entretien avec la DRH ? Avait-il reçu des consignes de la direction ? Esther décida de feindre l'indifférence aussi. Mais ne put s'empêcher de lui lancer un regard interrogateur lorsqu'elle le vit boire le café que son collègue venait de commander. *Tu bois du café ou non ? Ta sœur a réellement disparu ou bien tu mens comme tu respires ? C'était vraiment ta sœur, d'ailleurs, ou bien une ex que tu es venu harceler jusqu'ici ?*

Avec la fin de la pause et la reprise du travail, l'espace se vida et Esther se retrouva seule avec les tasses et les cuillères à mettre au lave-vaisselle, le reste à débarrasser. Seule avec ses questions que, contrairement aux tasses, elle ne savait pas où ranger.

— Un coup de main ?

Esther fit volte-face. De l'autre côté du comptoir, Dante lui souriait, toujours aussi énigmatique.

— Si vous arrêtiez votre petit jeu ?

— Quel petit jeu ?

— Raconter des craques, balança-t-elle.

— Je ne joue pas et je ne vous raconte surtout pas de craques, comme vous dites.

— Et le café ?

— Je... C'était un déca... Si vous vous souvenez.

— Ah non, votre collègue a commandé quatre espressos.

— Alors je comprends mieux ces palpitations, que j'avais attribuées au stress du premier jour. J'ai une intolérance à la caféine.

— Sans doute le stress lié à la disparition de votre sœur, également... Enfin, soi-disant.

Dante plongea la main dans la poche intérieure de sa veste et en sortit une page de journal pliée en quatre qu'il tendit à Esther.

— À votre accent, j'imagine que vous n'êtes pas suisse et vous n'avez peut-être pas eu l'occasion de lire la presse d'ici. Ma sœur n'a plus donné signe de vie depuis plus de trois semaines. Un avis de disparition inquiétante a même été publié très rapidement.

À la vue du portrait de la jeune femme, Esther reçut un coup à la poitrine. Entre elles, une ressemblance frappante, presque dérangeante. Une rousse aux yeux verts, comme elle. Elle s'appelait Antonia Levens.

— Ça m'a troublé moi aussi, quand je vous ai vue, souffla Dante.

— Vous n'avez pas le même nom… Est-elle mariée ?

— Non, c'est ma demi-sœur. Mais ça ne change rien pour moi.

— Quel métier exerçait-elle avant ?

— Elle était dans la restauration et s'est retrouvée au chômage durant la pandémie. Elle n'a pas voulu y retourner après. Quand elle est tombée sur cette annonce, elle a cru à une plaisanterie ou à une arnaque. Le salaire ne collait pas vraiment avec la nature du poste. Et pourtant, c'était bien vrai, elle n'en revenait pas d'avoir signé un CDI avec de telles conditions…

— Sauf que finalement, elle n'est pas restée… Elle n'a peut-être même pas touché de salaire, réfléchit Esther à haute voix en même temps qu'une boule obstruait sa gorge.

— Elle a dû travailler un mois maximum avant de se volatiliser. Elle a sans doute été payée en conséquence.

— Vous ne pensez pas qu'elle ait pu faire une grosse bourde et avoir été contrainte d'abandonner cet emploi sans préavis ?

— Elle était très consciencieuse et même perfectionniste. Un peu trop, parfois. Mais cette ressemblance avec vous, c'est troublant…

— Ce sont plutôt des points communs. Un hasard…

— Pour être honnête, je ne crois guère au hasard.

Esther se sentait de plus en plus mal à l'aise. En effet, elle-même n'était pas très convaincue par cette idée de hasard qui s'éloignait dangereusement.

— La rousseur serait un critère de recrutement ? continua-t-il.

— L'annonce ne stipulait rien de tel, répondit-elle. Mais une photo était demandée. L'hypothèse de la coïncidence reste pourtant la plus probable.

— Il y a autre chose… Antonia m'avait envoyé une photo d'un objet qu'elle avait trouvé dans son logement de fonction. Tenez…

Dante lui mit sous les yeux l'image qui occupait tout l'écran de son smartphone. Esther crut défaillir. La même statuette que celle découverte dans son chevet.

— Visiblement, ça vous parle. Je me trompe ?

— Je suis tombée sur sa jumelle dans un tiroir.

— Peut-être est-ce la statuette d'Antonia ?

— Je ne pense pas… Les visages n'ont pas tout à fait la même expression.

— Elle ne savait pas ce que c'était, et croyait que quelqu'un l'avait oubliée là, précisa Dante.

Exactement comme moi, se dit Esther.

— Depuis, j'ai fait quelques recherches, poursuivit l'homme. C'est un *haniwa*. Un vieil objet funéraire japonais en argile cuite. On les plaçait d'ordinaire sur les tertres au-dessus des sépultures. Ils représentaient le défunt. Mais je continue à espérer qu'Antonia est toujours vivante.

28

Elles avaient beau patienter dans l'institut médico-légal Édouard-Herriot, le plus moderne de France, doté d'un équipement de pointe – cinq tables dernier cri, système de sécurité haute technologie contre les risques chimiques, scanner… –, de trois salles d'autopsie, d'une salle dédiée à la visioconférence, d'une salle des scellés et d'une salle d'observation des autopsies, l'endroit n'en demeurait pas moins oppressant.

Le lendemain, jeudi, nauséeuse, Hélène comatait encore debout, après un réveil douloureux.

Les coups répétés de Layla sur la porte, passée la chercher, l'avaient tirée du lit en sursaut. Elle avait mis plusieurs secondes à prendre conscience qu'elle se trouvait dans sa chambre et avait reconstitué mentalement sa soirée tout en enfilant ses vêtements à la hâte.

La veille, après avoir rejoint Marc d'Orsay à son hôtel vers 19 heures, Hélène était rentrée chez elle avant minuit. Ils s'étaient quittés comme deux joueurs de tennis après une belle partie. Satisfaits et prêts à en refaire une un jour, si l'occasion se représentait. Une fois couchée, vidée et fébrile, ne parvenant pas à sombrer, Hélène avait fouillé dans l'armoire à pharmacie où elle rangeait, autrefois, la clef de son sommeil aux côtés de son homme. Gauthier ronflait comme un sonneur et Hélène, pour pouvoir partager le même lit, avait eu recours à la chimie. Avec tous les traitements contre le cancer, un peu plus ou un peu moins ne changeait rien. Depuis qu'elle avait goûté aux nuits en solitaire, elle avait arrêté les somnifères. Jusqu'à la nuit dernière où, dans le désert de son appartement, elle avait ressenti le besoin d'un petit coup de pouce. Le cachet avalé, elle s'était recouchée et peu à peu abandonnée aux effets hypnotiques qui lui assureraient un repos dénué de rêves ou de cauchemars.

Arrivées à 9 heures à l'accueil de l'institut, Layla et elle avaient demandé à voir le légiste en chef. « Il termine une autopsie et vous reçoit tout de suite après », leur avait répondu la secrétaire. À 9 h 45, elles attendaient toujours.

— Que puis-je faire pour vous, mesdames ?

La voix, grinçante, les fit sursauter sur leur siège. Elles se retournèrent de concert vers le médecin légiste qui venait d'apparaître à la porte, une combinaison bleue maculée de gouttelettes écarlates et brunâtres, évoquant un tableau au *dripping*, cet art pictural qui consistait à recouvrir une toile de giclures de peinture. Grand et sec, le visage émacié avec un menton en pointe, les épaules rentrées, un cou de dindon et un crâne quasiment glabre au sommet duquel se battaient quelques cheveux noirs et gras, sa ressemblance avec un vautour frappait tout de suite.

— Sous-lieutenante Bennani, police judiciaire, se présenta Layla. Nous avons quelques questions à vous poser concernant la disparition des corps de deux femmes sur lesquelles vous et votre assistante avez pratiqué une autopsie récemment.

— Si vous voulez bien me suivre.

Elles lui emboîtèrent le pas jusqu'à son bureau, dont les murs étaient recouverts de planches d'anatomie et de photos de cadavres sur des tables d'autopsie, tels des papillons cloués sur une plaque de liège : cage thoracique ouverte, boîte crânienne décalottée façon œuf à la coque, peau du cuir chevelu ramenée sur la figure, membres détachés du tronc. Une véritable boucherie en images. Hélène crut tourner de l'œil, tandis que Layla, évitant du regard cette exposition morbide, sortait ses documents d'une chemise plastifiée et les plaçait sous les yeux perçants du légiste.

— Muriel Chang et Jade Roux, une suicidée et une présumée assassinée, la première sans emploi et la deuxième prostituée. Leurs corps auraient tous les deux disparu de l'IML.

Le vautour fit mine d'examiner les portraits, puis observa tour à tour Hélène et Layla par-dessus ses verres progressifs d'un air amusé.

— Vous vous intéressez aux disparitions de macchabées maintenant ?

— Si elles deviennent suspectes, oui.

— Vous n'avez pas fini, alors.

— Et pourquoi donc ?

— C'est plus courant qu'on ne le pense.

— Est-ce une raison pour ne pas s'en préoccuper ?

— Je croyais que la police judiciaire manquait de moyens, au point de devoir supprimer des postes d'investigation…

— Ce n'est pas votre affaire, me semble-t-il, trancha Layla. En revanche, deux cadavres qui se volatilisent alors qu'ils sont sous votre responsabilité, ça l'est.

Le légiste en chef se racla la gorge nerveusement.

— Si je peux vous aider, ce sera avec plaisir. Alors, je vous écoute.

— À quand remonte la première disparition ? Celle de Jade Roux.

— Deux mois, peut-être, je ne sais plus exactement. Selon moi, il s'agit sans doute d'une blague d'étudiants.

— En avez-vous la preuve ?

Nouveau raclement de gorge.

— Non, mais comme un groupe est venu s'exercer ici et que c'est arrivé après, j'en ai déduit que ça devait être eux.

— Comment auraient-ils pu avoir accès à la morgue sans autorisation ? J'imagine que tout cela est contrôlé, non ?

— Il n'y a qu'un seul gardien et les gamins finissent par faire partie de la maison.

— Je vois. Vous nous donnerez leurs noms et celui du gardien, pour qu'on les interroge. Pensez-vous que des étudiants pourraient s'adonner à des actes nécrophiles ? Jade et Muriel étaient plutôt de belles femmes, susceptibles de provoquer un attrait sexuel, même *post mortem*.

Hélène tourna la tête vers Layla, effarée.

— Nous avons déjà pu constater de telles déviances, en effet, soupira le légiste, embarrassé. Vous savez, c'est un cursus très difficile, qui sollicite beaucoup le mental. Ces jeunes sont confrontés à la mort dans sa crudité, ils sont amenés à disséquer des cadavres. À partir de ce moment, leur perception d'un corps se fausse, se distord.

— C'est ce qui s'est produit chez vous aussi ?

— La plupart des élèves en médecine, notamment légale, connaissent ça. Le corps n'est plus que de la viande et un objet d'étude. Cette distance est d'ailleurs indispensable.

— À voir les photos qui tapissent les murs de votre bureau, vous n'avez pas l'air vraiment… dans la distance, le tacla Layla.

En retour, elle eut droit à un regard acéré du vautour.

— Ces dessins et ces clichés racontent une histoire. Ils me rappellent chaque jour qu'on n'arrête pas d'apprendre, et que les morts nous enseignent beaucoup sur la vie. Sur cette merveilleuse machine qu'est le corps humain, lorsqu'il cesse de vivre. Ici, les défunts livrent bien des secrets qu'ils auraient sinon gardés sur les causes de leur décès. Quand je lève les yeux sur chacune de ces images, j'y vois la vérité. La mort ne trompe pas. Contrairement au vivant.

Le légiste semblait exalté. Ses prunelles se dilataient un peu plus à chaque mot.

— Vous devez connaître l'article 225-7 du code pénal. En France, toute atteinte à l'intégrité d'un cadavre est passible d'un an d'emprisonnement, assorti de quinze mille euros d'amende.

— Oui, je sais, merci, soupira le légiste, les muscles du cou tendus à l'extrême. À condition de mettre la main sur le coupable.

— C'est votre assistante qui a signalé la deuxième disparition, et le gardien, la première, n'est-ce pas ?

— C'est exact. J'en aurais fait de même.

— Deux disparitions en peu de temps, docteur Ménard, ça veut dire que les cadavres à la morgue de l'IML peuvent circuler à volonté ?

— Notre système connaît des défaillances, en effet. C'est malheureux, mais ces deux femmes n'avaient aucun proche… Elles auraient quoi qu'il en soit fini dans une fosse commune.

Hélène et Layla se regardèrent, consternées. Comment y croire ? Même dans la mort, les humains n'étaient pas égaux. Pour gagner le droit de reposer dignement dans une tombe, il fallait en avoir les moyens.

— Pouvez-vous nous donner une copie de leurs rapports d'autopsie ? demanda Layla, s'abstenant de tout commentaire.

Parler représentait ce matin-là pour Hélène un effort insurmontable. Elle se contentait donc d'écouter et de bouillir dans son coin. D'autant que, si elle l'ouvrait, elle sentait que ça risquait de partir en vrille.

— Je crains que ce ne soit pas possible…

— Et pour quelle raison ?

— Les corps n'avaient pas encore été autopsiés au moment où ils ont été subtilisés.

29

Esther regagna son logement de fonction sans avoir croisé Marten. Elle ne pouvait s'empêcher de trouver étrange cette absence soudaine. Il semblait pourtant apprécier sa compagnie et ne l'avait pas prévenue qu'il ne viendrait pas la conduire au travail. Un comportement qui ne collait pas à son personnage poli et serviable. *Il a dû avoir un empêchement, un cas de force majeure*, se dit-elle.

De cette journée, comme une ombre obsédante, lui restait sa rencontre avec Dante. Pour tenter d'élucider l'énigme de la disparition de sa sœur, il était allé jusqu'à se faire engager chez Thanatea. Se pouvait-il que la ressemblance physique de la jeune femme avec Esther ne fût qu'une coïncidence ? En effet, rien, dans l'annonce concernant ce poste, ne laissait penser que ces critères-là étaient une condition. Certes, ils exigeaient des CV avec photo, comme pour beaucoup de recrutements, même si la lutte contre la discrimination gagnait du terrain, et que de plus en plus d'entreprises changeaient leur fusil d'épaule. Il lui fallait en tout cas en avoir le cœur net, et pour ça, bien qu'il lui en coûtait, elle n'avait pas d'autre choix que de se rendre dans la salle commune afin de se connecter à Internet avec son PC pour effectuer des recherches.

Par chance, cette fois encore, elle ne trouva personne, à part un employé, assis seul à une table, son ordinateur ouvert devant lui. Esther prit soin de s'installer à l'écart et, sans perdre de temps, tapa « Antonia Levens » sur son clavier. Mais aucune occurrence ne sortit. Pas même un article sur sa disparition, y compris sur le site du quotidien qui avait publié l'avis dont Dante lui avait montré l'original. Elle n'était sur aucun réseau social ni professionnel. À croire qu'elle avait tout effacé, ou ceux qui s'en étaient pris à elle… Se pouvait-il que l'entreprise fût impliquée ? Après tout, le cimetière de Thanatea était l'endroit idéal où escamoter un corps. Cela voudrait dire qu'un tueur se promenait sur l'île. Parmi les employés ou la direction. Les réflexes d'enquêtrice d'Esther se réveillèrent. Même si elle les avait laissés derrière elle, ils l'habiteraient toujours. La flamme se rallumerait à la moindre étincelle. Une étincelle qui s'appelait Antonia Levens.

— Qui es-tu et où es-tu ? Que t'est-il arrivé ? murmura Esther, les yeux rivés sur la photo qu'elle avait prise de l'avis de recherche avec son portable.

Elle revit mentalement le loft, du sol au plafond, ses coins et recoins. Antonia y avait vécu, dormi, respiré, accompli sans doute les mêmes gestes du quotidien qu'elle. Se doucher, se brosser les dents, enfiler sa tenue et revenir à la fin d'une journée passée à servir les autres, déambuler seule dans cet espace sans âme, peut-être regarder, elle aussi, les poissons évoluer dans l'aquarium, son unique compagnie.

Son frère avait l'air d'écarter l'hypothèse d'un départ volontaire. Pourtant, Esther, de par son expérience, savait que ça arrivait plus souvent qu'on ne l'imaginait. Et qu'il était particulièrement douloureux pour les proches d'envisager que leur fils ou leur fille, frère ou sœur, père ou mère ait pu vouloir changer de vie et rompre totalement avec leur passé, avec leur famille. Dante pouvait donc être dans le déni sur les vraies raisons de la disparition d'Antonia. Et puis, Esther n'était plus flic après tout, cette histoire ne la concernait donc pas. À un détail près, peut-être. Le *haniwa*. Comment cette statuette funéraire, dont la jumelle avait été destinée à Antonia Levens, s'était-elle retrouvée dans le tiroir de son chevet et que signifiait-elle ? Leur avait-on adressé un message à travers cet objet funéraire ? « Un objet funéraire japonais », avait précisé Dante. Esther se figea. Horn, la PDG de Thanatea vivait au Japon, à Okinawa.

Essayant de maîtriser le tremblement qui gagnait ses mains, elle jeta un œil furtif autour d'elle et tapa « haniwa ». Plusieurs liens vers des sites spécialisés apparurent. Elle découvrit que le *haniwa* faisait en effet partie d'un rituel funéraire japonais très ancien qui avait pris fin avec le bouddhisme. Cet objet figuratif, réservé à l'élite, ornait le *kofun*, un tertre sous lequel était enterrée la dépouille.

La plupart du temps, les *haniwa* représentaient des animaux, des maisons, des objets personnels ou des humains. Ils étaient censés retenir l'esprit du défunt haut placé qui assurait ainsi la protection du village. Aucun rapport, a priori, avec deux employées aux cheveux roux et aux yeux verts.

D'après les premières informations glanées auprès de Dante au sujet de sa sœur, celle-ci ne semblait pas issue d'un milieu plus aisé que la moyenne, et Esther non plus. Ces *haniwa* avaient donc été détournés de leur symbolique originelle. Celui ou celle qui était derrière tout ça devait néanmoins avoir une connaissance particulière des rites funéraires au Japon. Et, pour le moment, même si Esther ne parvenait pas à donner du sens à tout ça, elle ne voyait qu'une seule personne susceptible de répondre à ce profil. Horn, la PDG invisible de Thanatea.

Sur la page d'un site, quelques illustrations d'*haniwa*. Le sien et celui qu'avait trouvé Antonia Levens devaient forcément être récents. Fabriqués spécialement pour elles.

Esther en eut froid dans le dos. Au même instant, une pensée vint la frapper de plein fouet. Dans l'hypothèse que le créateur des figurines soit d'ici, et qu'il ait eu accès aux photos des CV, comment avait-il pu savoir à quoi ressemblait Sara pour confectionner celle qui avait échoué dans l'aquarium ? La DRH avait accès aux dossiers des candidats, mais il paraissait impossible qu'elle ait eu connaissance de l'histoire personnelle d'Esther et de sa situation familiale. En revanche, Marten… Le grain de sable.

Prise d'un doute, elle retourna sur la page d'accueil du site de la société, passa au crible toutes les rubriques et relut la présentation de Thanatea. Soudain, son regard s'arrêta sur ce qui lui avait échappé lors de sa précédente visite, dans l'enthousiasme de sa candidature, puis de son embauche. Une rubrique consacrée à l'embaumement. « Une technique qui tire ses origines de l'antiquité, pratiquée dans l'Égypte ancienne », expliquait le texte. Esther lut en diagonale ce passage retraçant l'histoire des procédés de momification par déshydratation naturelle des corps qui, ainsi préservés, pouvaient être reconnus par l'âme des défunts. Elle descendit plus bas à l'aide du curseur. À la vue de ce qui suivit, son cœur lui remonta dans la gorge. Juste sous une photo sur laquelle elle reconnut Marten, la légende disait : « Vos chers défunts retrouveront l'éclat de leur vivant grâce au savoir-faire de notre meilleur thanatopracteur, P. Marten. »

30

L'oncologue avait rappelé Hélène afin de convenir d'un rendez-vous pour sa chimio, et elle l'avait gentiment envoyé sur les roses. Elle ne s'y rendrait pas. Fini, les douleurs au ventre, les nausées, la perte d'appétit et de cheveux. Fini, les faux espoirs. Fini de se voiler la face.

— Vous êtes sûre de faire le bon choix ? avait insisté le spécialiste. Vous vous éviterez de moindres maux, mais pas le pire.

— Je n'ai pas peur du pire.

Hélène n'était pas entrée dans les détails, en revanche, son ton avait été sans équivoque. « Arrêtez de m'emmerder » en était le message sous-jacent.

— Dommage, vraiment. J'allais vous proposer de tester un protocole spéc...

— Me proposer de servir de cobaye ? Non merci, docteur, sans façon.

— Vous savez, c'est avec des cobayes que la science et la médecine avancent depuis toujours, qu'ils soient humains ou animaux.

— Eh bien, elles avanceront sans moi. Si on en a terminé avec les leçons de morale, je vais vous souhaiter une bonne fin d'après-midi, docteur. J'ai du travail qui m'attend.

Dans la foulée, elle avait reçu un appel de son chef de groupe lui demandant, d'une voix altérée, si elle pouvait se rendre sur une scène de crime. Un terrain vague où une adolescente venait d'être retrouvée, apparemment morte par strangulation et énucléée. L'horreur ne prenait jamais de repos.

De retour chez elle, après cette journée éreintante passée en partie à l'IML à interroger le gardien qui n'avait rien vu et trois étudiants qui ricanaient sous cape en se poussant du coude, et qui s'était achevée sur cette vision cauchemardesque d'une gamine assassinée et mutilée, Hélène ouvrit le frigo, en sortit une bouteille de chardonnay, prit un verre au passage et alla s'asseoir sur le canapé, face à la table basse. Le vin coula dans le verre qu'elle remplit à ras bord. Fermant les yeux, elle le porta à ses lèvres et, après une courte hésitation, le vida d'un trait. L'alcool lui réchauffa instantanément les amygdales et la chaleur se répandit dans sa poitrine. À chaque verre, son corps s'abandonnait à un doux engourdissement. Bientôt, il s'enlisa dans les marécages sournois de l'ivresse. Son cerveau se déconnecta enfin de la réalité. Et elle s'assoupit. En paix.

Encore endormie sur le canapé où elle avait passé la nuit, Hélène reçut – entre deux ronflements – un premier SMS de Marc d'Orsay, suivi de trois appels de Layla et, un peu plus tard, d'un message audio dans lequel celle-ci, inquiète, lui demandait de la contacter d'urgence.

Finalement réveillée par des coups de marteau à l'intérieur du crâne, elle s'offrit un antimigraineux avec un reste de vin, alla se rincer la bouche et se passer le visage sous l'eau froide. La fille qui la fixait dans la glace d'un regard torve lui fit peur. Elle préféra éteindre et la laisser là où elle était.

Une fois ces gestes accomplis, Hélène prit son portable. Layla décrocha tout de suite.

— Qu'est-ce que tu fiches ? J'allais venir voir ce qui se passe… Tout va bien ?

— Oui, oui, ça va, souffla Hélène d'une voix qui exprimait tout l'inverse. Un petit contretemps matinal…

— Un contretemps de quelques heures quand même !

— Qu'y a-t-il de si pressé ? bâilla Hélène.

— On a la liste des clients de Jade Roux. Julie a fait un super boulot en récupérant les contacts dans le smartphone de la fille. Heureusement que le gardien avait gardé ses affaires dans un casier.

— OK, j'arrive.

Hélène prit le temps d'avaler un comprimé de citrate de bétaïne, afin de dissiper les derniers effets de l'alcool. Ses yeux se posèrent sur une photo qui traînait sur la table basse et qu'elle ne se rappelait pas avoir sortie. Une photo à laquelle elle tenait particulièrement, et qu'elle conservait précieusement rangée dans son portefeuille avec une lettre pliée en quatre.

Il lui souriait de toutes ses dents d'adolescent de seize ans. Elle lui rendit son sourire comme elle le faisait souvent, entre ses larmes, lorsqu'elle relisait ses mots enflammés. À la vie, à l'amour. Un amour d'adolescents, donc éternel. Si ses parents n'avaient pas empêché cette relation, seraient-ils encore ensemble ? Auraient-ils eu des enfants ? Seraient-ils heureux malgré leurs différences ? Ils n'avaient eu droit qu'à quelques baisers volés, parce que leurs familles et leurs cultures n'étaient pas compatibles, mais elle n'avait jamais cessé de penser à lui. Plus tard, elle avait rencontré Gauthier Maréchal, l'exact contraire de ce premier amour. Un amour nommé Icham Bennani, dont elle n'avait jamais parlé à Layla.

Sans se perdre davantage dans ses souvenirs, elle se prépara en vitesse et fila à la PJ. Là, dès qu'elle rejoignit Layla dans son bureau, elle fut mise à contribution.

— Tiens, une copie de la liste, lui dit Layla en lui tendant un document. Chacune la moitié à éplucher.

— On a que les prénoms et la première lettre du nom de famille, soupira Hélène en survolant sa partie.

— Tu imaginais quoi ? Que Jade aurait gentiment mémorisé les patronymes et les adresses, en plus du numéro de téléphone, pour nous mâcher le travail ?

— On peut toujours rêver… Bon, on procède comment ? Tu veux qu'on se fasse passer pour Jade ?

— Bonne idée, ça ! s'exclama Layla. En plus, Julie m'a laissé le smartphone de la fille.

— Sauf que ses clients vont se méfier, s'ils ne reconnaissent pas sa voix…

— On va envoyer des SMS seulement. Elle les rédigeait en style télégraphique, on fait la même chose.

— Et qu'est-ce qu'on écrit à ces messieurs ? On leur annonce des soldes ? Une baisse de tarif ? Ou, au contraire, une augmentation ?

— Vu la crise qui se profile, plutôt une augmentation… Allez, c'est parti ! Ça en fera peut-être sortir au moins un bois… espéra Layla.

Chacune se plongea dans sa liste de noms à vérifier. La prostituée possédait au total une centaine de clients attitrés.

— Merde… lâcha Hélène quelques minutes plus tard.

— Quoi ?

Elle tendit la feuille à Layla. Un prénom précédait un nom. Le seul qu'elles détenaient. Layla faillit en avaler le bouchon de son stylo qu'elle mâchouillait. Hébétée, elle lisait et relisait les lettres qui se succédaient sous le surlignage jaune fluo. Les dernières qu'elle aurait voulu voir apparaître sous ses yeux. Philippe Delgado.

31

Thanatopracteur. Marten s'était bien gardé de le lui dire. Esther encaissa le choc. Qui était-il vraiment ? Qu'allait-elle encore découvrir sur lui ? Installée dans la salle commune, elle tapa son nom directement dans le moteur de recherche, mais ne trouva rien d'autre qu'une homonymie, avec la photo d'un homme qui n'était pas le Marten qu'elle connaissait. Tant pis. Quand elle serait en repos, elle aurait tout le temps de pousser plus loin ses investigations. En commençant par s'adresser directement à l'intéressé.

Marten-chauffeur. Marten-thanatopracteur. Marten-jardinier-paysagiste du cimetière de Thanatea. Son « paradis ». Mais aimait-il les morts au point de faire disparaître les vivants ? Le chauffeur rencontrait les employés et les clients, s'en occupait et pouvait ainsi tisser un lien de confiance. Le thanatopracteur choyait les défunts et redonnait un éclat à leur visage, sous les apparences d'un sommeil profond et détendu. Le jardinier préparait et fleurissait leurs tombes avec soin et amour. Entre le premier et le deuxième, existait-il un Marten-assassin ? *Non, Esther, ça, ce sont tes réflexes d'ancienne flic qui parlent. Mais tu les as laissés derrière toi, alors dis-leur de se taire. Qu'ils n'ont plus lieu d'être.*

Elle s'obstina malgré tout et tapa « Andreas Dante ». Cette fois, plusieurs occurrences sortirent. Sur Facebook et

LinkedIn, elle reconnut son interlocuteur grâce à sa photo de profil. *Beau mec, quand même*, se dit-elle, pensive. Ça faisait un bail qu'elle n'avait pas senti les bras d'un homme autour d'elle, qu'elle n'en avait pas elle-même enlacé un. Saurait-elle le faire de nouveau ?

Se reconcentrant, elle cliqua sur le lien Facebook – LinkedIn trahissait trop vite l'identité du visiteur. Certains contenus étaient publics. Sans doute en vacances : lunettes de soleil et casquette de marque, on le voyait dans des décors naturels exotiques, qui ressemblaient à des îles lointaines, affronter les vagues sur une planche de surf, pêcher sur un bateau ou encore en tenue de randonnée sur des reliefs escarpés, à VTT et à moto. Des mises en scène qui suggéraient une certaine aisance matérielle et sociale. Esther passa vite sur cet étalage d'ego et de muscles, ne correspondant pas du tout à la profondeur et la réserve qui émanaient en réalité de Dante, et alla fouiller dans les photos archivées. Une image se détachait des autres. Andreas apparaissait de face, l'air grave, la tête penchée vers celle d'une femme qui se tenait de dos, les cheveux lâchés sur les épaules. Des cheveux roux et ondulés. Comme ceux de sa sœur. Un contraste fort avec ceux, noir corbeau, de Dante.

Déçue du peu de résultats de ses recherches et vannée, Esther referma son ordinateur et regagna le loft pour se glisser sous la couette sans avoir dîné. L'appétit lui manquait. Layla lui manquait. Et, surtout, Sara lui manquait. Pour le reste, tout s'embrouillait dans sa tête. Dante, Marten… Ces hommes qui avaient surgi dans sa vie alors qu'elle ne demandait qu'à être seule. Seule et libre. Sans passé, avec un avenir scellé dans le marbre. Être juste dans le présent, ici, maintenant.

Esther venait de s'assoupir quand un bruit tout proche, dans l'obscurité du loft, la fit sursauter. Tremblante, elle trouva l'interrupteur, alluma la lampe à son chevet et retint un cri. Là, devant elle, Marten la fixait d'un regard glacé, qui n'avait plus rien de sa mélancolie touchante, et portait des gants de cuir noir. Elle n'eut pas le temps de s'extirper du lit que, déjà, une main lui écrasait la trachée tandis que l'autre la maintenait couchée avec une force incroyable. Il avait bondi sur elle et lui bloquait les jambes entre les siennes. Il lui était impossible de bouger. « Pourquoi ? » interrogèrent ses yeux.

— C'est ce que tu voulais savoir, n'est-ce pas ? Si je suis un tueur ? Eh bien, tu as la réponse…

Les paupières d'Esther se figèrent et elle sentit la vie quitter son corps. Puis il se passa quelque chose d'incroyable. Comme aspirée hors de son enveloppe charnelle, flottant au-dessus, elle se vit étendue sur le matelas, le teint livide et les lèvres exsangues. Elle était morte, mais elle pouvait observer Marten placer sa dépouille dans une housse et la charger avec une aisance stupéfiante dans un fourgon mortuaire garé devant le bloc. Elle se retrouva ensuite dans une salle, nue sur une table de dissection. Elle n'éprouvait aucune sensation de froid ou de chaleur. Elle vit Marten revenir en blouse grise, une charlotte sur la tête et des lunettes sur le nez, semblables à celles que portaient les légistes.

— Tu vas pouvoir apprécier mon travail et me voir à l'œuvre, dit-il. Mais avant, je dois te vider de tes organes.

À cet instant, elle se sentit de nouveau aspirée, cette fois dans le sens inverse, et réintégra son corps en même temps qu'une violente douleur lui vrillait le torse. Marten venait de planter la pointe de son scalpel dans la chair qu'il commençait à disséquer minutieusement. *Comment je peux avoir mal et assister à tout ça si je suis morte ?*

Le noir, soudain. À moitié redressée dans son lit, le tee-shirt collé à sa peau en sueur, haletante, son cœur sur le point d'exploser. *Qu'est-ce qui m'arrive ? Ça avait l'air tellement vrai…* Elle s'essuya le front, soulagée que ce ne soit qu'un cauchemar, et décida d'aller respirer dehors, dans le jardin privatif.

Depuis qu'elle avait quitté la PJ, il lui semblait que tout lui revenait comme un boomerang. La perversion de d'Orsay qui l'avait presque détruite, la mort de ses parents, celle de Sara… Elle avait la douloureuse sensation d'être en train de traverser ces événements, alors qu'ils appartenaient au passé. Tout ça avait-il seulement existé ? Si elle n'avait pas gardé cette photo de Sara et quelques notes de ses séances d'hypnose avec Irène, elle aurait pu en douter. Imaginer qu'elle avait créé cette histoire de toutes pièces, que d'Orsay n'avait rien fait, que tout venait d'elle, que Sara n'était jamais née et ne pouvait donc pas non plus s'en être allée. Mais les traces, les preuves étaient là, implacables. La cicatrice aussi… Sur sa peau, jusque dans sa chair. Une brûlure qui marquerait à jamais son corps. Cette tasse de café bouillant renversée sur sa poitrine et sur son ventre, le jour où Sara avait cessé de respirer. Elle aurait voulu que ce jour ne figure sur aucun calendrier. Qu'il s'efface de sa mémoire. Mais la mémoire était le réservoir des bons et des mauvais souvenirs, le grenier des chagrins et le jardin des bonheurs. La sienne restait bloquée dans le froid et l'obscurité d'une cave. Elle avait été mère, elle ne l'était plus. Elle devait vivre avec ça.

Elle fit glisser le panneau de la baie vitrée, un vent pinçant s'engouffra aussitôt dans le loft, la faisant frissonner sous sa polaire. Elle sortit malgré tout et esquissa quelques pas, pieds nus, dans la fraîcheur nocturne de l'herbe rase et la clarté du salon. La lumière éclairait le jardin jusqu'à la haie.

Esther leva les yeux vers le ciel, espérant y voir une étoile briller plus fort, briller pour elle. Une étoile qui s'appellerait Sara. Mais les nuages, d'un gris opaque, s'interposaient régulièrement, dérobant les scintillements à son regard. Sara était ailleurs. Et Esther ne possédait ni la foi ni les croyances l'autorisant à l'imaginer dans un monde meilleur. Elle avait naturellement tendance à considérer que notre seule existence était ici, incarnée et terrestre. Aucune preuve scientifique n'attestait en effet d'une vie après la mort. Seuls les souvenirs demeuraient et la chair devenait poussière, une fois rongée par l'infiniment petit, vorace et insatiable. Pourtant, depuis qu'elle avait perdu sa fille, elle se surprenait à être plus ouverte à l'idée d'une survie de l'âme.

Tout en marchant, Esther se dit qu'elle irait trouver Marten demain, et lui demanderait ce qui l'avait poussé à éluder sa troisième casquette, celle de thanatopracteur.

— Maman !

Esther sentit tous ses membres se paralyser. Incapable d'avancer plus loin, elle resta immobile et attendit. Avait-elle bien entendu ? Peut-être était-ce un enfant qui appelait sa mère depuis l'un des appartements ? Pourtant, le règlement interdisait la présence des familles. Les logements de fonction étaient faits pour des employés célibataires ou ayant accepté de venir seuls. Quant aux clients, ils séjournaient dans des hôtels sur les berges du lac. Des palaces pour la plupart.

Au bout de quelques minutes de silence, à peine troublé par le frémissement des feuilles, Esther se remit à marcher, l'oreille tendue. Devenait-elle folle ?

— Maman !

— Sara ? C'est toi ?

— Maman ! Maman !

— Sara ? Comment peux-tu me parler ?

Elle devenait folle, sans aucun doute. Il était impossible que ce soit Sara. Sara était morte. Morte !

— Sors de ma tête ! cria Esther à la petite voix fragile qui semblait venir des arbres ou du vent.

Pour ne plus l'entendre, il lui suffisait de rentrer et de se cloîtrer à l'intérieur. Pour ne plus entendre, elle devait oublier.

— Maman !

Esther avança, chancelante, en direction de cette douce mélodie. Elle n'émanait pas de son esprit, c'était certain. Si elle avait dû sombrer dans la folie, elle l'aurait fait bien avant. Soudain, elle s'immobilisa de nouveau, les yeux rivés au sol, sur ce qu'elle avait failli écraser. Là, devant elle, à ses pieds, un oiseau de papier bleu. Le numéro 3.

32

— On est dans la merde jusqu'au cou, là, décréta Layla en repoussant la feuille sur le bureau.

— C'est plutôt Delgado qui l'est, non ?

Layla regarda Hélène d'un air décidé.

— On ne va rien dire.

— Quoi ? Tu plaisantes, n'est-ce pas ?

— J'aimerais bien, mais non… Je propose que ça reste entre nous pour le moment. Le temps de vérifier auprès de Julie.

— Comment aurait-elle pu se tromper ?

— Avant qu'il ait l'IGPN aux fesses, je veux m'assurer qu'on ne commet pas d'erreur. Il est le seul dont le nom de famille apparaît. C'est bizarre. En attendant, promets-moi de ne rien lâcher à personne, ici.

— Tu m'en demandes beaucoup, là. On risque gros !

— Tu préfères que ce soit un ordre ?

Hélène se referma aussitôt.

— Excuse-moi, c'est pas ce que je voulais dire… poursuivit Layla. S'il te plaît, aide-moi, Hélène. Si ça se confirme, c'est…

— C'est vraiment le bordel. Après, il n'a peut-être rien à voir avec la disparition du corps de Jade.

— Je te rappelle qu'elle a été étranglée avant d'atterrir à l'IML. Delgado figure donc sur la liste des suspects.

— Comme tous les clients de la fille.

— Sauf que les autres clients, je m'en balance, ce sont des inconnus ! Phil, ce serait… Putain, il est de la maison, Hélène…

— Je sais. Ce serait pas le premier, malheureusement. Enfin bref, tu peux compter sur moi, mais c'est bien parce que c'est toi.

— Merci. Je dois filer récupérer Nour. Surtout, garde la liste sur toi, dans ton sac.

— Et si Julie parle à quelqu'un ?

— On avisera. Mais je lui ai demandé de garder ça pour elle.

Layla avait promis à sa fille de l'emmener au McDo à midi. Regardant l'heure, elle vit avec effroi qu'elle était déjà en retard d'une vingtaine de minutes. *L'autre connard de Cherkaoui a peut-être raison quand il dit que je ne suis pas à la hauteur…* enragea-t-elle en attrapant sac et blouson.

Elle détestait faire ça, mais elle sauta dans une voiture de service banalisée et sortit le deux-tons pour se frayer un chemin dans les bouchons. Néanmoins, lorsqu'elle arriva enfin devant la grille principale, il n'y avait plus personne et elle était fermée. *Merde et meeerde !* jura-t-elle intérieurement en tapant des deux mains sur le volant.

Elle claqua la portière du véhicule, entra par une petite porte latérale, par chance encore ouverte, et courut à l'accueil.

— Je… je viens chercher ma fille ! haleta-t-elle face à la secrétaire. Elle est dans la classe de Mme Blanc…

— Oui, je vous situe, vous êtes la maman de Nour. Je crois que Mme Blanc est en salle des maîtres.

Layla fonça jusqu'à l'endroit indiqué et trouva l'institutrice plongée dans un carnet scolaire. Seule.

— Je viens chercher ma fille, elle…

Sa voix haut perchée fit sursauter la femme qui la coupa aussitôt d'un ton sec :

— Bonjour, madame Bennani.

— Pardon, oui, bonjour… Où est ma fille ?

— Nour est déjà partie.

— Comment ça ? Toute seule ? s'étrangla Layla.

— Vous pensez vraiment que je l'aurais laissée quitter l'école toute seule à son âge ? Son père est venu la récupérer.

Layla vacilla. Elle avait dû mal entendre.

— Comment ça ?

— Son père était à la sortie pile à l'heure et il l'a récupérée, répéta simplement l'institutrice.

— Bordel, vous savez qu'il est sous injonction d'éloignement, non ? hurla Layla.

— Calmez-vous, madame Bennani, ou je serais obligée d'appeler l'agent de sécurité.

— C'est la meilleure ! C'est vous qui êtes en tort et vous me menacez ? Surtout, ne vous gênez pas !

— Je n'ai aucun tort, madame Bennani, répliqua-t-elle d'un calme glacial qui ne faisait qu'attiser la colère de Layla. Votre ex-mari, qui est toujours le père de Nour, me semble-t-il, est venu chercher sa fille et a présenté à la directrice un document légal l'y autorisant.

— C'est quoi, ce putain de document dont je ne suis même pas au courant ? Pour info, la levée d'une injonction d'éloignement ne se fait qu'avec l'autorisation de la partie protégée. Si c'est un faux, je vous préviens, vous aurez de mes nouvelles !

— Je vous demande de rester correcte… C'est un établissement scolaire, ici, pas une foire aux bestiaux. En tout cas, tout le monde a droit à une seconde chance, et la justice a visiblement décidé que M. Cherkaoui avait les mêmes droits sur sa fille que vous. Pour l'équilibre de Nour, il est de toute façon important qu'elle puisse voir son père et sa mère. D'ailleurs, il me paraît un peu plus disponible…

— Ah je l'attendais, celle-là ! La vérité, c'est qu'ici aussi, on crache sur les flics !

— Bon, j'appelle l'agent...

— Ne vous donnez pas cette peine, je ne vous dérange pas plus longtemps, mais je ne vais pas me laisser faire.

Connasse, cracha-t-elle en son for intérieur en tournant le dos à l'institutrice.

Une fois dans la voiture, elle sortit son portable et appela Ophélie Meyer, son avocate. Elle avait deux mots à lui dire, mais tomba sur la messagerie. « Téléphone-moi, c'est urgent », laissa-t-elle. *Oui, c'est urgent, parce que si tu tardes trop, je risque de faire une connerie. Parce qu'il faut régler cette affaire avant qu'elle finisse mal. Parce que s'il arrivait quelque chose à Nour, c'est sûr, je buterais ce fils de pute.*

Elle décida de ne rien dire à ses parents pour ne pas les inquiéter, démarra et s'inséra dans une place un peu plus loin qui lui permettrait d'avoir l'entrée de l'école dans son champ de vision. Elle attendrait dans l'ombre jusqu'à ce que Cherkaoui se pointe en compagnie de Nour à la reprise de la classe. Layla fouilla dans sa besace, en quête d'une barre de céréales ou d'une pomme qu'elle aurait oubliée. Elle ne trouva qu'une boîte de Ricola à la réglisse. Pour sa fille, elle jeûnerait même un mois, s'il le fallait. Pour sa fille, elle...

Philippe Delgado... Elle n'en revenait pas. Même s'il n'y était sans doute pour rien dans cette histoire de cadavres volés ni dans celle du meurtre de Jade, ça lui fichait quand même un sacré coup de savoir qu'il comptait parmi la clientèle d'une prostituée. Soudain, son portable vibra dans sa poche, l'arrachant à ses réflexions. *Ophélie*, se dit-elle. Mais c'était le nom de Delgado qui s'affichait. Elle laissa sonner sans répondre. Cinq minutes après, un autre appel de son collègue. Elle décrocha en priant pour que Julie ne lui ait pas vendu la mèche.

— Bennani... J'ai une mauvaise nouvelle...

Nour... Les doigts de Layla pressèrent le téléphone en même temps qu'elle s'arrêtait de respirer.

— On a repêché un corps dans le Rhône ce matin, pris dans les câbles d'une péniche d'habitation. Son visage a souffert, mais on a pu l'identifier grâce à sa carte bancaire et à sa carte Vitale. C'est Ophélie Meyer.

33

Le corps d'Ophélie Meyer avait été transporté à la morgue du service de médecine légale. La nouvelle s'était répandue, tel du sable au vent entre la PJ et le palais de justice, et avait provoqué l'effet d'une bombe.

Désormais, la mort de Meyer était entre les mains de Morize, secondé par le lieutenant Delgado et son équipe. Tenir Layla à l'écart le faisait jouir. Tout comme lui avoir refilé l'affaire Til. Une branche pourrie. Delgado avait ainsi été désigné pour assister à l'autopsie qui déterminerait les causes exactes du décès et qui servirait de point de départ à l'enquête, aussitôt ouverte.

Comprenant tout de suite qu'elle serait sur la touche, Layla, sonnée, avait continué d'attendre devant l'école. Voir sa fille en franchir la porte avec le sourire après avoir embrassé Cherkaoui lui avait serré le cœur. Sur le trajet, une question revenait sans cesse au rythme d'un marteau sur une enclume dans l'esprit de Layla : Ophélie s'était-elle jetée d'un pont ou avait-elle été assassinée ? Et puis une autre hypothèse, plus folle, plus insensée la travaillait… Cherkaoui aurait-il pu s'en prendre à Ophélie, l'avocate de son ex ? Être allé chercher Nour à l'école constituait un excellent alibi, calculé ou non. Soit il était passé la récupérer dans ce but, soit ce n'était qu'une coïncidence et il disposait d'une couverture providentielle s'il se retrouvait suspecté. Layla s'était ressaisie. Au fond, elle savait que ça ne tenait pas… Cherkaoui ayant demandé la garde exclusive, commettre un meurtre risquait de le priver définitivement de sa fille si la vérité éclatait.

Sur le terrain avec Delgado depuis la fin de la matinée, Hélène était au courant. Dès qu'elle put se libérer, elle rejoignit Layla dans son bureau, prostrée sur son siège, l'air hébété.

— Tu tiens le coup ? s'enquit-elle.

— Je suis sous le choc. Je venais de laisser un message à Ophélie, pour qu'elle me rappelle d'urgence.

Sa voix alla se perdre dans une émotion à peine contenue. À cause de cette affaire de garde, ses rapports avec Ophélie, devenue une amie, s'étaient sensiblement tendus ces derniers temps. La nouvelle n'en devenait pas moins rude à encaisser, à double titre.

— Elle était mariée ? Des enfants ?

Layla hocha tristement la tête.

— Deux enfants, un garçon et une fille, cinq et deux ans. Je n'ose même pas imaginer… Et Loïc, son mari, qui se retrouve seul avec les petits…

— Tu penses qu'elle aurait pu se… suicider ?

— Franchement, ça m'étonnerait. Elle ne me disait pas tout, c'est sûr, mais elle n'était pas du genre dépressif.

— Qui aurait pu lui en vouloir au point de la tuer ?

— Je ne te cache pas que j'ai envisagé Cherkaoui, mais ça n'a pas de sens. Par contre, peut-être l'ex d'une autre cliente… Elle s'investissait beaucoup dans les affaires de violences conjugales. Hommes battus, aussi. Il y en a davantage qu'on l'imagine. On en saura déjà un peu plus après l'autopsie. J'espère bien que, si c'est un meurtre, on serrera ce fumier. En tout cas, toi, tu n'as pas très bonne mine. Tu devrais lever le pied…

— Je préfère encore crever au boulot qu'enfermée chez moi ou sur un lit d'hôpital branchée de partout.

La porte s'ouvrit et Delgado passa la tête.

— Tu peux venir un instant, Bennani ?

— Du nouveau ? demanda-t-elle en s'exécutant aussitôt.

Depuis la découverte macabre, c'était la première fois qu'elle le croisait et dut prendre sur elle pour arriver à le regarder droit dans les yeux. Sans répondre, il l'entraîna dans son bureau où ils s'installèrent face à face.

— Je suis pas censé communiquer avec toi sur ce dossier, mais je ne compte pas faire comme si ça ne te concernait pas, attaqua Delgado. Meyer avait son portable perso sur elle. Par chance, c'est un modèle dernier cri, coque étanche et tout le toutim. J'ai missionné la stagiaire pour fouiller dedans et on dirait qu'elle a pécho du gros, là. Tu devineras jamais…

Layla avala sa salive.

— J'aime pas les devinettes, accouche, répondit-elle nerveusement.

— Des échanges sans équivoque avec Marc d'Orsay. Apparemment, ils couchaient ensemble. Le mari de Meyer était en déplacement professionnel à Munich, on vient de le vérifier. Si ton avocate a bien été tuée, c'est donc d'Orsay notre principal suspect. Il est en bas, je suis en train de le cuisiner.

34

Les mots de Delgado résonnèrent entre les tempes de Layla. D'Orsay et Ophélie Meyer. D'Orsay en salle d'interrogatoire, en bas. Elle sentit la sueur lui couler entre les omoplates sous son pull rouge en cachemire. Un suspect potentiel, flic de surcroît, qui en interroge un autre, flic aussi. Une situation qui pourrait prêter à rire si les circonstances n'étaient pas aussi tragiques.

Que Marc d'Orsay soit soupçonné du meurtre d'Ophélie les éloignait en tout cas de Cherkaoui pour le moment. Et des sentiments contraires écartelaient Layla. Si son ex était impliqué de près ou de loin dans la mort de l'avocate, il finirait en taule et elle serait tranquille. Mais, d'un autre côté, Nour serait privée de père. Un père ancien taulard. Un père qui, pourtant, l'aimait et souffrait de ne pas être à la hauteur. Ce qui excitait sa rage et sa rancœur. La priorité, désormais, était le bien-être de Nour. Layla envisagea enfin l'idée, qu'elle avait obstinément rejetée jusque-là, d'avoir une entrevue avec Cherkaoui en présence d'un médiateur. Était-ce l'effet de la perte brutale de son amie ?

— Il n'y a pas que Meyer, dans le portable de d'Orsay, poursuivit Delgado.

— Comment ça ?

— Julie y a découvert des SMS provenant d'un autre numéro. Elle a vérifié et c'est celui de Gorce. Le contenu ne laisse, là encore, aucun doute sur la nature de leurs relations. Une histoire de cul.

Layla faillit en avaler son chewing-gum.

— Et ? Entre adultes consentants, c'est un crime ? lâcha-t-elle cependant, feignant la décontraction.

— Non, ça place juste Gorce dans la liste des suspects, elle aussi.

— Quel aurait été son mobile ?

— Elle aurait appris que d'Orsay se tapait Meyer… La jalousie est un bon mobile, surtout chez les femmes. Les stats des crimes passionnels le montrent bien.

— C'est un peu léger, Delgado. Et d'un machisme primaire. Tu me déçois.

Le flic se tassa sur son siège. Layla arrivait toujours à l'atteindre au plus profond, même quand ce n'était pas son intention. Et cette fois, en pensant aux soupçons qui pesaient sur lui, elle était bien décidée à ne pas mâcher ses mots.

— Hélène, je la connais bien, on a grandi ensemble, reprit-elle. Elle n'est pas ce genre de personne.

— Tu es flic, Layla, et tu sais très bien qu'il n'y a pas de « genre » qui tienne dans les meurtres passionnels. Ça peut être le genre de tout le monde.

Je ne te le fais pas dire, mon salaud… songea-t-elle en le fixant.

— Donc l'assassin serait d'Orsay ou Hélène, d'après toi ? Ou peut-être qu'ils auraient buté Meyer ensemble, tant que tu y es ! Et tu crois vraiment que l'un ou l'autre aurait laissé son portable, sachant qu'il serait passé au crible ? Ils savent qu'un séjour dans la flotte ne nous arrête pas.

Son collègue, penaud, n'osait plus rien dire.

— De toute façon, cette discussion n'a aucun sens tant que l'autopsie n'a pas été pratiquée et les conclusions transmises, embraya-t-elle. En attendant, Phil, à ta place, dans le cas où ce serait un meurtre, je garderais plutôt d'Orsay en ligne de mire. Il est loin d'être net avec les femmes. Et Hélène, il faut la ménager.

Delgado regarda cette fois Layla avec surprise.

— Comment ça ?

Elle avait parlé trop vite et se mordit la langue pour ne pas lâcher à son collègue qu'Esther pouvait également témoigner de la nocivité d'Orsay, qui l'avait menacée avant son départ. Elle voulait laisser son amie en dehors de tout ça. Et le cancer d'Hélène aussi.

À cet instant, elle aurait juste voulu se trouver dans une autre réalité, un univers parallèle où Esther n'avait pas démissionné, où le cadavre d'Ophélie n'avait pas été repêché dans un fleuve, où Cherkaoui n'était pas allé chercher Nour, où Hélène et Gauthier étaient heureux avec leurs enfants et leur staff, où le nom de Delgado ne figurait pas parmi la clientèle d'une prostituée, et où son monde n'était pas en train de s'effondrer comme elle en ce moment.

— Mène ton enquête avec ton équipe, Phil, et retourne cuisiner d'Orsay sur ses relations avec Ophélie Meyer. Elle était mon avocate et amie, je ne peux pas y prendre part.

— Dans ce cas, comme Gorce, je dois t'interroger en tant que témoin, Layla. Ton numéro est le dernier qui apparaît dans les appels entrants sur le portable de Meyer, avec celui de d'Orsay.

— Fais ce que tu as à faire, je n'ai rien à cacher. Je lui ai juste demandé de me recontacter d'urgence pour une procédure qui concerne mon ex. Mais elle était déjà dans le Rhône, morte. J'ai vraiment du mal à me dire qu'on ne s'engueulera plus jamais.

Layla se leva avec l'impression de porter, tel Atlas, le poids du monde sur les épaules, et regagna son bureau. Elle prit son portable et téléphona à sa mère.

— Tu vas bien récupérer Nour, tout à l'heure ?

— Bien sûr, pourquoi cette question ? Comme si je risquais d'oublier le plus beau moment de la journée…

— C'était au cas où. Ça peut arriver, d'oublier.

— Pas à moi, et surtout pas mon petit trésor. Tu viens dîner avec nous, ce soir ? J'ai fait de la *harira*.

— Je n'ai pas le temps, trop de choses à gérer.

Et à encaisser, pensa-t-elle très fort. Elle avait besoin d'être seule. Au moins, elle pourrait se laisser aller à toutes ces émotions qui menaçaient de la submerger.

35

Cette fois, ce n'était plus un rêve. Esther se baissa et ramassa l'origami. Le clone parfait des deux premiers. Quelqu'un jouait avec elle et ses nerfs en imitant son ange, elle en était désormais persuadée. Une telle perfection, une telle ressemblance, comment était-ce possible ?

Elle avait tout fait pour oublier, mais on a beau le repousser, comme une vague qu'on ne peut contenir, le passé revient toujours. Dans sa bulle, Sara s'était mise à fabriquer des origamis. Des oiseaux bleus. Après quelques débuts maladroits, elle avait vite appris en regardant faire la petite Sadako, neuf ans. Le même crâne lisse et lustré. La même gravité dans son regard d'enfant. La même maladie. Les parents de cette fillette l'avaient ainsi nommée en mémoire de Sadako Sasaki, morte d'une leucémie en 1955, à douze ans, après avoir été exposée aux radiations de la bombe d'Hiroshima. La grue symbolisait au Japon la paix et l'amour. Une légende disait que le vœu de celui qui arriverait à former mille grues en papier serait exaucé. La jeune Japonaise fit le vœu de guérir et entreprit donc le pliage de mille grues pour qu'il se réalise. Elle mourut à la six cent quarante-quatrième.

Curieuse et plus jeune qu'elle de trois ans, Sara avait questionné sa camarade de chambre sur cette activité qui l'absorbait tout entière. Sadako lui avait alors raconté la légende et, fascinée, Sara avait commencé elle aussi à espérer à travers ces oiseaux de papier. Comme sa camarade au prénom tristement prédestiné, Sara avait quitté ce monde sans avoir atteint les mille fatidiques. À la fin, elle avait de moins en moins de forces et n'en fabriquait plus que trois ou quatre par jour. Esther avait compté les oiseaux de Sara, un par un. Il y en avait cinq cent soixante-dix. Pour arriver au bout, Sara aurait dû en plier encore quatre cent trente. Pour ça, elle aurait dû lutter encore trois mois et deux semaines en tenant ce rythme. Esther n'avait jamais su quel vœu Sara avait formulé. Mais, si elle avait pu, elle aurait été capable de tout pour qu'il se réalise. Si elle avait pu, elle aurait donné sa vie pour que sa fille puisse vivre la sienne.

Personne ne savait pour cette histoire d'origamis. Personne, sauf elle et Romain, les parents de Sadako, et l'équipe médicale qui suivait les deux fillettes. Qui, alors, était à l'origine de cet étrange jeu de piste ? Qui lui traçait ce mystérieux chemin de grues et dans quel but ? Qui pouvait vouloir, à dessein, raviver la douleur d'une mère ? Pour Esther, tout ça était d'autant plus incompréhensible qu'elle n'avait informé que ses amies de son départ en Suisse et n'avait laissé aucune adresse. Peut-être, finalement, n'était-ce qu'une coïncidence. Saisissante, assurément, et pourtant, un simple hasard. Comme pour les *haniwa*, son instinct d'enquêtrice ne pouvait malgré tout négliger le fait que Horn avait un lien étroit avec le Japon, où elle résidait. Quant à savoir comment elle aurait pu deviner ce que représentaient pour Esther ces origamis en forme d'oiseau, jusqu'à leur couleur, ce même bleu ciel, la question restait entière. À moins que quelqu'un de sa vie passée ait filé Esther jusqu'ici dans l'intention de la torturer, de semer encore plus le trouble dans son esprit ? Une persécution subtile, une torture psychologique…

Elle demeura quelques instants en apnée. Un nom venait de jaillir de sa mémoire récente. Un homme qu'elle avait vu avant son départ et dont le funeste serment semblait sans équivoque : « Tu peux te tirer au bout du monde, je te retrouverai toujours » et « Et tu payeras ce que tu m'as fait. Cher, très cher ».

Les mots lâchés par son ancien amant et bourreau, Marc d'Orsay. Et lui, pour le coup, était parfaitement en mesure de se renseigner sur sa vie privée et même de la suivre ou de la faire suivre. D'Orsay était un prédateur-né, un traqueur dans l'âme. Des objets aussi chargés émotionnellement que les origamis constituaient le mode opératoire parfait en vue de déstabiliser sa proie.

Face à sa propre réaction et à la peur qui s'insinuait par ses pores, Esther constata avec angoisse qu'en réalité, elle ne s'était pas détachée de son emprise. Tant que d'Orsay ne renoncerait pas, elle ne s'en débarrasserait pas et se sentirait comme un papillon attiré par la lumière du néon sur lequel il se brûlait les ailes. Subitement résolue, elle entra dans le loft, se couvrit de la tête aux pieds avec un plaid sombre en guise de camouflage, ressortit et se faufila de l'autre côté de la haie par la trouée qu'elle avait empruntée la première fois, avant de s'enfoncer dans la forêt. Elle se dit que l'ancienne employée qui occupait son logement avait dû se frayer aussi un chemin vers l'extérieur pour passer ses appels en toute tranquillité et qu'elle devait être à l'origine de cette percée dans le mur végétal.

Elle voulait en savoir plus sur celle qui l'avait précédée ici. L'impression troublante de connaître Antonia, et en même temps d'avoir à en apprendre davantage sur elle, ne la quittait pas.

Au bout de quelques minutes de marche, guidée par le faible halo de son smartphone pour éviter d'être repérée par les caméras, Esther s'arrêta et vérifia le réseau, toujours avec l'espoir de le capter. En vain. Il était presque une heure. Soudain, un bruit lui fit tourner la tête. C'était infime, un craquement presque imperceptible et cependant assez net pour qu'Esther l'entendît. Elle fut aussitôt sur ses gardes et se cacha derrière un arbre sans savoir exactement si ça suffirait pour la soustraire à la vigilance des agents de sécurité. À moins que ce ne fût quelqu'un d'autre… Elle dressa l'oreille, mais ne perçut rien de plus. Bien qu'il ne fît pas froid, elle frissonnait et claquait des dents.

— Putain de réseau…

Prenant sur elle, elle se dirigea vers la salle commune qui, à cette heure, devait être fermée. Elle imagina pourtant que si elle s'en approchait le plus possible, elle pourrait, par chance, se brancher sur le WiFi et appeler Layla par une application Internet. Elle se posta sous les fenêtres du bloc, les yeux rivés à l'écran de son portable.

— Allez, souffla-t-elle fébrilement. Allez, bordel…

Mais, bien sûr, soit le WiFi était coupé, soit les murs étaient conçus pour ne pas laisser passer les ondes. Soudain, une barre de réseau téléphonique s'afficha timidement, puis deux, trois… Esther n'en revenait pas. Profitant de la faille, elle cliqua sur le numéro de Layla.

— Esther ?

— Je te réveille, Lay, désolée… Il faut que je te parle.

— Je ne dormais pas. Ça tombe bien, moi aussi.

— Ça ne va pas, toi… s'alerta-t-elle immédiatement.

— Non, pas trop. C'est chargé au bureau, en ce moment. On est sur une affaire de disparitions de cadavres de femmes à l'IML et…

Layla s'interrompit dans un sanglot.

— Chupa ? Que s'est-il passé ?

— Mon avocate, tu sais, Ophélie Meyer… On a retrouvé son corps dans le Rhône. On ne sait pas encore si c'est un suicide ou un meurtre.

— Je suis désolée, ma chérie ! J'aimerais tellement pouvoir être près de toi…

— Ça va aller, ne t'inquiète pas. Je veux juste savoir pourquoi elle est… elle est morte. Et toi ? De quoi voulais-tu me parler ?

— J'avais besoin de t'entendre. Pour être honnête, je ne me sens pas en sécurité ici.

— Comment ça ?

— C'est un endroit vraiment bizarre. Les gens viennent sur l'île pour mourir de leur plein gré. À l'origine, elle s'appelait l'île aux Morts. Leurs proches ne peuvent même pas être présents physiquement à leurs obsèques, tout se passe sur écran, en visio. Il y a même des mariages posthumes. L'île est un mouroir et un cimetière. Ça fout la trouille, je te jure… Et il n'y a pas que ça…

D'une traite, Esther lui raconta tout. Marten, son impression de l'avoir déjà croisé, ce qu'elle avait découvert sur ses activités professionnelles. Et puis sa rencontre insolite avec Andreas Dante, la disparition de sa sœur Antonia qui occupait le même poste qu'elle, les mystérieux *haniwa*, la légende des grues de papier avec le vœu, Sara qui s'était mise à en fabriquer, les origamis numérotés que quelqu'un avait semés là où elle se trouvait seule. Elle évoqua également l'absence singulière de Horn, son lien avec le Japon, l'hypothèse sur laquelle elle butait, une autre qui se profilait, redoutable, dans la droite ligne des menaces de Marc d'Orsay. Le tout dans un flot ininterrompu.

— J'ai… j'ai tout le temps la sensation qu'il y a quelqu'un, pas loin…, acheva-t-elle dans un souffle.

— Je t'avais bien dit qu'il puait, ce nouveau job. Cet endroit donne la chair de poule…

— Je te confirme. Mais est-ce que tu sais, toi, si d'Orsay est toujours à Lyon ?

— Oui. Je suis tombée sur lui à la Tête-d'Or après ton départ, avec son fils. J'ai préféré rentrer sans traîner. Par contre, il m'a appelée mardi soir, me proposant un verre que j'ai décliné. Alors il m'a dit que c'était dommage parce qu'il voulait me parler de toi. Et il a raccroché. Je ne le sens pas du tout, ce type. Tu l'obsèdes, visiblement.

— Donc ma théorie tient debout !

— Sauf que, pour les origamis, tu n'as aucune preuve que ce soit lui. D'ailleurs, comment aurait-il su ? Tu l'as rencontré bien avant Romain. Dans le fond, il t'a menacée parce qu'il se rendait compte que tu lui échappais pour de bon. Que tu prenais ta vie en main sans qu'il sache où tu allais. En réalité, c'est un aveu d'impuissance.

— Tu as sans doute raison, je commence à paranoïer sévère. J'ai l'impression que c'est encore pire depuis que je suis partie, depuis que j'ai voulu vraiment couper…

— C'est normal. Ici, tu étais en terrain familier, avec tes repères, ton quotidien, tes amis, nous…

— Plus près de Sara, aussi.

— Ce n'est qu'une tombe, Esther. Sara, elle est en toi, autour de toi, partout où tu vas. Culpabiliser ne mène à rien. Et je t'ai promis d'y aller. Tu penses rester malgré tout ?

— Oui, je crois. Il y a cette femme qui m'a précédée et qui a disparu. Antonia. C'est comme si je lui devais de retrouver sa trace, de lui venir en aide.

— Mais tu ne sais rien d'elle ni de ce mec qui prétend être son frère. Qui te dit, d'ailleurs, qu'il n'est pas impliqué dans ce petit jeu avec les origamis ? Esther, je te connais par cœur, tu es une vraie tête de mule et tu ne lâcheras rien. Promets-moi quand même d'être prudente. Tu es toute seule là-bas.

— C'est promis, répondit Esther. Je vais faire attention.

— T'as intérêt… Sinon, je dois te dire encore une chose. Il s'agit de Delgado.

Layla raconta à Esther, médusée, comment le nom de leur collègue était apparu dans la liste de clients d'une prostituée morte étranglée et dont le corps s'était volatilisé de la morgue de l'IML.

— Vous comptez agir comment ?

— Que me conseillerais-tu ?

Un nouveau bruit, tout proche cette fois, comme celui de brindilles sèches sous des semelles, se fit entendre avant qu'Esther ait pu répondre.

— Je dois te laisser, dit-elle. Je crois vraiment que je ne suis pas seule dans ce bois… Il vaut mieux que je rentre.

— Qu'est-ce que je peux faire pour toi ?

— Pour le moment, rien, répondit Esther, aux aguets. Je vais tâcher d'en savoir un peu plus sur Antonia et je te rappelle.

— Fais attention à t…

Esther avait déjà raccroché. Elle sentait une présence invisible, un souffle autour d'elle. Dans son métier de flic, elle s'était retrouvée confrontée à des situations périlleuses, des dangers réels et visibles et, même si le but n'était pas de s'en servir, l'arme qu'elle portait sur elle pouvait lui sauver la vie. Désormais, elle se sentait nue, vulnérable. Aussi fragile qu'une biche dans l'ombre du chasseur.

Sans attendre, elle se mit à courir, se prit les pieds dans le plaid, tomba, s'écorcha les genoux sur des pierres, se releva péniblement et reprit sa course aveugle en direction du jardin. Par chance, son sens de l'orientation équivalait à celui d'un oiseau migrateur. Hors d'haleine et d'elle-même, les genoux en sang, elle atteignit enfin le passage dans la haie. Quelques secondes plus tard, elle se glissa lestement à l'intérieur du loft par la baie vitrée, qu'elle referma vite derrière elle et actionna les stores électriques. Une fois à l'abri dans le salon, elle alluma. Là, sur son oreiller, était posée une petite grue bleu ciel. La numéro 4.

36

Esther retrouva Marten, garé devant le bloc, comme au premier jour. Il avait l'air pâle et fatigué, mais après une nuit blanche passée à cogiter, Esther ne l'était guère moins. Ce samedi, elle serait d'astreinte toute la matinée, à un mariage posthume, puis à un enterrement. Marten s'était habillé pour la circonstance. Costume trois-pièces gris anthracite et chemise noire à fines rayures grises.

Pour ne pas sombrer dans la folie, elle devait lui parler, même si son absence de transparence sur certaines de ses activités avait ébranlé sa confiance. Elle devait lui demander s'il avait connu Antonia Levens et s'il était au courant de sa disparition. Pour cela, elle n'avait que peu de temps.

— Bonjour, lui dit-il avec la même douceur que d'ordinaire, bien que sa voix semblât légèrement écorchée à Esther. Comment allez-vous ?

— Vous m'avez manqué, lâcha-t-elle simplement en s'installant à côté de lui dans la voiturette.

Compensant un soleil déjà chaud, l'air du lac gonflait légèrement les habits et rebroussait les cheveux cuivrés d'Esther, qu'elle plaqua d'un geste nerveux.

— Vous paraissez tendue, ce matin, remarqua Marten en démarrant le moteur silencieux.

— Je n'ai pas beaucoup dormi. Je voulais justement vous parler de quelque chose et j'aimerais que vous me répondiez sincèrement. Parce que, à mon arrivée, vous m'avez inspiré confiance, Marten.

Le regard du chauffeur se brouilla de nuages.

— Qu'est-ce qui a pu déjà reléguer cette confiance au passé ?

— Vous ne m'avez pas tout dit de vos activités ici. Apparemment, vous êtes aussi thanatopracteur.

Contre toute attente, Marten éclata d'un rire franc.

— Moi qui croyais avoir commis un impair ! Comme vous avez pu le constater, ce n'est pas un grand secret. J'imagine que vous avez consulté notre site…

— Pourquoi me l'avoir caché ?

Marten hocha la tête d'un air grave.

— Je n'avais pas l'intention de vous le cacher, même si j'admets qu'il y a plus… sexy. C'est la part un peu plus sombre et délicate de mon travail à Thanatea.

— J'imagine. En fait, il y a autre chose qui me perturbe. La personne que j'ai remplacée s'appelait bien Antonia Levens, n'est-ce pas ?

— D'où connaissez-vous son nom ?

Esther se mordit l'intérieur de la joue. Elle allait devoir lui parler de Dante.

— Son frère a été embauché lundi dernier, lâcha-t-elle. Il est venu me trouver et, d'après lui, elle aurait disparu alors qu'elle était encore à Thanatea.

— C'est impossible. La direction l'aurait su.

— C'est peut-être le cas.

— Je ne pense pas. Elle a dû quitter l'île et disparaître après.

— « Elle a dû » ? Vous n'êtes pas plus au courant que ça ?

— Tout ce que nous savons, c'est qu'elle est partie sans prévenir, qu'il a fallu recruter quelqu'un à son poste et que vous êtes arrivée.

— Partie de l'île ? Comme ça... toute seule ?

— Quelqu'un l'a peut-être aidée, je ne sais pas...

Esther songea au petit Indien. *Et si Antonia l'avait payé pour qu'il la ramène sur la côte... ? Ou peut-être Marten lui-même...*

— J'imagine que vous la conduisiez au travail, comme vous le faites avec moi, poursuivit-elle sans laisser transparaître ses soupçons. Vous échangiez ensemble ? Elle se confiait, peut-être...

— En effet, nous nous parlions. Comme à vous, je lui ai montré mon petit paradis, le cimetière de Thanatea, mais elle était très réservée, un peu ailleurs, absente. Indifférente à son environnement. C'était un oiseau blessé. Je suis sûr qu'elle n'a pas disparu dans le sens où on l'entend. Elle s'est évaporée comme ces âmes grises. Ces âmes errantes qui traînent leur corps tel un boulet ou une croix.

Malgré sa méfiance, Esther se sentit bouleversée par ce que lui racontait Marten. Il lisait dans les êtres comme un musicien, une partition. Avec passion et délicatesse.

— Vous semblez avoir tissé un lien avec Antonia, et pourtant j'ai l'impression que sa disparition ne vous interroge pas plus que ça.

Marten soupira en secouant la tête.

— Ce n'est pas si simple, Esther. Bien sûr que je me suis posé des questions. Inquiété, même. Partir du jour au lendemain, comme ça, sans crier gare. Mais j'ai pensé que c'était un choix, qu'elle n'avait pas trouvé sa place ici, et je l'ai respecté. Que pouvais-je faire ? Aller la chercher sans savoir où ? Le monde est vaste, en dehors de Thanatea... Mais qui est son frère, dites-moi ?

— Un employé du marketing. Andreas Dante. Il ne porte pas le même nom. C'est son demi-frère.

Esther en avait désormais la certitude : le destin de cette femme la retenait ici. Découvrir si Antonia avait quitté cet endroit de son plein gré ou s'il y avait d'autres raisons, plus obscures, à sa disparition. Un événement qui, finalement, avait profité à Esther. De ce fait, elle se sentait redevable.

— Un simple coup de tête. Vous vous contentez de cette explication, alors ? demanda-t-elle soudain à Marten.

Il se tourna vers elle et plongea son regard dans le sien. Il était baigné d'une infinie tristesse.

— Pas plus que vous, Esther. Mais je suis pieds et poings liés. Vous, en revanche…

— Vous m'incitez à mener ma propre enquête ?

— J'aimerais être sûr qu'elle va bien et pouvoir rassurer son frère. Ce doit être dur, pour lui.

— J'ai une autre question, Marten… Les origamis, c'est vous ?

Marten parut sincèrement surpris.

— Les origamis ? De quoi parlez-vous ?

Elle lui raconta tout en quelques mots, y compris ce que signifiaient pour elle ces oiseaux de papier. Le chauffeur lui jura qu'il n'y était pour rien et lui fit la promesse de l'aider à découvrir qui se cachait derrière ce petit jeu.

— Comment était Antonia, à vos yeux ? Qui était-elle ?

Il mit quelques secondes à répondre.

— Un fantôme, souffla-t-il d'une traite. Comme beaucoup, ici.

37

De 1986 à 1997

Rappelez-vous l'objet que nous vîmes, mon âme,
Ce beau matin d'été si doux :
Au détour d'un sentier, une charogne infâme
*Sur un lit semé de cailloux,**

Aller les chercher à la source était devenu trop risqué, même si jouer avec les caméras de surveillance ajoutait un peu de piquant à cette aventure déjà très excitante. Mais il se faisait trop vieux pour ça. Il devait sa collection unique à sa persévérance et à sa passion qui le menaient toujours au même endroit, la nuit. Les nuits sans lune, en particulier. Quand la terre était fraîchement retournée, dans l'attente qu'elle se tasse, afin de permettre la pose de la dalle.

Il en avait visité des lieux de recueillement et d'éternité, les avait répertoriés et classés par accessibilité, taille, réputation, région. Il était allé jusqu'à analyser la composition des sols. Son métier de géologue lui avait facilité la tâche. Ses préférences se portaient sur les sols argileux parce qu'ils

* Tous les passages suivis d'un astérisque sont extraits du poème « Une charogne », *Les Fleurs du mal*, Charles Baudelaire.

assuraient une meilleure conservation des résidus organiques. Il agissait dans le respect des critères qu'il s'était fixés. Dans les premiers temps, son fils l'aidait. Celui-ci étudiait en deuxième année de médecine légale et avait pris goût à ces activités auxquelles il l'avait initié. Ils les remontaient de leur fosse peu de temps après leur inhumation. Des femmes, entre vingt et quarante ans. Blondes, si possible. Mais ça, ils ne pouvaient le savoir que si un portrait était accroché à la croix ou à la stèle provisoire. Ils avaient donc été obligés de faire preuve de plus de souplesse sur ce point.

Les jambes en l'air, comme une femme lubrique,
Brûlante et suant les poisons,
Ouvrait d'une façon nonchalante et cynique,
*Son ventre plein d'exhalaisons.**

Il leur fallait au moins deux heures pour exhumer leur trésor. Et de bons outils. Une fois enveloppé dans une bâche et chargé à l'arrière de la Kangoo, ils le transportaient dans sa maison de campagne, une ancienne gare en Saône-et-Loire qu'il avait retapée et rendue habitable. Le sous-sol avait été aménagé en laboratoire d'embaumement, technique à laquelle il s'était formé lui-même à l'aide de documents qu'il avait rassemblés. Le corps était traité, puis rejoignait les autres pièces de sa collection.

Excepté son fils adoré, personne ne connaissait son secret. Pour la simple raison que personne ne l'aurait compris. On l'aurait pris pour un cinglé. Un malade. L'amour des morts, du moins cet amour-là, sensuel et charnel, ne faisait pas partie de ce que la société autorisait. Cet amour-là, comme l'inceste, figurait dans la liste des perversions, un délit aux yeux de la loi. Auquel s'ajoutait, pour lui, la profanation.

[…] Et pourtant, vous serez semblable à cette ordure,
À cette horrible infection,
Étoile de mes yeux, soleil de ma nature,
*Vous, mon ange, ma passion !**

Tout avait commencé après l'accident. Par chance ou par malheur, il avait été éjecté de l'habitacle, mais elle, non. Prisonnière de sa ceinture, elle avait brûlé vive avec la voiture. De son âme sœur, de sa vie, de la mère de son fils chéri – qu'il avait dû accompagner seul dans l'adolescence –, il n'était resté qu'un corps calciné et grimaçant de toutes ses dents. Parce que les dents, ça ne brûle pas. De sa beauté lumineuse, de ses seins d'une douceur soyeuse, de ses hanches à damner un monastère, il n'était resté qu'une statue de charbon, les bras tendus, figés par ce qui avait dû être une souffrance atroce, en même temps qu'une stupeur intense. Une année durant, il s'était rendu sur sa tombe, pour passer chaque nuit avec elle.

Il l'avait aimée vivante, il l'aimerait morte. Pour l'éternité. Il l'aimerait à travers « elles ». À travers « elles » qui, grâce à lui, ne cesseraient jamais d'être celles qu'elles avaient été dans ce monde. Il les empêchait de se dégrader et de pourrir. Les préservait de la décomposition, de la voracité des vers et des insectes nécrophages. Il maîtrisait leur conservation à la perfection. La perfection. Il *le* lui devait. Et pour cela, il distribuait un peu de sa beauté à chacune d'elles. En faisait des dormantes apaisées et des amantes offertes.

Oui, telle vous serez, ô la reine des grâces,
Après les derniers sacrements,
Quand vous irez, sous l'herbe et les floraisons grasses,
*Moisir parmi les ossements.**

Cependant, malgré tout le soin qu'il y avait apporté, l'embaumement n'avait pas duré. Au bout de trois ans, il avait perdu cinq pièces de sa collection. Les cinq premières. Qu'avait-il raté ? Ou bien négligé ? Peut-être était-ce dû à l'atmosphère trop humide du sous-sol. Les morts étaient aussi fragiles que des cigares ou des grands vins. Un degré de trop suffisait à gâter la chair. Si précieuse… Si facilement putrescible… Il avait pourtant persévéré et était parvenu à des résultats satisfaisants. Il en avait enfin fait ses amantes sans qu'elles montrent le moindre signe d'altération. Il avait simplement changé de produits et adapté sa technique. En vérité, il avait triché.

De ces cinq pièces, il avait gardé les parties les plus belles et les mieux conservées. Bras de l'une, jambes d'une autre, tête de la troisième, pieds de la quatrième, torse et mains de la cinquième. Puis il les avait agencées, obtenant un seul corps à partir des cinq. Les cinq branches d'une étoile. La sienne. Une reconstitution saisissante, une véritable œuvre unique et à part. Il avait su camoufler les coutures, de sorte qu'il ne parût plus rien du subterfuge. Une réussite qui l'avait sacré Victor Frankenstein du XXe siècle. Seulement lui n'avait pas créé un monstre. Lui avait engendré la beauté *post mortem*. Une beauté pure, immortelle, désirable.

Alors, ô ma beauté ! dites à la vermine
Qui vous mangera de baisers,
Que j'ai gardé la forme et l'essence divine
*De mes amours décomposées !**

Aujourd'hui, tout ça appartenait au passé. Son œuvre avait été réduite en cendres dans l'incendie de sa gare. D'aucuns auraient parlé de destin ou de vengeance. Celle d'un fantôme trahi, le fantôme de son amour brûlé vif dans un accident de voiture, causé par son alcoolisme. Mais la réalité était beaucoup moins romanesque. Après la visite de deux enquêteurs de la gendarmerie nationale, qui souhaitaient l'interroger sur son emploi du temps aux dates concomitantes à une série de profanations de tombes, à la suite d'une dénonciation anonyme, il avait arrosé d'essence le sous-sol avec sa collection funèbre et mis le feu. Presque tout avait disparu. Personne ne retrouva la trace du propriétaire.

38

Muni de ses fiches, Delgado redescendit en salle d'interrogatoire et reprit sa place face à d'Orsay qu'il avait laissé mijoter dans son jus. Il ignorait que Layla suivait le reste de la séance à distance, devant un moniteur vidéo.

— On reprend. Quel type de relation entreteniez-vous avec Meyer ?

— On se connaissait, c'est tout.

— Où vous êtes-vous rencontrés et depuis combien de temps vous fréquentiez-vous ?

— On s'est rencontrés quand j'étais en poste à Lyon. J'enquêtais sur une affaire de féminicide. Ophélie était l'avocate de la famille de la victime. Elle était mariée et, de mon côté, j'étais avec quelqu'un, mais ça a fini par se faire après.

— Après quoi ?

— Ma rupture.

— Avec qui ?

— Ça ne vous regarde pas, et l'identité de cette personne n'a rien à voir avec ce qui est arrivé à Ophélie. Vous ne savez même pas s'il s'agit d'un meurtre ou d'un suicide, d'ailleurs. Je n'ai donc rien à faire ici et…

— Cette personne ne serait-elle pas Esther Azoulay, par hasard ?

Les deux hommes tournèrent la tête en même temps. Layla venait d'entrer dans la salle.

— Je prends le relais, asséna-t-elle à l'attention de Delgado sans davantage d'explications.

Ce genre de pratique pouvait faire partie d'une stratégie, mais dans ce cas précis, l'intervention de Layla était improvisée. D'humeur massacrante, Delgado rongea cependant son frein et obtempéra, ce qui ne signifiait pas qu'il n'exigerait pas une discussion ensuite. Il gagna l'espace vidéo et prit la place qu'occupait sa collègue quelques minutes plus tôt. Elle lui avait coupé l'herbe sous le pied, mais il était curieux de voir si elle en obtenait plus que lui.

— Réponds à ma question, d'Orsay, dit Layla, décidée à garder son calme coûte que coûte. Je suis sûre que tu as des choses à raconter sur la lieutenante Azoulay.

— Pas plus qu'à ton collègue. Et puis, c'est *ex*-lieutenante, si je ne m'abuse.

— Tu me déçois beaucoup. Faut-il que je te rappelle la teneur de ton coup de fil, l'autre soir ? D'ailleurs, comment as-tu eu mon numéro perso ?

— Allons, ne fais pas ta sainte nitouche, Bennani. Tu me l'as donné au parc, tu te souviens pas ? Pour qu'on aille boire un verre ensemble.

Celle-là, Layla ne l'avait pas vue venir. D'Orsay jouait son rôle à la perfection et mentait avec un aplomb impressionnant. Ou peut-être n'était-ce pas un rôle, mais sa vraie nature. *Celle d'un salopard*, songea Layla, soudain mal à l'aise, comme si elle avait quelque chose à se reprocher. C'était sa parole contre celle de d'Orsay. Or, elle avait déjà couché avec un flic. On pouvait donc aisément imaginer qu'elle serait capable de le refaire. D'autant que le flic en question était Philippe Delgado, et qu'il suivait l'interrogatoire en ce moment même.

— Je crois que tu prends tes désirs pour la réalité, d'Orsay, répondit Layla. Je ne t'ai jamais donné mon numéro, ma fille en est témoin.

D'Orsay éclata de rire.

— Une gamine ! Forcément, elle donnera raison à sa mère.

— Lors de ton appel, continua Layla sans se démonter, tu souhaitais me parler d'Esther Azoulay, que tu as ouvertement menacée le soir de son pot de départ. « Tu peux te tirer au bout du monde, je te retrouverai toujours. » Ce sont tes mots. Une menace très claire, non ? En revanche, ce sont tes motivations qui le sont beaucoup moins. Sur le plan personnel, la lieutenante Azoulay aurait été victime de…

— Et là, mon avocat interviendrait en te disant qu'on s'écarte du sujet.

— Sauf que ton avocat n'est pas là, répliqua Layla.

— Si ça ne tient qu'à ça, un coup de fil et il arrive. Ceci étant, je n'en aurai pas besoin, parce que je m'en vais maintenant, et que tu vas gentiment me laisser partir si tu veux rester dans la légalité.

Layla fulminait, mais il lui fallait se rendre à l'évidence : ils n'avaient rien contre d'Orsay. Il ne s'agissait pas d'une garde à vue et ils n'étaient pas en mesure de le retenir. Il aurait été plus judicieux d'attendre le verdict du légiste avant d'interroger ce type…

Quand il claqua la porte, elle n'était pas plus avancée sur les intentions de l'ex-bourreau d'Esther, même si elle se doutait qu'elles étaient loin d'être les meilleures. Par contre, elle allait désormais devoir s'expliquer avec son collègue qui venait de la rejoindre, le visage déformé par la colère et la frustration.

39

— J'aimerais un café selon le rituel du grand maître D.

Cette étrange demande prit Esther de court. La tête résonnant encore des derniers mots de Marten – « un fantôme », avait-il dit –, elle venait à peine de mettre en route les machines et de sortir les différents cafés de la réserve. Elle se tourna vers celle qui s'était adressée à elle. Une femme d'une quarantaine d'années environ, vêtue d'une chemise grise et d'une veste bleu nuit à col droit, sur un pantalon large de la même couleur. Elle ne l'avait encore jamais vue ici et pourtant, à l'entendre, la même sensation de familiarité qu'avec Marten la saisit. Ses iris, assortis à sa chemise, et ses paupières tombantes retinrent son attention. Ils ressemblaient à un fleuve. Un fleuve de tristesse et de gravité dans lequel reposait le limon d'une profonde sagesse. Le regard du capitaine d'un navire sur l'horizon.

— Pardonnez-moi, je suis arrivée il y a peu. Je ne maîtrise pas tous les secrets du café, ni toutes les recettes. Qui est maître D. ?

— Le plus grand maître torréfacteur au monde. Il vit à Tokyo. Si vous ne le connaissez pas, il vous manquera l'essentiel pour continuer à exercer votre métier, dit la femme sur un ton affable, mais distingué.

— Vous pourriez m'apprendre à faire le café selon ce rituel ? s'enquit Esther, intriguée.

— C'était prévu et j'ai apporté ce qu'il faut.

Sous les yeux écarquillés d'Esther, la femme ramassa un sac de voyage de cuir blond posé à ses pieds et passa derrière le comptoir. En un tour de main, elle sortit tous les ustensiles : deux tasses en porcelaine rare, un moulin à café, un filtre en flanelle, un récipient argenté à bec verseur, un sachet de café en grains et un tablier qu'elle noua autour de la taille et du cou. Puis, avec une précision d'horloger, elle versa la quantité requise de grains dans le moulin et entreprit de tourner la poignée lentement, paupières closes. Elles étaient striées de veines minuscules.

— Je commence et vous prenez le relais.

Elle continua plusieurs minutes et passa l'instrument à Esther, dont la main se heurta à une résistance surprenante. Le geste de la femme semblait si délié à la regarder faire… !

— N'ayez pas peur. Tout s'apprend, même les choses les plus simples.

Au bout de quelques tours, elle gagna en aisance et fut stupéfaite du résultat. La poudre était plus fine que du talc.

— C'est incroyable ! s'exclama-t-elle.

— Vous voyez toutes les émotions que le café peut susciter. Du début à la fin du processus. Maintenant, vous pouvez le verser dans le filtre.

Esther s'exécuta, pendant que l'eau chauffait, prenant soin de ne pas en mettre à côté, malgré le tressaillement de ses doigts.

— Très bien. À présent, vous allez bien observer chacun de mes gestes et chacune de mes postures. Je vais procéder au plus délicat. Le résultat en dépend. Il va nous falloir, à l'une et à l'autre, une certaine concentration.

Esther était prête. Elle ressentait l'importance de cet instant jusqu'aux tréfonds de son être. C'était un rituel initiatique, un rituel de passage.

La femme souleva à peu près à hauteur de sa taille le récipient qu'elle venait de remplir d'eau à soixante degrés et l'inclina juste au-dessus du filtre qu'elle tenait de l'autre main. Le goutte-à-goutte commença. D'une lenteur infinie. Elle imprimait un léger mouvement de rotation de l'extérieur vers l'intérieur pour mouiller tout le café tandis que le niveau du breuvage grimpait timidement dans la tasse. *À ce rythme, on y est encore demain*, se dit Esther.

— Ce n'est pas pour l'homme pressé de notre époque, expliqua la femme comme si elle avait lu dans ses pensées. Préparer une seule tasse demande cinq minutes au moins. Ce dont vous vous affranchissez sans peine avec les machines. Mais aucun café au monde n'aura la saveur de celui-ci. Car celui-ci, c'est le temps lui-même qui le façonne. Chaque larme de cette merveille compte et concentre passé, présent, futur. Il ne s'agit pas de remonter le temps ni de le traverser, mais de le retrouver sans le fuir. D'en faire partie intégrante. Devenir le temps.

Hypnotisée, Esther fixait les gouttes qui tombaient une à une. Semblables à celles qui s'écoulaient de la perfusion à laquelle avait été branchée Sara.

La tasse remplie à la moitié, la femme reposa le récipient sur le comptoir.

— À vous l'honneur, annonça-t-elle.

— C'est vous qui avez commandé ce café, il est pour vous, déclina Esther, gênée.

— Je boirai le prochain, sourit-elle, celui que vous allez confectionner pendant que je vous regarde.

Sans répondre, Esther leva la tasse à ses lèvres, huma le liquide chaud d'où s'échappaient de fines volutes de vapeur et goûta. Elle n'avait jamais rien avalé de tel. Aucun mot n'aurait pu décrire ce qu'elle ressentait. Le temps n'était plus qu'une notion lointaine.

— Alors ?

La voix de l'inconnue la fit redescendre dans le présent, qui n'en avait pas moins des allures de rêve.

— Divin.

— À vous de m'en préparer un.

Il ne restait qu'une dizaine de minutes avant l'arrivée des employés pour la pause, mais elle les lui devait. Elle imita donc chacun des gestes de la femme et même ses postures, suivant ses recommandations. Une fois la tasse à moitié pleine, elle lui présenta le breuvage. La femme ferma les yeux en même temps que le café lui remplissait la bouche, puis fit claquer la langue contre son palais.

— Vous vous débrouillez bien, pour une première. Mais c'est loin d'être parfait. Pour maîtriser l'art du café de maître D., plusieurs années sont nécessaires. Voire toute une vie. Ça devrait être ainsi pour chaque chose, mais la valeur « argent » a remplacé les autres, y compris la valeur réelle du temps, et c'est incompatible avec la perfection. Même avec la meilleure volonté du monde, les robots n'ont aucune chance de l'atteindre.

Esther se demanda s'il était vraiment essentiel de viser cette perfection à laquelle son interlocutrice semblait tant attachée.

— Excusez-moi, ça va bientôt être l'heure de la pause et je dois me tenir prête, dit-elle. Vous étiez un peu en avance… Vous travaillez ici ?

— Je suis en simple visite.

— Et… vous avez l'habitude de vous déplacer avec tout ce matériel ?

— Je préfère le terme « instruments ». N'avez-vous pas remarqué que le langage des cuisiniers a emprunté des mots à celui des musiciens ? Instruments, orchestre, batterie, piano, chef, baguettes. Parce que la musique est une cuisine et la cuisine est une musique. Le café aussi.

Soudain, Esther songea à Antonia Levens, mais elle se retint de questionner la femme à son sujet. À elle aussi, elle avait peut-être appris le rituel de maître D. Esther lava les deux tasses et rinça le récipient qu'elle lui rendit après les avoir essuyés. L'inconnue rangea le tout dans sa sacoche en cuir et s'inclina légèrement en guise de salut. À cet instant, les yeux d'Esther se posèrent sur le sac, tandis qu'une suée lui descendait le long de la nuque. Une lettre apparaissait en relief dans le cuir, aussi discrète que sa propriétaire. Un « H ». Comme Horn.

40

Ophélie Meyer avait bien mis fin à ses jours. Les analyses toxicologiques s'étaient révélées négatives, pour ce qui était des drogues, en revanche l'avocate était sous Prozac, médicament dont l'un des effets secondaires, à des doses inappropriées, se manifestait par des tendances suicidaires, comme la défenestration et autres pulsions autodestructrices. De plus, la victime avait eu un rapport sexuel consenti peu avant son décès, comme le montraient l'absence de lésions et les traces de latex venant d'un préservatif. Depuis la découverte du mal-être de son amie, Layla se sentait démunie et coupable. Coupable de l'avoir mise sous pression, coupable de lui avoir dit ces choses qu'elle ne pensait pas et qu'elle regrettait maintenant qu'il était trop tard.

La dépouille avait été rendue à la famille pour des obsèques dans la plus stricte intimité qui se déroulèrent ce samedi matin. Layla l'avait accompagnée jusqu'au cimetière, où elle s'était tenue à distance, regardant et pleurant de loin. *Pourquoi ne m'as-tu rien dit, Ophélie ? Ça t'aurait soulagée et j'aurais peut-être pu faire quelque chose pour toi…* Meyer n'avait pas été pour Layla ce qu'on appelle une grande amie, mais elles avaient tout de même échangé des confidences sur leur vie. Pas assez, visiblement. Pourquoi lui avait-on prescrit du Prozac ? « Elle n'est pas du genre dépressif », avait affirmé Layla à Hélène. C'est sûr que, sous antidépresseurs, on peut donner le change… Il y avait sans doute eu des signes que Layla, prise par ses propres problèmes, n'avait pas su déchiffrer. Lorsqu'elles se retrouvaient au bar, Ophélie buvait systématiquement des cocktails dont elle raffolait. Alcool et Prozac, un mariage sulfureux.

Devant la fosse se tenaient les proches. Loïc, son mari, le visage dévasté, accroupi, les bras posés sur les épaules de ses deux enfants serrés contre lui, tête baissée, silencieux. Savaient-ils vraiment ce qu'était la mort ? Ou bien imaginaient-ils leur mère, heureuse, dans ce paradis où ils la rejoindraient plus tard, ainsi que les adultes préféraient le leur faire croire ? Layla, qui vivait cette idée de mourir comme une injustice et une absurdité absolue, se demanda ce que penserait Nour si elle venait à disparaître.

On est, et puis, en un coup de baguette maudite, l'instant d'après, on n'est plus. On occupe l'espace et, subitement, on n'est plus qu'une absence, un vide, alors que le monde continue de tourner. Tout simplement vertigineux. Insensé. Telles furent les pensées de Layla en quittant le cimetière, après un dernier adieu coupable à Ophélie. Elle ne remarqua pas l'homme, debout, immobile, à l'écart lui aussi. En tenue de sport, une casquette aux lettres entrelacées « NY » sur la tête, des lunettes de soleil masquant son regard, il n'avait pas manqué une miette de la cérémonie. Si elle l'avait vu, elle aurait peut-être reconnu Marc d'Orsay dont les larmes, cachées par les verres fumés, lui auraient en revanche échappé.

Après l'enterrement, Layla passa chez ses parents récupérer Nour pour l'emmener à la Tête-d'Or voir les « zirafes » et s'offrir à chacune une gaufre nappée de chocolat fondu, qui leur dégoulinait sur les doigts. Elles mangèrent comme des cochons et rirent aux éclats.

— Je peux leur en donner un bout ? demanda Nour en se léchant l'index et le majeur.

— Elles ont leur nourriture, tu sais. Le sucre leur fait du mal.

— Et à nous ? Ça fait pas de mal ?

— Non, à condition de ne pas en abuser.

— Buser ?

— Abuser. Ne pas en manger trop ni trop souvent.

— Pourquoi tu es triste, maman ?

La question, inattendue, s'abattit sur Layla tel un seau d'eau glacée.

— J'ai l'air triste ?

— Dans tes yeux, c'est tout triste.

— Eh bien, ça peut arriver. J'ai un métier un peu dur, parfois. Qui m'empêche de te voir autant que je voudrais. C'est pour ça, que j'ai l'air triste.

— Et papa ? C'est pareil ?

Layla sentit ses mâchoires se serrer.

— Papa est occupé aussi, mais tu le verras bientôt.

— Quand ?

Quand on aura réglé certaines choses…

— Le plus vite possible.

— Demain ?

Layla chancela légèrement.

— C'est trop tôt mon ange.

— Pourquoi trop tôt ?

Merde…

— Tu me saoules avec tes questions, Nour ! Allez, finis ta gaufre et on y va !

— Je veux rester avec les zirafes ! Elles sont plus gentilles que toi ! Et elles, je les saoule pas !

— Ne fais pas d'histoires, Nour, sinon…

Elle s'interrompit à temps. Avant que les mots dépassent sa pensée. Elle s'agenouilla devant sa fille et lui prit la main entre les siennes.

— Pardon, mon ange, de m'être emportée. Tu verras papa, c'est promis. On peut même l'appeler tout de suite, si tu veux.

En espérant qu'il ne réponde pas.

— Oui, oui !

Il était parfois des efforts qui devenaient tout à coup surhumains. Mais pour sa fille, pour voir cet éclat dans ses yeux, Layla était prête à tout. Même à ça. Elle sortit son smartphone et, à contrecœur, chercha le nom de son ex dans le répertoire.

— C'est moi, dit-elle. Je suis avec Nour, elle aimerait te parler.

— Tu tombes bien, j'allais te contacter pour savoir si tu avais reçu le courrier de mon avocat. Parce qu'on avait rendez-vous au tribunal aujourd'hui, à 15 heures. Comme ça, ils ont pu voir à quel point tu étais fiable et combien la garde de ta fille te tenait à cœur !

Ça faisait plusieurs jours qu'elle ignorait sa boîte aux lettres. Un désastre… Comment avait-elle pu négliger ça… Elle s'éloigna un peu, le téléphone plaqué sur l'oreille, et tourna le dos à Nour.

— Je te signale que c'est aussi *ta* fille, Cherkaoui.

— Je sais et je ne l'oublie pas, *moi*. La juge a tranché en ma faveur. J'ai obtenu la garde partagée. Une semaine sur deux. C'est un début. Je compte bien avoir la garde exclusive. Tu recevras la décision de justice par l'intermédiaire de ta chère avocate. Ah non, c'est vrai, elle n'est plus en mesure de te transmettre quoi que ce soit…

— Tu n'es qu'une ordure ! siffla Layla, de rage.

Il la mettait hors d'elle à chaque fois. Il avait ce pouvoir-là.

— L'ordure viendra chercher Nour demain, tu me diras où.

Non, non, mille fois NON ! Layla jeta son portable dont l'écran explosa, se prit la tête entre les mains et, sous les yeux de Nour, tomba à genoux en pleurant.

*

* *

Le lundi, à la fin de sa journée de travail, Hélène ne se doutait pas qu'elle était attendue. D'Orsay avait troqué sa tenue de sport et ses baskets contre un jean, une chemise, un blouson de cuir et des mocassins Tod's. Dès qu'il la vit, il s'avança vers elle. Les mains vides, cette fois. L'heure n'était plus aux fleurs.

— Qu'est-ce que tu fous ici ?

La question grésilla entre eux. Hélène le foudroya du regard, les poings serrés, se retenant de lui défoncer la tête tout de suite.

— J'avais envie de te voir avant de repartir à Marseille. Tu m'as manqué, ces dernières quarante-huit heures.

— Tu vas me faire pleurer… lâcha-t-elle, ironique, sans s'arrêter de marcher.

Si elle s'arrêtait, elle ne répondrait plus de rien, et il n'était pas envisageable de céder de nouveau aux avances de ce type. Plus maintenant.

— Je n'ai pas cette prétention.

— Pourtant, tu as eu celle de me faire prendre des vessies pour des lanternes, et je déteste les menteurs.

— Je ne pense pas t'avoir menti… nuança-t-il en la suivant jusqu'à sa voiture. Je t'ai parlé de mon fils, de mon ex-femme lyonnaise, tu sais qui je suis et où je travaille…

Hélène se tourna brusquement et lui fit face.

— Ah oui ? Et Ophélie Meyer ? Tu comptais m'en parler ? J'ai été interrogée à cause de tes conneries ! Interrogée comme une suspecte par mes propres collègues !

Le flic demeura impassible. Muet.

— Tu ne dis rien ? renchérit Hélène.

— Je n'ai rien à dire. Ou plutôt, j'ai déjà tout dit lors de mon audition. Parce que moi non plus, je n'ai pas été ménagé ! Et justement, *rien* n'a été retenu contre moi, parce que je n'ai *rien* à voir avec ce qui est arrivé à Meyer. D'ailleurs, l'autopsie a bien conclu à un suicide, non ?

— Il n'y a pas que ça. Elle a eu un rapport sexuel consenti avec quelqu'un avant sa mort, or son mari était en déplacement à l'étranger. Ça t'évoque quelque chose ?

— Je n'ai pas à me justifier. On ne s'était rien promis, toi et moi.

— Bien sûr ! Fidèle à toi-même, un vrai salopard ! Dans ce cas, on n'a plus rien à se dire, que je ne te revoie jamais, d'Orsay.

Hélène s'apprêtait à monter dans son SUV quand le flic l'arrêta.

— Tu as raison… souffla-t-il. Pour les moments qu'on a passés ensemble, pour ce que tu m'as donné sans rien demander en retour, je te dois la vérité, Hélène. Tu vois, le salopard qui est devant toi, eh bien, sais-tu pourquoi il est allé au cimetière, assister de loin aux obsèques de Meyer, ce matin ?

Lèvres pincées, Hélène attendit sans répondre.

— Je voulais juste apercevoir ma fille. Celle que j'ai eue avec Ophélie et qu'elle a élevée avec son mari. Une fille cachée au monde et à ma propre famille. Mais Ophélie ne pouvait plus garder ça pour elle. Et elle ne voulait pas non plus faire souffrir son mec. Si elle s'est foutue en l'air, c'est sans doute à cause de ce qui la rongeait chaque jour, telle une moisissure : sa culpabilité.

41

— C'était elle, Marten, c'était Horn !

Mais le chauffeur, venu chercher Esther, paraissait dubitatif à l'écoute du récit qu'elle venait de lui faire sur la mystérieuse inconnue, grande amatrice du café de maître D.

— Vous ne me croyez pas ?

— Si Mme Horn était en visite actuellement, nous l'aurions su.

— Elle avait pourtant l'air très à l'aise avec moi, et comme en terrain familier. Vous l'avez déjà vue depuis que vous travaillez ici ? Savez-vous à quoi elle ressemble ?

Marten esquissa une moue gênée.

— Quelle importance, dans le fond, que ce soit elle ?

— Aucune, mais j'aimerais savoir… Pourquoi est-elle venue m'apprendre à faire ce café ? C'était comme si… comme si elle avait voulu me faire passer un message… C'était presque irréel.

— Peut-être parce que ça l'était vraiment.

Esther le regarda, surprise.

— Comment ça ?

— Vous savez, Esther, c'est étrange, mais il arrive qu'on perde la notion du temps et même de la réalité, sur cette île. C'est peut-être un effet insulaire. Ou autre chose. En rapport avec l'histoire de ce lieu. Celle des morts. Ces forces mystérieuses, ces énergies qui se dégagent du sol. Des fleurs aussi.

— Des fleurs ?

— Leur parfum. Il y en a une forte concentration. Ce qui pourrait expliquer une déconnexion du réel. Un peu comme sous l'influence d'une drogue.

Le parfum des fleurs… Esther se dit que Marten était en train de se moquer d'elle. Déçue de la tournure que prenait cette discussion, elle préféra trancher :

— Je ne vais finalement pas rentrer tout de suite. J'ai envie de me vider la tête, lâcha-t-elle avant qu'il démarre.

— Je peux vous accompagner…

— Merci, Marten, mais je préfère être seule.

Il afficha une mine contrite. Il semblait avoir soudain pris dix ans au coin des yeux.

— J'aurais pu vous montrer d'autres endroits sur l'île, que vous ne connaissez pas encore…

— Inutile d'insister, un peu de solitude me fera le plus grand bien après cette journée.

— À votre convenance, soupira-t-il d'un air résigné. À demain, alors.

Son sourire était si triste qu'il faillit attendrir Esther, mais elle résista et lui rendit son salut avant de s'éloigner d'un pas rapide. Elle ne savait pas trop dans quelle direction aller et se laissa porter.

Il faisait particulièrement beau dans ce face-à-face de reliefs vallonnés de chaque côté du Léman, trait d'union liquide entre les rives française et suisse. Tandis qu'elle marchait, le vent plongeait ses mains fraîches dans ses cheveux lâchés pour jouer avec. Quelques rayons chauds, dont elle n'essaya pas de se protéger, caressaient son visage. En général, elle fuyait plutôt ce baiser de Judas sur sa peau de rousse.

Elle trouvait très surprenante la réaction de Marten à l'éventuelle présence de Horn à Thanatea. Il avait visiblement cherché à éluder. En fait, à part l'eau du lac, rien n'était vraiment limpide ici. Et la disparition d'une employée ne semblait inquiéter personne outre mesure. Seul Marten prenait cette affaire à cœur. Peut-être l'infinie tristesse de son regard venait-elle de ça aussi. « Un fantôme », avait-il dit d'Antonia. Un fantôme… N'en était-elle pas un, elle aussi ?

Un nuage s'interposa entre le soleil et la terre, recouvrant Esther de son ombre éphémère. Lorsque la lumière reparut, elle s'arrêta et s'aperçut qu'elle marchait dans un endroit qu'elle ne connaissait pas. Livrée à elle-même, l'herbe mordait avidement sur le chemin. Le sol était quasiment plat et elle avançait sans effort. Des mouettes ébouriffées venaient se percher sur la barrière de rochers après quelques loopings périlleux dans les rafales. Bizarrement, plus Esther progressait, plus cet environnement prenait des allures de forteresse à ciel ouvert. Comme si on avait voulu protéger ce bout de terre en plein lac, mais de quoi ?

Elle arriva à la croisée de trois chemins et se demanda sur lequel s'engager lorsqu'elle vit la pierre aux teintes ardoise marquant l'entrée de la voie du milieu. Sa forme évoquait à la fois une borne et une stèle. Mais ce ne fut pas ce détail qui coupa les jambes d'Esther. À son pied, se détachait, comme un éclat de lumière, un oiseau de papier bleu. L'origami numéro 5.

Esther resta sur place, immobile, tétanisée. Comment le mystérieux joueur avait-il pu savoir qu'elle passerait par là ? À moins qu'il l'eût suivie, puis précédée en prenant un raccourci. Le chemin qu'elle avait emprunté menait forcément à cette intersection. Ce n'était sans doute pas un secret pour quiconque connaissait bien les lieux. Techniquement, les personnes susceptibles d'avoir placé cet origami ici étaient nombreuses. Marten, Horn et l'Indien pour commencer. Mais il y avait aussi Andreas Dante, qu'elle n'avait pas revu, et l'échassier blond. Sans compter les employés… Alors qui avait décidé de lui faire vivre un doux enfer ? Et pourquoi ? Qui donc était ce Petit Poucet malicieux ? Et, surtout, qui savait pour les oiseaux de papier ? Elle était à l'évidence la cible d'un jeu aux allures de harcèlement. À moins que l'isolement ne soit en train de lui vriller le cerveau. Une folie insidieuse, lente, silencieuse. Une sorte de rouille mentale. Peut-être que tous ces origamis n'étaient que des hallucinations. En même temps, elle essaya de se rassurer en se disant que le seul fait de se poser la question constituait une preuve de raison et de lucidité.

Prenant sur elle, Esther fit quelques pas jusqu'à la borne et se pencha, vacillante, pour ramasser la grue, mais arrêta son geste une fraction de seconde. Le bec de l'oiseau pointait vers le nord de l'île. Le chemin du milieu partait dans ce sens. Comme si l'origami l'invitait à l'emprunter. Elle le saisit, le glissa dans sa besace et se mit en route. Au fil des mètres avalés, elle éprouva la sensation de plus en plus nette que chacun de ses mouvements était scruté. Mais même en faisant brusquement volte-face, afin de surprendre une silhouette dans ses parages, elle ne vit personne.

Au bout d'une dizaine de minutes, elle tomba sur une autre borne, identique à la première, à la différence que celle-ci était ornée d'un bouquet de fleurs. Esther frémit. Des daphnés blancs. Comme sur la tombe de Sara. Comme dans le paradis de Marten. Dessous, un oiseau bleu, le bec toujours pointé vers le nord. Le numéro 6. Tout se mit soudain à tourner. Esther parvint à garder l'équilibre en se retenant à la borne, manquant écraser l'origami. Cette fois, l'obscur Petit Poucet semblait déterminé à l'entraîner sur une piste. Ou dans un piège. Et il était l'heure de décider si elle prenait part au jeu ou non.

Elle repensa, malgré elle, à d'Orsay. Lourde de ces souvenirs toxiques et de ses questionnements, Esther se remit en marche après avoir récupéré le bouquet de daphnés et le sixième oiseau. Le numéro 7 ne tarda pas à lui apparaître, accroché à la branche la plus basse d'un arbre solitaire au bord du sentier. De petits bourgeons en garnissaient les extrémités et elle ne savait dire de quelle espèce il s'agissait. S'il y avait là un message ou un lien à faire, comme avec les daphnés, elle risquerait de passer à côté.

En poursuivant, elle eut l'impression que le chemin traçait une boucle, non pas pour revenir au point de départ, mais pour la conduire, après un détour, jusqu'à un endroit familier. Le jardin aux morts, dont s'occupait jalousement Marten. Une succession d'origamis, de plus en plus rapprochés, la mena ainsi aux abords du cimetière, vers une autre entrée, marquée par deux immenses cyprès, aussi droits que des soldats au garde-à-vous ou des fusées prêtes à décoller.

Puisqu'« on » voulait qu'elle y pénètre, elle allait y pénétrer. Elle emprunta le passage et constata qu'elle se trouvait à l'opposé de l'endroit où elle avait commencé sa précédente visite du « paradis ». La piste se prolongeait et la guida vers un tertre à l'écart, plus imposant que tous les autres et recouvert de deux massifs de fleurs. Le dernier oiseau, le numéro 18, lui indiquait du bec le sommet. Elle y monta. Là, ce fut le ciel, l'univers tout entier qui l'écrasa. Dans ses effluves enivrants, le jasmin laissait entrevoir une plaque mortuaire de la même pierre couleur ardoise que les bornes, sur laquelle était gravé en lettres d'or un nom qui fit trembler Esther de la tête aux pieds. Sadako. Mais à la vue du nom gravé sur la plaque du massif voisin, exclusivement composé de daphnés, son être se disloqua. Quatre lettres qui lui brûlèrent la chair comme autrefois. Quatre lettres avec lesquelles elle vivait un enfer chaque jour depuis deux ans. Quatre lettres pour un prénom unique. Sara.

42

Une semaine plus tard

Depuis sa double découverte dans le jardin des morts, le temps s'était arrêté pour Esther. Quelque chose la vidait peu à peu de sa substance. Et elle avait désormais conscience que la folie la guettait. Ce qu'elle avait vu ne pouvait pas être réel. Elle n'en avait rien dit à Marten, finissant presque par douter aussi de sa réalité, en même temps que de sa propre présence ici. Et parce qu'il aurait peut-être pris son exploration des lieux pour une volonté d'y pénétrer à son insu, alors qu'il tenait tellement à les lui faire visiter lui-même.

Non, Sara reposait là-bas, au cimetière, sur la colline de Fourvière. Ces quatre lettres gravées sur la plaque posée au milieu des daphnés blancs étaient certainement une hallucination. Une projection de l'esprit créée de toutes pièces suite au choc de la perte. Elle n'avait pas encore fait son deuil et ne le ferait peut-être jamais. Deux ans… Deux ans depuis que son ange s'en était allé… Qu'était-ce, après tout ? Une poussière de temps et combien de larmes. De quoi former le lac sur lequel flottait cette île perdue…

Elle n'avait même pas recontacté Layla après avoir écouté le message dans lequel celle-ci lui révélait que d'Orsay et son avocate entretenaient ou avaient eu une relation. A priori, aucun ADN étranger n'avait été retrouvé sur le corps d'Ophélie. Et s'appuyant sur le rapport consenti qui écartait l'hypothèse d'un viol, l'enquête penchait donc en faveur d'un suicide. Encore une que son ancien bourreau avait probablement détruite. Mais ce n'était pas tout… Hélène avait, apparemment, elle aussi été prise dans la nasse.

Tout ça lui semblait tellement loin, désormais. Esther était comme déconnectée. Incapable de retourner au jardin des morts. De peur d'y découvrir la vérité. Celle de sa folie. Car c'était impossible. Sara était là-haut, à Loyasse, et elle avait demandé à Layla de s'y rendre… Sara était là-haut… Plus elle essayait de s'en persuader, plus elle en doutait. *Qu'est-ce qui m'arrive ? Est-ce que ça entre dans le processus normal de deuil ? Ai-je bien fait de partir et de tout laisser derrière moi ? Irène, comme j'aurais besoin de ton aide en ce moment…*

Recroquevillée sur son lit, après une journée de travail passée encore à côté d'elle-même, Esther tremblait de la tête aux pieds. Il avait fallu qu'elle démissionne de son poste d'officier de la PJ pour mener maintenant une enquête sur sa propre vie, en plus de celle sur une disparition suspecte. Pour lutter contre elle-même, sa mémoire, sa douleur. Car si les petites grues bleues qui l'avaient conduite jusqu'à ce tertre recouvert de daphnés blancs étaient vraies, si cette plaque sur laquelle figurait le prénom de sa fille – qui la faisait douter de son état mental – l'était tout autant, cela signifiait que l'urne de Sara était enterrée sur Thanatea. Une réalité si insoutenable qu'elle l'avait effacée de sa mémoire… Non, impossible. C'était la première fois qu'elle venait sur cette île. Ou alors… Les cendres de son ange avaient été déplacées sans qu'elle s'en souvienne ? Ou à son insu ?

Romain. Elle n'avait pas pensé à lui depuis son arrivée à Thanatea. Elle devait l'appeler, bien sûr ! Il l'aiderait sûrement à y voir plus clair. Il lui assènerait de son air calme et détaché que Sara était à Loyasse, qu'elle avait juste perdu un peu pied et que c'était normal avec tout ce que… Non, pas Romain. Elle allait éclaircir cette histoire seule. Commencer par prendre son courage à deux mains et retourner au jardin. Seule. Sa mémoire visuelle et son sens de l'orientation lui suffisaient pour retrouver le chemin.

Ces derniers temps, elle avait noté une plus forte affluence au café, ainsi qu'une curiosité évidente à son égard. Le bouche-à-oreille fonctionnait aussi au sein de cette entreprise. Derrière son comptoir, elle avait la désagréable impression d'être un animal de foire. Le lendemain, pourtant, Esther parvint à terminer un peu plus tôt et fit faux bond à Marten. Elle reprit le même sentier que la fois précédente, après s'être assurée qu'elle était seule et que personne ne la pistait. Occupée à suivre le même tracé pour ne pas s'égarer, elle ne prêta pas attention au ciel qui, à l'horizon, s'obscurcissait, griffé de quelques éclairs dans une atmosphère stroboscopique. Son cœur battait au rythme de ses pas, qui s'accéléraient au fur et à mesure que la distance se réduisait. Avait-elle rêvé cette tombe recouverte de daphnés blancs ? S'était-elle perdue, quelque part, entre songes et réalité ?

Les bourrasques qui arrivaient du large balayaient l'herbe autour d'Esther. Une horde de mouettes bavardes avait décidé de l'accompagner, espérant sans doute quelques friandises. Les montagnes, de chaque côté du lac, s'effaçaient peu à peu dans la pénombre orageuse. Thonon, Évian et toute la côte escarpée du canton de Vaud, ainsi que les coteaux viticoles en terrasses, étaient déjà sous la pluie. Sur les rives suisses, les feux à éclipse s'affolaient depuis une demi-heure à coups de quatre-vingt-dix signaux lumineux orange par minute, indiquant aux navigateurs retardataires l'urgence de rentrer au port. Esther avait entendu parler des tempêtes sur le Léman, qui n'avaient rien à envier aux tempêtes marines. En revanche, Marten ne lui avait pas dit qu'au début du XXe siècle, en octobre 1904, lors d'un épisode orageux d'une violence inouïe, en plus d'avoir été le théâtre de plusieurs naufrages, ce bout de terre avait été dévasté. Arbres et croix arrachés. La pluie et la grêle avaient déchiqueté plantes et fleurs, laissant un véritable spectacle de désolation. Des années furent nécessaires à toute cette végétation martyrisée et à la forêt déracinée pour se reconstituer. À toutes les époques, l'île aux Morts avait décidément bien porté son nom.

Alors que le vent se déchaînait, sans apporter encore la pluie, juste de forts remugles de vase et d'humidité, Esther hâta le pas, penchée en avant pour progresser en dépit de la force des rafales, serrant son sac contre elle. Malgré le sifflement continu à ses oreilles, elle entendit soudain distinctement des pierres rouler dans son dos, sur le chemin. Elle se retourna et ne vit qu'un sentier désert. Avait-elle rêvé ? Sur ses gardes, elle continua d'avancer, dépassa la borne au pied de laquelle elle avait trouvé le cinquième origami une semaine plus tôt.

Sur le point d'atteindre l'entrée secondaire du jardin aux morts, Esther perçut un bruit de pas accompagnant les siens. Sans ralentir, elle fit brusquement volte-face. Elle était seule. Elle conclut que ce devait être l'écho de ses propres semelles sur les cailloux. Ce qui ne la rassura pas pour autant. Elle doubla les deux cyprès dont les cimes s'agitaient dangereusement, au bord de la rupture, mais résistaient vaillamment. Avala encore quelques mètres avant de parvenir aux tertres funéraires. Chahutée par la violence des bourrasques, elle rassembla ses forces, grimpa en haut de la butte et les vit. Deux plaques émergeaient des fleurs et, dessus, les deux prénoms qu'elle redoutait tant de lire.

— Non, c'est impossible, IMPOSSIBLE ! se mit-elle à crier, mais le vent étouffa sa voix.

Ce devait être une autre Sara… Pourtant, cette plaque voisine avec le prénom de Sadako ainsi que la présence de ce massif de daphnés blancs, les fleurs préférées de sa fille, lui soufflaient le contraire. Tout ça ne pouvait pas être une coïncidence. Dans ce cas, *comment* était-ce arrivé ? Pourquoi était-elle ici ?

Un nuage énorme semblait désormais recouvrir l'île entière. Esther sentit quelques gouttes sur son visage. Il était temps de faire demi-tour, mais elle ne parvenait pas à détacher ses yeux ni son esprit de la terrible réalité. Si, la première fois, elle avait eu une hallucination, il était fort peu probable qu'elle se reproduisît. Balayant les environs, son regard s'arrêta sur quelque chose que, sous le choc de sa découverte, elle n'avait pas vu lors de sa précédente visite. Un arbre à la silhouette imposante, malgré un tronc plus court que la plupart de ses congénères, et dont la couronne, aux branches nues et aussi noires que du charbon, paraissait avoir été brûlée. Esther pensa aussitôt qu'il avait dû être touché par la foudre. Les orages, dans le coin, étaient réputés pour leur violence extrême. Sa solitude et son air de roi blessé au combat l'intriguèrent.

Elle descendit du tertre et se dirigea vers lui. Au fur et à mesure qu'elle s'en approchait, son malaise grandissait. Comme si son inconscient avait enregistré quelque chose que sa conscience refusait de percevoir. Son pied heurta une pierre, manquant de la faire tomber. À cet instant, ses yeux se posèrent sur le sol terreux et elle distingua un objet métallique à moitié enfoui. Elle gratta la terre tout autour, et un médaillon encore sur sa chaînette apparut. Elle le ramassa, l'essuya avec un mouchoir et le retourna. Alors que ses jambes se dérobèrent, un craquement terrible lui fit lever la tête en direction de l'arbre. Tel un sinistre écho à ces lettres incandescentes gravées dans le métal. *Antonia.* Encastré dans le tronc ouvert en une sombre plaie, le corps à demi décomposé d'une femme. Ses vêtements en lambeaux et ses cheveux clairsemés. Elle fixait Esther de ses orbites vides et noires.

43

Encore une semaine plus tard

Son portable tout neuf – elle avait dû remplacer l'ancien, irrécupérable après le choc – sonna à côté d'elle, mais Layla n'avait même plus la force de répondre. Ce ne pouvait être que de mauvaises nouvelles, de toute façon. Ou bien sa mère, ce qui revenait au même.

Trois jours après la scène terrible devant sa fille au parc, une violente grippe avait cloué Layla au lit, l'empêchant de garder Nour. Tenant à peine debout, elle l'avait déposée chez ses parents. Puis Cherkaoui était venu la récupérer à la sortie de l'école le lundi suivant, pour une semaine. Sans un mot, Layla, qui avait tenu à être présente alors qu'elle était encore très mal, lui avait remis la petite valise bleue de Nour. Elle l'avait ensuite serrée contre elle en retenant ses larmes. Un nouveau rituel auquel elle allait devoir s'habituer.

Un petit *ding* lui annonça un message vocal qu'elle écouta sans conviction. « Layla, j'ai quelque chose d'important à te dire. Téléphone-moi. »

La voix d'Hélène. Elle n'avait pas discuté avec elle depuis une éternité, lui semblait-il. La maladie et la fièvre faisaient parfois perdre la notion du temps. Dans un effort surhumain, la carpette qu'elle était devenue à cause du virus, appela. Hélène décrocha aussitôt.

— Ça va mieux ? Comment tu te sens ?

— J'ai le nez en chou-fleur et ma tête est un bloc de ciment, mais je tiens le bon bout. De quoi tu voulais me parler ?

— C'est Esther… Elle a disparu. Un ami flic en Suisse, qui savait qu'elle travaillait à la PJ de Lyon avec moi, m'a envoyé l'avis de recherche avec sa photo. Celle qu'elle a utilisée pour ses CV. On doit la retrouver, Layla, et vite.

Sur la ligne, seul un long silence répondit à son inquiétude.

— Layla ? Tu as entendu ?

Elle avait entendu, oui, comme un écho lointain dans son cerveau embrumé. Esther avait disparu. Il lui fallait intégrer la nouvelle, la palper, la retourner, la mâcher et, peut-être, l'assimiler. Layla n'avait pas eu d'autre signe de vie depuis leur dernier échange où elle lui avait confié ne pas se sentir en sécurité. *Et elle avait raison, sombrement raison*, songea-t-elle au bord des larmes. Partagée entre la colère de n'avoir pu l'aider lorsque Esther lui avait fait part de ses craintes et l'amertume laissée par le départ de son amie, après lequel elle s'était sentie abandonnée.

Hélène avait reçu l'information la veille. « La deuxième femme qui, à notre connaissance, se volatilise en peu de temps dans la région », avait précisé son ami au téléphone. En revanche, à part lui expliquer que le département d'enquêtes de la Police Judiciaire Fédérale où il travaillait était dessus, il n'avait pas été en mesure de lui dire qui était à l'origine de ce signalement, ni de lui donner davantage de précisions sur cette disparition. C'était très vague, regrettait-elle.

— Elle a besoin de nous. À la vie, à la mort ! lança Hélène.

Cette dernière phrase fut le déclic. *À la vie, à la mort !* Layla devait se battre pour Esther, au nom de leur pacte.

— Passe chez moi ce soir, répondit-elle à Hélène. On pourra élaborer un plan d'attaque.

Quand elle raccrocha, ses yeux se perdirent dans le vide du plafond. Esther disparue. Elle ne pouvait pas y croire. Il y avait forcément autre chose. Elle se remémora leur échange, la voix tendue de son amie, son inquiétude qu'elle avait tenté de calmer. Elle n'avait rien fait…

Le soir, Hélène débarqua avec quelques courses. Après une douche chaude et un thé, Layla avait retrouvé assez d'énergie pour s'asseoir sur le canapé, en face de son amie, installée dans l'un des deux fauteuils club. Sans Esther, il leur était d'ordinaire moins facile de communiquer dans l'intimité. Mais avec sa disparition, elles se sentaient comme orphelines de leur amie d'enfance. Leur trio souffrait d'une amputation. Layla brisa le silence :

— Si tu savais comme je m'en veux…

— De quoi ?

— De ne pas avoir pris davantage au sérieux ce qu'Esther m'a dit la dernière fois que nous nous sommes parlé.

— C'est-à-dire ?

— Elle était dehors, inquiète. Elle avait l'impression qu'elle n'était pas seule, ce soir-là. Elle a même été obligée d'interrompre la communication et de rentrer. Peut-être qu'il lui est arrivé quelque chose après… Elle a pu se faire agresser ou même enlever… Je lui ai laissé un message au sujet d'Ophélie et de d'Orsay, mais elle ne m'a pas rappelée…

— Tu n'en sais rien, Layla. Peut-être que ce qu'elle voulait, justement, c'était disparaître.

Une hypothèse cinglante à laquelle Layla n'avait pas pensé. Ou ne voulait pas penser. Mais en effet, on ne pouvait rien écarter. Même l'inconcevable. On avait beau connaître quelqu'un depuis des années, voire depuis l'enfance, il y avait forcément cette part plus secrète ou plus sombre de l'être, une porte dérobée menant à des pièces que l'on tenait toujours bien fermées.

— Tu entends par là qu'elle voulait mettre fin à ses jours ou bien disparaître en tant qu'Esther Azoulay ?

— Les deux sont possibles. Son départ… Déjà à son pot d'adieu, elle était ailleurs.

— Depuis la mort de Sara, elle était ailleurs, Hélène. Pourtant, elle a continué à vivre, à travailler. Si elle avait vraiment voulu quitter ce monde, elle l'aurait déjà fait. Et si son projet était de se volatiliser, pourquoi se serait-elle reconvertie dans un autre job en restant en contact avec moi ?

— Parfois, les gens mettent du temps à agir, à prendre une telle décision. Ces choses-là remontent à la surface bien plus tard, après le trauma. Elle a essayé, croyant y arriver.

— Non, ça tient pas ! s'agaça Layla en secouant sa crinière noire. En plus, il y a cette femme, Antonia, qui occupait le même poste qu'Esther et qui a disparu aussi. Ça fait beaucoup, là.

— Tu as raison, je vais rappeler mon contact en Suisse pour voir ce qu'il sait au sujet de cette Antonia. Ils ont visiblement recoupé les deux affaires puisqu'il a mentionné un précédent.

— Je ne sais pas si ça peut aider, mais la dernière fois, au téléphone, Esther a évoqué plusieurs personnes en lien avec son travail. Un certain Marten qui, en plus d'être chauffeur et jardinier, est aussi thanatopracteur. Un autre employé, du nom d'Andreas Dante, le frère de cette Antonia. Et aussi Horn, la PDG de l'entreprise, qui vit au Japon. Elle m'a parlé des *haniwa*, des objets funéraires japonais qu'elle avait découverts dans son logement, de vraies copies miniatures de Sara et d'elle. Et puis il y a cette histoire d'origamis que quelqu'un semait à son intention. Quelqu'un qui savait forcément ce que ces oiseaux de papier, des grues, représentaient pour elle. Ils la reliaient à Sara…

— Sara ? s'étonna Hélène. Quel rapport avec des origamis ?

Layla lui raconta alors rapidement la légende des grues dont Sara avait eu connaissance grâce à sa voisine de chambre. Après quoi, sans qu'elle comprît le bond que son cerveau venait de faire, elle se souvint d'autre chose...

— Esther a consulté une psy, à Lyon. Une Irène quelque chose. Elle avait arrêté d'y aller, mais je vais retrouver cette femme et aller la voir. Elle pourra peut-être m'éclairer sur son état psychologique.

— L'enquête n'étant pas officielle, tu n'auras pas de commission rogatoire pour obtenir des documents, et ça m'étonnerait qu'elle trahisse le secret médical, lui rappela Hélène.

— On verra bien. Qui ne tente rien...

Hélène regarda Layla avec espoir, malgré les tristes circonstances. Elle semblait avoir retrouvé son énergie et sa perspicacité d'enquêtrice. Esther était désormais leur priorité.

— Au fait, vous avez pu avancer sur Jade et Muriel pendant mon arrêt ? s'enquit Layla.

Hélène s'apprêtait à répondre lorsque son portable sonna dans sa poche. Elle prit la communication. Layla la vit se décomposer peu à peu.

— Après un nouvel examen des photos et des radiographies du corps, réalisé par l'assistante du légiste en chef, la juge a émis des doutes au sujet de la cause du décès d'Ophélie Meyer, annonça-t-elle quand elle eut raccroché. Il n'est plus sûr que ce soit un suicide. Elle doit être exhumée.

44

Le temps pour les enquêteurs d'obtenir les autorisations d'exhumer, le cercueil d'Ophélie Meyer put être enfin déterré, puis ouvert devant ses proches terrassés.

La dépouille fut ensuite transportée à l'institut médico-légal où une contre-autopsie allait être pratiquée par la jeune assistante du légiste. Une femme au look *steampunk* sous sa blouse grise, piercing au coin de la lèvre et à la langue – ce qui lui valait un léger chuintement sur certaines lettres – pantalon noir agrémenté de lanières de cuir, corset améthyste avec décolleté en dentelle rehaussant une poitrine déjà généreuse, bottes hautes à talons compensés et mitaines de cuir sur lesquelles elle enfila une paire de gants en latex. À la voir dans ce cadre austère et aseptisé, on pouvait légitimement douter que ce fût vraiment sa place. Mais l'habit ne fait pas la nonne…

En effet, sous son maquillage vampirique et malgré son air d'adolescente attardée, Sylvie Martoire était une professionnelle remarquable et scrupuleuse. S'appuyant sur les radiographies et les photos qui l'avaient fait tiquer lorsqu'elle les avait consultées un peu par hasard, elle comptait bien passer au crible chaque centimètre du corps de l'avocate. Le processus de décomposition, en cette saison printanière plutôt sèche, n'avait pas encore eu le temps de dégrader, du moins pas au point de rendre le travail impossible. Layla attendait ses conclusions avec impatience. Suicide ou meurtre, elle ne savait même plus ce qu'elle devait espérer…

La policière avait repris du service depuis quelques jours déjà. De nouveau prête à donner de sa personne sur tous les fronts. Et notamment à se battre pour sa fille. Pour ça, elle avait changé de cabinet d'avocats et fait transférer le dossier à un vieux routard des affaires familiales, amateur de cigares, de chasse et de whisky. Des hobbies auxquels Layla n'adhérait pas, mais afin de faire appel de la décision de justice qui la privait de la garde exclusive de Nour, il lui fallait un tigre du barreau. Or, malgré ses soixante-sept ans, maître Capes était l'un des meilleurs et, surtout, l'un des plus féroces. Cherkaoui avait menacé Layla de lui enlever Nour par voie légale et ça, il en était hors de question. Layla préférait encore qu'on lui arrachât le cœur.

Évidemment, Esther occupait également toutes ses pensées. De son côté, Hélène avait demandé à son contact en Suisse s'il avait pu remonter jusqu'à l'auteur de l'avis de recherche. Malheureusement, il lui avait répondu par la négative. Préférant laisser la PJ de Lyon en dehors de l'affaire pour le moment, elles avaient élaboré rapidement une stratégie pour se dégager un peu de temps et leur permettre d'enquêter sur la disparition d'Esther. Des investigations qu'Hélène et Layla ne pourraient mener qu'en parallèle de la police judiciaire suisse, qui gérait le dossier.

Dans le fond, le seul problème qu'il leur fallait contourner au quotidien, c'était Morize. D'autant que celui-ci semblait contrarié du retour de Layla. En réalité, il aurait voulu ne pas la voir revenir du tout. Elle était un électron libre à la PJ, trop libre, qui attisait la haine et la rancœur chaque fois qu'elle intervenait dans les cités, là où une femme flic et rebeu était considérée comme une traîtresse à éliminer. Ce qui ne facilitait pas le boulot de l'équipe sur le terrain lorsqu'elle en faisait partie. Raison pour laquelle, d'ailleurs, elle avait fini par être écartée des affaires de grande criminalité en banlieue. Officiellement, pour la protéger.

— On n'a toujours rien sur l'employeur d'Esther, pas même une adresse, soupira Hélène, arrivée chez sa collègue après le travail, comme presque tous les soirs depuis la nouvelle de la disparition de leur amie.

Elles étaient assises sur la terrasse autour d'un thé à la menthe, profitant des températures exceptionnelles pour un printemps.

— Et Romain ? embraya-t-elle. Tu as son portable ? Tu as pu le prévenir ?

— Pas encore, je n'en ai pas eu le courage. Mais oui, je dois l'avoir... Je vais l'appeler.

Layla ferma les yeux. La main d'Hélène vint se poser sur la sienne qui se contracta légèrement. Montrer ses faiblesses et se laisser réconforter n'était pas dans ses habitudes.

— On va la retrouver.

— S'il n'est pas trop tard... Esther a toujours eu une sorte de sixième sens. Sauf avec d'Orsay, bien sûr... Si elle se sentait en danger là-bas, elle avait ses raisons. La preuve, cette... Antonia qui s'est volatilisée peu de temps avant, c'est pas normal.

— Écoute... commença Hélène d'un air embarrassé. J'ai réfléchi à ce que tu m'as rapporté de votre dernière conversation...

— Et ?

— Comment t'a paru Esther ?

— Comment ça ?

— Elle a traversé quelque chose de terrible, Layla, une épreuve dont on ne se remet jamais vraiment. Si on ne l'a pas vécue, on ne peut pas savoir. Elle n'a apparemment pas encore fait son deuil. Il est possible qu'elle subisse un stress post-traumatique et que son cerveau vrille. Parfois, les personnes souffrant de ce syndrome ont du mal à faire la différence entre réalité et imaginaire.

— T'es psy, maintenant ? s'énerva Layla.

— J'essaye juste d'expliquer pourquoi ses propos semblaient un peu décousus. Ça me rappelle le cas d'un ami militaire de carrière qui a combattu dans les Balkans… À son retour, il n'était plus le même. Le diagnostic psychiatrique est tombé : syndrome de stress post-traumatique accompagné d'hallucinations. Ce qui m'y fait penser, c'est cette histoire d'origamis que quelqu'un sèmerait pour mettre Esther sur une piste ou pour jouer avec ses nerfs. En réalité, ce qui joue avec ses nerfs, c'est cette absence insupportable, ce vide qu'a laissé Sara, tu ne crois pas ?

— Et la disparition de cette autre employée, Antonia, tu en fais quoi ?

— C'est vrai… Mon contact suisse m'a signalé une autre disparition sans mentionner de nom. Il s'agit peut-être d'Antonia…

— Ton pote suisse t'a avertie de la disparition d'Esther sans doute parce qu'il l'a reconnue et qu'il sait que c'était ta collègue… Si ça se trouve, il n'a même pas effectué le rapprochement avec celle de cette femme, Antonia.

— Je n'en sais rien, Layla… Mais les *haniwa*, les origamis, ce Marten à la fois chauffeur, jardinier et thanatopracteur… Ça fait beaucoup, non ?

— Donc, selon toi, Esther serait en plein délire ?

— Tu m'as dit qu'elle avait répondu à une annonce un peu étrange. Préposée au café dans une entreprise. C'est drôle, mais depuis le début, j'ai du mal à l'imaginer quitter la PJ pour faire ça…

— Quel est le fond de ta pensée, alors ? s'impatienta Layla.

— Que si elle a vraiment un syndrome de stress post-traumatique, tout est possible.

45

Le camion blanc sans logo se gara devant la grille à l'heure prévue. Deux hommes vêtus d'un jogging gris et coiffés d'une casquette de la même couleur en descendirent et ouvrirent le hayon dans une parfaite synchronie. Enveloppé d'un peignoir en soie, il les vit par la fenêtre en décharger une caisse oblongue estampillée « Fragile », qu'ils manièrent avec d'infinies précautions. Son cœur pulsait de joie et d'excitation mêlées à l'idée que, dans quelques instants, *elle* serait ici, chez lui. À lui. Enfin. Il avait tant attendu ce moment. Payé cher, très cher, pour le vivre. Pour la recevoir dans son intimité, dans sa solitude. Cent mille euros. Un prix conséquent, extravagant même, inconsidéré au regard de tous ces gens qui ne voyaient jamais pareille somme de toute leur vie. Mais il n'avait pas à culpabiliser pour ça. Il s'était enrichi grâce à son travail, et de sa fortune il faisait ce qu'il voulait. C'était ça, la liberté. La vraie. Ne rien devoir à personne. L'argent n'était qu'un moyen de satisfaire ses désirs, de réaliser ses rêves, d'accéder à cette perfection à laquelle il goûterait bientôt.

Les secondes filèrent. Elle se rapprochait de lui au rythme des pas sur l'allée. Encore quelques mètres. Même Lola, un magnifique doberman qui partageait sa vie depuis trois ans, patientait avec fébrilité.

— Ce qui arrive, ma Lola, est la chose la plus parfaite qui soit. Une œuvre d'art. Ce qui nous relie au divin, à l'éternité. Et ça n'a pas de prix.

Lola lui répondit par un jappement. Il caressa le poil soyeux noir et feu entre les deux oreilles dressées en pointe.

— Tu n'as rien à craindre, ma douce. Il ne s'agit pas de te remplacer, ni dans mon cœur ni dans mon lit. Tu es à toi seule une beauté de la nature. J'en sais quelque chose... Mais malgré tout l'amour que je te porte, tu ne peux pas prétendre rivaliser avec un joyau brut.

À ce moment, la sonnette retentit.

— Ça y est ! bondit-il en allant ouvrir, précédé de sa chienne, en même temps que son cœur dérapait dans la poitrine. Couché, Lola !

Face au doberman, les deux hommes hésitèrent à l'entrée. Il les rassura aussitôt.

— Suivez-moi, je vous prie, elle ne bronchera pas.

Il emprunta un long couloir au bout duquel il déverrouilla une porte blindée qui donnait accès à un escalier en pierre descendant au sous-sol aménagé.

— Déposez la caisse ici, merci, dit-il en désignant du doigt un cellier rempli de grands crus aux étiquettes poussiéreuses et jaunies, rangés par année.

— Souhaitez-vous qu'on l'installe ?

— Je suis bien outillé et m'en chargerai. Je dois signer quelque chose ?

— Nous avons besoin d'une signature numérique, s'il vous plaît.

Le livreur lui présenta l'écran de son appareil et lui tendit un stylet dont il se saisit.

— Voilà qui est fait. Je vous raccompagne, messieurs.

Après leur avoir donné un pourboire, il observa le camion s'éloigner, puis regagna le sous-sol où reposait son trésor.

Muni d'un tournevis électrique, il entreprit de dévisser la vingtaine de vis qui scellaient la caisse. En sueur, il fut obligé de s'arrêter pour permettre à son pouls de ralentir. Il n'avait encore jamais éprouvé une telle émotion. Il touchait enfin au but. Celui de sa vie. Rien de ce qu'il avait essayé en matière de sexe ou d'amour ne l'avait comblé. Vanité, tout n'était que vanité, éphémère et dérisoire. Ce vivant, condamné à mourir et à connaître la décomposition, le révulsait. Il n'y avait pas plus vulgaire, plus obscène que la chair et les organes qui se putréfiaient. Il avait d'ailleurs pris ses dispositions pour s'épargner une telle déchéance. Et, en attendant que vînt son tour, il offrait cette éternité à celle qu'il allait chérir plus que lui-même. Celle sur laquelle, parmi toutes les photos du catalogue, son regard s'était posé pour ne plus s'en détacher.

La dernière vis tourna sur elle-même dans le sens antihoraire et lui tomba dans la paume. Il patienta encore avant d'ouvrir. Il redoutait ce moment autant qu'il l'avait désiré. De toutes ses forces, de toute son âme. Tout rêve réalisé est la fin de quelque chose. La fin d'une attente, d'un chemin parcouru, la fin d'un espoir, la fin de ce qui aurait pu ou dû rester une chimère. Alors la récompense se devait d'être à la hauteur du vide que laissait la concrétisation de ce rêve.

De ses deux mains, il souleva le couvercle et le contenu, recouvert de satin et entouré d'un capitonnage protecteur, se révéla enfin à ses yeux. Comme s'il avait peur de se brûler ou de la réveiller, du bout des doigts il fit glisser le tissu et retint un cri. C'était la beauté suprême, la beauté à l'état pur, le merveilleux. Ce qui ne meurt pas, car déjà mort et, en même temps, doté de toutes les apparences de la vie grâce au talent d'un artiste.

À genoux, penché sur elle, il n'osait pas la toucher. Elle était encore plus belle que sur la photo. C'était normal, le portrait avait été tiré de son vivant. Depuis, le génie l'avait sublimée.

— Tu es magnifique… haleta-t-il en caressant la peau immaculée et glacée, son membre déjà érigé sous la soie du peignoir, prêt à l'essayer sans tarder.

Une enveloppe cachetée à la cire était déposée sur les mains jointes et inertes. Il fit sauter le sceau, en tira une carte en papier vélin et lut ces mots :

« Avec notre profonde gratitude, nous vous souhaitons une belle lune de miel avec Hibiscus. Prenez-en soin comme elle prendra soin de vous. Les fleurs éternelles ont besoin d'attention et d'amour, encore plus que les mortelles. »

Vidée de ses organes et traitée selon des procédés qui avaient fait leurs preuves, elle pesait moins lourd. Avec une extrême précaution, il la sortit du caisson et la porta jusqu'à la chambre prévue à cet effet dans ce même sous-sol. Il resterait dormir avec elle certaines nuits, pas toutes, parce qu'il en passerait aussi à l'hôtel, avec des femmes vivantes, à boire et à baiser dans un nuage de poudre blanche, histoire de se fondre au commun des mortels et à leur vulgarité. Mais il viendrait retrouver son trésor pour se laver de cette luxure, se purifier dans son éternité. Il la coucha sur le lit, nue et offerte.

— Bienvenue dans ton paradis, ma chérie. Tu verras, tu seras bien, ici, et tu me combles déjà, lui souffla-t-il à l'oreille.

L'artiste avait réussi à obtenir une certaine souplesse qui permettait une utilisation selon la volonté du consommateur. *Un vrai génie*, ne cessait-il de se répéter. Il déplia ses bras et les plaça le long du corps en écartant légèrement ses jambes. Son pubis était complètement épilé et d'une douceur incroyable. Ses doigts s'y attardèrent puis remontèrent sur le ventre et enfin sur les seins aux tétons en érection. Il lui sembla même percevoir quelques frissons à la surface de la peau. Il se débarrassa de son peignoir et s'allongea à ses côtés, contre elle, nu aussi, sans la quitter des yeux.

Les siens, ouverts, fixaient le plafond voûté. Ils étaient d'un vert d'eau presque translucide, d'un réalisme à s'y tromper, bordés de cils fauves, comme les sourcils parfaitement dessinés. Il enroula une mèche de cheveux autour de ses doigts. Des cheveux mi-longs, ondulés, qui rappelaient les teintes de l'automne. C'était comme ça qu'il les aimait. Rousses aux yeux verts.

46

Après avoir passé la fin de la soirée chez elle à lister tous les psychiatres et psychologues lyonnais pour en ressortir deux Irène, Courbet et Cossowitz, Layla les appela à la première heure le lendemain. Au cabinet du docteur Courbet, on lui répondit plutôt sèchement qu'il n'était pas question de donner le moindre renseignement sans commission rogatoire et de surcroît par téléphone. Elle crut qu'elle n'aurait pas beaucoup plus de chance avec le deuxième numéro, où une voix masculine altérée par le chagrin, supposa-t-elle, lui apprit qu'Irène Cossowitz était décédée deux mois auparavant.

— Si vous êtes un proche, peut-être avez-vous accès au fichier patient, insista cependant Layla. C'est important, il s'agit d'une disparition inquiétante et mon amie, Esther Azoulay, m'avait dit qu'elle voyait une psy prénommée Irène.

— Attendez… Esther Azoulay, dites-vous ? Ne quittez pas.

Layla perçut des bruits étouffés de pas, de tiroirs qu'on ouvre, puis de nouveau la voix tremblante dans le combiné.

— Je ne vous dirai rien à distance, reprit l'homme, mais si vous avez le temps de passer, je crois pouvoir vous aider.

Sans finir son thé, Layla attrapa son sac et descendit au parking de la résidence. Elle arriva en une vingtaine de minutes devant le cabinet, situé dans un immeuble haussmannien qui donnait sur une grande avenue bordée de platanes, sonna et guetta le signal d'ouverture. Préférant éviter l'ascenseur à double grille, aussi spacieux qu'une boîte à chaussures, elle grimpa les cinq étages sans se ménager et franchit la porte entrebâillée sur un vestibule sombre aux vieux relents de poussière et de cire. Elle fit quelques pas sur le tapis persan aux bords élimés, usé jusqu'à la corde à force d'avoir été piétiné par nombre de patients et de visiteurs. Le son d'un violon jouant un air de musique classique lui parvint d'une pièce voisine.

— Bonjour mademoiselle, je ne vous attendais pas si vite.

Elle reconnut aussitôt le timbre vacillant du téléphone. En revanche, lorsqu'elle se retourna, outre qu'elle s'attendait à un homme beaucoup plus âgé, ce fut comme si elle recevait un coup au plexus. Les cheveux châtains parsemés de fils blancs aux tempes, la peau du visage à peine striée de quelques rides d'expression, le regard vif et perçant d'un faucon... Son interlocuteur était bien le type qui avait surgi dans ce bar où Ophélie et elle s'étaient retrouvées pour parler du recours contre Cherkaoui. Là où elle avait laissé son amie boire un cocktail en sa compagnie. Layla se souvint alors de l'embarras palpable d'Ophélie au moment où elle avait prononcé son prénom, « Thierry ». Comme si elle le lui présentait à contrecœur. S'agissait-il d'un autre amant ? En tout cas, il semblait tout aussi surpris que Layla.

— Je crois qu'on s'est déjà vus quelque part... dit-il.

— En effet, nous nous sommes croisés récemment dans un bar. J'y étais avec Ophélie Meyer.

Layla était déboussolée. D'autant que la voix de cet homme ne collait pas à son physique, ni à son âge ni à son attitude. Ce n'était pas celle d'un veuf éploré. La fêlure dans son élocution avait sans doute une autre raison que le chagrin. Tout en l'observant, il afficha un sourire taquin.

— Je lis dans vos yeux ce sempiternel étonnement que les gens ont quand ils me rencontrent après m'avoir entendu au téléphone.

— Je suis désolée d'être aussi prévisible…

— Ne le soyez pas. J'ai toujours eu ce problème de cordes vocales, c'est inopérable. Alors je dois faire avec cette voix de vieillard dans un corps de quarante-sept ans et…

— Qui êtes-vous, au juste ? le coupa Layla, mal à l'aise devant la tournure un peu trop personnelle que prenait l'échange.

— Le fils d'Irène Cossowitz. Une embolie pulmonaire l'a emportée en quelques heures.

— Mes sincères condoléances.

— Merci, répondit-il en inclinant légèrement le buste. Et à qui ai-je l'honneur ? Je n'ai pas le souvenir qu'Ophélie ait dit votre prénom…

Layla eut la sensation qu'il n'était pas au courant du décès de celle-ci, mais se garda bien de l'en informer. Elle lui brandit sa carte de police sous les yeux.

— Sous-lieutenante Bennani, de la Crim. Ça suffira.

— Je croyais que vous étiez une amie d'Esther Azoulay, dit-il, tout à coup assombri.

— Aussi, oui. Et accessoirement, son ancienne collègue. Vous avez quelque chose pour moi, il me semble.

— Tout à fait, chevrota-t-il. Je ne sais pas si ce que j'ai déniché dans le bureau de ma mère vous sera utile, ce sont des carnets dans lesquels elle prenait des notes durant les entretiens. Bon courage pour les déchiffrer ! Plus tard, elle est passée aux enregistrements. Avec l'accord de ses patients, bien sûr. J'en ai retrouvé quelques-uns sur minicassette, à l'ancienne, que je peux vous donner aussi…

— Pourquoi acceptez-vous si facilement de m'aider, sans même une commission rogatoire ?

— Pour Esther. Je l'ai connue aux cours de yoga. Elle allait très mal à l'époque, à cause d'une relation malsaine. C'est moi qui l'ai orientée vers ma mère. Esther se confiait peu et ma mère était tenue au secret médical, naturellement, mais je sais qu'elles étaient proches. Un lien affectif peut se tisser avec des patients dans une carrière de psy, même si le thérapeute doit rester neutre et se protéger. Ma mère n'appartenait pas à ce genre-là. Elle s'impliquait viscéralement. Le cas d'Esther la touchait beaucoup.

— « Le cas » ?

— Elle traversait une période compliquée. Je pense que les archives de ma mère vous en révéleront bien plus que les piètres renseignements que je pourrais vous offrir. Mais asseyez-vous, je reviens avec tout ça. Navré de ne pas mieux vous recevoir, je ne suis que de passage ici et vous avez eu de la chance de téléphoner lors d'une de mes visites.

Layla s'exécuta, malgré sa fébrilité croissante à l'idée d'en découvrir plus sur son amie d'enfance. Quelques minutes plus tard, le fils de la psychiatre réapparut, un sac plein à chaque main. Layla n'en crut pas ses yeux. Il y avait des heures, des mois, voire des années d'entretiens durant lesquels Esther s'était livrée. Autant dire qu'elle repartait avec un trésor inestimable sans avoir été obligée de passer par un juge. Toutes ces choses que la pudeur, la culpabilité ou la honte avaient empêché Esther de dévoiler, même à sa meilleure amie. Un magnifique chartreux aux iris dorés et un peu efflanqué surgit à cet instant de la pièce d'où provenait l'air de violon.

— Et lui ? Il est aussi de passage ? lança Layla à son hôte avec un brin d'ironie.

— C'est justement pour lui que je viens de temps en temps, expliqua-t-il sans se laisser démonter. Lui donner à boire et à manger. Il appartenait à ma mère et ne supporterait pas d'être déplacé. C'est curieux, mais j'ai l'impression que vous ne me faites pas vraiment confiance.

— À personne, en fait. Déformation professionnelle, désolée.

— « Désolée »... sourit-il. C'est le mot magique aujourd'hui. Une sorte d'absolution qu'on s'octroie à soi-même pour ne pas s'abaisser à demander pardon.

Layla se sentit rougir.

— Je n'ai pas à demander pardon à qui que ce soit, lâcha-t-elle d'un ton sec pour reprendre le contrôle. Merci de votre aide.

— Si vous avez besoin d'autre chose, voici ma carte.

— Très bien. Une dernière question... Avez-vous eu des nouvelles d'Ophélie récemment ? Ça fait un moment que je ne l'ai pas eue au téléphone, bluffa-t-elle.

Il fronça les sourcils, sembla fouiller dans les tréfonds de sa mémoire, tel un scaphandrier, et remonta à la surface.

— Non, à vrai dire on ne s'appelle pas souvent. Il arrive même qu'on laisse passer plusieurs mois. Pourquoi ?

— Pour rien.

Lourde des secrets d'Esther et, elle l'espérait, de réponses à ses interrogations, Layla glissa la carte dans sa poche avant de redescendre les cinq étages par l'escalier de bois, en même temps qu'un malaise s'immisçait en elle.

47

Layla passa trois nuits presque entières à décortiquer à la loupe les notes d'Irène, mais surtout à écouter les enregistrements des dernières séances. Une vingtaine environ. D'une heure chacun. Nour était revenue chez ses grands-parents. Layla se retrouvait déchirée entre l'enquête sur la disparition d'Esther qui prenait une tournure inattendue, profiter des moments avec sa fille et poursuivre ses démarches avec maître Capes pour en obtenir la garde exclusive. Ce qu'elle avait découvert sur la vie d'Esther la laissait anéantie, vidée. Des mots, qu'elle avait retranscrits sur un carnet vierge à partir des enregistrements, se détachaient, tranchants comme des lames sur la peau : « emprise », « perte de repères », « inceste », « viol », « oncle », « dénigrement », « culpabilité », « reproches » et puis, le couperet, « fausse couche ». Esther ne lui en avait jamais rien dit. D'Orsay aurait été le père. C'était donc certainement mieux ainsi, même si voir sa grossesse aussi brutalement interrompue avait dû être terrible. *Le* mektoub *fait souvent bien les choses*, pensa Layla qui croyait sincèrement à cette notion de destin.

Ce soir-là, elle écouta, sur un dictaphone qu'elle avait trouvé dans l'un des sacs, les derniers commentaires que la psychiatre avait faits de ses séances avec Esther. Des conclusions apparemment sans appel et des informations que Layla était impatiente de partager avec Hélène. Celle-ci terminait sa journée un peu plus tard et arriva aux alentours de 21 heures avec deux pizzas, une végé et une autre au chorizo, ainsi qu'une canette de Coca Zéro pour Layla et une bière pour elle.

— Tu es un amour, l'accueillit Layla en la faisant entrer.

— Je l'ai toujours été, seulement ça t'a échappé par moments, lui lança Hélène en même temps qu'un clin d'œil.

Après deux parts de pizza et quelques gorgées de soda et de bière, le « cas » d'Esther les rattrapa. Aussitôt, toute légèreté déserta le salon.

— Je crois que tu avais raison, soupira Layla en finissant d'avaler sa bouchée.

Elle appuya sur une touche du dictaphone et la voix grave d'Irène Cossowitz, de ces voix profondes et rauques de grandes fumeuses, résonna entre elles. Elle avait compilé ses observations, qui étaient suivies de ses conclusions ainsi que d'un diagnostic psychiatrique sur sa patiente. Hélène et Layla osaient à peine se regarder. C'était comme si elles violaient l'intimité de leur amie. Mais elles écoutèrent jusqu'au bout à coups de frissons.

— Esther souffrait bien d'un ESPT, appelé aussi SSPT, un état ou un syndrome de stress post-traumatique, résuma Layla une fois qu'elles atteignirent la fin de la bande.

— Tu parles comme une psy, maintenant, sourit tristement Hélène.

— Et tu n'as pas tout vu, répondit-elle sur le même ton. J'ai fait des recherches là-dessus et des rapprochements avec certains comportements d'Esther. Comme tu le sais, l'ESPT est une névrose traumatique observée et reconnue chez les soldats et les victimes de guerre, mais également chez des personnes qui ont subi des viols, des violences physiques ou un choc. Esther a vécu plusieurs événements traumatisants dans sa vie. En commençant par les attouchements sexuels de son propre oncle…

— Quoi ? C'est pas vrai… L'ordure ! Il faudrait les castrer, ces types ! Et pas que chimiquement !

— Ensuite, poursuivit Layla, tout s'est enchaîné : sa relation avec d'Orsay – dont la perversion narcissique a été confirmée par la psy –, une dépression grave après une fausse couche et, plus tard, la perte de sa fille. Une descente aux enfers.

— On péterait les plombs pour moins que ça, souffla Hélène, atterrée.

— Peuvent survenir dans l'ESPT non traité, outre des crises d'angoisse et des phobies, des troubles dissociatifs ou paranoïaques et même des tendances à la violence. Les conséquences sont souvent multiples. Chômage, isolement social, retrait, marginalisation, délinquance. Pour Esther, il s'agirait plutôt d'isolement social.

— J'en reviens quand même pas, murmura Hélène, les traits tendus. On a rien vu venir.

— Tout simplement parce que c'était invisible. Irène a dû lui être d'une grande aide. Sauf qu'Esther a décidé d'arrêter sa thérapie.

— Sans doute parce qu'elle planifiait déjà son départ.

— En faisant croire à sa psy qu'elle allait mieux. Et à nous, n'en parlons même pas. Mais dissimuler son mal-être et ses troubles physiques ou mentaux est courant dans l'état de stress post-traumatique Tout comme se mentir à soi-même.

— Toute cette histoire d'origamis et d'*hani*-machins pourrait donc faire partie de son délire comme je le pensais, c'est ça ? Et le fait qu'elle se sente en insécurité et surveillée s'inscrirait dans cette paranoïa que tu as mentionnée. Dans ce cas, ces types, Andreas Dante et Marten, existent-ils vraiment ?

— C'est ce qu'il faut vérifier. Et toi ? Du nouveau ?

Hélène baissa la tête, embarrassée.

— Pas évident, avec le taf. C'est la course… Mais mon contact m'a confirmé la disparition d'une autre femme. En revanche, elle ne s'appelle pas Antonia. Son nom est Patricia Kessner.

Les grands yeux obsidienne de Layla s'arrondirent.

— Ce serait une troisième disparition ?

— Non, dit Hélène. La période correspond à celle de cette Antonia qu'a évoquée Esther. Il n'y en a pas eu d'autre a priori. Il est possible qu'Esther mélange vraiment réalité et imaginaire, fantasmes et peurs… Elle peut aussi se persuader que certaines choses qui arrivent sont extérieures à elle alors qu'elle en est bien l'actrice.

— Et cette Antonia, ce serait qui ?

— Je ne sais pas, peut-être quelqu'un qu'Esther aurait connu dans le passé.

— Tout comme Dante et Marten, si ça se trouve…

La sonnerie du portable de Layla les interrompit.

— Delgado… souffla-t-elle à Hélène en prenant la communication.

Quelques secondes plus tard, elle le remercia et raccrocha, livide, les yeux perdus dans l'espace du salon.

— Qu'est-ce qui se passe ? s'inquiéta Hélène.

— J'avais demandé à Delgado de me prévenir dès qu'il aurait connaissance des résultats de la contre-autopsie d'Ophélie. Il s'agit bien d'un meurtre.

48

Il était tard, mais elle avait besoin d'entendre la voix de Nour. Même si chez Latifa, il n'était pas question de traîner le soir, il y avait peut-être un mince espoir que son ange ne fût pas encore endormi.

— Ma fille ? Qu'est-ce qui t'arrive pour appeler à cette heure ?

— Nour est déjà au lit ?

— Tu imagines bien que je ne la laisse pas veiller alors qu'elle a école demain.

Ça, c'est sûr…

— Il n'y a pas moyen de lui parler, alors…

— Elle dort, là. Si tu avais téléphoné plus tôt…

— Si je ne l'ai pas fait, c'est que je ne pouvais pas, la coupa Layla, excédée. Tu vas encore me dire que c'est parce que parler à Nour n'est pas ma priorité ?

— Qu'est-ce que tu vas penser, ma fille ! Mais c'est vrai que tu ne peux jamais quand c'est le moment. C'est pour ça que tu devrais réfléchir à la garde partagée. Le bien-être et l'équilibre de Nour sont plus importants que les querelles et l'orgueil des adultes…

— Et le bien-être de Nour serait donc de partager la moitié de son temps avec une ordure qui a frappé sa mère ? explosa Layla. C'était facile pour toi de t'occuper d'Icham et de moi, tu n'avais que ça à penser grâce à papa qui faisait bouillir la marmite ! Mais ça a changé, depuis. Ouvre un peu les yeux plutôt que de me faire constamment passer pour une mère absente ou défaillante ! Mon travail exige une implication totale, au détriment de ma propre famille, tu crois que je n'en ai pas conscience ? Tu veux que je réfléchisse à la garde partagée, seulement dis-toi bien que ça signifiera moins de temps avec Nour pour vous aussi ! C'est ce que tu veux, maman ? Vraiment ?

— Ne t'énerve pas, Layla, je n'y connais rien en droit, tu sais…

— Je te le confirme, alors s'il te plaît, laisse-moi faire et mille mercis de prendre soin de Nour. Comme j'aimerais tellement, mais *tellement*, pouvoir le faire moi-même !

Épuisée, Layla raccrocha et alla s'écrouler sur son lit où elle se déversa en sanglots, tandis que son cerveau lui scandait trois prénoms. Nour, Esther, Ophélie. Ophélie, victime d'un meurtre. Un avocat a forcément des ennemis. Des gens qui voudraient se venger d'avoir obtenu l'incarcération d'un de leurs proches, ou qui voudraient lui nuire, par n'importe quel moyen. Combien elle regrettait d'avoir été aussi agressive avec elle ces derniers temps… Mais la mort rend les choses irréversibles. Parce qu'un mort ne peut entendre les regrets, un mort ne peut entendre si on lui demande pardon.

Le lendemain, comme convenu avec Hélène lors du partage des tâches de leur enquête clandestine, Layla entreprit enfin de contacter Romain. Dans un premier temps pour lui annoncer la nouvelle de la disparition d'Esther et voir sa réaction, puis, dans un second, pour le questionner sur son agenda de ces dernières semaines ainsi que sur sa relation avec Esther.

Parler à Romain exigeait d'elle un véritable effort. Réveillait en elle une culpabilité cuisante, une honte mortifère. La chose ne s'était produite qu'une seule fois. Une fois de trop. Si Esther venait un jour à l'apprendre, c'en serait fini de leur amitié. Ce n'était pas une excuse, rien au monde ne pouvait excuser *ça*, mais même Romain, un pur cerveau sur pattes, un esprit éthéré, s'était révélé bassement humain. L'espace de douleur dans lequel les avait enfermés Esther était devenu trop étroit. Étouffant, irrespirable. Pour Romain, Layla avait été un souffle de liberté, une lueur dans la nuit. Le deuil, un prétexte. *Ça n'arrivera plus jamais*, avait-elle juré à elle-même et à lui. Et elle avait tenu parole, gardant pour elle son accablant secret. *J'ai fait ça à ma meilleure amie, à mon âme sœur*, avait-elle pleuré, au bord du gouffre et de la nausée, tandis qu'elle s'échappait des draps froissés pour fuir cet homme endormi. Dans la voiture, en direction de la PJ où, encore pleine de l'odeur et du goût de Romain, elle retrouverait Esther et devrait affronter son regard. Ses émotions ne lui avaient offert aucun répit. *Chups... Si tu savais ce que ta Chupa vient de faire...* Cela avait-il été une façon de réaliser l'impossible, l'inavouable ? De faire l'amour à Esther par procuration ? En couchant avec son compagnon. En léchant et caressant la peau qui s'était frottée des nuits et des années contre celle de sa meilleure amie. Ou avait-elle simplement et égoïstement cédé à ses instincts et à un besoin impérieux de tendresse masculine ?

— Layla ? s'exclama Romain en décrochant. Je suis heureux de t'entendre...

Tu le seras moins dans quelques secondes. Tu as beau être célibataire, ce n'est pas pour « ça » que je t'appelle, se défendit-elle en silence.

— Je n'ai pas de temps à perdre en politesses, trancha-t-elle dans le vif. Quand as-tu parlé à Esther pour la dernière fois ?

Un grésillement sur la ligne.

— Romain ? Tu es là ?

— Oui. Je ne sais plus exactement… On ne s'est plus parlé depuis que je suis parti avec mes affaires, je crois. Ou alors peut-être pour des sujets pratiques. Pourquoi ? Il s'est passé quelque chose ?

— Elle t'a paru comment ? éluda Layla.

— C'est-à-dire ?

— L'esprit clair ? Pas trop confuse ? Ou fuyante ?

— Fuyante, elle l'était depuis un moment. Mais pourquoi aurait-elle été confuse ? Dis-moi ce qu'il y a, à la fin, Layla !

— C'est moi qui pose les questions, Romain. Tu n'as rien remarqué quand vous étiez ensemble ? Un comportement qui t'aurait semblé anormal…

— Avec Esther, rien n'était vraiment normal…

— La perte de Sara a dû vous ébranler tous les deux, même si Esther gardait tout pour elle.

— Ce n'est rien de le dire. Je me suis retrouvé face à un mur. Un mur qui se lézardait sans que je puisse faire quoi que ce soit. Elle rejetait toute aide, surtout venant de moi. La suite, tu la connais. Maintenant, je veux savoir ce qui se passe et la raison de cet interrogatoire !

Layla inspira profondément au bout du fil.

— Esther a disparu, Romain.

Nouveau silence.

— Romain ?

— Comment ça, disparu ? dit-il avec effort.

— Une connaissance d'Hélène Gorce, qui bosse en Suisse, l'a contactée pour lui dire qu'Esther faisait l'objet d'un avis de recherche pour disparition inquiétante.

— En Suisse ? Quel rapport avec Esther ?

Layla se pinça la lèvre. Romain n'était pas au courant.

— Esther est partie travailler et vivre là-bas. Je ne te cache pas qu'elle a été avare d'informations, même avec moi. Elle a voulu se couper de tout, je crois. Surtout avec ce qui pouvait lui rappeler Sara.

— Elle… elle aurait disparu de son plein gré ?

— C'est ce que nous devons comprendre. D'où mon coup de fil. Au cas où tu aurais des éléments susceptibles de nous éclairer.

— Si à toi elle ne s'est pas confiée, à moi encore moins ! souffla Romain, visiblement secoué.

— Tu ne vois vraiment rien qui pourrait nous permettre d'avancer ? Un détail qui te semblait alors anodin. C'est important. Une dernière dispute… Un mail…

Romain parut fouiller dans les combles de sa mémoire.

— On ne s'engueulait même plus, à la fin… Par contre, elle avait évoqué l'idée de stocker des affaires dans un box, lâcha-t-il.

— Où ça ?

— Aucune idée, je ne sais même pas si elle l'a fait au final. Mais si elle en a loué un et si elle a disparu, les loyers ne seront plus versés. Elle n'aimait pas le système de virements automatiques.

— On vérifiera. Lui connaissais-tu des ennemis ou des inimitiés ?

— Je ne vois pas, non.

— Penses-tu que…

Layla s'arrêta net.

— Que ? insista-t-il.

— Non, rien.

— Layla, tu m'as dit toi-même que le moindre détail pouvait avoir son importance !

— Tu lui as parlé de… de ce qui s'est passé entre nous ?

— Quoi ? Il ne s'est rien passé entre nous.

— OK, merci, murmura-t-elle. Ça la tuerait, je crois.

— Elle est déjà morte, Layla. Morte avec Sara.

49

Elle ne sait plus vraiment depuis combien de temps l'eau la berce, au fond de la coque. Ni comment elle a fini dans cette barque, seule. Les clapotements l'apaisent, lui racontent une histoire. Celle de sa fuite et de sa liberté retrouvée. Au-dessus d'elle, un velours noir, profond, infini, sur lequel se détachent de minuscules éclats brillants. Une étoile morte peut scintiller à nos yeux pendant encore des millions d'années. À l'inverse d'elle, qui est bien vivante et pourtant déjà éteinte. Combien lui ressemblent dans le monde ? Combien d'errances et de solitudes sont à la dérive sur le fleuve sans retour de la vie ? Ses cheveux sont encore imprégnés de cette odeur tenace de feu. Elle aurait pu mourir, foudroyée. Cela veut peut-être dire quelque chose. Qu'elle doit vivre. Qu'elle est faite pour ça, même si elle n'y croit pas. Vivre pour tous ceux qui n'ont pas pu. Ou qui n'en ont pas eu la force.

L'une des brillances palpite, tout là-haut, tel un signal lumineux qui lui serait adressé. Un message angélique. Le médaillon à son cou, où se reflète la lune, lui répond par un chatoiement. Elle l'a retrouvé, comme on retrouve son chemin. Dans la terre détrempée. La terre qui avale tout, digère et recrache ce dont elle ne veut pas, ce qui lui est inutile. La terre qui s'est refermée sur ses douleurs, ses deuils, ses morts. Du cratère fumant de son cœur, de la lave incandescente s'écoule désormais et irrigue ses veines. Un volcan qu'elle pensait endormi. Trop vieux. Trop sec.

Un vent du large gifle son visage blessé. Elle n'a presque plus mal. Elle ne retournera pas dans le monde des vivants. Elle sourit. Le premier sourire depuis des milliers d'années. Elle prend le médaillon entre le pouce et l'index, le regarde, y dépose ses lèvres puis, du bout de la langue, caresse les lettres gravées. Sept lettres. Celles de son prénom, Antonia.

50

« Elle est déjà morte. » C'était en ces termes que Romain avait parlé d'Esther. Un verdict accablant, sans appel. Que pouvait bien faire une morte-vivante… Disparaître ? Se cacher ? Se couper du monde ? Ressusciter ailleurs ? Revenir hanter ses proches ? Se venger ? Layla avait plus que jamais la sensation de ne pas vraiment connaître son amie. Elle se voyait embarquée à la découverte d'une terre étrangère. Mettant peu à peu au jour tout ce qu'Esther s'était appliquée à enfouir. Comme un chien ses os, aux quatre coins du jardin.

« Elle est morte avec Sara. » Sara aurait été une jeune fille pleine de projets et d'avenir. Belle et volontaire, à l'image de sa mère. Elle aurait eu un copain, serait sortie avec ses amies, aurait entrepris des études, se serait épanouie dans ce qu'elle aime. Le cœur de Layla trébucha. Sa fille allait faire tout ce que Sara aurait dû faire. Sara n'était plus qu'un souvenir. Nour, en revanche, était bien là. Et elle méritait d'avoir toutes ses chances. Pour commencer, d'avoir une enfance heureuse et équilibrée. Pas une mère qui comblait ses absences forcées et ses défaillances par des escapades au parc ou des pizzas.

Déterminée, Layla saisit son téléphone et contacta maître Capes.

— Bonjour maître, c'est Layla Bennani. Je voulais vous informer que j'arrête tout. Les poursuites contre mon ex-mari et la demande de la garde exclusive de ma fille. Elle a droit à l'amour d'un père et n'a pas à subir nos problèmes d'adultes. La garde alternée avec un arrangement à l'amiable me paraît être un bon compromis.

— Il est parti sur une garde exclusive, ça risque d'être difficile de le raisonner, mais si c'est ce que vous souhaitez…

Oui, plus que jamais.

— Je ferai appel à un médiateur s'il le faut.

Layla raccrocha, envahie d'un incroyable sentiment de liberté, en même temps que des ailes lui poussaient dans le dos. Esther avait raison. À un moment ou un autre, il fallait lâcher prise.

Au cours de la journée, elle se concentra sur cette histoire de box qu'avait évoquée Romain. Peut-être une impasse, mais elle ne pouvait rien négliger. Elle lista toutes les sociétés de location de box de la ville, en priant pour que son amie n'ait pas loué à un particulier. Et ses prières se virent exaucées. Elle avait dû s'en farcir une demi-douzaine sous l'identité d'Esther, prétendant avoir perdu son contrat et ne pas se souvenir du numéro, quand elle tomba sur le bon. Il y avait bien un emplacement au nom d'E. Azoulay. Le numéro 7. Et, avec cette confirmation, les difficultés commencèrent. En effet, elle n'avait pas les clefs, Romain non plus, et, l'enquête n'étant pas officielle, elle ne pouvait pas obtenir la commission rogatoire nécessaire à l'ouverture forcée du box. *Merde et merde…*

Après réflexion, Hélène et elle décidèrent d'organiser une expédition nocturne.

— Et s'il y a des agents de sécurité avec des chiens ? suggéra Layla.

— Je m'en chargerai, promit Hélène. J'ai travaillé pendant un an dans une grosse boîte de surveillance. Si ça se trouve, avec un peu de chance, j'en connaîtrai un.

— Sauf que les clébards ne feront pas la différence, eux.

— Ne t'inquiète pas.

Le soir, après le boulot, elles se rejoignirent chez Layla. Ayant fini un peu plus tôt, elle leur avait préparé des sandwichs poulet-salade, qu'elles avalèrent avant de partir, arrosés d'une bière pour Hélène et d'une eau pétillante pour elle. Toutes deux s'étaient vêtues pour la circonstance. Tenue de sport sombre, haut à capuche, baskets et masque chirurgical noirs. Parfois, les pandémies ont des avantages. Pas question d'amadouer à coups de friandises des malinois dressés. Il allait plutôt falloir amadouer leurs maîtres, si besoin.

Chacune avait dans son sac à dos les outils nécessaires à l'ouverture forcée d'une porte, bien qu'elles soient munies d'un passe pour éviter d'en arriver à cette extrémité.

Bien sûr, elles n'emportèrent pas leur arme de service.

Sur place, Hélène gara la voiture à distance, en descendit et repéra tout de suite les caméras de surveillance à contourner. Les box, des containers, se trouvaient dans un entrepôt situé dans une zone industrielle en périphérie de la ville. Elles allaient devoir escalader un mur d'une hauteur de trois mètres, surmonté de piques semblables à un dispositif anti-pigeons renforcé. Sans s'attarder davantage, Hélène fit signe à Layla de la suivre à l'arrière de l'enceinte, où l'absence de réverbères plongeait les alentours dans une pénombre providentielle. Hélène longea le mur sur quelques mètres, Layla dans ses pas, et s'arrêta, tête levée.

— On va passer par ici, murmura-t-elle.

— Comme au bon vieux temps ! Tu as une corde ?

Hélène ricana.

— Au bon vieux temps, tu n'avais pas besoin de corde…

— Quand on est gosse, on relève tous les défis sans corde ni filet.

Leurs regards s'arrimèrent dans une lointaine complicité. Le mur du collège, dont elles étaient venues à bout avec Esther et Icham, leur avait paru bien haut. Aussi haut que des remparts. Mais aux yeux d'un enfant, tout semble plus haut, plus vaste, plus grand. Et lorsque, adulte, on revient sur les lieux de sa jeunesse, c'est souvent la déception, un monde qui s'étiole subitement. Le château n'est en réalité qu'une bicoque, le parc n'est rien de plus qu'un jardin étriqué où les mauvaises herbes prospèrent, le super-héros a perdu de son panache…

— Grimpe !

La voix d'Hélène résonna dans la caverne aux souvenirs, reconnectant Layla à la réalité. Sa collègue lui présentait ses deux mains à plat solidement jointes pour constituer un marchepied.

— Pose une patte ici et je te soulèverai. Après, ce sera à toi de jouer. Tu te sens la force de le faire ?

Layla aurait la force d'accomplir n'importe quoi si ça pouvait leur permettre de retrouver Esther.

— Qu'est-ce que tu crois ? claironna-t-elle en s'exécutant.

— Je pense qu'il y a moins de pointes là, on dirait qu'elles ont été arrachées ou tordues. Nous ne sommes sûrement pas les premières à vouloir passer, mais attention quand même…

L'avertissement fut inutile. Layla s'était déjà presque hissée en haut et, en équilibre sur un genou, ramenait son autre jambe par-dessus le mur.

— Alors, on se fait vieille ? lança-t-elle à Hélène qui tentait d'atteindre à son tour le rebord.

— Aide-moi, au lieu de te la péter…

Amusée, Layla lui tendit une main qu'Hélène agrippa de toutes ses forces. Poussant sur ses pieds et sur ses cuisses d'athlète, elle parvint à grimper et rejoignit Layla sur son perchoir. Assises côte à côte entre deux rangées de piques, elles reprirent leur souffle sous un ciel sans étoiles. Un effet de la pollution lumineuse des grandes villes, où l'artificiel et le synthétique avaient la prétention d'imiter la nature. Même éprouvées et moins alertes qu'avant, elles avaient réussi et se sentaient les reines du monde. Il ne leur restait plus qu'à se laisser glisser et à retomber avec souplesse sur leurs jambes. Ce qui fut aisé pour Layla avec son poids plume, mais pas pour Hélène qui se tordit une cheville dans une grimace et une plainte étouffée.

— Ça va ? s'inquiéta Layla.

— Oui, oui ! Allons-y ! C'est la partie la plus critique !

Il leur fallait en effet traverser un espace très exposé. Elles ne communiquèrent alors plus que par signes. Hélène désigna ainsi du menton l'emplacement d'une caméra dont elles évitèrent de justesse l'œil cyclopéen. Puis, rapidement, elles aperçurent une première rangée de containers qu'elles gagnèrent au petit trot, aussi silencieuses que des chats. Ça commençait au numéro 204. Elles cherchaient le numéro 7. Après un dernier échange de regards effarés, l'une derrière l'autre, elles s'enfoncèrent dans le labyrinthe.

51

En dépit de leurs craintes, il ne leur fallut que peu de temps pour arriver au container d'Esther. « 7 », lurent-elles à la clarté discrète d'un de leurs smartphones. Mais subitement, Layla se retourna.

— Tu as entendu ?

— À part toi, rien… C'était quoi ?

— On aurait dit un frottement.

Elles dressèrent l'oreille.

— C'était dans ta tête, glissa Hélène. Par contre, il faut vite entrer là-dedans et refermer. Plus on tarde…

— C'est bon, surveille, je vais ouvrir, la coupa Layla.

— Ça va aller ?

— Mon grand-père était serrurier, c'est dans les gènes !

Layla mentait sur son grand-père qu'elle n'avait jamais connu, en revanche elle tint promesse. En moins d'une minute, elle vint à bout de la serrure à l'aide du simple passe et elles purent se faufiler à l'intérieur où une nuit d'encre les happa en même temps qu'une odeur pestilentielle.

— Putain, il y a une charogne dans ce truc ! glapit Layla en se pinçant le nez à travers son masque.

— Chut, on peut encore nous entendre. Je te rappelle que ça résonne, le métal ! C'est sûrement un rat crevé. La ville en grouille, alors tu imagines, ici…

Sans s'étendre davantage sur le sujet, elles sortirent leurs minifrontales et enfilèrent l'élastique autour de leur tête. Elles n'auraient pas la même visibilité qu'en plein jour, mais c'était mieux que rien.

— Et puis zut… souffla tout à coup Layla en tirant de son sac à dos une lampe torche qu'elle alluma en la braquant d'un air taquin vers le visage d'Hélène.

— Ça va pas ! Si tu veux qu'on se fasse repérer, c'est le meilleur moyen ! Ils risquent d'apercevoir la lumière sous la porte !

— On ira plus vite et, justement, ils auront moins de temps pour nous repérer. Tu as vu tout ce qu'il y a à fouiller ? Des cartons jusqu'au plafond ! Si j'avais su, je me serais équipée pour l'escalade !

— Très drôle, bougonna Hélène, peu convaincue par l'argument.

— Je prends la moitié gauche, toi l'extrême droite…

Hélène ne releva pas la vanne et chacune s'attaqua à sa partie. Qu'allaient-elles découvrir sur la vie de leur amie dans ces affaires ? Elles recensèrent une armoire-penderie, une table, quatre chaises, un étendoir à linge, un meuble d'apothicaire aux nombreux tiroirs. *À l'image de la personnalité d'Esther, sans doute*, se dit Layla en le regardant. Esther avait dû vendre le reste, et notamment les appareils électroménagers. À moins qu'elle ne les ait jetés à la déchetterie. Des cartons et des sacs de vêtements représentaient le plus gros du contenu. Apparemment, Esther avait eu du mal à s'en séparer. L'impression de violer encore une intimité, même pour la bonne cause, s'insinuait en elles peu à peu. Comme cette odeur…

Heureusement qu'elles avaient leurs masques. Cela leur donnait au moins l'illusion d'une protection contre la poussière et, surtout, contre les relents putrides. Ces derniers étaient tels que l'atmosphère devenait irrespirable et elles ne savaient pas si elles tiendraient jusqu'au terme de leurs recherches.

— À mon avis, les rats se sont tous donné rendez-vous ici pour crever !

Hélène ne rebondit pas, concentrée sur un carton marqué « Mezzanine ».

— Tu ne crois pas que si Esther a stocké ses affaires, c'est plutôt dans l'idée de revenir, et non de disparaître ? continua Layla en découpant au cutter un ruban adhésif.

— Possible, grogna Hélène. Difficile de savoir ce que quelqu'un d'autre a vraiment dans la tête et quelles sont les raisons qui le poussent à agir de telle ou telle façon.

— Waouh, je ne savais pas que tu avais fait philo ! la chambra Layla.

Elle aimait parfois provoquer Hélène, elle devait bien l'avouer. Une sorte de mode de communication qu'elle avait initié entre elles. Elle termina le carton « Cuisine » et en ouvrit un autre d'un coup de lame, sans accroc, avec une jouissance assumée. *Certains tueurs doivent en éprouver une semblable*, pensa-t-elle. En revanche, ce qu'ils découpaient ou perçaient n'était ni du Scotch, ni du papier…

Rien, ici non plus. Au bord du malaise olfactif, Layla avisa le meuble d'apothicaire. Aurait-elle la patience et le courage de rester davantage dans ce box à rats crevés ? Et comment prévenir le patron de la société de ce problème ? Toutes les affaires d'Esther, surtout les vêtements, allaient être imprégnés de cette odeur de charogne.

Tandis que, de son côté, Hélène entreprenait de vider un autre carton, Layla enjamba tous ceux qui bâillaient déjà, comme éventrés, pour atteindre sa cible. Chercher sans savoir quoi, fouiller sans savoir où s'arrêter, tout retourner sans savoir si ça leur apporterait une réponse. Il y avait de quoi se décourager.

En équilibre sur des sacs, cramponnée au bord du meuble, Layla coinça la torche entre ses dents et éclaira ses mains qui s'activaient. Tous les tiroirs, dont la plupart ne contenaient rien, s'ouvrirent. Sauf un, tout en bas.

— Merde ! Il est fermé à clef ! s'écria-t-elle dans le silence du container.

— Parle moins fort ! En plus, c'est plutôt bon signe… Je commençais à penser que si Esther avait quelque chose à cacher, elle ne l'aurait pas laissé là, qu'elle l'aurait brûlé ou enterré…

— Au contraire, elle n'a peut-être pas voulu se défaire de ses petits secrets. Sauf que les prendre avec elle en Suisse était trop risqué. S'il lui arrivait quelque chose là-bas, n'importe qui aurait pu mettre la main dessus.

— Ce que je vois surtout c'est qu'ils n'étaient pas plus en sécurité ici !

— Je ne suis pas d'accord. Qui, à part nous ses anciennes collègues flics, viendrait fouiller ce box qui empeste la mort ?

Hélène ne répondit rien, mais le sentiment que quelqu'un était venu avant elles la tenaillait et s'amplifiait, sans qu'elle sût l'expliquer. Peut-être que, contrairement à ce qu'il avait affirmé à Layla, Romain disposait d'une clef. D'un autre côté, elle voyait mal Esther rompre et lui laisser libre accès à ses affaires.

Pendant qu'elle réfléchissait, Layla sortit son trousseau de passes, en choisit un et l'introduisit dans la petite serrure. Sans succès. Elle en testa un autre, en vain. Le troisième essai fut tout aussi infructueux. Elle n'entrevit plus qu'un seul moyen, et pria pour que ça marche. Elle abaissa sa capuche, tâtonna sur son chignon et en retira une fine pince à cheveux qu'elle déplia et tordit légèrement pour lui donner la forme souhaitée. Puis elle en glissa les deux extrémités dans le mécanisme et, en apnée, imprima quelques mouvements sans forcer. Trois minutes suffirent pour que le miracle se produise. Un déclic et la serrure céda. Layla libéra sa bouche du manche de la torche et, le cœur faisant du yoyo dans sa poitrine, elle pointa sa frontale vers les chemises, cartonnées ou plastifiées, qui remplissaient l'intérieur du tiroir. Elle les sortit pour en faire l'inventaire et découvrit, tout en dessous, une boîte métallique qu'elle attrapa aussi. Des prénoms étaient inscrits au feutre sur des étiquettes blanches collées aux chemises. Une verte pour « Esther », une bleue pour « Sara », une jaune pour « Déborah et Alain ». Elle feuilleta la première, celle de sa sœur de cœur, dans laquelle se trouvaient des papiers notariés, un titre de propriété, ainsi que des courriers administratifs sans grand intérêt. Pour ne pas perdre de temps, Layla fourra le tout dans son sac à dos. Elle éplucherait l'ensemble à tête reposée. Esther possédait sûrement une raison de tenir ces dossiers sous clef et de ne pas les avoir emportés. C'était probablement cette part de vie dont elle n'avait pas voulu s'encombrer.

De son côté, Hélène poursuivait ses investigations et se rapprocha de la grande armoire. Afin d'ouvrir les battants en grand, elle débarrassa ce qui en bloquait l'accès, poussant des sacs et empilant quelques cartons. Sa cheville flambait, il ne fallait pas traîner. Il suffirait qu'un des gardiens, plus zélé que ses collègues, décide de faire la tournée des box avec son chien. Si l'odeur de charogne pouvait tromper son flair, elle risquerait également de le guider jusqu'ici, et son maître s'apercevrait forcément de la lumière sous la porte et du bruit.

Une fois les battants dégagés, elle saisit les poignées des deux mains et tira. Dans un réflexe surhumain, en même temps qu'elle suffoquait, elle étouffa le cri qui remontait des profondeurs de sa poitrine.

— Layla… parvint-elle à lâcher avant de s'affaisser. Regarde…

Regarder. Layla ne faisait que ça. Regarder l'indicible. Regarder l'immonde. Regarder l'irregardable. Sanglé dans une bâche en plastique semi-transparent, baignant dans un liquide visqueux jaunâtre, un cadavre nu, au rictus figé, souriait, de toutes les dents qu'il lui restait, aux deux femmes qui se retenaient de vomir leurs tripes à ses pieds.

52

Tristement habituées à ce genre de scène macabre, elles eurent pourtant le plus grand mal à se retenir de vomir tout le contenu de leur estomac.

Mais elles vomissaient en leur for intérieur l'absence d'Esther, sa disparition, la crainte de se faire repérer et leur angoisse d'être à l'intérieur de ce container, dans cette puanteur dont l'origine venait de leur éclater à la figure.

— Merde, merde et merde ! haleta Layla en se redressant, tremblante.

Prise de hoquets, Hélène ne put répondre tout de suite.

— On est en plein dedans, là ! insista Layla.

— On ne voit même pas si c'est un homme ou une femme…

— Pour le moment, ce qui compte, c'est qu'un cadavre se trouve ici, dans le box qu'a loué Esther. Bordel ! Et vu l'état du corps dans le plastique, ce n'est pas tout récent, mais pas très vieux non plus. En tout cas ça pourrait coïncider avec son départ…

— On n'aurait jamais dû venir, c'était de la folie. Maintenant, on doit faire un signalement aux collègues… Je te dis pas la réaction de Morize. C'est pas une mise à pied qu'on va se taper, là…

— Réfléchissons calmement, si tu veux bien, répliqua Layla qui peinait elle-même à garder contenance.

— C'est tout réfléchi ! On n'a pas le choix, il faut prévenir l'équipe…

— Sauf que tu sais ce que ça veut dire puisque tu viens toi-même de l'évoquer.

— Que veux-tu qu'on fasse ? Laisser cette merde et se barrer sans en savoir plus ? Sans pouvoir comprendre ce que ça fout dans l'armoire d'Esther et dans son box ? Ni depuis quand ? Et essayer de trouver qui ça peut être.

— Et si on brûlait tout ?

Hélène dévisagea Layla, incrédule.

— T'es sérieuse ?

— À ton avis ?

— Donc tu t'en fiches, de faire la lumière sur ce macchabée ? Et, par la même occasion, sur la disparition d'Esther ? En fait, ce qui te gêne, c'est de découvrir qui elle était vraiment… Comme Delgado, que tu essayes de couvrir aussi.

Layla lui retourna un regard noir.

— C'est n'importe quoi ! J'essaye de sauver nos fesses, là !

— En brûlant tout !

— Pour l'instant, j'ai pas de meilleure option, maugréa Layla, les joues ruisselantes sous son masque qui ne la protégeait même pas des relents putrides. En attendant, je crois que je vais vraiment vomir…

— Raison de plus : on sort d'ici et on appelle, trancha Hélène. On perd trop de temps. En plus, avec le boucan qu'on fait, je suis étonnée que les gardiens ne soient pas déjà devant la porte !

Layla, à deux doigts de rendre son dîner, capitula. Elle avait juste besoin d'air frais. Elle prit donc une photo de l'emballage macabre avec son smartphone, puis les deux femmes se frayèrent tant bien que mal un chemin sur leurs jambes chancelantes, jusqu'à la porte du container. Quand

Hélène l'ouvrit, elle eut aussitôt un mouvement de recul. Devant, les attendait un malinois féroce à la gueule charbonneuse, lâché. Légèrement en retrait, se dressait la silhouette massive d'un vigile, une matraque dans une main et une lampe torche dans l'autre, dont elles reçurent en pleine face la lumière crue.

Clignant des yeux comme des taupes quittant leur terrier, elles esquissèrent un pas hors du container, mais le grognement du chien, babines retroussées d'où coulait un filet de bave, les cloua sur place.

— Rattachez votre chien ! implora Layla. On n'est pas armées !

— Restez où vous êtes, leur intima le vigile, matraque en l'air. J'appelle mes collègues.

Le mouvement de la lampe torche qu'il baissa à cet instant leur permit de voir son visage. Un grand gaillard au teint mat, plutôt beau gosse, les yeux aussi noirs que des pruneaux, portant une courte barbe taillée en collier.

— Youssef ? s'écria aussitôt Hélène en retirant son masque, imitée par Layla. C'est Gorce ! Hélène Gorce, tu te souviens ? On a bossé ensemble pendant un an, j'étais dans l'attente d'un poste à la PJ de Lyon…

— Hélène Gorce ! Bien sûr que je te remets ! Ben ça alors ! Tu t'es recyclée dans les vols de containers ? Je savais pas qu'on tombait si bas à la PJ…

— Non, je vais t'expliquer. Mais retiens ton clebs…

— Ta ! ta ! ta ! tu bouges pas ! dit-il, les doigts resserrés sur la matraque. Thor, au pied !

Un œil sur les intruses, il rattacha son chien en prenant tout son temps et se redressa avec un air narquois. Même s'il avait gardé un bon souvenir d'Hélène, il avait décidé de s'amuser un peu avec ces deux écervelées, histoire de tromper l'ennui d'une garde nocturne sans événements majeurs.

— Nous sommes en tort, Youssef, reconnut Hélène. Mais laisse-moi quand même t'exposer la situation. C'est vraiment important.

Pas mécontent d'avoir l'opportunité d'user de son petit pouvoir, le vigile fit mine de réfléchir et opina.

— Je t'écoute.

— Layla et moi travaillons toutes les deux à la PJ. Il se trouve qu'une collègue, qui est aussi une amie chère, a disparu peu de temps après avoir quitté la maison pour se reconvertir. Il n'y a aucune enquête officielle, mais on peut pas l'abandonner.

— Et pourquoi aucune enquête n'a été ouverte ?

— Elle est partie vivre en Suisse et elle s'est volatilisée là-bas. La police suisse est donc, pour le moment, seule sur le coup. Sauf que nous avons appris qu'elle avait stocké toutes ses affaires dans ce container, et nous voulions vérifier s'il ne renfermait pas quelque chose qui puisse nous aider à la localiser.

— Très jolie histoire, Gorce, ricana le vigile. Tellement jolie que c'est un peu difficile d'y croire.

— Tu appelles ça une « jolie » histoire ? Une femme qui a disparu sans laisser de traces ? s'énerva Hélène.

Layla lui pressa doucement le bras.

— T'es pas vraiment en position de me faire la morale, Gorce.

— Ce n'était pas mon intention, Youssef, désolée, se radoucit-elle. C'est que…

Hélène lança un regard en coin à Layla.

— C'est que quoi ?

— On a fait une découverte, à l'intérieur.

— Un cadavre, renchérit Layla. D'où l'odeur…

Hébété, Youssef écarquilla les yeux alors que sa bouche s'arrondissait.

— Vous déconnez ?

— Va voir ! C'est dans l'armoire, au fond.

Sortant avec précaution son smartphone de sa poche, Layla, la tête toujours sous sa capuche, présenta au vigile, incrédule, la photo du corps suintant dans sa bâche.

— Voilà, l'odeur en moins. Ça t'évitera d'avoir la gerbe à ton tour.

— Oh bordel sa mère ! souffla-t-il.

— Tu l'as dit.

— Je dois avertir l'équipe et le proprio…

— Attends, l'arrêta Hélène. D'abord, laisse-nous partir. Ensuite, tu préviens ton supérieur et qui de droit. Ils vont forcément faire remonter ça à la PJ et une enquête sera ouverte sur ce cadavre, peut-être en lien avec la disparition de notre collègue.

L'agent de sécurité se gratta le front en jetant des regards affolés partout autour.

— Ça craint, ce que tu me demandes, Gorce. Ça craint vraiment.

— On est dans la merde, sinon.

— Et si vous êtes impliquées dans ce meurtre, je fais quoi ?

— Je te jure que nous n'y sommes pour rien ! Youssef, c'est notre carrière qui est en jeu.

— Fallait y penser avant. Là, ça va être la mienne ! Moi, j'ai trois gosses, je verse une pension à mon ex, et comment je vais justifier l'ouverture de ce box ?

— S'il te plaît, Youssef, le coupa Hélène. Au nom du bon vieux temps.

Layla choisit ce moment pour enlever sa capuche et ses cheveux défaits se déployèrent en cascade autour de son visage ciselé. Comme happé, le vigile marqua un temps d'arrêt.

— Allez, c'est bon, dit-il enfin. Vous avez de la chance que je sois de bonne humeur ! Je dirai que Thor a eu un comportement étrange devant le box et qu'en sentant une odeur suspecte, j'ai ouvert avec mon passe.

— Juste par curiosité, comment tu nous as repérées ? demanda Hélène qui sentait sa cheville la lancer de plus en plus.

— J'ai l'habitude de faire mes rondes à peu près à cette heure, ça m'évite de m'assoupir. Et les containers, ça parle pas, en principe, sourit Youssef en fixant Layla.

Hélène donna un coup de coude à sa collègue.

— Tu vois, je t'avais dit de te taire… En tout cas, merci, Youssef, tu nous sauves la vie.

— J'ai quand même une condition…

Les deux femmes l'observèrent, suspendues à ses lèvres.

— Quand vous aurez retrouvé votre collègue, on ira fêter ça, acheva-t-il.

— Promis ! Donne-moi ton 06, je te ferai signe sans faute… répondit aussitôt Layla en minaudant presque, tandis qu'Hélène levait les yeux au ciel.

Layla nota dans la foulée le numéro que lui dicta Youssef et lui lança un regard éloquent en même temps qu'un « Merci ».

— Venez, je vous conduis à une sortie latérale, embraya-t-il, satisfait. Ça nous évitera de croiser les deux autres vigiles. Au pire, je leur raconterai que j'ai eu de la visite, mais comme c'est interdit, je préférerais qu'on ne tombe pas sur eux.

Sans se faire prier, elles emboîtèrent le pas à Youssef et à Thor qui trottinait, détendu, à côté de son maître. Dans le silence, un terrible doute alourdit leurs pas et leur esprit. Que faisait ce cadavre dans le box loué par Esther ? Et, qui était-il ?

53

— Je ne sais pas si on a bien fait… s'interrogea Layla sur le trajet du retour.

— On a fait pour le mieux vu la situation, je t'assure.

— Oui, mais connaissant Morize, il va nous écarter de l'enquête. Il sait combien Esther et moi étions proches. D'ailleurs, il voyait ça d'un mauvais œil.

— Qu'est-ce qu'il ne voit pas d'un mauvais œil, on se le demande… grogna Hélène au volant.

— C'est pas faux… s'amusa Layla. Au fait, il a l'air sympa, Youssef.

— Ouais, c'est un gars intègre. Vous vous êtes tapé dans l'œil, on dirait.

Layla détourna le regard.

— Il est pas mal, c'est tout. Ça fait du bien aux yeux. Dépose-moi ici, lança tout à coup Layla.

— Tu es sûre ?

— Ça va, je suis à cent mètres de chez moi. J'ai besoin de marcher un peu.

— Comme tu veux. Je te tiens au courant.

Elles se séparèrent sur un regard entendu et, pour la première fois, vraiment complice. Toutes les deux vidées en même temps que leur tête se remplissait d'interrogations et d'angoisses. Layla remonta la rue jusqu'à l'entrée de son immeuble, où elle s'engouffra. Là, elle renonça à l'escalier, qui lui demanderait un effort qu'elle se sentait incapable de fournir, et opta pour l'ascenseur.

Malgré l'heure avancée, elle n'avait aucune envie d'aller se coucher. Elle avala un café, sortit les chemises et la boîte métallique de son sac à dos, les posa sur la table à manger et s'y installa, son smartphone à côté d'elle. D'une main hésitante, elle le saisit et tapa un SMS destiné à Youssef : « Drôle d'endroit pour une rencontre, mais ravie de la nôtre. À bientôt, pour "fêter ça". » Elle hésita à cliquer sur la petite flèche et, d'instinct, le supprima. Elle en fit autant avec le numéro enregistré dans son répertoire. Il ne devait y avoir aucune trace de leur échange. Avec la présence d'un cadavre dans l'un des containers dont lui et ses collègues assuraient la surveillance, il allait certainement être interrogé, déjà en qualité de témoin, et ensuite, peut-être même en tant que suspect.

Qu'est-ce qui s'est passé, Chups ? Dis-moi que tu n'es pour rien dans ce merdier, gémit-elle, la tête entre les mains, redoutant une nouvelle découverte dans les autres effets personnels qu'elle avait ramenés. Des indices ou des éléments susceptibles d'accabler son amie, de révéler des choses qu'elle avait eu l'intention de dissimuler. Pourtant, se disait-elle, si elle avait voulu se servir de son box pour planquer un cadavre, Esther ne l'aurait pas loué sous sa véritable identité.

Dans un réflexe absurde, elle déroula la liste de ses contacts et s'arrêta sur celui d'Esther. *Non, ne fais pas ça*... Ignorant l'avertissement, elle lança l'appel, porta le téléphone à son oreille et attendit. La messagerie vocale s'enclencha aussitôt et la voix monocorde d'Esther, qui invitait à laisser un message, résonna entre ses tempes. Qu'espérait-elle, au juste ? Qu'Esther décroche au bout de quatre sonneries et lui dise d'un ton réjoui « Comment ça va, ma Chupa ? Ici, tout baigne » ?

Layla reposa son portable et ouvrit la chemise jaune, au nom des parents d'Esther. À l'intérieur, des papiers administratifs qu'elle parcourut. Elle tomba notamment sur un acte notarié nommant Esther comme unique héritière de quelques biens – dont un terrain dans les environs d'Auxerre et une petite maison en Ardèche – et des contrats bancaires. Il y avait aussi des lettres, une tendre correspondance entre Alain et Déborah Azoulay, les cartes et les quelques missives que leur fille leur avait écrites au cours de ses rares voyages à l'étranger, Espagne, Angleterre, Italie.

Poursuivant son inspection, elle sortit de cette même chemise un document qui attira son attention. À la lecture de l'intitulé, ses yeux s'écarquillèrent peu à peu : « Demande d'adoption, orphelinat David-Salomon, Paris. M. et Mme Alain Azoulay. » Layla comprit rapidement qu'il s'agissait d'Esther. Sa mère biologique, une certaine Alma L., avait donné naissance à son domicile. Elle avait quinze ans et était décédée des complications de l'accouchement. Père inconnu.

À la suite de ces papiers se trouvait le dossier médical de ceux qui avaient recueilli la petite orpheline. Alain et Déborah Azoulay. Déborah ne pouvait pas avoir d'enfants. Une malformation utérine la condamnait à la stérilité. Elle et son mari avaient ainsi décidé d'adopter une fille qu'ils voulaient, comme eux, d'origine juive, dans la mesure du possible. Ils s'étaient donc adressés à l'orphelinat David-Salomon, qui avait succédé à un vieil orphelinat d'après-guerre pour les gamins dont la famille n'était jamais revenue des camps.

Esther, une orpheline adoptée. Esther, qui avait gardé ça pour elle, après l'avoir peut-être découvert à la mort de ses parents, en récupérant leurs papiers personnels. *Quel a dû être son sentiment de solitude…*, se dit Layla, triste de constater que, finalement, pour Esther, être amies ne signifiait pas forcément tout partager.

Refermant la chemise parentale avec émotion, Layla se plongea ensuite dans la verte, celle d'Esther. Encore des lettres, cette fois de ses parents et de Romain, mais aussi des dessins très colorés d'enfant signés Sara, un marque-page décoré de petits autocollants dorés en forme d'étoiles et de croissants de lune, et une pochette plastifiée dans laquelle Layla ne trouva qu'un prospectus qui présentait un bâtiment tout blanc, entouré de verdure et de fleurs, et des chambres d'enfant avec leurs jeunes occupants souriant, malgré leur crâne nu et leur visage bouffi par les traitements lourds, en compagnie de soignants attentifs. Le centre se nommait Athenata. Il y avait un numéro de téléphone entouré au stylo, mais aucune adresse Internet ou postale. Traversée de frissons, Layla glissa le prospectus dans son carnet. Elle appellerait à la première heure. Esther avait dû se renseigner pour y placer Sara. Elle contacterait aussi Romain pour échanger avec lui à ce sujet.

Abandonnant la chemise verte du plomb dans le cœur, elle s'empara de celle de Sara, un peu plus épaisse. Dedans, des dossiers médicaux à fendre l'âme, des analyses de sang, d'urine, des scanners, des rapports sans horizon ni appel, des larmes invisibles d'une mère au désespoir. Layla sentit monter les siennes. Quelle détresse, quelle injustice avaient dû éprouver Esther et Romain face à une telle grimace du destin. *Tu ne devrais pas permettre ça, jamais !* pensa Layla, en colère, les yeux rivés au plafond vers un point imaginaire. Puis son regard saturé de pleurs se posa sur la boîte métallique. Une boîte à madeleines, mais elle doutait d'en trouver à l'intérieur. D'une main tremblante, elle souleva le couvercle.

Le contenu lui explosa à la figure en même temps que s'en échappait une nuée d'oiseaux bleus en papier. Elle les sortit tous jusqu'au dernier, mais n'était pas au bout de ses surprises. Couché au fond, un objet plutôt étrange, une espèce de statuette en terre au visage d'enfant et au crâne chauve, aussi poli qu'un pommeau de selle. La ressemblance avec Sara était frappante. Ce devait être un *haniwa*. Ça, les origamis… Il y avait là tout ce qui reliait Esther à Sara, et à cette perte inconcevable.

Layla se remémora le récit décousu de son amie, au cours duquel elle avait évoqué les origamis en forme de grue, symbole d'amour et de paix. « Celui qui plie mille grues verra son vœu exaucé. » Les yeux de Layla se mouillèrent de nouveau. Elle avait devant elle tout l'espoir matérialisé d'une petite fille, et toutes les forces qu'elle y avait mises. Personne n'avait su la nature de son vœu, mais il reposait là, en cinq cent soixante-dix morceaux. Toutes ces heures passées à plier vaillamment le papier, dans l'ombre de la mort. Toutes ces heures qui l'en rapprochaient inexorablement. *Rien de plus logique que de vouloir se réfugier ailleurs que dans cette réalité si cruelle, si inepte*, songea Layla. Esther s'était sans doute réfugiée là où elle retrouverait Sara. Dans l'éternité.

Bouleversée, Layla rouvrit la chemise verte, en ressortit tous les documents pour les étaler sur la table, au cas où quelque chose lui aurait échappé. C'est alors qu'elle vit dépasser le coin d'une pochette plastifiée, qu'elle n'avait pas remarquée la première fois. Elle était vide, mais dessus on pouvait lire, écrit au gros feutre noir : « ANTONIA L. »

54

Le regard fixe et l'absence d'expressivité du visage. *Deux caractéristiques parfois communes aux autistes et aux psychopathes. Morize n'est pas autiste, il ne reste donc plus qu'une possibilité*, réfléchissait Layla tout en l'observant leur parler, les mains posées à plat sur le bureau. Pas un faux pli sur sa chemise bleu ciel assortie à une veste grise. Aux pieds, de ridicules chaussures de cuir fauve à bouts carrés. Ses yeux, quant à eux, ressemblaient à ceux d'un requin. Monochromes, sans nuances, ronds et vides de toute émotion. Il était évident que le nouveau commissaire jouissait de cette opportunité d'exercer un ascendant sur autrui. Sa voix grinça dans le silence de la pièce, d'un calme glaçant.

— La société de location de containers pour particuliers, Box 206, a signalé la découverte cette nuit dans l'un de ses espaces, par un vigile, d'un cadavre emballé dans une bâche plastique, en état avancé de décomposition, résuma-t-il, impassible. Or, comme vous l'avez peut-être appris en arrivant, ce container était loué au nom d'Esther Azoulay. Nous devons donc la contacter et l'interroger. Bien entendu, vous êtes trop impliquée, Bennani, pour que je vous laisse sur cette enquête. Votre amitié avec l'*ex*-lieutenante Azoulay est en effet de notoriété publique, et vous n'auriez pas l'impartialité nécessaire.

Ses lèvres appuyèrent sur « ex » avec délectation. Layla flairait les représailles. Elle allait payer sa négligence sur le dossier Til. Un prétexte comme un autre pour la tenir à l'écart. *Va te faire foutre, connard*, brûla-t-elle de lui balancer.

Assise sur une chaise à côté d'elle, Hélène n'osait pas croiser son regard, de peur de trahir une connivence sur l'affaire du box qui tenait la PJ en haleine depuis que la nouvelle était tombée. Le moindre frémissement de narines, le moindre clignement d'œil risquait d'alerter Morize et d'éveiller ses soupçons.

— J'ai envie que cette enquête aboutisse autant que vous, même si elle devait accabler ma collègue, se défendit Layla.

— Ex-collègue, mais avant tout amie, corrigea Morize avec un sourire narquois.

— Je sais rester professionnelle, même si ça vous échappe encore, s'énerva Layla qui, aussitôt, sentit le bout de la chaussure d'Hélène venir lui tapoter le mollet aussi discrètement que possible.

Le message était clair : « Ne t'emballe pas, laisse pisser, je te tiendrai au courant. » Se mordant la langue, elle ravala sa colère. Pourtant, l'ironie réfrigérante de Morize la faisait sortir de ses gonds.

— Le juge a ouvert une enquête, reprit son supérieur impassible. Gorce, vous rejoindrez l'équipe qui sera dessus, en binôme avec le lieutenant Delgado.

Hélène se décomposa. Ce qui n'échappa pas au commissaire, semblant d'ailleurs s'en amuser.

— Vous n'êtes pas copain-copain avec Delgado, mais ce n'est pas ce qui prime pour faire du bon travail. Au contraire.

— Admettons… En tout cas, ça va être difficile d'interroger Esther sur cette histoire, sortit Hélène sans crier gare. Le lendemain de son pot de départ, elle a pris la route direction la Suisse pour y vivre et y travailler. Le souci c'est que, il y a quelques jours, un collègue de là-bas m'a signalé sa disparition. Elle daterait d'à peu près deux semaines.

Layla la fusilla des yeux. *Qu'est-ce qui te prend, Gorce ? On avait dit qu'on n'en parlerait pas !*

— Et vous ne me l'apprenez que maintenant ? s'irrita Morize dont l'index gauche se mit à gratter furieusement le revêtement du bureau.

— Ça relève de la PJF. Je ne pensais pas que ça pourrait concerner la PJ de Lyon.

— On s'en fiche de ce que vous pensez, Gorce. Il est de votre devoir de m'informer de la disparition d'un de nos officiers.

— *Ex*-officier, rectifia Layla.

Nouveau coup dans le mollet, plus fort celui-là. Et regard glacé de Morize, nimbé de quelque chose d'effrayant, cette fois.

— Quoi qu'il en soit, reprit-il, c'est un élément essentiel à prendre en compte. Pour information, Delgado assistera à l'autopsie du corps. A priori, il s'agirait d'une femme. Et même si cette affaire devient prioritaire, j'espère que l'enquête sur les cadavres disparus de l'IML avance. Bref, vous avez du pain sur la planche, je ne vous retiens pas davantage.

Layla et Hélène ne demandèrent pas leur reste et sortirent du bureau de Morize avec soulagement.

— Qu'est-ce qui t'a pris de lui parler de la disparition d'Esther ? On était d'accord pour ne pas le lui dire, attaqua Layla dès qu'elles furent assez éloignées dans le couloir.

— Il aurait pu l'apprendre autrement et, par la même occasion, qu'on était au courant. On ne peut pas se permettre de prendre le risque que je sois aussi écartée du dossier.

— C'est vrai, mais tu m'as mise devant le fait accompli.

— Désolée… J'ai flippé. Par contre, je n'ai pas tout raconté à Morize : mon pote de la PJF m'a envoyé un message ce matin. Esther aurait été aperçue sur une des vidéos de surveillance de la ville de Morges, en Suisse.

55

Esther vivante, errant dans les rues, quelque part en Suisse. Layla eut besoin de quelques secondes pour reprendre son souffle, après quoi elle partagea à son tour ses découvertes avec Hélène.

— Moi aussi, j'ai quelque chose à te dire. Tu sais, les chemises que j'ai récupérées dans le tiroir fermé à clef du meuble d'apothicaire, j'en ai épluché le contenu et je suis tombée sur des documents qui appartenaient aux parents d'Esther. Tu étais au courant, toi, qu'ils l'avaient adoptée dans un orphelinat à Paris ?

— Quoi ? Bien sûr que non ! C'est quoi, encore, cette histoire ?

À la suite de ces révélations explosives, les deux femmes se séparèrent, un peu perdues. Hélène, estomaquée, s'enferma dans son bureau, tandis que de son côté, tout en regagnant sa voiture, Layla ruminait la nouvelle de l'apparition d'Esther sur la vidéosurveillance, aussi improbable soit-elle. Son cœur voulait y croire, mais ses réflexes de flic le lui interdisaient. Elle savait que ces dispositifs étaient souvent trompeurs et avaient déjà induit des enquêteurs en erreur. Sans compter cette autre femme, Patricia Kessner, dont la disparition précédait celle d'Esther, dans la même zone. Un tueur rôdait-il ? Le tueur du Léman… *Arrête les séries sur*

Netflix, ma fille, se tança-t-elle en démarrant. Elle ne savait pas comment, en étant exclue de l'affaire, elle pourrait se rendre utile.

Elle n'avait pas encore parlé à Hélène de la figurine en terre découverte dans la boîte à madeleines. Celle qui pourrait ressembler à l'*haniwa* mentionné par Esther. Ni des origamis. Ni même de cette pochette vide au nom d'Antonia L., cette femme dont Esther lui avait appris qu'elle s'était volatilisée, une information démentie par le flic de la PJF. En fait, Layla était tentée de garder pour elle cette partie afin de mener ses investigations en solo, mais elle buterait forcément, à un moment ou un autre, sur un obstacle qui ne pourrait être contourné que par la voie officielle. Elle se devait donc d'en informer au moins Hélène. Fatiguée de lutter contre sa hiérarchie, elle était bien décidée à lever un peu le pied et à profiter davantage de sa fille, en commençant par prévenir sa mère qu'elle irait la chercher elle-même à l'école.

En attendant l'heure, sur le point de prendre le chemin de son domicile, Layla, soudain inspirée, sortit de son sac la carte que lui avait tendue le fils d'Irène Cossowitz, Thierry.

À lui, elle pouvait poser quelques questions sans avoir besoin d'un mandat ou de brandir sa carte tricolore. Et son instinct lui disait de creuser de ce côté. Elle avait en effet besoin d'en savoir un peu plus sur les rapports qu'entretenait son amie avec sa thérapeute. Pour justifier sa démarche, elle prétexterait qu'elle recherchait d'autres enregistrements qu'il aurait peut-être retrouvé en déblayant l'appartement de sa mère. Elle composa donc le numéro et attendit.

— Oui ?

Elle reconnut immédiatement la voix fêlée, avec cette étrange vibration dans l'élocution.

— Bonjour. Pardonnez-moi de vous déranger. Je suis venue, l'autre jour, au cabinet de votre…

— Je m'en souviens oui, une aussi charmante visite ne s'oublie pas. Surtout si elle vient troubler la solitude d'un célibataire.

Message reçu.

— Ce n'est pas la raison de mon appel, annonça Layla un peu sèchement.

— Dommage. Moi qui allais vous proposer de boire un verre pour profiter du soleil…

Prise de court, elle hésita. C'était peut-être une occasion inespérée. Après tout, à force de se méfier de tout et de tout le monde, elle risquait de passer à côté d'infos intéressantes… Elle s'étonna en s'entendant accepter sa proposition et ils se rejoignirent, une quinzaine de minutes plus tard, à la terrasse du Cubano, tournée vers les quais du Rhône. L'endroit était bordé de platanes qui libéraient des nuages jaunes de pollens. Là, Layla put scruter à son aise, dans la lumière du jour, son interlocuteur assis en face d'elle, malgré les Ray-Ban à verres polarisés qui dissimulaient ses yeux. Dans son jean et sa chemise en lin beige, ouverte sur un tee-shirt blanc, et ses chaussures montantes sans doute de la valeur d'un SMIC, il lui semblait toujours aussi séduisant, peut-être un brin moins inquiétant que dans le vieil appartement de la psychiatre. Plus proche du bobo au chic décontracté que de l'aristo malsain qu'elle avait tout d'abord perçu.

— Alors, vous avez du nouveau ? s'enquit-il sans préambule.

— À propos d'Esther ?

Thierry Cossowitz opina avec gravité.

— À vrai dire, non. Mais j'ai écouté les enregistrements et lu les notes de votre mère. Elle devait être une vraie pointure dans son domaine.

Les lèvres de Cossowitz s'étirèrent aux commissures dans un sourire flou. L'ironie qu'elle y capta, sans en comprendre la raison pour autant, déplut à Layla.

— Elle excellait même, confirma-t-il.

Il tira sur sa cigarette électronique couleur zinc et exhala la vapeur par le nez.

— Quels étaient les rapports entre Esther et votre mère ?

— Vous croyez qu'elle m'en parlait ? Le secret médical, ça marche aussi pour la famille.

— Sauf que vous connaissiez Esther, ce n'était pas une patiente ordinaire.

Cossowitz secoua la tête d'un air embarrassé.

— Vous êtes très proches, Esther et vous ? demanda-t-il.

— On peut le dire, oui. Comme des sœurs.

— Alors je vous dois la vérité. Outre les cours de yoga, nous avons eu une liaison, Esther et moi. Mais rien de régulier. Ça lui faisait du bien, disait-elle. Elle sortait d'une relation toxique qui l'avait fragilisée.

Layla le regarda, sous le choc. Encore un détail qu'Esther n'avait pas daigné partager avec elle.

— Ce qui explique que vous l'ayez dirigée vers votre mère. Vous aviez assez d'intimité avec elle pour lui conseiller d'aller consulter.

— En effet. Mais elle a rencontré Romain peu de temps après.

— Et vous êtes restés en contact malgré tout ?

— Juste au yoga. Et puis, même là, elle a cessé de venir. Je crois qu'elle est tombée enceinte. On s'est revus un jour, quelques années plus tard, elle était comme… absente. Elle m'a appris que sa fille souffrait d'une maladie grave qui empêchait tout contact avec l'extérieur. Elle a repris ses séances avec ma mère. Avec Esther, c'était difficile de savoir exactement comment elle allait.

Et parfois, avec Esther, on croit savoir et, en fait, on ne sait rien, pensa Layla, amère.

— Je vous le confirme, soupira-t-elle entre deux gorgées de jus de citron, aussi acide que sa rancœur.

Cossowitz, lui, la buvait du regard.

— Vous prenez la lumière à merveille. Ce grain de peau, cette blancheur à peine rosée aux joues et cette géométrie parfaite. L'incarnation magistrale du nombre d'or… Vous devez être très photogénique. J'aimerais bien organiser un *shooting* si l'idée vous plaît.

— Vous êtes photographe ?

— Portraits et paysages, mais surtout les visages, oui. Et un visage comme le vôtre, on ne peut pas passer à côté.

— Merci… répondit-elle bêtement.

Elle porta de nouveau le verre à ses lèvres pour se donner contenance.

— C'est sincère, Layla. Vous me feriez un véritable cadeau. Je serais ravi et très honoré de vous avoir comme modèle.

À cet instant, elle aurait voulu être à l'autre bout du monde. Surtout pas sous ses yeux, exposée, à ce point vulnérable et cruche. Elle s'en voulait de lui donner ce pouvoir. Non, il ne l'aurait pas comme ça. Trop facile.

— Désolée… En réalité, entre ma fille et mon travail, je n'ai pas une minute à moi.

— Encore ce « désolée ». Qu'est-ce qui vous désole autant, Layla ? D'être vous ? D'être là où vous êtes ? Qui craignez-vous de déranger ?

Layla ravala sa salive, aigre-douce. Ce type avait un sixième sens. Ou tout simplement une mère psychiatre. En tout cas, elle sentait un profond malaise grandir en elle.

— Je dois y aller, dit-elle en se levant, un billet de vingt euros à la main.

— Laissez, je vous invite, même si vous vous sauvez… Et sachez que je ne suis pas du genre à baisser les bras : je garde espoir de vous convaincre.

Derrière ses verres fumés, il regarda Layla s'éloigner, paya, puis sortit son portable.

56

Hélène avait finalement rejoint Delgado à contrecœur dans son bureau. Elle aurait préféré faire équipe avec Layla. D'autant que celle-ci tardait un peu trop à éclaircir la raison pour laquelle le nom de leur collègue figurait dans la liste des clients de la prostituée et que cette situation était particulièrement inconfortable.

— Je dois assister à l'autopsie du corps du box 7 en fin de matinée, annonça-t-il. Au vu des circonstances, le meurtre ne fait aucun doute, mais on a besoin d'une confirmation. Il s'agira aussi de dater à peu près le décès. D'établir s'il est postérieur ou non au départ d'Azoulay.

— Il y a Romain Demange, son ex, qu'il faut interroger. Je peux m'en charger pendant que tu seras à l'IML.

— Très bonne idée !

La réponse soulagea Hélène qui préférait taire que Romain avait déjà renseigné Layla sur l'existence du box où Esther avait stocké ses effets personnels.

— C'est quand même dingue, cette histoire de cadavre. Et le choix d'Azoulay d'aller bosser en Suisse, c'était peut-être en vue de disparaître de la circulation, dans le fond… Qu'est-ce que tu en penses, toi qui la connaissais bien ?

Hélène comprit mieux l'empressement de Delgado à travailler avec elle. Il espérait utiliser son lien avec Esther pour en savoir plus. À sa place, elle aurait fait la même chose.

— Rien. Je n'en pense rien. L'heure n'est pas encore aux conclusions. On a fini ?

— Juste que ce bordel risque de nous ralentir sur l'affaire des macchabées de l'IML, vois aussi avec Bennani si elle peut avancer de son côté avec Blanchard. Gorce…

— Oui ? dit Hélène, la main sur la poignée de la porte.

— Ta cheville, là, tu t'es fait ça comment ?

— Dans l'escalier de mon immeuble.

Sans attendre, elle sortit du bureau et, une fois dans le couloir, respira profondément. Ce qui faisait de Delgado un si bon flic, c'était son sens de l'observation, en plus de son instinct.

Elle arriva chez Romain Demange, au deuxième étage d'un immeuble moderne, aux belles terrasses en façade, situé au sein d'un parc aménagé, dans les hauteurs du 9e, sur le plateau de Saint-Rambert. À sa grande surprise, une toute jeune femme, de moins de vingt-cinq ans, vint lui ouvrir. Se présentant comme une connaissance, Hélène demanda à parler à Demange. La fille parut embarrassée.

— Euh… Il est parti chercher du pain, il ne devrait pas tarder. C'est… c'est pour quoi ?

— C'est lui que je veux voir. Je vais patienter.

— Ben, entrez, alors.

— Merci.

Elle précéda Hélène dans le salon, meublé d'un canapé à méridienne en tek, assorti à une table basse du même bois et où une quantité impressionnante de livres ne laissait guère de place à autre chose, à part quelques plantes, deux fauteuils et un pouf occupé par un chat – dont la ligne ne semblait pas être le souci premier de son maître. On devinait aisément que les lieux étaient essentiellement investis par Romain.

Son célibat, à peine troublé par cette jeune et insignifiante présence, celle d'une jolie fleur dans un vase, lui avait permis de se lâcher. Il pouvait enfin avoir une vie à lui, sans compromis ni aménagements territoriaux. En ce sens, la rupture avec Esther avait sans doute été une libération et une voie vers l'épanouissement.

Il y en a à qui ça profite, se dit Hélène, dans un nuage de regrets. Elle, à l'inverse, avait adoré vivre avec Gauthier. Partager ce quotidien qu'ils s'étaient composé ne lui avait jamais pesé. Aucun de leurs tête-à-tête, le soir, les week-ends, ne lui avait paru insupportable ou ennuyeux. Peut-être parce qu'ils étaient devenus de plus en plus rares au fil du temps.

— Je vous sers un café, un thé ? proposa la jeune fille.

Hélène la détailla quelques secondes. Une frimousse un peu boudeuse, égayée par des cheveux frisés couleur paille. Une paire de lunettes rondes à monture violette, façon Janis Joplin. Une fossette à chaque joue. Jolie, oui, mais sans charisme.

— Je veux bien un verre d'eau, merci. Vous vivez ici ?

— Je ne pense pas que mon père serait d'accord, sourit-elle.

— Votre père ?

La policière faillit manquer d'air. Merde. Esther était-elle au courant ?

— J'ignorais que Romain avait une… une fille de votre âge. Esther ne m'en a jamais parlé.

— Esther, c'est son ex, c'est ça ?

— C'est ça.

— Ça ne m'étonne pas. En fait, je vivais à Montréal avec ma mère, qui a complètement coupé les ponts avec mon père quand on est parties. Du coup, je l'ai pas vu pendant des années. On n'a eu aucun contact. Jusqu'à ce que je décide, il y a plusieurs semaines, de revenir en France pour trouver du travail. Je lui ai téléphoné et il m'a proposé de squatter chez lui le temps de me retourner.

— Vous cherchez dans quoi ?

— Peu importe. Je veux mettre de côté pour monter ma boutique d'artisanat.

— Quel genre ?

— Afrique, Asie.

— Livraison de croissants ! claironna une voix d'homme dans l'entrée. Lia ? Tu es là ?

— Ah, le voilà… dit-elle en même temps qu'il apparaissait, une baguette dans une main et un sachet en papier tout bombé dans l'autre.

— Hélène Gorce ! s'exclama-t-il, surpris. Ça fait un bail…

Elle acquiesça.

— On dirait que toutes les amies flics d'Esther veulent me voir, ces derniers temps…

— C'est-à-dire qu'on enquête sur sa disparition, comme tu l'as appris de Layla. Donc tu n'as pas fini de nous voir, je pense. Est-ce qu'on peut se parler seul à seul, Romain ? J'ai quelques questions à te poser.

— Vas-y, je n'ai aucun secret pour Lia. J'imagine que les présentations sont déjà faites.

— Lia, veux-tu bien nous laisser, ton père et moi ? À moins que tu ne préfères visiter nos locaux, Romain ?

Sous la menace, Demange encouragea sa fille du regard et, une fois celle-ci partie dans une autre pièce, il se tourna vers Hélène.

— C'est quand tu veux.

Gorce planta ses yeux dans ceux de l'ex-compagnon d'Esther et ne les quitta plus.

— Romain, un vigile a découvert un cadavre enveloppé dans une bâche en plastique à l'intérieur du box que loue Esther.

Demange pâlit à faire peur. Hélène crut qu'il allait défaillir.

— Tu plaisantes ?

— Pas trop mon genre. L'autopsie est en cours, à l'issue de laquelle on saura à quand remonte la mort de la victime, si le meurtre est confirmé. A priori, ce serait une femme.

Romain se mit à trembler.

— Ne... ne me dis pas que ce corps, c'est celui d'Esther...

— Aucune idée. En revanche, ce que je sais, c'est que si ce n'est pas elle, Esther devient la principale suspecte. Pour le moment, je t'interroge en qualité de témoin.

— « Pour le moment » ? C'est-à-dire ?

— Que tu pourrais aussi figurer sur la liste des suspects, ayant été dans l'entourage proche d'Esther. Tout dépendra des éléments, à charge ou non.

Demange se laissa tomber sur le canapé, les bras ballants.

— C'est pas possible... Je... je n'ai rien à voir avec ça, moi. Tu entends, Hélène ? Rien !

Il leva vers elle un visage implorant.

— Je ne demande qu'à te croire, Romain, vraiment. Et je ne suis pas là de gaieté de cœur, mais je dois faire mon boulot. Si tu coopères, en tout cas, ce sera à ton avantage.

— OK, OK... Qu'est-ce que je peux faire ?

— Déjà me dire si Esther t'avait donné accès à ce box ?

— Pas du tout ! Je ne sais même pas où il se trouve, je l'ai déjà expliqué à Layla !

— Elle t'avait parlé d'une certaine Antonia ? Antonia Levens.

— Non, ce nom ne m'évoque rien du tout, affirma-t-il, soudain embarrassé. Qui est-ce ?

— C'est ce qu'on cherche à savoir. Tu es sûr qu'Esther ne t'a rien confié à ce sujet, qui pourrait nous aider ?

— Franchement, Hélène, je suis désolé, mais non...

— Je vois... capitula-t-elle. Si quoi que ce soit te revient, à propos de cette Antonia ou de n'importe quoi d'autre, tu m'appelles. Je compte sur toi.

Quand Hélène referma la porte derrière elle, elle en avait gros sur le cœur. Naïvement, elle avait espéré bien plus de cette entrevue. Une fois dans sa voiture, alors qu'elle s'apprêtait à démarrer, son portable vibra.

— Oui, Delgado… Tu as du nouveau ?

— C'est Sylvie Martoire qui a pratiqué l'autopsie et, définitivement, elle est trop forte.

— Accouche !

— Notre victime est une femme, identité inconnue pour le moment. Le visage ne ressemble plus à rien et plusieurs fractures ont été détectées, dont une de l'os occipital qui aurait causé la mort. Des analyses d'ADN sont en cours, à partir d'éléments organiques, y compris la bâche pour d'éventuelles empreintes. Mais malgré l'état avancé de putréfaction, Martoire a déniché un tatouage sur le haut du sein gauche et a même réussi à le déchiffrer. C'est un prénom. Sara.

57

Tandis qu'elle roulait à tombeau ouvert en direction de la PJ, Hélène appela Layla en Bluetooth et lui rapporta ce que Delgado venait de lui révéler.

Un silence se fit au bout de la ligne.

— Allô ? Layla ?

— Esther s'était fait tatouer le prénom de sa fille au même endroit… gémit celle-ci d'une voix tremblante dans les enceintes. C'est elle, Hélène… C'est sûr !

— Ne t'emballe pas… Ce n'est pas une preuve suffisante. Sinon, je sors de chez Romain. Tu savais, toi, qu'il avait une fille d'environ vingt-cinq ans ?

— Pas du tout ! Et Esther non plus, elle m'en aurait parlé sinon.

— Tu en es sûre ?

Non, à vrai dire, après cette histoire d'adoption et tout le reste, Layla n'était plus sûre de rien.

— Il t'a dit quoi d'autre ? s'enquit-elle sans répondre.

— Malheureusement, pas grand-chose. Mais attendons d'en savoir plus sur l'autopsie et les analyses ADN, et je retournerai le voir si besoin. Ceci étant, il semblait vraiment très mal quand il a appris pour le corps dans le box. Un meurtrier aurait eu plus de sang-froid.

— Tu veux que j'essaye de lui tirer les vers du nez ? proposa Layla.

— Il va se sentir harcelé, ça risque de le braquer. Et toi, de ton côté, du nouveau ? Parce que j'imagine que tu n'as pas passé ta journée à enfiler des perles.

— Bonne déduction, inspectrice ! Tu iras loin dans la police, la railla Layla.

En quelques mots, elle lui raconta son entrevue avec Thierry Cossowitz à la terrasse d'un café.

— Et devine avec qui il a couché ? Ça commence par un E.

— Tu rigoles ?

— Esther et lui n'ont pas eu de relation sérieuse. C'était, à l'entendre, « juste comme ça ».

— Elle a trompé Romain avec ce type, « juste comme ça » ?

— Non, ça date d'avant Romain…

Ensuite, elle profita de ce coup de fil pour parler à Hélène de la boîte de madeleines, des origamis, de la figurine, de la chemise vide au nom d'Antonia… Elle évoqua également le prospectus de ce centre dédié aux enfants atteints de maladies incurables.

— Esther t'a dit avoir découvert une figurine en terre dans son logement de fonction. Tu crois qu'il s'agit de la même ?

— On dirait que c'est un *haniwa*, oui. J'ai regardé sur le Net. Ça y ressemble, en tout cas.

— Et les origamis, tu en penses quoi ?

— Ça me paraît normal qu'elle les ait conservés, ce sont tous ceux que Sara avait fabriqués.

— Ça, d'accord, mais c'est normal aussi qu'elle en trouve à plus de deux cents kilomètres d'ici ?

Soudain, la ligne se mit à crépiter.

— Tu m'entends ? Layla ? J'entre dans le tunnel.

— Oui, je suis là… En effet, ce n'est pas normal. Soit quelqu'un qui connaît son histoire lui en veut et cherche à la déstabiliser, soit…

— Soit c'est dans sa tête, c'est ça ? compléta Hélène.

— C'est possible. Mais on ne doit pas négliger la première hypothèse. Quelqu'un qui la suivrait, tel un prédateur… et ensuite, elle se volatilise. Pour moi, c'est tout aussi plausible. Dans ce cas, on en reviendrait, selon moi, à la piste d'Orsay.

— Ou Demange. Elle l'a plaqué, il aurait des raisons de lui en vouloir, répliqua Hélène, qui sortait du tunnel pour s'engager sur l'un des ponts qui enjambaient le Rhône.

— Je n'ai pas eu cette impression quand je lui ai parlé la dernière fois. Il s'inquiétait même beaucoup pour Esther. Et semblait très choqué à l'annonce de sa disparition.

— Tu sais comme moi qu'il y a de très bons comédiens.

— Que notre expérience permet malgré tout de détecter rapidement…

Quand Layla raccrocha, elle s'assit un instant dans son canapé pour faire le point. Hélène et elle peinaient à y voir clair, mais elle songea soudain qu'un certain nombre d'éléments convergeaient vers Sara. Sara, à qui elle devait rendre visite au cimetière pour tenir sa promesse. Sara, qui, peut-être, serait la clef pour mieux comprendre ce qui arrivait à son amie…

Layla alluma son ordinateur afin de faire une recherche plus approfondie sur la maladie dont la fillette avait été atteinte. Elle envisageait ensuite de se rendre dans le service où elle avait été hospitalisée pour rencontrer les membres de l'équipe soignante qui l'avait suivie. Rapidement, elle fut surprise de découvrir que le syndrome de déficience immunitaire sévère dont Sara souffrait, causé par la présence de l'antigène rare HLA-B27, n'était pas mortel dans tous les cas. Un ancien « enfant-bulle » témoignait en effet sur son blog et expliquait avoir été sauvé par le professeur Sylvain Tournier, une trentaine d'années auparavant, grâce à une greffe expérimentale de cellules souches. Bien avant que Sara fût diagnostiquée, donc. Qu'est-ce qui n'avait pas marché pour elle ? La greffe avait-elle été envisagée ? Peut-être Esther et Romain n'avaient-ils pas accepté…

Il fallut une vingtaine de minutes à Layla pour arriver sur le parking du centre hospitalier universitaire. S'orientant à l'aide des panneaux fléchés, elle suivit la direction « Pédiatrie-maladies orphelines ». Les Hospices civils de Lyon, avec leurs bâtiments aux façades défraîchies, près desquels les arbres étaient aussi rares que rabougris, comprenaient des centres de recherche de pointe dans différents domaines. Layla passa devant la gériatrie en se demandant comment on pouvait envoyer les anciens dans ces mouroirs. Elle s'était toujours promis que jamais ses parents n'y termineraient leurs jours. Même si la maladie ou la vieillesse les privait de leur autonomie.

Une fois dans le bâtiment menant au service pédiatrie, elle franchit une porte battante, s'arrêta à l'entrée de la salle des soignants, n'y vit personne, remonta une succession de chambres hermétiques dans lesquelles de petits anges branchés de toutes parts se battaient avec courage. Les murs étaient tapissés de dessins d'enfant. Plus elle avançait au cœur de ce temple des soins où vibraient l'espoir et, trop souvent, le chagrin, plus une boule grossissait dans sa gorge. À l'étouffer.

— Excusez-moi, je souhaiterais m'entretenir avec le professeur Tournier ou son assistant, interpella-t-elle l'infirmière qui venait de surgir quelques mètres plus loin.

— C'est pour quoi ?

Layla avait bien conscience qu'elle n'obtiendrait rien par une démarche officieuse, qu'elle pouvait au mieux préparer le terrain, ce qui représentait une vraie perte de temps. Elle décida donc de se présenter comme chargée de l'enquête sur la disparition d'Esther et sortit sa carte de police.

— Je dois lui poser quelques questions au sujet d'une jeune patiente qui est restée dans son service depuis sa naissance jusqu'à il y a deux ans.

— Ah… Je suis désolée, mais le professeur Tournier est parti à la retraite il y a quatre ans et son bras droit a quitté le service voilà quelques mois pour ouvrir un centre en Suisse, dédié aux enfants lourdement atteints.

Layla sentit son pouls s'accélérer.

— Sauriez-vous de quel centre il s'agit ?

— Son nom est Athenata, je crois que c'est sur les bords du Léman.

— Et pourriez-vous également me communiquer l'identité de ce « bras droit » ?

— Bien sûr. C'est la docteure Laetitia Horn.

58

Horn. L'un des noms mentionnés par Esther au téléphone. Une information rassurante. Car si Horn existait bel et bien, dans ce cas, Dante et Marten devaient être bien réels, eux aussi.

— Quelqu'un, ici, pourrait-il me renseigner sur cette jeune patiente ? Votre chef de service ?

— Je vais voir. De quelle patiente s'agit-il ? Et pour quel motif ? demanda l'infirmière qui dévisageait Layla avec curiosité.

Derrière son masque chirurgical, elle n'était à vrai dire ni sympathique ni antipathique. Seuls ses yeux clairs et sa façon de les plisser pouvaient encore communiquer. Ses mains, elles, restaient obstinément vissées dans ses poches. *Génération de robots*, se dit Layla.

— Sara Azoulay. J'ai besoin d'informations dans le cadre d'une enquête pour disparition inquiétante. Celle de sa mère, Esther Azoulay. Une ancienne collègue et amie, alors croyez-moi, je vais remuer ciel et terre pour la retrouver.

Le regard de la soignante se troubla dans un nouveau plissement au coin des paupières. Ce devait être une sorte de tic nerveux.

— Attendez-moi ici.

La plantant là, elle se dirigea au fond du couloir, où elle disparut, et revint au bout de cinq minutes.

— La cheffe de service, la docteure Osgore, va vous recevoir. Si vous voulez bien me suivre.

Ensemble, elles longèrent les murs d'un couloir où d'autres dessins d'enfant se répondaient dans un concert de couleurs. *Travailler ici et côtoyer ces jeunes malades devait être une incroyable leçon de vie*, pensa Layla. Puis l'infirmière frappa à une porte avant d'inviter la flic à entrer dans une pièce étonnamment étriquée et dépouillée. De l'autre côté d'un bureau modeste était assise une femme aux cheveux courts dont les reflets argent ne correspondaient pas à son âge, qui devait graviter autour de la quarantaine. Une petite paire de lunettes ovales tenait par miracle sur un nez trop étroit et l'ombre d'une moustache bordait sa lèvre supérieure, encore plus fine que sa jumelle inférieure. Layla remarqua tout de suite la verrue qui se nichait sournoisement au coin de la narine gauche. La docteure Osgore avait un physique ingrat, qu'accentuait une extrême maigreur. En revanche, une franche bonté émanait de ses yeux noisette entourés de longs cils noirs. Et ici, en relation quotidienne avec des enfants souffrant de lourdes pathologies, on ne lui demandait rien d'autre.

— Assoyez-vous, je vous en prie, dit-elle à la visiteuse sur un ton cordial.

Layla obtempéra, s'amusant au passage de l'usage de cette forme quelque peu désuète de l'impératif d'« asseoir ».

— Que puis-je pour vous, au juste ? ajouta-t-elle après une poignée de secondes.

Elle fixait la flic intensément, le bout du menton posé sur ses mains jointes aux doigts entrelacés et frêles. *Pas d'alliance*, nota Layla. Une vieille fille dont l'unique raison de vivre devait sans doute être ses petits protégés et son métier.

— L'infirmière a dû vous l'expliquer, je suis de la PJ de Lyon et j'enquête sur la disparition de la mère d'une de vos anciennes jeunes patientes, Sara Azoulay.

Osgore hocha la tête.

— J'ai moi-même été l'assistante de la docteure Horn et j'espère pouvoir vous aider. Je vous rappelle toutefois que, sans document officiel délivré par un juge, je me dois de respecter le secret médical.

Nous y sommes, fulmina Layla.

— Je comprends très bien, docteure. Je peux revenir avec une commission rogatoire sans problème. Mais peut-être serait-il envisageable de gagner un peu de temps sur des réponses que vous serez, quoi qu'il en soit, obligée de me donner. À vous de voir ce que vous préférez. Je pense que nous pourrions, dans un premier temps, rester dans l'humain et tenir compte de l'urgence.

— Je suis d'accord. C'est pourquoi j'ai ressorti le dossier de Sara. Que souhaitez-vous savoir exactement ?

— Nous avons des raisons de considérer que la disparition d'Esther Azoulay pourrait être liée à la situation difficile qu'elle a traversée entre ces murs, durant la maladie de sa fille. J'ai donc besoin d'en apprendre le plus possible sur cette période. Quels rapports entretenait Esther Azoulay avec l'équipe soignante, et notamment la docteure Horn ? À quoi Sara occupait-elle ses journées ? Ses parents restaient-ils beaucoup auprès d'elle ?

— Ici, vous vous en doutez, malgré une distance nécessaire et salutaire, les liens tissés sont particuliers. Certains plus forts que d'autres. Ce fut le cas avec Sara et, de fait, avec sa mère. Esther se libérait dès qu'elle le pouvait et passait des heures auprès de sa fille. Dans une proximité relative, bien sûr. Celle que permettait la maladie. Nous étions une deuxième famille pour la petite et Esther nous en était vraiment reconnaissante. Le père, Romain, venait aussi, mais ne restait jamais longtemps. C'est souvent plus difficile pour les hommes, sans tomber dans les clichés. Ils ont tendance à être dans le déni, ou du moins, à minimiser la maladie et ses effets. Ils croient dur comme fer que leur enfant va guérir.

— Pourquoi, ce n'est pas le cas ? Ils ne sont pas censés guérir ?

— Nous ne sommes pas tout-puissants, à notre grand regret. Avec l'expérience, j'ai constaté que, paradoxalement, il y avait autant de défiance envers le corps médical que de confiance aveugle. Or, celle-ci peut être dévastatrice, car, quand vient l'échec, le sentiment de trahison n'en est que plus fort, voire insupportable.

— Pensez-vous qu'Esther ait pu l'avoir ressenti, à la mort de Sara ?

La cheffe de service hésita un instant. Son regard chaud alla se perdre sur un dessin coloré au mur. De l'herbe très verte, des arbres au-dessus desquels rayonnait un soleil d'un jaune éclatant dans un ciel azur que des oiseaux ou des avions traversaient avec légèreté.

— Esther était une forteresse. Elle se livrait peu. Exprimait ses sentiments au compte-gouttes. Un jour, elle a demandé que Sara retourne à la maison pour mourir. Nous n'avons pas pu refuser. En plus de son travail, Esther venait ici chaque jour depuis des années, et elle ne pouvait pas tenir ce rythme indéfiniment. Pour être honnête, j'ai toujours imaginé que si le pire arrivait, la forteresse s'écroulerait.

— C'est ce qui s'est passé, à votre avis ?

— Vu de l'extérieur, non. Mais quelque chose, dans son regard, a subitement changé. Je ne saurais pas l'expliquer, mais ça m'a glacée. Ce qui n'enlevait rien à la compassion que j'éprouvais à son égard.

— Esther m'a dit que Sara fabriquait des origamis en forme de grue dans l'espoir de voir son vœu s'exaucer. Vous a-t-elle dévoilé la teneur de celui-ci ?

— Par définition, pour qu'il puisse se réaliser, un vœu doit rester secret. Mais Sara nous avait fait à chacun cadeau d'un de ces oiseaux.

Sur ces mots, Osgore fit apparaître, de derrière un pot à stylos, un petit origami confectionné avec un papier bleu ciel. Identique à ceux que Layla avait découverts dans la boîte de madeleines. Une émotion l'envahit, qu'elle jugula en reprenant le fil de sa réflexion.

— J'ai lu le témoignage d'un ancien patient du service, un enfant-bulle sauvé par le professeur Tournier grâce à une greffe de cellules-souches. Sara n'aurait-elle pas pu bénéficier, elle aussi, d'un tel protocole ?

— Il en a été question, bien sûr. C'est aujourd'hui une pratique courante qui sauve bien des vies. Mais il y avait un problème d'incompatibilité pour Sara. Elle avait un groupe sanguin très rare, AB négatif, et était sur liste d'attente. La situation pouvait se débloquer du jour au lendemain, comme elle pouvait s'éterniser. Malheureusement, elle… elle est partie trop tôt. Pourtant, Esther paraissait prête à tout pour que sa fille soit greffée.

— C'est-à-dire ?

— Là, on entre vraiment dans le secret médical. C'est délicat…

— J'ai besoin de comprendre, docteure. Pour avoir une chance d'aider Esther.

— Oh et puis, vous avez raison. Restons dans l'humain. Cette histoire le mérite, et Sara aussi. D'autant que si Esther est une amie proche, je ne vais pas vous apprendre grand-chose. Comme vous le savez probablement, à la suite d'une fausse couche, elle ne pouvait plus avoir d'enfant. Pour Sara, elle avait donc eu recours à une mère porteuse, dans le cadre d'une GPA[1] encadrée par un spécialiste.

1. Gestation pour autrui.

Layla resta aphone. Esther, cette inconnue...

— Elle voulait lancer une seconde GPA avec cette même femme. Un bébé qui servirait à sauver Sara.

— Un bébé-médicament ? articula Layla avec effort.

— On peut dire ça, oui. Mais la mère porteuse a refusé. L'idée l'horrifiait.

— Je n'étais pas au courant. Ça a dû être terrible à vivre pour Esther...

— Eh bien, pas autant que je le craignais, figurez-vous. Elle avait fini par devenir très fataliste. Je pense qu'elle souhaitait avant tout le meilleur pour Sara. Or, le meilleur pour elle, c'était d'abréger ses souffrances... Le plus insupportable pour des parents.

— J'ai retrouvé dans les affaires d'Esther, au cours de la perquisition, un prospectus de présentation de ce centre en Suisse, Athenata. Pouvez-vous m'en dire plus ?

— J'avoue que je suis perplexe, la docteure Horn a ouvert ce centre plus d'un an après la mort de Sara. Elle et Esther ne se sont jamais croisées. Leurs échanges n'ont été que téléphoniques. Je ne vois même pas pourquoi Esther s'est renseignée sur cette structure.

— C'est bizarre, en effet. D'autant qu'Athenata est en Suisse, pays dans lequel Esther est partie s'installer. Et lors de notre dernier appel, elle m'a donné le nom de la société pour laquelle elle travaillait, Thanatea. Une société dirigée par une certaine Laetitia Horn. J'imagine qu'il s'agit de votre ancienne cheffe.

Au fur et à mesure qu'elle prononçait ces noms, Layla se figea. Elle venait de comprendre. Bien sûr... Comment ne l'avait-elle pas vu plus tôt ! Thanatea et Athenata formaient une même entité, et il s'agissait d'une anagramme. Mais seule Athenata existait vraiment. Thanatea n'était qu'une invention, un délire. Ou pire, un mensonge.

59

— Tout va bien ?

La question de la cheffe de service la raccrocha à la réalité et à l'instant présent.

— Oui… Enfin, ça fait pas mal d'infos à encaisser.

— Surtout quand il s'agit de quelqu'un qu'on pensait connaître.

Layla posa les yeux sur Osgore. Elle avait l'air de savoir de quoi elle parlait. Ses doigts effleuraient de temps à autre l'oiseau de papier. Elle avait dû beaucoup s'attacher à Sara, peut-être même plus qu'à d'autres enfants ici.

— Tout à l'heure, vous avez dit qu'Esther et la docteure Horn ne se sont jamais croisées. Vous pourriez développer ?

Osgore se racla la gorge.

— Entre elles, les rapports étaient, disons, plutôt froids. Et Horn s'intéressait plus aux enfants mourants. Esther avait été habituée à s'entretenir avec le professeur Tournier, en qui elle avait une confiance inébranlable. Son départ à la retraite a été un coup de massue.

— Ça a dû compliquer les choses, en effet. Et sinon, j'imagine que des liens peuvent se nouer aussi entre les parents des enfants malades, qui restent ici des heures durant, n'est-ce pas ?

— Bien sûr. Certains dorment même sur place, selon les cas. C'est possible, surtout dans les dernières semaines ou les derniers jours. Esther, elle, s'était rapprochée du père d'une jeune patiente. Ils passaient du temps ensemble à parler et à échanger autour de leurs filles, atteintes de la même maladie, et qui s'étaient liées d'amitié. Voyant à quel point elles étaient proches, on les avait transférées dans une chambre double de manière à ce qu'elles puissent partager leur solitude.

— Et, le père de cette autre enfant, il n'avait pas de femme ?

— Non, il était veuf. Sa petite est morte aussi, peu avant Sara.

— Quelle horreur… Perdre sa femme, puis son enfant…

— Il n'a plus donné aucun signe de vie, du jour au lendemain. Esther en a été très affectée. Apparemment, ils ne se voyaient pas en dehors du cadre hospitalier.

— Auriez-vous son nom ? Des coordonnées ?

— Là, je suis désolée, mais je ne peux pas vous communiquer d'informations personnelles. Quitte à ce que vous reveniez avec un document du juge.

— Je comprends.

Tout ne peut pas tomber tout cuit, même dans l'oreille d'un flic, ironisa-t-elle en son for intérieur.

— Andreas Dante, ça vous dit quelque chose ?

— Rien du tout.

— OK. Parlez-moi un peu de Sara. Vous semblait-elle bien dans sa tête, malgré sa maladie et son isolement ? Était-elle joyeuse ? Triste ? Extravertie ? Timide ?

— Sara était un rayon de soleil, ici. Notre rayon de soleil.

Osgore s'interrompit, la voix étranglée par l'émotion.

— Excusez-moi, reprit-elle. Sara avait toujours le sourire. Très attentive à autrui, sentant tout de suite si quelqu'un n'allait pas bien. Elle faisait preuve d'une intelligence et d'une sagesse exceptionnelles pour son âge.

— Elle recevait d'autres visites que celles de ses parents ?

La cheffe de service, le front plissé, paraissait démêler les fils de sa mémoire.

— Une femme venait la voir. Quand ses parents ne pouvaient pas, justement. Ce qui était plutôt rare. Maintenant que j'y pense, c'était comme si elle connaissait leur emploi du temps. Elle arrivait à se glisser entre leurs allées et venues. Surtout celles d'Esther. Une fois, je l'ai vue discuter avec Romain. Puis avec le père de l'autre petite. Ils semblaient même s'être rapprochés.

— Sara n'en parlait pas à sa mère ?

— Elle possédait vraiment une maturité incroyable. Elle savait naturellement ce qu'elle pouvait raconter ou ce qu'elle devait garder pour elle. Je ne crois pas qu'Esther était au courant de ces entrevues.

— Auriez-vous une idée de l'identité de cette femme ?

— Ça n'engage que moi, mais j'ai supposé qu'elle aurait pu être la mère porteuse de Sara.

Dans ces mots, Layla mesura toute l'absurdité de la situation. Qui était, tout compte fait, la véritable mère de Sara ? Esther ou l'inconnue ? Celle qui donnait ses ovocytes ou bien celle qui portait l'enfant durant neuf mois et le mettait au monde pour s'en séparer aussitôt, le plus souvent contre de l'argent ? Sans parvenir à se faire un avis sur cette question, elle préféra penser que Sara avait finalement deux mères. Deux femmes qui l'avaient aimée de tout leur être.

— En principe, la mère porteuse coupe le lien, non ? nota Layla.

— C'est vrai, mais là encore, ça dépend des cas. Franchement, je ne saurais pas vous en dire beaucoup plus, à part qu'il lui arrivait de venir une fois par semaine, puis de cesser pendant deux ou trois mois.

— Vous m'en avez déjà dit pas mal, docteure. Je vous remercie.

— Ça ne vous évitera pas, hélas, de revenir avec une commission rogatoire…

— C'est un détail, la rassura Layla en se levant de son siège, une idée derrière la tête.

— Je vous souhaite vraiment de retrouver vite votre amie. Pourrez-vous me tenir au courant ?

— Bien sûr.

Elles se saluèrent. Osgore retourna s'asseoir, ses yeux humides posés sur le petit origami, tandis que Layla remontait le couloir, à la recherche de l'infirmière qu'elle avait interpellée un peu plus tôt. Elle finit par tomber sur elle devant l'une des chambres.

— Merci pour votre amabilité et votre aide, lui dit-elle. Et bonne journée.

Dans la foulée, elle fit mine de s'éloigner, puis s'arrêta et revint sur ses pas. Elle ajouta, l'air innocent :

— Ah, au fait, la docteure Osgore m'a donné le nom du père de la petite qui partageait la bulle de Sara, mais je n'avais rien pour noter et, avec tous les autres noms, j'en ai forcément oublié un… Vous voyez qui c'est ?

— Oui, tout à fait, il était très sympa d'ailleurs et ils échangeaient souvent ensemble, Mme Azoulay et lui. Il s'appelait Régis Marten. Il avait également un frère qui venait de temps en temps, plus réservé que lui, Paul, si mes souvenirs sont bons.

60

« Esther est en plein délire. Sans doute les effets de son ESPT. Je reviens du service où Sara était hospitalisée et où j'ai rencontré une des membres de l'équipe soignante. Horn et Marten existent, je t'expliquerai. Tous sont même reliés à l'hôpital. Rien à voir avec ce qu'elle m'a raconté. En revanche, pas de traces de Dante. Et Thanatea, là où elle était censée travailler, est un lieu probablement inventé à partir d'Athenata, ce centre pour enfants lourdement malades, en Suisse. J'ai aussi appris qu'Esther et Romain avaient fait appel à une mère porteuse pour Sara. Tu devrais te procurer un mandat afin d'accéder à tous les comptes en banque d'Esther, si elle ne les a pas clôturés. Voir si tu trouves une vente, un retrait quelconque d'une somme conséquente. Moi, je file au cimetière et je te recontacterai plus tard. »

Après avoir laissé ce message sur la boîte vocale d'Hélène, Layla démarra. Une demi-heure plus tard environ, elle se garait aux abords du cimetière de Loyasse, qui occupait une partie de la colline de Fourvière où trônait la grande basilique Notre-Dame à la vierge dorée. Layla n'avait pas assisté aux obsèques de Sara, mais avait déposé, plus tard, un coquillage nacré sur la tombe, cadeau de Nour. Les fillettes ne s'étaient jamais vues, mais Layla avait vanté à sa fille le courage de Sara. Une façon aussi de lui parler de la maladie et de la mort comme parties intégrantes de la vie, et de lui signifier la fragilité de celle-ci, ce qui la rendait encore plus précieuse.

Malgré le temps qui s'était écoulé depuis, elle rejoignit sans trop de peine la stèle de Sara. Son urne, en réalité, avait été glissée dans le tombeau familial dans lequel étaient inhumés les parents d'Esther, qu'elle avait tenu à garder près d'elle. Elle aurait souhaité pour Sara un emplacement dans la partie paysagère, qui se fondait davantage dans la nature et où les tombes ressemblaient à des monticules recouverts d'herbe et de fleurs. Mais elle avait finalement préféré réunir les êtres les plus chers et avait pallié l'aspect austère de la dalle en plantant deux arbustes dans un grand bac rectangulaire. Des daphnés blancs. Leurs pieds étaient protégés du froid et des grosses chaleurs par de la bruyère, si bien qu'ils avaient déjà fleuri, et leurs étoiles blanches et rosées exhalaient un parfum unique.

Après avoir mis son portable en mode avion par respect, Layla arrosa les daphnés, les débarrassa de leurs feuilles mortes et de leurs pétales séchés, puis se recueillit quelques instants. Le coquillage de Nour était toujours là. En revanche, une fine pellicule de moisissure grignotait la nacre. Alors qu'elle récitait une prière à mi-voix, son attention fut attirée par un objet accroché à une branche un peu plus dénudée que les autres. Elle se pencha et vit un bracelet tressé. S'en saisit. Eut un mouvement de recul. Il était fait de cheveux aux reflets cuivrés. *Comme ceux d'Esther*, songea Layla, envahie d'un frisson. Fébrile, elle l'enveloppa dans un mouchoir en papier. Elle avait besoin de certitudes et était prête à faire un détour par la PTS[1] d'Écully, pour en obtenir. Cette unité procédait d'ailleurs déjà à l'analyse des échantillons prélevés sur le corps du container n° 7.

1. Institut national de la police technique et scientifique.

Quelque chose en Layla lui disait qu'Esther était en vie. Peut-être séquestrée quelque part ou bien errante, comme sur la vidéosurveillance, mais vivante. En tout cas, c'était sans doute son délire qui l'avait entraînée là-bas. À Athenata. Ce centre qu'elle avait transformé en Thanatea. Une île. La sienne. Un monde qu'elle s'était inventé à partir d'une réalité insupportable. Pour y échapper. Un monde dans lequel on avait semé des origamis, fabriqué des *haniwa* qui ressemblaient à Sara. Un monde dans lequel elle avait rencontré, pour la première fois, Marten dans un rôle de chauffeur, de jardinier et de thanatopracteur. Un monde, enfin, dans lequel une femme avait disparu. Restaient Andreas Dante et Antonia Levens. Qui étaient-ils ? Et pourquoi cette pochette plastifiée au nom d'Antonia traînait-elle dans les affaires d'Esther ?

Layla avait la sensation désagréable d'avancer à tâtons dans un tunnel où l'obscurité se densifiait au fil de ses pas. Mais, à un moment ou un autre – elle en était convaincue – elle retrouverait la lumière du jour. Et, au bout, peut-être, Esther avec d'autres réponses. D'autres vérités.

Elle sortit du cimetière, regagna sa voiture et désactiva le mode avion sur son smartphone qui se mit à vibrer de tous les messages reçus en à peine une demi-heure. Elle découvrit notamment un SMS de Thierry Cossowitz. Il l'invitait à une séance photo. Mais ce qui retint son attention, ce furent les quelques mots de Romain : « Je dois te dire quelque chose, rappelle-moi. » Elle s'exécuta aussitôt en même temps qu'elle quittait le parking.

— Allô ! Romain ? C'est Layla.

— Salut. Je ne sais pas si ça peut vous aider dans l'enquête, mais pendant mon déménagement, je suis tombé sur des papiers qu'Esther avait laissé traîner. C'était indiscret de ma part, pourtant la curiosité a pris le dessus et… j'ai regardé. J'en suis resté sur le cul. C'était des documents provenant d'un orphelinat parisien. En fait, Esther a été abandonnée par sa mère biologique et adoptée par Alain et Déborah. Comme j'avais honte d'avoir violé son intimité, j'ai préféré aborder le sujet avec elle. J'ai cru qu'elle le prendrait mal, mais elle m'a simplement répondu que comme ça, au moins, je savais désormais avec qui j'avais vécu.

— Ses parents lui en avaient parlé ? demanda-t-elle sans lui préciser qu'elle était déjà au courant.

— Non, elle avait découvert d'où elle venait en faisant du tri chez eux, à leur mort.

— Ça a dû être tellement violent. Je ne comprends pas pourquoi elle ne m'a pas raconté ce qu'elle traversait…

— Ne lui en veux pas, Layla. Je suppose que, même à sa meilleure amie, il n'est pas toujours facile de se confier, surtout là-dessus.

— Et elle n'a jamais cherché à retrouver sa mère biologique ?

— Elle m'avait dit que non. C'est sans doute vrai.

Au moins ça.

— Romain, Esther avait bien un tatouage juste en haut du sein gauche, n'est-ce pas ?

— Oui, le prénom de Sara, pourquoi ?

Layla eut tout à coup de la peine à respirer. Non, elle ne pouvait pas lui expliquer. Pas encore.

— Layla ? Pourquoi ? insista-t-il.

— Je ne peux pas t'en dire plus pour le moment. On attend le résultat des analyses. De mon côté, je viens de passer au cimetière, sur la tombe de Sara. Les daphnés sont magnifiques.

— Les daphnés ?

— Oui, tu…

— Je n'y suis pas retourné depuis… l'enterrement.

Chacun fait comme il peut face à l'inconcevable, songea-t-elle, remplie d'indulgence envers cet homme désemparé. Forcément, elle pensa à Cherkaoui, à Nour, et espéra de toutes ses forces que l'arrangement à l'amiable aboutirait.

Layla remercia Romain de son aide et raccrocha. Après quelques ralentissements, elle arriva enfin sur le parking de la scientifique, d'où elle appela Marlène, croisant les doigts pour qu'elle ne fût pas encore partie. Même si, en pleine enquête, la cheffe du labo était capable de dormir sur place, Layla fut soulagée d'entendre sa voix au bout du fil.

— Je suis devant, tu peux venir ?

— Je finis sur un échantillon et j'arrive.

Quelques minutes plus tard, elle vit en effet débouler Marlène et sa dégaine improbable, entre néo-hippie et rasta. Chaque fois qu'elle la sollicitait, elle se demandait comment elle avait réussi à se faire embaucher avec ses dreadlocks. Aujourd'hui, celles-ci étaient contenues dans un turban chamarré qui lui allait à ravir. Un tee-shirt jaune moulait son opulente poitrine, sur lequel s'étalait une feuille de cannabis soulignée de deux mots, « *Best Therapy* ».

— Qu'est-ce qui t'amène à l'autre bout de Lyon ? Pas le vent du Sahara au moins ? lui lança-t-elle de son accent teinté du soleil des Antilles.

Sans quitter la voiture, Layla lui tendit par la fenêtre ouverte le bracelet enveloppé dans le Kleenex.

— Ce sont des cheveux. Tu peux faire une analyse ADN ? Voir s'ils viennent de la même personne ou s'ils ont été mélangés en vue de la confection de ce bracelet.

— Un bracelet en cheveux ? C'est morbide, ton truc !

— C'est toi qui me dis ça ? pouffa Layla. À ce propos, vous en êtes où sur le cadavre du box ?

— T'es pas censée être écartée de l'enquête, toi ?

— Allez, pense à ta thérapie préférée. J'ai toujours mon super fournisseur…

— Même sans ça, tu sais bien que je te rencarde, sale bougne ! rit Marlène de toutes ses dents éclatantes. On en est nulle part pour le moment. On a un taf de folie. J'ai à peine le temps d'aller chier. C'est dire.

— OK, épargne-moi ces détails sur ta vie intestinale trépidante, s'il te plaît, et vérifie plutôt si l'ADN capillaire matche avec celui du macchabée.

— Bien, chef. Sinon, toujours rien sur la disparition d'Esther ?

— Non, *nada*.

— Merde... En plus, ça craint, ce corps découvert dans un box qu'elle louait...

— Pour être honnête, c'est la première fois dans ma carrière que j'ai peur de savoir. Peur de la vérité. Bon, j'y vais. Et... merci.

— T'oublies pas ma *best therapy*, hein ? lui rappela Marlène à travers la vitre qu'elle remontait. Je suis à court, là !

Layla démarra après un sourire narquois et un baiser sur un doigt d'honneur et, quelques minutes plus tard, se retrouva sur la rocade dans le tunnel de Fourvière, dont la gueule béante l'avala avec le flot de la circulation. Une fois régurgitée du ventre de la baleine, elle téléphona à Hélène et lui laissa un message pour l'avertir qu'elle s'apprêtait à faire un aller-retour à Paris.

61

Dans cette journée marathon, Layla avait réussi à joindre l'administration de l'orphelinat David-Salomon et à obtenir un rendez-vous à 16 h 15. En arrivant à Paris par le TGV de 13 h 04 qu'elle eut de justesse, elle sauta dans un taxi qui la déposa pile à l'heure à l'adresse voulue, dans le XIIe.

Construit en 1850, l'orphelinat, devenu au fil des ans, d'une vétusté à faire frémir, avait été récemment rénové et affichait fièrement sa façade décapée de sa crasse séculaire. Layla se présenta à l'accueil. De là, l'employée l'envoya au secrétariat de direction où on l'invita à patienter dans une salle d'attente. Au bout d'une dizaine de minutes, une femme au visage austère, qui semblait avoir l'âge de ces murs, vint la chercher. Légèrement voûtée, habillée d'un ensemble gris en flanelle, les cheveux poivre et sel tirés en queue-de-cheval, elle se caractérisait par une absence totale de sex-appeal.

— Bonjour, madame Grégoire, l'intendante de cet établissement. Si vous voulez bien me suivre.

Layla lui emboîta le pas et elles s'enfoncèrent dans l'aile administrative. Dans ces couloirs sombres, aucun rire d'enfant, seules des portes qui s'ouvraient et se refermaient, des pas qui claquaient sur la pierre du sol aussi glissante qu'une patinoire, des échanges à voix basse et des mouches voletant discrètement.

— Je vous en prie, lui dit madame Grégoire en désignant l'un des deux sièges à l'assise en similicuir. Expliquez-moi ce qui vous amène.

Layla présenta sa carte de police sur le bois patiné du vieux bureau.

— Une enquête sur la disparition d'une de nos collègues de la PJ de Lyon, qui est aussi une amie. Nous savons qu'elle a séjourné dans cet orphelinat et qu'elle a été adoptée par un couple de confession juive. Elle n'a découvert son histoire qu'à leur mort, en tombant sur des documents d'adoption.

— Pourriez-vous m'indiquer son nom ? demanda l'intendante un peu sèchement.

— Esther Azoulay, adoptée par Alain et Déborah Azoulay.

— Et que voudriez-vous savoir sur elle ?

Layla inspira profondément avant de se lancer.

— Esther a eu une fille, Sara, décédée d'une maladie génétique rare. En apprenant qu'Esther venait d'un orphelinat, je me suis dit qu'elle avait peut-être essayé de remonter à sa mère biologique, voire à d'éventuels frères et sœurs, pour trouver un donneur compatible en vue de réaliser une greffe et sauver Sara…

— Alors, je préfère vous dire tout de suite qu'il est impossible de remonter à sa mère biologique, tout simplement parce qu'elle est morte il y a une quinzaine d'années.

— Vous étiez en contact avec elle ?

— Elle avait abandonné ses trois enfants, mais elle a toujours voulu avoir de leurs nouvelles par notre intermédiaire.

Layla sursauta.

— Ses trois enfants ? Esther n'est donc pas fille unique ?

— Elle a une sœur plus jeune d'un an et un demi-frère plus âgé de deux. C'est ce que j'ai d'ailleurs expliqué à Esther quand elle est venue nous voir, il y a environ neuf ans. Elle voulait absolument savoir si elle avait une fratrie.

Neuf ans… Avant la naissance de Sara ! Layla retint son souffle.

— Elle n'était pas la première, ni la dernière, poursuivit Mme Grégoire, dont le ton s'était radouci à l'évocation d'Esther. Il est tout à fait légitime de vouloir remonter à ses origines, connaître sa famille de sang. Le plus étrange, c'est qu'elle ne cherchait pas à retrouver sa mère. Elle était juste obsédée par l'idée de ne pas être sa seule fille.

— Pourquoi, selon vous ?

— Je l'ignore. Toujours est-il qu'après réunion du conseil d'administration et de nos psychologues, nous avons décidé d'accéder à sa demande. Après tout, notre rôle n'est pas de séparer les familles ou d'empêcher nos orphelins de renouer avec la leur. En revanche, il y a certaines conditions.

— Lesquelles ?

— Avoir l'accord des adoptants, par exemple. Ou, quand tout le monde est majeur, avoir le consentement des personnes concernées. En l'occurrence, celui de son frère et de sa sœur, auxquels il fallait révéler qu'ils venaient d'un orphelinat. Et une telle révélation peut provoquer un choc psychologique.

— Les a-t-elle finalement rencontrés après ses démarches ?

L'intendante marqua un temps d'arrêt avant de répondre.

— Son demi-frère n'a pas souhaité la voir.

— Et sa sœur ?

— Elle a accepté, mais pas tout de suite.

— Où vivent-ils ?

— Lui vit depuis quelques années en Floride. Quant à elle, elle a été adoptée par un couple en région lyonnaise.

— Pourquoi Esther et sa sœur n'ont-elles pas atterri dans la même famille ? s'indigna Layla.

— Esther était chez nous avant que sa sœur ne soit abandonnée à son tour et quand la petite nous a été confiée, elle était déjà partie.

— Et vous n'avez pas demandé à Déborah et à Alain s'ils voulaient accueillir la sœur d'Esther aussi ? Il s'agit d'humains, là, pas d'animaux !

Mme Grégoire afficha un air embarrassé.

— Bien sûr que nous les avons contactés, mais ils ne pouvaient pas assumer deux enfants. Nous n'allions pas leur retirer Esther qui vivait chez eux depuis un an. Comme vous le dites si bien, il s'agit d'humains.

— Pourriez-vous me donner les noms de sa sœur et de son frère ? Sa sœur, surtout, est peut-être au courant de quelque chose qui nous aiderait.

L'intendante acquiesça, détacha un Post-it d'une liasse compacte, sur lequel elle se pencha un instant, stylo en main, puis le tendit à Layla qui se décomposa en le déchiffrant.

Une fois dehors à peine une heure plus tard, elle lut et relut le papier, comme si les lettres allaient s'effacer, comme si ce n'était qu'un Post-it vierge qu'elle venait de retrouver dans son sac, comme s'il n'y avait eu aucune Mme Grégoire, ni aucun orphelinat. Mais, contrairement à Esther, elle vivait ancrée dans la réalité. Les deux noms griffonnés étaient bien réels. Et lui montraient le chemin.

62

Layla plia le Post-it comme s'il lui brûlait les doigts à l'acide et le rangea soigneusement dans son portefeuille avant de héler un taxi pour la conduire gare de Lyon où elle avait un train à 18 h 05. Une fois installée, elle prit son portable et appela Delgado.

— Du nouveau dans l'affaire sur le cadavre du box 7 ? lui demanda-t-elle.

— On dirait du Simenon, *Le Cadavre du box* 7, s'amusa-t-il. Ça ferait un bon titre.

— Alors ? s'impatienta Layla.

— Désolé, Laylaland. Je ne peux rien te dire…

— Pas de ça avec moi, Phil. Tu sais très bien ce qu'Esther représente à mes yeux. Et tout ce qu'elle a fait pour la maison.

— Justement, c'est parce que vous êtes proches que t'es pas sur l'enquête. Et pour le reste, elle n'a fait que son job, comme nous tous. On va pas lui décerner la palme, non plus.

— Espèce d'enfoiré…

Layla coupa la communication et jeta son portable sur la banquette à côté d'elle. Elle aurait aimé ne plus en avoir, se retirer du monde, disparaître à son tour. Et Esther qui demeurait introuvable. À part ça, « Tout va bien », chantait Orelsan à la radio.

— Vous pouvez baisser le volume ? lança Layla au chauffeur.

Le Black la regarda dans le rétroviseur et s'exécuta aussitôt.

— La journée n'a pas été bonne, madame ?

— On peut dire ça, oui.

— Il y a des jours comme ça.

S'il n'y en avait qu'un seul, de jour comme ça, pensa-t-elle en se mordillant la lèvre, la tête appuyée contre la vitre. Mais depuis quelque temps, les jours comme ça se succédaient. Un peu trop.

Le taxi venait de s'arrêter devant la gare. Layla paya et gagna son quai, se fondant dans la masse des voyageurs. Une fois installée dans le TGV, elle envoya à un SMS à Hélène : « J'ai de nouveaux éléments, on se voit demain au bureau. »

Au moment où le train s'ébranla, une pensée furtive lui traversa l'esprit telle une comète, une pensée qui avait les yeux et le sourire de Thierry Cossowitz. Après tout, une séance photo avec lui ne pouvait pas lui faire de mal. Elle se promit de le recontacter. En attendant, un texto d'Hélène s'afficha sur l'écran de son smartphone : « À demain, hâte ! »

Arrivée à Lyon, Layla fila chez ses parents. Juste à temps pour accompagner sa fille au lit après le rituel du soir, toilette de chat et brossage des dents, et lui raconter son histoire préférée. Celle du garçon qui fabriqua un cerf-volant pour l'offrir à la fille dont il était amoureux. Mais un coup de vent le lui arracha des mains, alors elle lui dit que s'il voulait sortir avec elle, il fallait qu'il le rattrape pour le lui donner. Ensuite, elle éteignit la lampe de chevet du côté de Nour déjà endormie, sans doute partie au pays des rêves et des cerfs-volants. Elle récupéra le Post-it sur lequel s'alignaient les pattes de mouche de l'intendante de l'orphelinat, porteurs de cette vérité implacable qui lui dévorait les yeux. Deux noms. Antonia Levens et Andreas Dante.

63

C'était le grand jour. Celui que les Marcande avaient attendu pendant des mois et qui mettrait enfin un terme à cette épreuve qui les avait terrassés. Louis, leur petit Louis, parti rejoindre les anges. À huit ans.

Il n'y a pas de mots pour décrire cette horreur. Tout ce que leur garçon avait enduré, après sa chute au fond du puits. L'obscurité, le froid, l'humidité, les bêtes. Ils l'avaient pourtant fermé, ce puits de malheur. Mais la curiosité n'est pas seulement un vilain défaut, comme on aime le répéter aux enfants. Elle tue, aussi. Elle tue les bambins qui enfreignent les règles, qui veulent voir par eux-mêmes, faire leurs propres expériences. Louis n'était pas mort tout de suite, mais il aurait fallu lui porter secours sans attendre. Or, confiants, ses parents ne s'étaient pas inquiétés de son absence prolongée. Il était sorti de table, étranger aux conversations des adultes qui le croyaient en train de jouer tranquillement dans sa chambre ou de taquiner la manette de sa Nintendo. Le cadeau de ses huit ans, fêtés la semaine d'avant.

Leur domaine s'étendait sur cinq hectares, dont trois de forêt. La propriété, un ancien prieuré et ses écuries, un îlot de paix dans un océan de verdure, leur était revenue au décès du grand-père paternel. Elle le poussait à vendre, mais il remettait sa décision à plus tard. Cet endroit avait été le paradis de son enfance. Jusqu'au jour où leur petit garçon paya sa trop grande soif d'aventure.

Que pouvait-il bien y avoir au fond de ce puits ?

— Un trésor, lui avait dit le fils du palefrenier, de quatre ans son aîné. C'est sûr qu'il y a de l'or, c'est pour ça que tes vieux, ils l'ont fermé. Si tu veux, on peut l'ouvrir et aller voir. C'est toi qui descends, t'es plus léger, je gérerai la corde.

Il tint sa promesse de l'accompagner, mais pas de tenir la corde, qu'il lâcha lorsqu'il entendit son père, furieux, l'appeler pour venir l'aider aux écuries. Louis tomba avec, entre les mains, la corde devenue inutile. Le fils du palefrenier ne dit rien à son père ni à personne.

— Où est passé Louis ? Tu l'as vu ? lui demanda-t-on.

— Non. Il est sûrement dans sa chambre.

Mais la chambre était vide. Un avant-goût de ce qu'allait être maintenant leur existence.

— Le puits ! cria la mère en y courant.

Parce qu'une mère sait. Les gémissements qui lui parvinrent du fond obscur confirmèrent son pressentiment.

— Maman ! Maman ! J'ai mal ! pleura-t-il.

Elle se boucha les oreilles pour ne plus entendre et hurla en titubant, comme saoule. Lorsque l'un des pompiers descendit jusqu'à l'enfant, celui-ci était déjà mort. Seul, sans ses parents.

Les jours, les semaines qui suivirent furent atroces. Les Marcande se déchirèrent, leur haine explosa en même temps que la vaisselle sur les murs de ce lieu devenu maudit. Une prison. Une tombe. Celle de leur enfant. Leur vie entière avait disparu dans ce funeste trou. Il avait tout avalé en quelques heures. Le bonheur, la lumière, leur raison d'être. Ils étaient désormais deux fantômes, les fantômes du manoir de la Palissière. Pourtant, alors que les papiers du divorce étaient déjà entre les mains de leurs avocats, le miracle se produisit. Une de leurs connaissances leur parla d'une chose incroyable. Une chose qu'ils n'auraient jamais imaginée. « C'est difficile à concevoir, mais vous verrez, ça va tout changer. » leur affirma-t-il. Ils étaient prêts, surtout si ça pouvait redonner éclat et saveur à leur existence à présent si terne et si insipide.

Le corps de Louis fut sorti de la chambre froide où il reposait, ses parents n'ayant pas pu se résoudre à le livrer à la terre ou aux flammes, et fut confié à un magicien. Il lui offrirait une seconde vie. Il s'y était engagé. Et il tint parole...

La caisse avec son précieux contenu leur fut remise trois mois plus tard. Trois mois d'une insupportable attente. Mais ô combien récompensée. Au-delà de leurs espérances. Louis était revenu à la maison. Presque aussi vivant. Il avait retrouvé son teint frais, son regard espiègle, ses petites lèvres charnues et souriantes. Il paraissait plus calme, un peu trop peut-être, mais au moins ça lui avait servi de leçon. Il se tenait à table comme un grand et avait appris les bonnes manières. Il lui manquait juste la parole, quoiqu'elle crût l'entendre, un jour, lui dire : « Maman, c'était très bon, merci. » Le soir, il ne faisait pas le cirque pour aller dormir. Et s'attablait à ses devoirs sans râler. Ils le couchaient à tour de rôle dans son lit et le quittaient avec un baiser sur le front. Il était presque chaud. Il ne tomba plus jamais malade ni au fond du puits maudit et continua de faire le bonheur de ses parents qui annulèrent la procédure de divorce. La vie reprit, à la Palissière.

Le magicien leur rendit visite en personne. Pour voir si tout allait bien avec Louis. S'il fallait une petite révision, un rafraîchissement. Louis venait d'avoir dix ans. Le magicien l'examina et sembla satisfait. « Je suis heureux de vous l'avoir ressuscité. Et Louis est un petit garçon en très bonne santé », leur dit-il avant de partir.

64

Layla venait de déposer Nour à l'école. Elle avait tenu à le faire et s'était réveillée en conséquence. Bavarder avec sa fille pendant qu'elle avalait son bol de céréales au lait et l'accompagner l'aideraient probablement à affronter tout le reste.

Elle regardait s'éloigner le petit sac à dos bleu Hello Kitty – Nour détestait le rose – et les frisettes brunes avec un pincement au cœur, quand un mail arriva sur son portable. Marlène. Elle se moucha, puis l'ouvrit et le lut, en même temps que le ciel l'écrasait. L'ADN du bracelet tissé avec des cheveux correspondait à celui du corps du box n° 7. Mais ce n'était pas tout… Les deux matchaient à 50 % avec celui d'Esther qui, comme tout fonctionnaire de police, figurait dans le FNAEG.[1]

Des brûlures à l'estomac, Layla retrouva Hélène au siège de la PJ.

— Tu… tu penses que ce bracelet appartenait à Esther ? souffla celle-ci, blanche à faire peur.

— Je ne le lui ai jamais vu, mais elle a très bien pu l'avoir tressé pour Sara, afin qu'elle ait quelque chose d'elle dans sa bulle. Il faut qu'on se renseigne auprès de la cheffe de service. Elle se rappellera peut-être ce détail.

1. Fichier national des empreintes génétiques.

— Avec sa maladie, on l'aurait autorisée à garder sur elle un bracelet fabriqué à partir de cheveux ?

— S'il avait été lavé ou désinfecté, pourquoi pas… En tout cas, les deux ADN, celui du bracelet et celui du cadavre, correspondraient à 50 % à celui d'Esther… Comme c'est le cas dans une fratrie…

— C'est moi ou tu n'as pas l'air d'y croire ? demanda Hélène.

— Disons que je me raccroche aux 50 % restants. Parce que si c'est bien le corps d'Esther, ça désignera tout de suite Romain comme suspect numéro un, hypothèse à laquelle je n'adhère pas vraiment. Pourtant, personne d'autre, dans son entourage proche, ne savait pour le box. Mais… j'ai un scoop de l'orphelinat. Antonia Levens et Andreas Dante sont la sœur et le demi-frère d'Esther.

— Quoi ? Tu es sérieuse ?

— Malheureusement. On n'a donc pas de temps à perdre. Ah oui, autre chose. Je t'avais dit dans mon message que Horn et Marten existaient vraiment. La cheffe du service pédiatrie où séjournait Sara m'a parlé du père de la petite Sadako, dont Sara était très proche, mais n'a pas voulu me donner son nom. Grâce à un coup de bluff, j'ai pu l'obtenir de l'infirmière. Régis Marten. Or, il se trouve qu'il avait un frère, Paul, très discret, qui venait parfois voir sa nièce. Avec tout ça, une petite visite à la cheffe du service pédiatrie, ça te tente ?

Hélène acquiesça.

À l'hôpital, une infirmière leur apprit que la docteure Osgore avait pris sa journée. Les deux flics échangèrent un regard désappointé, mais Layla posa tout de même la question à l'origine de leur déplacement. Un masque chirurgical bleu cachait le bas du visage de leur interlocutrice, mais ses yeux, eux, s'animèrent aussitôt.

— Je me souviens, Sara portait bien un bracelet tressé. J'ignorais simplement que c'était des cheveux, j'avais pensé à du crin de cheval. En revanche, c'est moi qui l'avais désinfecté quand elle l'avait reçu, et je peux vous assurer que ce n'était pas sa mère qui le lui avait donné, mais une femme qui venait la voir de temps en temps.

Nouvel échange de regards entre Hélène et Layla.

— Savez-vous qui était cette femme, par hasard ?

— Pas du tout, par contre elle paraissait très proche de Sara. La petite lui avait même offert un des origamis qu'elle confectionnait patiemment.

— D'après la docteure Osgore, elle pourrait être la mère porteuse de Sara, lâcha Layla.

— Ça ne m'étonnerait pas, en effet, vu leur proximité. De mon côté, je m'étais imaginé qu'elle pouvait être de la famille de Mme Azoulay.

— Pourquoi donc ?

— Elle lui ressemblait beaucoup. La même couleur de cheveux et d'yeux. Excusez-moi, mais si vous n'avez pas d'autres questions, je vais devoir y aller, j'ai du travail.

Layla la remercia avant de partir, suivie d'Hélène. Prise d'un soudain vertige, celle-ci dut s'appuyer contre le mur du couloir.

— Oh, ça va ? s'inquiéta Layla.

— Oui, oui…

— Tu mens mal.

— J'ai parfois la tête qui tourne en ce moment. C'est l'histoire de quelques secondes, pas de quoi s'affoler, lui sourit-elle.

Ensemble, elles sortirent du bâtiment et marchèrent doucement vers la voiture. Une fois qu'elles furent installées, Layla démarra, en proie à une fébrilité qu'Hélène remarqua aussitôt, maintenant qu'elle se sentait mieux.

— Toi, tu as le cerveau en ébullition, lui dit-elle.

— Toi, tu me connais bien. Tu as entendu l'infirmière, à propos de cette mystérieuse inconnue ? Elle pourrait être de la famille d'Esther.

— Et ? Tu penses à quelqu'un ?

— Forcément, à sa sœur, Antonia.

— Ce qui voudrait dire que…

— Que si Esther a voulu coûte que coûte savoir si elle avait une fratrie, et ensuite entrer en contact avec Antonia, c'était peut-être pour lui demander d'être sa mère porteuse. D'où la chemise vide au nom d'Antonia que j'ai trouvée dans ses affaires. Le seul truc qui cloche, c'est que Romain t'a affirmé ne pas la connaître.

— Et si nous faisions un crochet par chez lui aussi ? proposa Hélène.

— C'est parti !

Elles traversèrent la ville et se garèrent sur une place ombragée, le long du mur d'enceinte du parc de la résidence. Lorsqu'elles sonnèrent, ce fut Lia qui leur ouvrit, la mine défaite.

— Qu'est-ce qui t'arrive ? s'enquit Hélène.

— À moi, rien. C'est plutôt à mon père… renifla la jeune fille. Vos collègues l'ont emmené tout à l'heure après avoir tout retourné ici.

— Tu sais pourquoi ?

— Non ! Ils ont pas voulu le dire… Il a rien fait de mal, hein ?

— Reste avec elle, souffla Layla à Hélène en s'éloignant, le portable déjà à l'oreille.

Au bout de deux sonneries, Delgado décrocha enfin et prit son impatience et son agacement de plein fouet.

— Allô, Phil ? Je suis avec Hélène, on est allées rendre une petite visite à Romain, je t'expliquerai… Sa fille nous raconte que nos « collègues » l'ont emmené tout à l'heure ? C'est quoi ce bordel ?

— Un bordel dont tu n'es pas chargée…

— Ça suffit les conneries, Delgado ! On doit consacrer tous les moyens à cette affaire qui prend une ampleur inattendue. Alors tu me dis ce qui se passe, si tu veux qu'on fasse équipe. Sinon ce sera Gorce et moi contre toi.

— Ça va, pas besoin de t'exciter. On a reçu les résultats d'analyse de la bâche, et il y a des empreintes papillaires qui matchent avec celles de Romain Demange. On a fait une perquise à son domicile, mais tu tombes bien, parce qu'il ne veut parler qu'à toi.

65

Dévasté, avachi sur son siège dans la salle d'interrogatoire, les cheveux en bataille dans lesquels il passait et repassait ses doigts d'un geste nerveux, sa ride du lion encore plus creusée que d'ordinaire, Romain s'agita lorsqu'il vit Layla entrer et s'installer face à lui, un dossier à la main.

— J'ai rien fait, Layla, je te jure que j'ai rien... Je... je comprends pas.

— Je suis prête à te croire, Romain. Et, si je suis là, c'est à ta demande, alors je compte sur toi pour me dire la vérité. Sinon, j'aurai l'impression de perdre mon temps et je déteste ça. En tout cas, sache que le corps découvert dans le box pourrait être celui d'Esther et, vraiment, j'espère que tu n'y es pour rien.

— Je te jure...

— Romain, combien de types comme toi, bons pères de famille, sans casier, irréprochables, m'ont juré, ici même, les yeux dans les yeux, être blancs comme neige et, pour finir, se sont révélés capables de trucider femme et enfants ! Je préfère donc procéder par ordre, si tu veux bien. La mort de cette femme, supposément *Esther* – Layla appuya délibérément sur le prénom de son amie –, remonterait à environ une semaine après le départ d'Esther, ce qui coïncide avec le moment où j'ai cessé d'avoir de ses nouvelles. Où étais-tu et que faisais-tu le 25 avril ?

La question prit Demange de court. Il s'ébroua et se passa encore les doigts dans les cheveux.

— Je ne sais plus exactement… J'ai certainement donné des cours et je suis rentré chez moi après.

— On va vérifier auprès de l'établissement où tu travailles. Quelqu'un pourrait témoigner que tu es bien rentré chez toi ?

— Non, à part mon chat.

— Ah, si les animaux étaient dotés de parole, ça arrangerait tout le monde. Surtout nous, les flics.

— Écoute, Layla, je sais que tout m'accable. Les empreintes, sur cette bâche…

— Attends, on va y venir. C'est moi qui mène cet interrogatoire.

— Pardon, oui.

— Quels étaient tes rapports avec Esther quand vous vous êtes séparés ?

— Je crois avoir déjà répondu…

— Pas dans le cadre d'une garde à vue.

— Je vois. Après deux ans de tensions suite à la mort de Sara, notre séparation a été décidée d'un commun accord. Ça s'est donc fait assez sereinement.

— Pas de dispute qui aurait pu être à l'origine d'un dérapage ?

— Non, de toute façon, je suis parti peu de temps après.

— Comment expliques-tu le tatouage du prénom de votre fille sur le corps retrouvé dans le box, l'ADN qui matche avec celui d'Esther et tes empreintes sur la bâche qui enveloppait le cadavre en question ? Sachant que tu étais probablement le seul au courant qu'Esther louait un box pour y stocker ses affaires.

— Mais je savais même pas où il était, ce putain de box ! Et puis pourquoi je serais le seul, après tout ? Elle en a peut-être parlé à quelqu'un d'autre. À toi, par exemple ! s'emporta-t-il sur un ton désespéré.

Layla le toisa froidement.

— Tu veux bien te calmer ?

— Je suis désolé… C'est juste que quand on n'a rien fait, c'est dur de se voir accuser !

— Personne ne t'accuse pour le moment, à part tes empreintes sur la bâche. On fait notre job. Et si on se fie aux éléments que nous avons en notre possession, tu es le principal suspect. Mais ça peut changer. Alors réponds à ma question.

— La bâche était dans notre ancienne cave, où je l'avais rangée. C'est normal qu'il y ait mes empreintes dessus. Et peut-être même celles d'Esther.

— On n'a relevé que les tiennes.

— Elle n'a pas dû y toucher, dans ce cas.

— Et pour cause, si c'est elle qui était dedans.

Layla maîtrisa l'émotion qui l'envahissait. C'était l'interrogatoire le plus éprouvant de toute sa carrière. Mais elle entendait le mener jusqu'au bout.

— Tu… tu penses vraiment que c'est elle ?

— Je ne pense rien. J'ai peur, Romain. J'ai peur et j'espère que non. Tout comme j'espère que tu n'as rien à voir avec ça. Sinon, je t'assure que je ferai de ta vie un enfer.

Elle vit Demange déglutir, capta chez lui une nervosité croissante et poursuivit :

— Hélène m'a rapporté que, lors de votre dernière entrevue, au moment où elle t'avait demandé si le nom d'Antonia Levens te parlait, tu avais eu l'air gêné. Je réitère donc la question, connais-tu Antonia Levens ?

— Je réitère ma réponse. C'est non.

Pourtant, tout dans la gestuelle de Demange prétendait le contraire.

— Tu ne la connais pas ou bien tu ne l'as jamais vue ? insista Layla.

— Ni l'un ni l'autre.

— Tu essayes de me faire gober que tu n'as jamais rencontré la mère porteuse de Sara ? s'agaça Layla en abattant ses cartes. C'est bizarre, tu ne trouves pas ? En général, c'est une décision qui se prend à deux et, dans le cadre d'une GPA, les futurs parents rencontrent généralement ensemble la future mère porteuse.

Romain sembla se liquéfier.

— Qu'est-ce que... tu... tu racontes ? bredouilla-t-il.

— À quel propos ? C'est la mère porteuse ou son identité qui te pose problème ?

— Je... je n'étais même pas au courant. Mon Dieu, c'est un cauchemar !

Demange rétrécissait sur son siège. Il suait à grosses gouttes. Si bien que Layla se décomposa à son tour.

— Comment ça, « pas au courant » ? arriva-t-elle à articuler.

— Je t'assure, Layla, je ne savais pas qu'Esther avait eu recours à la GPA.

Bordel ! Layla venait de comprendre. Si Romain ignorait vraiment ce point, et sa sincérité éclatait dans son regard hébété – ou alors il méritait le César du meilleur acteur –, cela signifiait qu'il n'était pas le père de Sara. Les choses se corsaient sérieusement.

— Je suis désolée, Romain. Pour moi, il allait de soi que tu étais impliqué dans ce projet. Que cette décision était celle d'un couple, et qu'elle avait été mûrement réfléchie à deux.

— Si je te suis bien, ça implique que Sara n'est pas ma fille, c'est ça ? s'étrangla-t-il.

— Ça m'en a tout l'air. En découvrant qu'elle avait été adoptée dans un orphelinat, Esther s'est mis en tête de savoir si elle avait une fratrie. Elle a mené des recherches, lancé des démarches et elle a appris l'existence d'un demi-frère et d'une sœur, Antonia Levens. Elle ne t'en avait jamais parlé ? Ni de son incapacité à enfanter ?

Romain secoua la tête avec conviction. *Merde... Esther, mais qui es-tu ? Et pour commencer, qui est le père de Sara ?*

— Tu savais quand même qu'elle avait fait une fausse couche, n'est-ce pas ?

— Oui, seulement je ne pensais pas que ça avait pu compromettre sa fertilité. J'ai vraiment cru que... que Sara était notre fille.

À cet instant, une chose heurta Layla.

— Attends... La grossesse devient visible, encore plus dans l'intimité d'un couple, dès quatre ou cinq mois. Même si tu avais plutôt la tête dans tes bouquins, tu as bien dû te rendre compte qu'Esther n'avait pas le ventre d'une femme enceinte, non ?

— C'est tombé pile quand je suis parti enseigner un an à Montréal. Nous avions eu un rapport non protégé la veille de mon départ et, trois mois plus tard, Esther m'annonçait cette incroyable nouvelle. J'étais tellement heureux. Tu imagines bien que je ne me suis pas posé la question une seule seconde.

Layla se racla la gorge en tapotant la liasse de papiers posée devant elle. Cette période correspondait aussi à l'arrêt d'Esther pour dépression. Personne ici n'avait donc pu voir qu'elle n'était pas enceinte. Quant à elle, prise par ses propres soucis à l'époque, elle ne lui avait rendu visite qu'à de rares occasions, alors qu'Esther était censée tout juste attaquer son deuxième trimestre. Esther portait à ce moment-là des sweats et des pulls larges, susceptibles de donner le change. À aucun moment Layla n'aurait pu deviner que son amie en réalité simulait sa grossesse.

Soudain, la porte s'entrouvrit, laissant passer la tête de Delgado.

— Je peux te voir deux minutes ?

La flic abandonna Romain à sa fébrilité et revint, quelques instants plus tard, une chemise cartonnée à la main. Elle reprit place face à Demange et le toisa sévèrement.

— On arrête les conneries ? lâcha-t-elle d'une voix dure et cassante.

En même temps, elle sortit de la chemise un petit paquet de photos et les aligna sous les yeux atterrés de Romain. C'était des photos en couleur sur lesquelles posait une jeune femme plutôt jolie, les traits fins, les iris d'un vert lumineux aux reflets dorés, les cheveux roux ondulés et mi-longs, en maillot de bain sur une plage, au bord d'une eau aux teintes émeraude.

— Tu connais cette femme ?

— Non…

Layla tapa la table du plat de la paume, ce qui fit sursauter Romain.

— Continue de te foutre de notre gueule, Demange, et tu n'es pas près de sentir la caresse du vent sur ta peau. Je répète : connais-tu cette femme ? Réfléchis bien, parce que je ne te le demanderai pas une troisième fois.

— Je t'assure que non… s'obstina-t-il.

— OK, dans ce cas, que faisaient ces clichés chez toi, dans l'un des tiroirs de ton bureau ?

Aussitôt, son vis-à-vis se décomposa.

— Eh oui, à la PJ, on perd pas de temps. Mes collègues ont trouvé cette photo au cours de la perquise, chez toi, avant de te placer en garde à vue. Tu te rappelles de ça, au moins, ou t'es complètement Alzheimer ?

— J'ai rien fait ! C'est de l'abus !

Cette fois, Layla se leva tel un ressort et se pencha vers lui, menaçante.

— Ah ouais ? *Qui* abuse le plus, Demange ? Hein, *qui* ? Réponds, bordel !

Agacée par le mutisme de l'ancien compagnon d'Esther, Layla retourna l'une des photos, au dos de laquelle on lisait ces mots, écrits à la main : « À toi, mon amour, en attendant d'être ensemble. Ton Antonia, pour toujours. »

— Tu vas encore me prétendre que tu la connais pas, c'est ça ? Et que tout ça a atterri chez toi par hasard… Écoute, Romain, tu ne fais qu'aggraver ton cas, tu le sais ? Pense à Lia. Un père en prison, c'est douloureux, et difficile à porter.

— Je veux un avocat, répondit Demange en se renversant sur son siège.

Son visage s'était fermé et il sembla à Layla avoir en face d'elle un tout autre homme. Froid et déterminé. À moins que ce ne fût pour se donner une contenance.

— À ta guise. Appelle ton avocat, tu y as droit de toute façon, mais je peux te dire que tu as tout faux. Avec tes empreintes sur la bâche, tes mensonges et les photos d'Antonia Levens retrouvées chez toi, tu es mal barré. Tu risques d'écoper, au bas mot, de vingt ans. Je ne te comprends pas, Romain, tu ne voulais parler qu'à moi et tu me racontes des craques depuis le début. Je te souhaite bonne chance en tout cas, tu en auras besoin.

Dans la foulée, Layla ramassa ses affaires, lentement, avec un geste froid et déterminé lui aussi. Puis, sans un regard pour Romain, se dirigea vers la porte.

— Attends !

La voix de Demange l'arrêta au moment où elle allait sortir, mais il ne la vit pas sourire. Elle se retourna lentement. Tout rictus avait disparu de son visage.

— Je ne voulais pas te mentir, craqua-t-il. Mais j'ai flippé. J'ai eu peur que… qu'à cause de mes empreintes, on me colle ce meurtre sur le dos ! C'est vrai, je connais Antonia, la sœur d'Esther. On est tombés amoureux, un coup de foudre.

C'était très fort. Comme une évidence. Esther me l'avait présentée peu de temps avant mon départ pour Montréal, toute contente d'avoir pu établir le contact avec elle. Par contre, je t'assure que je ne savais pas pour leur petite combine. Enfin, plutôt celle dans laquelle Esther l'avait apparemment embarquée. Mais je comprends mieux... Quand je suis rentré de Montréal, Antonia avait changé.

— Changé ? C'est-à-dire ?

— Elle était distante. Pourtant, nous avions correspondu, nous nous étions même téléphoné régulièrement durant cette année passée loin l'un de l'autre. Et à mon retour, elle ne voulait plus que je la touche. Je lui ai demandé si elle avait rencontré quelqu'un, elle m'a juré que non. Elle m'a juste dit qu'elle s'en voulait par rapport à Esther et qu'on devait arrêter.

— Ça a été le cas ?

— Oui, soupira Romain. J'étais au fond du trou. Esther ne s'en est même pas aperçue, ou alors elle a imputé cet état à la maladie de Sara, qui a été très vite diagnostiquée. Finalement, même le destin a joué contre moi pour que j'apprenne la vérité, puisque je n'ai pas vu naître Sara, mon vol ayant été annulé à cause d'une grève. Je n'ai pu retourner en France que trois jours après, trois jours sans avoir eu le bonheur de prendre ma fille dans mes bras à sa naissance. Dire qu'en réalité, toutes les deux m'ont pris pour un con... Antonia s'est réfugiée dans sa culpabilité, refusant qu'on soit heureux ensemble, alors qu'elle savait que j'envisageais de quitter Esther. Je l'ai croisée à l'hôpital, une ou deux fois. Elle venait rendre visite à Sara. Je trouvais ça normal, c'était sa tante, après tout. Maintenant que j'y pense, je comprends mieux aussi pourquoi Esther avait refusé de m'envoyer des photos d'elle pendant la grossesse ! Elle se trouvait moche, soi-disant. C'est vrai qu'elle était moche, mais à l'intérieur. Très moche.

Une fois sortie, Layla dut s'appuyer contre le mur du couloir. Qui était vraiment celle dont l'amitié lui était la plus précieuse ? Une manipulatrice-née ou une femme désespérée que deux prédateurs et la mort de son enfant avaient détruite… ? Romain venait peut-être de lui donner un semblant de réponse.

66

— Qu'est-ce que tu en penses ? Il te semble sincère ?

Layla venait de rejoindre Hélène qui avait tout suivi sur l'écran du moniteur dans la salle vidéo.

Comme son amie, ce qu'elle avait encore appris sur Esther la laissait sans voix.

— J'avoue que je sèche un peu, là. Je trouve incroyable cette histoire de GPA qu'elle lui aurait cachée. Et en même temps, je me dis que, décidément, Esther n'est pas celle qu'on croyait.

— C'est malheureusement ce que je pense aussi, fit Layla tristement, le regard rivé à sa fine cicatrice au poignet. Si Demange ne savait vraiment pas pour la mère porteuse, il a peut-être découvert la vérité et, se sentant trahi, il a vrillé.

— Son geste aurait été prémédité, alors ?

— Pas forcément, il a très bien pu vouloir qu'elle lui avoue tout elle-même, ils se sont disputés, et en sont venus aux mains. Ou bien, de rage, il l'a frappée sans volonté de la tuer, mais elle a fait une mauvaise chute et… voilà.

Les grands yeux charbon de Layla se remplirent de larmes. Hélène pressa doucement le bras de son amie.

— Je ne veux pas créer de faux espoirs, mais mon collègue de la PJF m'a recontactée pendant l'interrogatoire. Ils ont de nouveaux éléments et il m'a dit que ce serait bien que je lui rende une petite visite. Officieusement, bien sûr. Tu m'accompagnes ?

Layla leva la tête vers Hélène et esquissa un sourire.

— Et comment ! On pourrait en profiter pour pousser jusqu'à ce centre, Athenata…

— OK, on partira demain. Aujourd'hui, il est occupé sur le terrain. Je peux poser ma journée. Et toi ?

— Je peux avoir une migraine, rit Layla. C'est parfait, comme ça, je ne loupe même pas ma séance photo après le boulot, tout à l'heure.

— Une séance photo ? Tu veux te reconvertir, toi aussi ?

Layla fit la moue.

— Pas vraiment… Thierry Cossowitz, tu te rappelles ? Le fils de la psy d'Esther. Il est photographe et me l'a gentiment proposé. Ce sera une première.

— Alors, bien sûr, tu ne le connais même pas et tu y vas ! Si tu te fais violer, ce sera une première aussi…

— Ça va, je suis pas une gamine ! Tout de suite le pire…

— Il te plaît, c'est ça ?

— Peut-être…

— Je croyais que tu kiffais Youssef.

— Je kiffe le mec qui va me faire vibrer.

— Et un rencard en mode *shooting*, ça te fait vibrer…

— Oh oui, surtout s'il dégaine son gros objectif !

Elles se regardèrent et explosèrent de rire. Comme autrefois. Quand le monde était beau, quand Esther n'avait pas disparu, quand elle n'était pas soupçonnée de meurtre ou présumée morte, quand l'horizon était clair et que les morts et certains vivants ne hantaient pas leurs nuits. En sortant de la pièce, elles tombèrent sur Delgado qui s'apprêtait à ouvrir la porte. Il paraissait contrarié.

— L'avocat de Demange est arrivé, on doit le relâcher.

— Carrément ? Et les empreintes ?

— Ça ne prouve rien, puisque la bâche pouvait en effet être stockée dans leur cave bien avant qu'elle ne serve à emballer un cadavre.

— C'est quand même un élément accablant, merde ! s'écria Layla.

— Oui, mais insuffisant. La juge ne le retient pas contre Demange.

— Parfois, je déteste notre métier. Bon allez, je vous laisse, j'ai un dossier qui m'attend. Hélène, je t'appelle dans la soirée.

Elle regagna son bureau et plancha sur l'affaire Til. Elle avait encore deux témoins à interroger.

Comme prévu, en fin d'après-midi, elle se prépara à retrouver Thierry Cossowitz à l'adresse qu'il lui avait donnée par téléphone, quelque part sur les pentes de la Croix-Rousse. *Tu ne le connais même pas*. Elle avait fait sa vaillante, mais l'objection légitime d'Hélène clignotait en rouge dans sa tête.

Cossowitz lui avait conseillé de prendre un taxi ou de venir en bus, sinon elle risquerait de tourner une heure avant de réussir à se garer. Au terme d'une douche un peu longue et d'une séance maquillage de près d'une demi-heure, elle enfila un blouson en jean par-dessus son débardeur rouge en soie qui tranchait avec le noir de sa minijupe de cuir. Dans cette tenue, elle préféra s'orienter vers la première option plutôt que de s'exposer aux regards concupiscents dans les transports publics. Elle se donnerait certes en pâture à celui du chauffeur de taxi, mais au moins il serait le seul. Et elle devait se l'avouer, ça ne la gênait pas vraiment. Ça la flattait, même, de se sentir désirable et belle. À condition que ça se limite à ça, bien sûr.

Le fils d'Irène l'accueillit avec un franc sourire, une chemise bleu ciel en lin ouverte sur un torse hâlé et imberbe.

Ses yeux brillaient déjà. Elle faisait encore de l'effet aux hommes, se réjouit-elle en l'effleurant au passage, de ses cheveux lâchés.

— Par ici, je t'en prie.

Le tutoiement amorça une certaine intimité qui ne lui déplut pas. Le studio photo se trouvait dans un loft conçu à partir de la réunion de deux appartements de canuts, ces célèbres tisseurs de soie lyonnais qui exerçaient leur art sur d'énormes métiers dont la taille requérait un grand espace et, surtout, de hauts plafonds. Au sol, les tommettes ocre étaient d'époque. Pour le reste, le design industriel mêlait bois et métal. Les murs gris ardoise, tapissés de portraits noir et blanc de femmes dans des cadres en acier accentuaient le sentiment de mystère et d'étrangeté. Un escalier tournoyait jusqu'à une mezzanine entourée de verre opacifié qui devait abriter jalousement l'intimité de Cossowitz.

Il l'invita à s'asseoir sur un canapé d'angle fabriqué à base de palettes.

— Alcool ou soft ? proposa-t-il sans se départir de son sourire.

— Soft, s'il te plaît.

Étrangement, Layla se sentait dans ses petits souliers. Cet intérieur pourtant sobre, mais dont l'immensité, la noblesse des matériaux, et les quelques meubles signés révélaient une grande aisance matérielle, l'impressionnait. Elle, la gamine des bidonvilles de Casablanca. Elle, la fille de la cité auxerroise. Elle qui, sans en rêver, ne pouvait cependant qu'imaginer la richesse comme une contrée lointaine et inaccessible.

Cossowitz revint au bout de quelques minutes de l'espace cuisine, ouvert sur le salon – aussi spacieux que l'appartement des Bennani. Il tenait un verre à cocktail bordé de sucre roux, orné d'une tranche d'ananas et rempli d'un liquide mousseux jaune orangé dans lequel était plantée une paille en carton.

— Et voici un smoothie pour madame, dit-il, légèrement courbé, dans la pantomime d'un serveur appliqué à satisfaire une hôte de marque.

— Merci. J'espère qu'il est aussi savoureux qu'il en a l'air, répondit Layla dans un regard appuyé.

Le message était passé. La dévorant des yeux, Cossowitz se redressa et sortit du bar une bouteille de Talisker et un verre à whisky avant de s'installer à côté d'elle.

— Cuvée Storm, « tempête ». Pour celle que tu déclenches en moi.

Layla se sentit rougir comme une pucelle et en eut honte. Il faut dire que depuis son histoire avec Cherkaoui, elle tenait les hommes à distance. Une perte de confiance en la gent masculine qui lui valait un célibat prolongé et confortable. De toute façon, entre Nour et son travail, elle n'avait de temps à consacrer à personne. Pour se redonner une contenance, elle glissa la paille entre ses lèvres et aspira une première gorgée, puis une deuxième. Un pur délice qui lui fit fermer les yeux et soupirer de plaisir.

— Alors ? Verdict ? s'enquit Cossowitz, mimant l'inquiétude.

— Une tuerie.

— Me voilà rassuré, souffla-t-il avec un soulagement feint.

— C'est ton piège à filles ? lui envoya-t-elle avec un clin d'œil.

— C'est plutôt moi qui tombe dans le leur, le plus souvent.

— Arrête, tu vas me faire pleurer !

— Ah non, je préfère te faire rire. Mais discutons un peu photo. Es-tu prête ? L'idée, ce serait de lancer la séance par une série de portraits, déjà. Pour le reste, on verra si tu te sens à l'aise.

— Pour poser en petite tenue, c'est ça ?

— Par exemple. Et j'ai encore mieux, mais je le réserve pour la fin.

— Tu sais entretenir le mystère, toi. On peut commencer par la fin ?

— Gourmande… Pour t'aider à patienter, je vais te montrer un de mes books. Je suis sûr que ça va te parler.

Intriguée, Layla observa Cossowitz pendant qu'il sortait de sous la table basse un gros livre noir à la couverture glacée sur laquelle figurait son nom en caractères blancs, en dessous du titre « *Post mortem* ». Layla se raidit imperceptiblement.

— Tiens, feuillette-le. Prends tout ton temps, rien ne presse.

Je te croyais pressé de me sauter, pensa-t-elle, un peu déçue, en posant sur ses genoux le livre dont le poids la surprit. Tout à coup, elle frissonna, puis elle fut traversée de sueurs froides, suivies d'une chaleur intense qui l'incommoda tandis que son cerveau s'embrumait dans son crâne endolori. Ça faisait longtemps qu'elle n'avait pas eu de migraine. C'était bien le moment…

Elle tourna, malgré tout, les premières pages occupées par les reproductions des photos de Thierry Cossowitz. Une drôle de sensation l'envahit face à ces corps nus ou vêtus de dentelles, ces visages de femmes au regard d'une fixité étrange et aux lèvres sans sourire, entrouvertes ou fermées.

— Elles ne sourient jamais ?

— Les morts ne sourient pas, dit gravement Cossowitz.

Sans réagir, Layla continua à parcourir le livre. Chaque page semblait peser une tonne.

— La vie peut imiter la mort à la perfection et vice versa. J'ai voulu brouiller les pistes.

La voix de Thierry Cossowitz résonnait comme dans la nef d'une église. *Brouiller les pistes*… répéta mentalement Layla en même temps que son propre corps lui devenait peu à peu étranger. *Qu'est-ce qui m'arrive*… C'est alors qu'elle la vit, assise dans un fauteuil bas de style baroque, d'une blondeur et d'une nudité éclatantes, mais affichant des yeux vitreux.

Jade, la prostituée dont le corps avait disparu de l'IML. Sur la page d'en face, elle reconnut avec horreur Ophélie Meyer, nue sur le même fauteuil.

— Sa… laud… articula-t-elle avec peine. Qu'est-ce que… t'as… mis…

— Gamma-butyrolactone et butanediol-1,4, ça te parle aussi, non ?

— G… GHB… Espèce de…

— Oh non, la grossièreté te sied mal, ma belle.

Il se rapprocha d'elle tout en déboutonnant sa chemise en lin et la renversa sur le canapé, docile, offerte et bientôt sans aucun souvenir de ce qui allait se produire.

— Tu verras, tout se passera bien, comme pour Jade, Ophélie et les autres. Quoique avec Meyer, je n'ai pas pu aller jusqu'au bout, elle a eu des soupçons avant, alors j'ai été obligé de m'occuper d'elle autrement. Mais je vais me rattraper avec toi, tu seras mon chef-d'œuvre, mon *Dahlia noir*. En plus, tu feras un heureux.

Perdue au cœur d'un brouillard de plus en plus dense, Layla l'entendit prononcer encore quelques mots avant de sombrer dans la nuit.

67

Layla ne l'avait pas rappelée la veille au soir, comme convenu. Hélène avait pourtant essayé de la joindre plusieurs fois et lui avait laissé des messages en lui demandant de la recontacter. En vain. « Je ne suis pas une gamine », lui avait-elle rétorqué lors de leur dernière discussion. Cossowitz avait dû la faire vibrer avec « son gros objectif ». Hélène sourit malgré elle et se dit qu'avec la nuit qu'elle avait dû passer, Layla avait peut-être changé d'avis sur leur déplacement en Suisse. *Pourtant, ça ne lui ressemble pas, ce silence*, lui chuchota une petite voix, entre deux gorgées de café.

Il était déjà temps de prendre la route, si elle voulait arriver à l'heure au rendez-vous en Suisse. Mais d'abord, il lui fallait trouver le téléphone de Cossowitz ou son adresse. Un photographe professionnel devait avoir son site Internet. Hélène tapa sur son smartphone « Thierry Cossowitz photographe contact » et obtint les occurrences correspondant à sa recherche avec un numéro de fixe, un portrait de lui qu'elle téléchargea et, cerise sur le gâteau, un 07 qu'elle composa aussitôt.

À la voix qu'elle entendit, celle d'un homme âgé, elle crut s'être trompée et allait raccrocher, quand son interlocuteur se présenta sous le bon nom.

— Bonjour ! Excusez-moi de vous déranger, mais je m'inquiète au sujet d'une amie, Layla Bennani, qui avait une séance photo dans votre studio, hier en fin d'après-midi. Elle devait me rappeler à son retour, or je n'ai pas eu de nouvelles. À quelle heure la séance s'est-elle terminée ?

— Ah… mais… elle n'est pas venue. Je me suis dit qu'elle avait eu un empêchement, les gens ne préviennent pas toujours, vous savez. Ou bien qu'elle y avait renoncé, comme c'est le cas parfois. Ça peut faire peur, de s'exposer face à un objectif.

À cette dernière évocation, Hélène se mordit la joue pour ne pas glousser malgré les circonstances et son angoisse croissante. Si Layla avait manqué ce shooting dont elle semblait se réjouir et ignorait son portable, il lui était peut-être arrivé quelque chose. Elle aurait voulu poser davantage de questions à Cossowitz, mais préférait rester discrète pour l'instant. Si Layla ne réapparaissait pas, il serait potentiellement une piste à creuser. En attendant, Hélène monta dans sa voiture et fonça chez son amie.

Arrivée devant l'immeuble, elle reconnut aussitôt le Duster beige de Layla et fut envahie d'un mauvais pressentiment. Elle se gara et, sans réponse de celle-ci, sonna au hasard chez des voisins.

— C'est pour une livraison, la personne n'est pas là, merci, dit-elle dans l'interphone, contente de son astuce.

Aussitôt, elle perçut un grésillement. Ça fonctionnait à tous les coups. En revanche, une fois devant la porte de l'appartement, Hélène sonna, frappa, sans succès. *Où es-tu passée, bordel…* L'hypothèse d'une nuit torride dans les bras du beau photographe s'étant écroulée, restait celle d'une urgence familiale avant d'envisager le pire. Elle n'avait pas d'autre solution que d'appeler chez les Bennani où ce fut la mère de Layla qui décrocha. Hélène n'avait pas entendu cette voix si familière depuis des lustres.

— Bonjour Latifa, c'est Hélène Gorce. Je suis confuse de vous téléphoner si tôt, mais je cherche Layla. Nous avions rendez-vous ce matin. Elle ne serait pas chez vous, par hasard ?

— Non, elle n'est pas là, s'affola Latifa. Elle m'avait dit qu'elle ne viendrait sans doute pas dîner à la maison hier soir, alors j'ai pensé qu'elle avait une obligation. Tu es passée chez elle ?

— Oui, j'y suis. Il y a sa voiture, mais personne ne répond.

— Oh mon Dieu, pourvu qu'elle ne se soit pas sentie mal… Elle est très stressée ces derniers temps…

— Je vais m'en assurer et je vous tiens au courant dès que j'ai des nouvelles. N'hésitez pas à me contacter aussi si elle vous fait signe. Au revoir, Latifa.

Elle coupa sans laisser à la mère de Layla le temps de réagir. L'heure tournait. En l'absence de gardien, il n'y avait plus qu'une chose à faire, tenter d'ouvrir elle-même l'appartement de Layla. Elle redescendit à sa voiture, se munit d'une vieille radiographie qui traînait toujours dans le coffre sur les conseils d'un copain serrurier, rentra dans l'immeuble dont elle avait bloqué la porte d'entrée par précaution et remonta au cinquième. Elle glissa la radio dans la fente, entre le chambranle et la serrure et, après un mouvement souple, entendit un petit *clic*.

— Layla ? C'est Hélène ! Layla ! Tu es là ? appela-t-elle en vain tout en pénétrant chez son amie.

Rapidement, elle fit le tour de l'appartement. Vide. Le lit était défait, ce qui ne constituait pas une preuve en soi que Layla y avait bien dormi cette nuit. Vu les affaires qui traînaient un peu partout, elle n'était pas une maniaque du rangement. En revanche, aucun reste de petit déjeuner sur la table de la cuisine et la cafetière semblait ne pas avoir servi tout récemment. Mais, là encore, il s'agissait d'indices trop légers. Elle sortit son smartphone et composa le numéro de Layla, dans l'hypothèse où elle aurait oublié son portable. L'inspection de ce dernier permettrait de remonter son emploi du temps et de retrouver d'éventuels échanges avec un correspondant, expliquant cette absence. Mais seul le silence lui répondit.

Hélène sortit et claqua la porte derrière elle, le visage tendu. Une idée furtive lui traversa l'esprit en même temps qu'une bouffée d'espoir, qui s'évapora aussitôt. En effet, même si Layla était simplement partie courir, rien ne l'aurait empêchée de l'appeler hier soir comme convenu. De retour à la voiture, elle hésita une seconde. Si elle sollicitait Delgado et que Layla l'apprenait, elle serait en rogne. Pourtant, elle n'avait plus le choix… Elle contacta donc leur collègue et lui fit part de l'absence inexpliquée de Layla ainsi que de son inquiétude grandissante.

— Tu le connais, ce Thierry Cossowitz ? lui demanda le flic d'un ton bourru, dans lequel perçait clairement une pointe de jalousie.

— Layla m'en a seulement parlé. C'est le fils de la psychiatre d'Esther.

— Et comment Layla est entrée en contact avec lui ?

— Trop long à t'expliquer. Je dois filer, là, j'ai pris ma journée pour des examens médicaux. En tout cas, Cossowitz, avec qui elle avait rendez-vous, est le seul lien qui pourrait nous mener à elle si elle ne se manifestait pas rapidement. Même si, d'après lui, elle lui a posé un lapin.

— Je vais aller à son studio, le cuisiner un peu.

— Attends quand même, il avait l'air vraiment déçu.

— OK, mais je trouve ça bizarre.

— Je sais, moi aussi. En plus, Esther le fréquentait et, apparemment, avait eu une courte liaison avec lui avant Romain.

— Esther, qui a disparu aussi. Deux flics de la PJ qui se volatilisent et un dénominateur commun, ce Cossowitz. C'est louche.

— On est d'accord. À propos d'Esther, tu as du nouveau sur les analyses complémentaires des échantillons du corps du box 7 ?

— Pas encore, mais ça ne saurait tarder. La section scientifique d'Écully est sur le coup. Tout le monde voudrait que ce ne soit pas elle, raison pour laquelle, d'ailleurs, ils ont relancé une expertise. À partir des dents, cette fois. On a contacté le dentiste d'Azoulay et il a transmis des radios.

— Pourquoi ne pas avoir commencé par ça ?

— Les voies de la PTS[1] sont impénétrables.

Comme bien d'autres… se dit Hélène après avoir raccroché. Elle avait le sentiment d'abandonner Layla, mais ce que son confrère suisse avait à lui communiquer semblait capital pour l'enquête. Et puis, elle le savait, Delgado ne lâcherait pas le morceau. Elle prit donc la route avec déjà un peu de retard.

Fabien Schmidt l'attendait en terrasse d'un café au bord du Léman, à l'extérieur de Nyon, et loin des locaux de la PJF. Ce rendez-vous entre police française et police suisse devait rester discret.

À part les reflets argentés sur ses tempes et sur sa barbe de quelques jours, autrefois d'un blond très clair, il n'a pas changé, constata Hélène qui le reconnut tout de suite, même de loin, malgré sa tenue civile.

— Je suis content de te voir, lâcha-t-il alors que son sourire s'étirait jusqu'à ses yeux d'un bleu polaire assorti à son sweat à capuche.

— J'espère que ce n'est pas juste pour ça que tu m'as fait venir, répliqua Hélène en lui retournant son sourire.

— J'aurais préféré. Qu'est-ce que tu veux boire ?

— Au point où j'en suis avec la caféine, je vais continuer avec un espresso. Alors, dis-moi, pourquoi tu m'as fait poser une journée et avaler tous ces kilomètres ?

---

1. Police technique et scientifique.

— Notre enquête nous a amenés à faire des recoupements avec d'autres disparitions recensées depuis un an dans la région. Sept femmes au total. Dont Patricia Kessner.

— Y a-t-il un point commun entre elles ? La même tranche d'âge ? Le même milieu professionnel ? Des liens de parenté ?

— A priori, non. Entre trente et quarante ans. Des milieux professionnels différents : banque, commerce, agence de pub, etc. L'une d'entre elles a bossé dans un centre pour enfants atteints de maladies rares.

— Quel est le nom de ce centre ?

— Athenata.

Hélène tressaillit.

— À quel poste ? demanda-t-elle.

— Aide-soignante.

— Depuis que tu m'as transmis l'avis de disparition concernant Esther, je travaille en off pour essayer de retracer son itinéraire avec l'aide d'une collègue, Layla Bennani. Elle a découvert que Thanatea, la société pour laquelle Esther lui a dit avoir été embauchée en tant que « préposée au café », est précisément l'anagramme d'Athenata. Et comme, selon sa psy, Esther subit un état de stress post-traumatique susceptible de générer des bouffées délirantes, voire des états dissociatifs, on a tout de suite pensé que Thanatea n'existait que dans sa tête.

— Non, Thanatea est bien réelle, confirma Schmidt. C'est une sorte d'annexe d'Athenata, qui se veut très discrète. C'est en réalité un mouroir où ils pratiquent le suicide assisté. Pour les adultes, mais aussi pour les enfants d'Athenata, avec le consentement des parents.

— Ce doit être terrible de prendre une telle décision…

— Je ne sais pas ce qui est pire, laisser vivre dans des souffrances physiques et morales un gosse, condamné à mort quoi qu'il en soit, ou bien abréger cette torture. Toujours est-il que Thanatea est implantée sur une île au milieu du Léman, qui n'est pas cartographiée et pour cause. C'est très confidentiel et vu les tarifs appliqués par cette… structure, ça s'adresse plutôt aux grosses fortunes. D'autre part, personne ne peut y avoir accès, à part les employés et les candidats au suicide accompagné. Je ne crois pas que les proches puissent s'y rendre. Tu parles de délire pour Esther, mais le vrai délire, c'est ce qu'ils sont capables de faire sur les gosses décédés, à la demande de certaines familles…

Hélène redoutait d'entendre la suite.

— Ils ont deux thanatopracteurs sur place. Je ne sais pas comment, mais de façon tout à fait légale, et pour des sommes frisant parfois les cent mille euros, ils redonnent aux jeunes défunts leur éclat d'avant et plus encore, à tel point que les parents en oublient la maladie qui les a emportés.

Sa consœur écoutait, abasourdie. Finalement, Esther n'avait pas imaginé Thanatea et n'était pas en pleine paranoïa quand elle avait évoqué l'atmosphère étrange qui y régnait.

— Mais il y a quelque chose qui va t'intéresser encore plus, ajouta-t-il. On a retrouvé la femme des vidéos de surveillance, celle qui errait dans les rues de Morges, et qui serait susceptible d'être ton amie. Elle ressemble assez à la photo, sauf qu'elle n'a aucun papier d'identité sur elle ni aucun signe distinctif, à part une entaille à la joue gauche et un médaillon sur lequel est gravé un prénom, Antonia. Elle affirme que c'est le sien et qu'elle s'appelle Antonia Levens.

68

Un vertige s'empara d'Hélène. Si cette femme qui prétendait être Antonia Levens disait vrai, le corps du box serait bien celui d'Esther, comme le suggéraient les analyses ADN. Une probabilité effroyable qui ramènerait forcément à l'hypothèse de la culpabilité de Romain Demange. Parmi les autres suspects potentiels, d'Orsay, et maintenant ce Thierry Cossowitz. Mais auquel de ces hommes Esther aurait parlé de ce box qu'elle louait ? Interrogé, le gérant de la société n'avait vu personne d'autre qu'elle venir décharger un van rempli de sacs et de quelques meubles. Esther s'était servie d'un diable, ça lui avait pris du temps, mais elle avait tout fait elle-même. Quant à l'armoire-penderie, elle l'avait démontée chez elle, pour la transporter plus facilement et l'avait remontée dans le box. Mais pourquoi n'avait-elle pas demandé de l'aide ? Pas même à ses amies les plus proches… En tout cas, apprendre sa mort représenterait une épreuve affreuse, terrible à encaisser, mais, au moins, elle serait une victime et pas une meurtrière présumée.

— Où est-elle ? Est-il possible de la voir ?

La tasse de café tremblait au bout de ses doigts.

— Pas pour le moment. Je te confie tout ça à titre officieux. En attendant d'être interrogée, elle a été accueillie dans un centre d'aide aux SDF, où elle bénéficie de l'accompagnement de bénévoles et d'une assistante sociale.

— Quand l'avez-vous retrouvée ?

— Il y a deux jours.

— Elle a vu un psy ?

— Pas encore. Demain.

— Demain ? C'était la première chose à faire.

— Ici on n'est pas à Lyon ou à Paris. Nos moyens ne sont pas les vôtres.

— Si tu les voyais, nos moyens, tu serais étonné. Entre les hôpitaux et la police, on dirait que tout est fait pour affaiblir la fonction publique. J'espère que je pourrai m'entretenir avec elle rapidement. Antonia Levens est la sœur d'Esther.

Elle vit Fabien se raidir d'un coup. *Chacun son tour*, songea-t-elle. Elle lui raconta alors ce qu'elle savait sur Antonia, ainsi que l'histoire du corps découvert dans le box d'Esther.

— D'où l'importance de pouvoir établir le contact sans tarder.

— Je comprends mieux… Et s'il y a eu meurtre, ça change tout. Cette femme sait peut-être quelque chose sur la disparition d'Esther. Ou… sur son possible assassinat. Je vais aller l'interroger au centre. De façon informelle d'abord.

— Je viens avec toi, Fabien, et c'est non négociable. On a un cadavre sur les bras ainsi qu'une ex-lieutenante de police volatilisée et qui pourrait être ce même cadavre. Et au moins, je verrai tout de suite si c'est Esther. Tu ne me laisseras pas sur le bord de la route, impossible !

Sans compter que je n'ai toujours aucune nouvelle de Layla… se retint-elle d'ajouter.

— Vu que si tu m'en colles une, je vole jusqu'à l'autre rive du Léman, je ne peux pas te refuser ça, capitula-t-il, amusé, en finissant sa tasse. Je t'emmène ?

— Non merci, je préfère prendre ma voiture. Je suis garée à une rue d'ici, expliqua-t-elle en se levant.

— OK, dans ce cas, je t'attends sur le parking, là-bas, et tu me suis. Tu boites ?

— Une petite entorse, c'est rien.

Une dizaine de minutes plus tard, ils se garèrent à proximité du centre et entrèrent dans le hall aux murs orange vif, où quelques plantes tentaient de survivre. La fille de l'accueil, qui mâchouillait un chewing-gum sans conviction, leur lança un regard torve et se replongea dans son magazine féminin en même temps qu'une bulle éclatait mollement entre ses lèvres.

— Inspecteur Schmidt, annonça Fabien en lui glissant sa carte sous le nez. Nous venons rendre visite à Antonia Levens.

Sans un mot, la fille, d'une lenteur de limace, décrocha le combiné et composa un numéro interne. Opération ponctuée par des mâchonnements sonores.

— Oui, quelqu'un pour la nouvelle, Antonia Levinski…

— Levens, reprit sèchement Fabien, excédé.

— Levens, répéta la limace. Non, pas un proche, un flic.

Hélène sentait Schmidt bouillir.

— OK. Ouais, d'accord, je lui dis.

Elle reposa le combiné et fixa Fabien de ses yeux vides.

— Elle est partie.

Les deux policiers s'observèrent, ahuris.

— Quoi ? explosa Schmidt. Partie, sortie faire un tour, ou partie, partie ?

— Ben partie, partie.

— Appelez-moi tout de suite la directrice !

Avec à peine plus de réactivité, la limace refit le numéro et patienta, une nouvelle bulle rose aux lèvres, qui se déchira tel un placenta avant d'être aussitôt engloutie en un coup de langue. De limace, elle était devenue caméléon.

— Madame Fel, vous pouvez venir ? Ouais… C'est au sujet d'Antonia. C'est quoi, votre nom ? demanda-t-elle à Fabien qui le lui épela nerveusement.

Après avoir transmis l'information et conclu la discussion, elle se tourna vers Schmidt.

— Elle vous attend dans son bureau. C'est au fond, deuxième porte à droite.

Mme Fel, une brune miniature pète-sec à la voix haut perchée, leur réserva un accueil plutôt froid. Visiblement, la police n'était pas la bienvenue. D'un geste de la main, elle les invita à s'asseoir. Schmidt ne l'avait vue qu'une seule fois et elle lui avait donné une impression mitigée.

— Comment se fait-il que vous l'ayez laissée partir ? questionna-t-il le plus poliment possible.

— Les gens ne sont pas en prison, ici. On n'a aucune raison de les retenir contre leur gré.

Fabien lança à Hélène un regard consterné. Il n'avait rien à répliquer à cette réalité.

— Elle n'a pas précisé pourquoi elle vous quittait et où elle allait ?

— Même si elle l'avait fait, je n'aurais pas à vous communiquer ces renseignements.

— Il s'agit peut-être d'une femme dont la disparition a été signalée il y a plusieurs semaines. C'est bien dommage que vous refusiez de collaborer.

— Nous aidons les sans-abri et les personnes en détresse en les hébergeant provisoirement. L'assistante sociale, en lien avec la psychologue, s'occupe de chacun d'eux. Nous n'avons rien à nous reprocher.

— C'est moi qui l'ai conduite dans vos locaux, en attendant de pouvoir l'interroger. Et vous connaissiez mes intentions…

— Encore une fois, ce n'est pas un centre de détention. Il fallait la placer en garde à vue, dans ce cas.

— Quand a-t-elle plié bagage ?

— Ce matin, tôt.

— Sans argent, comment va-t-elle faire ? demanda Hélène. Elle ne pourra pas aller bien loin.

— Aux résidents qui décident de partir, nous confions toujours une enveloppe avec des tickets de transport, des chèques-repas et quelques vêtements.

— Et ils retournent à la rue au lieu de chercher à s'en sortir.

— C'est plus complexe, en réalité. Nous ne sommes pas non plus un centre de réinsertion. Ils savent qu'ils peuvent revenir. C'est d'ailleurs pour ça qu'ils toquent à notre porte spontanément. Parce qu'ils sont libres de retrouver la rue ensuite. Leur monde. Celui qu'ils ont pour la plupart choisi. Même si ça peut paraître incroyable. Antonia agira peut-être comme eux.

— Elle était blessée au visage.

— Nous avons fait le nécessaire. Elle a été vue par le médecin qui lui a donné des antalgiques, des compresses et une pommade cicatrisante. Heureusement, la plaie n'était pas très profonde. Elle a juste eu trois points de suture.

— L'hébergement est-il en dortoir ?

— Non, en chambres de trois ou quatre. Mais Antonia a dormi seule.

— Pourrions-nous voir la sienne ?

Fel hésita et esquissa une moue, puis finit par accepter. Hélène et son collègue la suivirent alors dans un dédale de couloirs et arrivèrent à la porte de la chambre. Une fois à l'intérieur, Schmidt fit mine d'inspecter les lieux et disparut dans la minuscule salle de bains. Il en ressurgit quelques instants plus tard, pendant qu'Hélène, elle, cuisinait la directrice à coups de questions sur le centre.

De retour dans le hall, Fabien salua celle-ci du bout des lèvres et, sur un signe adressé à Hélène, ils ressortirent.

— Je suis désolé, lui dit-il alors qu'ils marchaient vers leurs véhicules.

— Tu n'y es pour rien.

— Un peu quand même. J'aurais dû anticiper. Prévoir cette éventualité. Que comptes-tu faire maintenant ?

— Rentrer. J'ai du taf. En tout cas, merci, Fabien.

— Je t'en prie, sourit-il. Mais avant qu'on se quitte, j'ai un cadeau pour toi.

Il tira de sa poche un petit sachet contenant une compresse rougie et la lui tendit.

— Tu…

— Pas de quoi. Quand Fel a parlé des compresses, ça a fait tilt. Je me suis dit que j'avais peut-être une chance de récupérer un peu d'ADN de cette femme dans la salle de bains. Si ça peut aider à son identification… Comme ça, tu seras fixée.

Hélène lui exprima toute sa reconnaissance et, au moment où elle montait dans sa voiture, son smartphone afficha un appel de Delgado. Elle hésita, posa finalement le téléphone sur le siège passager sans décrocher. Quelques secondes s'écoulèrent, puis un son de clochette lui signifia l'arrivée d'un message vocal qu'elle écouta aussitôt. « Gorce, les résultats de l'examen dentaire comparatif viennent de tomber. D'après le rapport, la denture ne correspond pas. Le corps du box ne serait donc pas celui d'Esther. »

69

« Athenata ». Les lettres d'or, juste au-dessus du porche vitré, sautèrent aux yeux d'Hélène lorsqu'elle arriva sur le parking, encore sonnée par ce qu'elle venait d'apprendre. Une nouvelle qui changeait la donne. Bien qu'elle espérait savoir Esther en vie quelque part, celle-ci était désormais potentiellement suspectée d'un meurtre. Suspicion que venaient alourdir son départ de la PJ pour s'installer en Suisse et sa disparition.

Hélène avait quitté Schmidt, touchée par son geste qui pourrait apporter un éclairage précieux une fois l'ADN de la compresse analysé. Maintenant, elle se disait que si cet ADN était celui d'Antonia Levens et qu'Esther errait quelque part dans la nature, vivante, alors ils n'auraient aucune idée de l'identité de cette femme découverte dans la bâche à l'intérieur du box. Cette femme dont l'ADN matchait pourtant avec celui d'Esther à 50 %… Dans ce cas, ils devraient repartir à zéro.

Perdue, Hélène n'avait pas révélé à Schmidt où elle comptait se rendre avant de reprendre la route. Elle n'avait pas vraiment envisagé de stratégie, mais elle sentait qu'il y aurait moins de risques à être reçue seule et en civile. Avec Fabien, ils auraient dû simuler un couple, les parents d'un enfant à placer, ce qui ne l'enchantait guère…

Après avoir trouvé une place à l'écart, elle marcha vers le bâtiment d'un pas résolu, en réfléchissant à la manière dont elle allait se présenter pour entrer en contact avec ses deux cibles, Horn et Marten, sans éveiller de soupçons. Pour mieux faire passer un mensonge, il fallait livrer une part de vérité. Une technique vieille comme le monde qu'elle avait bien l'intention d'appliquer.

L'hôtesse à l'accueil ne ressemblait en rien à la limace du centre. Elle appartenait plutôt à la catégorie des sirènes, avec une élégance qui s'harmonisait parfaitement à sa fonction. Elle était assise, ou plutôt elle trônait dans une bulle de verre, au centre d'une rotonde de marbre blanc qu'une verrière en forme de coupole plongeait dans un bain de lumière. Un environnement dans lequel les orchidées blanches, qui ornaient le hall, se plaisaient et s'épanouissaient manifestement.

— Je suis une proche amie d'une nouvelle employée du centre, Esther Azoulay. Serait-il possible de la voir ? demanda Hélène à la sirène blonde.

— Un instant, je vous prie, lui lança une voix cristalline.

Son interlocutrice était équipée d'un casque Bluetooth, ce qui lui laissait les mains libres pour gérer les appels entrants et sortants. Au terme d'un bref échange dont Hélène ne capta que quelques bribes, elle se tourna vers elle, les sourcils légèrement froncés.

— Désolée, mais il n'y a aucun salarié qui porte ce nom ici.

— Vous êtes sûre ? insista-t-elle. En fait, elle m'a parlé de votre antenne, Thanatea, où elle vient d'être engagée comme préposée au café.

— Je vais leur téléphoner, mais ça m'étonnerait. La secrétaire des ressources humaines aurait été au courant.

La communication dura quelques secondes, ponctuée de hochements de tête de la sirène et de « Entendu », « Merci » et « Au plaisir ».

— Non, personne au nom d'Esther Azoulay là-bas non plus.

— Une Patricia Kessner l'a précédée, s'empressa de glisser Hélène.

— Là, ça me dit vaguement quelque chose, en effet. Un de mes collègues, qui travaille à Thanatea, m'en a touché deux mots, une fois. Apparemment, son café était incroyable.

Hélène tiqua à l'évocation du collègue – qu'elle aurait bien envie de cuisiner au sujet de Kessner –, mais elle se refréna, de peur d'attirer l'attention avec trop de questions.

— Mon amie m'a aussi parlé d'un certain Marten, l'un des thanatopracteurs. Comment peut-elle le connaître, si elle n'est pas salariée ici ? ajouta Hélène.

La sirène la toisa d'un air perplexe.

— Je ne sais pas. Peut-être a-t-elle eu un enfant placé au centre ?

Hélène saisit l'occasion.

— Elle avait en effet une petite fille, Sara, atteinte d'une déficience immunitaire grave, mais j'ignore si elle a séjourné dans votre établissement. Y aurait-il un moyen de le savoir ?

La standardiste hésita un instant, puis se lança :

— Vous avez de la chance, car Mme Horn, la PDG, est venue passer quelques jours entre Athenata et Thanatea. Elle doit repartir en fin de journée à Okinawa, où elle vit. Je vais voir si elle ou son adjointe peut vous recevoir. Mme Horn suit de très près les entrées des enfants et est en contact régulier avec leurs familles. Elle vous renseignera mieux que moi.

Cette fois, la poignée de minutes qui s'écoula parut interminable à Hélène, qui sentit se réveiller une douleur diffuse à la tête. Elle eut besoin de prendre un antalgique et aperçut un peu plus loin une fontaine à eau destinée aux visiteurs. *Sauvée !* souffla-t-elle intérieurement en allant se servir un verre d'eau qui l'aida à avaler le comprimé.

— Vous avez une bonne étoile, Mme Horn va vous recevoir, lui annonça la sirène dans un sourire éclatant et sincère, tandis que le visage d'Hélène s'illuminait. Vous pouvez patienter dans le petit salon, là-bas. Son secrétaire viendra vous chercher.

Un secrétaire homme, ce n'est pas courant, s'amusa Hélène qui gagna les sièges dans l'espace indiqué. Entre des écrans aux images paradisiaques, des livres d'art ou de voyage et des jeux pour enfants, tout semblait conçu pour rendre l'attente la plus confortable et la plus rassurante possible dans ce temple des maladies rares et de la mort. Au lieu du secrétaire, ce fut la présidente en personne qui rejoignit la flic, moins d'un quart d'heure plus tard, à laquelle elle se présenta. Était-ce la proximité avec le Japon qui donnait aux yeux de Horn une forme discrètement étirée au coin des paupières, comme ceux d'un chat, dont ils possédaient également la teinte, d'un vert acide tirant sur le doré ? Ses lèvres fines, en tout cas, trahissaient un tempérament fermé et secret. Elle était mince, mais athlétique, un corps de marathonienne. En même temps, son travail ressemblait à un marathon quotidien. Et pour mener sa mission à bien, elle se vêtait à la nipponne, col droit et pantalon large, la taille enserrée d'une ceinture en satin rouge, qu'Hélène reconnut comme celle des neuvième et dixième *dan* au karaté – les plus hauts niveaux, le onzième n'ayant été atteint qu'une seule fois dans l'histoire des arts martiaux. Une tenue pour le moins originale et dissuasive pour les initiés, mais qui allait parfaitement avec le personnage.

Après avoir parcouru plusieurs couloirs, elles arrivèrent à l'étage par l'ascenseur et entrèrent dans son bureau, un espace hexagonal aux murs marron glacé, recouverts de portraits d'enfants souriants au crâne nu, semblables à de petits bonzes. Hélène plongea aussitôt son regard dans l'aquarium encastré au centre d'un mur. Différentes espèces de poissons exotiques y évoluaient, côtoyant quelques minuscules méduses bleues.

— Le divin est dans la nature, n'est-ce pas ? fit Horn, surprenant Hélène en pleine contemplation. Ou peut-être est-ce la nature qui est divine... Asseyez-vous, je vous en prie.

Comme hypnotisée, Hélène s'exécuta machinalement. Elle n'aurait su répondre à aucune de ces deux questions.

— Voulez-vous un café de maître D. ?

— Je ne connais pas, mais avec plaisir.

Horn appuya sur la touche d'un téléphone fixe, aussi plat qu'une raie, et parla à la voix féminine qui se manifesta.

— Anita, voulez-vous préparer deux tasses de D., s'il vous plaît ?

D'un geste souple, Laetitia Horn relâcha le bouton et fit pivoter son siège japonais de façon à se retrouver face à Hélène. Elle dégageait à la fois une sérénité intemporelle et quelque chose de trouble, aussi obscur et insaisissable qu'un sphinx.

— Dites-moi tout, sourit-elle.

Hélène lui raconta que la fille de son amie Esther Azoulay, Sara, atteinte d'une maladie rare et décédée deux ans plus tôt, avait séjourné quelques années dans le service du professeur Tournier, dont une certaine docteure Laetitia Horn avait été le bras droit avant de le remplacer. *Une dose de vérité et un soupçon de bluff.* Or, elle cherchait aujourd'hui à savoir si la fillette avait bénéficié de soins à Athenata, dont Esther lui avait beaucoup parlé, affirmant même en être devenue salariée, ce qui n'était visiblement pas le cas.

— Quelle étrange histoire ! Mais ça ne m'étonne pas qu'un parent qui a vécu un tel drame puisse perdre les pédales... Quant à moi, j'ai en effet exercé à Lyon, aux côtés du professeur Tournier, avant de monter cette structure. En revanche, je connais surtout les prénoms de mes petits patients. Comment s'écrit Sara ? Avec ou sans le « h » ?

Parce que depuis l'ouverture du centre, il y en a eu trois. Deux avec « h » et une sans.

— Sans « h ». Ce serait donc elle, dit Hélène dont le cœur ripa.

— Je vais vérifier.

Laetitia Horn se tourna vers un ordinateur, dont l'écran incurvé de l'épaisseur d'un magazine pouvait rivaliser en taille avec une télé et tapota sur le clavier à une vitesse impressionnante.

— La Sara, sans « h », inscrite sur le registre des enfants décédés à Thanatea, s'appelait Sara Demange-Azoulay…

— C'est bien elle, confirma Hélène tout en tentant de juguler son excitation. Ce sont les noms de ses parents. Demange est celui de son père. Et… pourquoi figure-t-elle sur cette liste ? Pourquoi là-bas ?

— Il y a eu une demande de mort assistée pour Sara.

Hélène vacilla sur son siège.

— De mort assistée ? Elle n'a donc pas succombé à sa maladie ?

— La procédure a été pratiquée le 4 avril 2020, par les soins de Thanatea que je venais d'ouvrir sur l'île, dans les murs d'Exodus après quelques travaux. En même temps que je montais le centre Athenata sur les bords du Léman.

Hélène eut du mal à déglutir.

— Pardonnez-moi, mais qu'est-ce qu'Exodus ?

— C'était une entité indépendante et archaïque en pleine faillite, que j'ai rachetée et rebaptisée « Thanatea ». En Suisse, le suicide assisté est légal. J'ai voulu que les familles des enfants en fin de vie aient le choix. Tout comme les adultes.

La porte s'ouvrit à cet instant sur une jeune femme rousse aux yeux d'eau qui portait un petit plateau sur lequel reposaient deux tasses fumantes. Hélène se sentit aussitôt enveloppée d'une délicieuse odeur de café, comme elle n'en avait encore jamais respiré. Le café de maître D.

— Maître Dan est la ceinture noire du café, sourit Laetitia Horn. Vous allez goûter son breuvage, unique au monde, préparé par Anita selon le rituel que je lui ai appris.

La jolie rousse offrit une tasse à Hélène, puis à Horn, et s'éclipsa aussi discrètement qu'elle était apparue. Hélène nota, par réflexe, qu'elle avait en commun avec Esther la couleur de cheveux et les yeux clairs, mais semblait bien plus jeune.

— Je me demande pourquoi Esther m'a parlé de ce poste basé à Thanatea si elle n'y a jamais travaillé, souligna Hélène, pensive devant son café à la surface duquel la mousse formait une sorte de cœur.

— Vous voulez que je vous donne mon avis de médecin, même si je ne suis pas psychiatre ?

— Je vous écoute.

— Il arrive que des parents, au comble du chagrin face à la mort de leur enfant, perdent complètement pied. Votre amie est peut-être en pleine confusion mentale. Elle mélange réalité et fantasme. Dans son esprit, l'endroit où sa fille l'a quittée est devenu le lieu où elle a recommencé sa vie. Un ailleurs providentiel, symbole d'un renouveau pour elle. Une façon de faire son deuil. Un deuil presque impossible. Elle a réinventé son monde pour continuer à vivre, à survivre. Je crois qu'on ne peut pas imaginer à quel point la culpabilité doit être forte chez les parents qui donnent leur consentement à la mort accompagnée de leur propre enfant.

Un diagnostic qui colle étrangement avec le syndrome dont souffrirait Esther, se dit Hélène. Mais la flic en elle ne pouvait pas se contenter de cela.

— Le nom d'Antonia Levens vous évoque-t-il quelque chose ? D'après Esther, elle aurait également travaillé à

Thanatea, au même poste. Si elles y sont toujours, peut-être en savent-elles davantage au sujet d'Esther ?

Laetitia Horn plissa légèrement les yeux et fit défiler une page sur l'écran de son ordinateur.

— Alors… Antonia Levens figurait sur le registre des proches présents lors du décès assisté de Sara. Il est mentionné qu'elle était sa tante. Elle s'est donc bien rendue à Thanatea, mais seulement pour accompagner la petite.

— Je croyais que personne, en dehors des employés et des candidats à la mort assistée, n'avait accès à cette île, objecta Hélène.

— Nous faisons bien sûr une exception pour les enfants. Sachant que seuls ceux qui sont morts à Thanatea y sont inhumés. Dans le cas où les parents voudraient que leur enfant repose ailleurs ou qu'il soit incinéré, le suicide par absorption du produit létal se pratique alors à Athenata. On ne ramène pas le corps du défunt depuis Thanatea. S'il s'est éteint sur l'île, il y séjournera pour l'éternité, dans le cimetière aux tertres, un vrai paradis floral aménagé par notre jardinier-paysagiste, Paul Marten. Qui est également l'un de nos thanatopracteurs.

« Paul Marten »… Le prénom, associé au nom, frappa Hélène. Le frère du fameux Régis Marten, qu'Esther avait connu à l'hôpital, s'appelait Paul aussi. Esther avait parlé à Layla d'un Marten qui l'accompagnait sur Thanatea. Ça ne pouvait être une coïncidence.

— Ce qui signifierait que, ayant fini ses jours à Thanatea, Sara y est enterrée, c'est bien ça ? demanda-t-elle, suant à grosses gouttes sous son polo.

— En effet.

Hélène faillit échapper le contenu de sa tasse sur elle, mais n'en renversa que quelques gouttes sur le bureau.

— Oh, désolée, je suis maladroite !

— C'est dommage pour le café. Quant à ce bureau, il en a vu d'autres.

Hélène sortit de son sac à dos un mouchoir en papier afin de réparer sa maladresse. Elle tamponna la partie souillée et souleva un cadre photo pour nettoyer en dessous. Machinalement, elle le retourna et tomba sur une photo de Laetitia Horn, en tenue de safari, entourée par deux hommes sur ce qui devait être un bateau. En les voyant, elle crut défaillir. Celui de gauche était Ménard, le légiste en chef de l'IML, et celui de droite ressemblait à s'y tromper à Thierry Cossowitz.

70

Le crâne rempli de métal en fusion, tandis qu'elle émergeait peu à peu de l'obscurité, se demandant si elle était toujours en vie ou si l'autre monde ressemblait trait pour trait à celui des vivants, elle se sentit curieusement étirée, les quatre membres en étoile. Une sensation bizarre s'empara d'elle lorsqu'elle constata qu'elle ne pouvait pas ramener les bras le long de son corps, ni rapprocher ses jambes l'une de l'autre. Elle tenta en vain d'ouvrir les paupières, comme cimentées. N'entrevit son environnement qu'à travers deux fentes.

Elle bougea la tête, à gauche, puis à droite, pour essayer de comprendre cette position insolite et inconfortable. Elle s'imaginait tel un papillon cloué par les ailes sur une plaquette de liège.

En même temps, lui revenaient par bribes quelques images d'un lieu, doublées d'une angoisse diffuse. *C'était un loft. Oui, c'était bien ça.* Il y avait un canapé immense et quelqu'un, à côté d'elle, qui lui parlait. Une voix d'homme, éraillée et hachée. Il lui avait servi à boire, un verre rempli d'un liquide mousseux qui ne ressemblait pas à de la bière. C'était plus épais et opaque, avec une tranche d'ananas ou d'orange en guise de décoration. Plutôt d'ananas.

Elle eut soudain très soif. Sa bouche était si sèche qu'elle avait du mal à avaler sa salive et sa gorge la brûlait.

Était-ce la fièvre ? Une drôle d'odeur lui piquait l'intérieur des narines. Une odeur aseptisée, d'éther ou de produits chimiques. Elle n'avait mal nulle part.

Mon cerveau fonctionne-t-il toujours ? Qui suis-je ? Layla Bennani ? « Oui, présente ! » cria la petite fille joyeuse en levant le doigt, assise au fond de la classe. *Ouf. C'est bien moi. Layla Bennani.*

Pas d'erreur là-dessus. Et maintenant qu'elle était sûre de sa propre identité, elle devait se souvenir de qui était avec elle dans ce loft.

Son visage… Celui d'un homme. Plutôt beau mec. Trop, peut-être. Un vrai piège à connes, comme elle. *Une sacrée conne. Merde…* Cette voix, elle l'avait déjà entendue ailleurs. Mais où ? Elle n'avait pas arrêté d'éternuer… Les arbres, des platanes qui libéraient leur pollen. Des nuages jaunes que le vent dispersait. Une terrasse, du soleil, des verres fumés et ce même sourire en face d'elle. Un sourire dévorant. « Votre grain de peau… », « Vous prenez si bien la lumière… » *Ces mots… Ceux d'un peintre… Non, non… D'un réalisateur ? Non plus… D'un photographe ! Oui, un photographe.* Il s'était rapproché d'elle sur le canapé, ayant déboutonné lentement sa chemise avant de l'enlever. Avant le trou noir. De quoi lui avait-il parlé ? Pourquoi était-elle allée le voir ? Une séance photo. Elle était tombée dans le panneau. Comment l'avait-elle connu ? Pas à cette terrasse, elle en était sûre. Elle l'avait retrouvé là-bas. La première fois qu'elle avait découvert ce timbre, vu ces yeux magnétiques, ces traits hâlés, c'était dans un endroit sombre, un vieil appartement. Où elle était allée pour… *Ça y est ! Pour rencontrer le fils de la psy d'Esther ! Thierry… Thierry Cossowitz !*

Parfaitement réveillée désormais, Layla tira sur un bras et, aussitôt, une douleur lui cisailla le poignet. Pareil pour l'autre. Attachée. Elle parvint enfin à ouvrir les yeux. Elle était attachée à deux barres de fer avec des Serflex en plastique. Poignets et chevilles entravés. *Au secours !* cria-t-elle à l'intérieur d'elle-même. *Au secours ! Où je suis, là ?* Les effets du GHB se dissipant, elle commença à sentir le métal froid contre sa peau, dans son dos, ses épaules, ses omoplates, ses reins. Couchée sur du métal, nue, recouverte d'un drap jusqu'au menton. *Comme... comme... comme pour une autopsie...* Elle leva les yeux au plafond et y aperçut un scialytique éteint. La lumière venait de quatre fenêtres hautes rectangulaires. Juste à côté d'elle, un chariot et des instruments chirurgicaux. Ou pire, ceux d'un médecin légiste ! *Mais pourquoi, bordel !*

— Il y a quelqu'un ? hurla-t-elle. Oh ! Vous m'entendez ? Cossowitz ! Tu vas me dire tout de suite ce que je fous ici ! Cossowitz...

Sa voix alla mourir dans sa gorge, étouffée par les larmes. Forcément, elle pensa à Nour, son petit cœur, son trésor, sa raison de vivre. Se maudit de ne pas avoir passé plus de temps avec elle. Mère et fille, l'une qui donne la vie et l'autre qui demande bien plus. Une relation compliquée. Plus que jamais, Layla avait le sentiment d'avoir été défaillante. Plus que jamais, elle s'en voulait pour tout ce qu'elle n'avait pas offert à Nour. Pour s'être à ce point reposée sur ses parents. *Icham, mon frère, mon ami, j'ai besoin de toi, aide-moi !* pleura-t-elle en se tortillant contre la paroi glacée. Chaque à-coup qu'elle s'infligeait résonnait dans ses bras jusque dans sa poitrine. Elle se tapa l'arrière du crâne contre la table, espérant que quelqu'un capterait les bruits sourds. Saurait qu'elle s'était réveillée. Qu'on en finisse.

— Cossowiiiiiiitz ! se remit-elle à crier en secouant la tête comme une folle.

Un écho de pas retentit, caverneux, derrière elle. Se rapprocha. Au bord du gouffre, Layla retint son souffle.

— Cossowitz ? C'est toi ? Libère-moi tout de suite ! Je suis flic, tu risques de prendre cher !

De vaines menaces.

— Je crains qu'il ne vous entende pas, ma chère.

Une voix étrangère, masculine, juste au-dessus d'elle.

— Où est-il ? haleta-t-elle avec force contorsions pour essayer d'apercevoir ne serait-ce que les cheveux, le front, la moitié du visage de celui qui se dissimulait.

— Vous ne le verrez plus. Il a fait sa part de travail et je prends le relais maintenant. Tout va bien se passer. Une piqûre et ce sera fini. Pour vous, j'entends. Mais pour moi, ce ne sera que le début. Les prémices de mon œuvre. Une œuvre d'art. Thierry avait dit vrai. Vous êtes magnifique, une pièce unique. Un vrai diamant. Mon *Dahlia noir*.

71

Le trouble d'Hélène à la vue du cliché dans le cadre n'avait pas échappé aux yeux de félins de Horn. Elle avait travaillé à Lyon, il était normal qu'elle eût des amis lyonnais. Surtout dans le milieu médical. En revanche, que le légiste en chef qui avait conclu au suicide d'Ophélie Meyer un peu trop rapidement et Thierry Cossowitz, ce photographe avec qui Layla avait eu rendez-vous avant de disparaître, en fassent partie, constituait une coïncidence pour le moins étrange.

En tout cas, il était clair qu'Esther s'était égarée quelque part entre réalité et fantasmes, ou même hallucinations. Comment différencier l'une des autres, dans tout ce qu'elle avait raconté à Layla ?

Il était peu probable que Horn se perdît dans des mensonges ou des affabulations. Sara était donc vraisemblablement enterrée à Thanatea. Pourtant, Esther avait parlé à Layla d'une urne contenant les cendres de sa fille qui se trouvait dans la tombe familiale au cimetière de Loyasse… Où était la vérité ? Esther s'était-elle persuadée de l'existence de cette urne par culpabilité ? S'il le fallait, Hélène remuerait ciel et terre pour obtenir l'ouverture de la tombe et l'exhumation de l'urne.

En attendant, elle sentait qu'il était temps pour elle de quitter ce bureau dont l'atmosphère devenait de plus en plus oppressante. Flottant dans l'aquarium, comme en apesanteur, même les méduses avaient quelque chose d'inquiétant. Horn surprit son regard posé sur le tableau vivant.

— Elles sont belles, n'est-ce pas ? Belles et dangereuses. Pour leurs proies, bien sûr. Pas pour l'homme. Sauf les personnes allergiques. Savez-vous comment elles se défendent ?

— Pas précisément, non.

— Elles inoculent à leur proie un venin paralysant, stocké dans leurs filaments. Au moment du contact, elles piquent avec leur dard, semblable à un long tube tout fin, qui jaillit instantanément, perce la peau et pénètre dans la chair de leur cible pour y injecter le venin. Un excellent système de défense intégré. Ai-je répondu à toutes vos questions ? Ou en avez-vous encore ?

— Non, ça ira, il y a sans doute eu une méprise au sujet du poste d'Esther à Thanatea. Ou alors vous avez raison, elle s'est persuadée de la réalité de sa nouvelle vie sur l'île et, dans ce cas, il me paraît urgent qu'elle aille consulter. À condition qu'elle refasse surface… Merci de m'avoir reçue. Et encore navrée pour le café.

— Ce n'est rien. C'est moi qui suis désolée ne pas avoir été d'une grande aide. Si, par hasard, votre amie venait à se manifester ici ou à Thanatea, je vous en informerai. Auriez-vous une carte, des coordonnées à me laisser ?

Oui, j'ai une carte, mais elle risque de te déplaire, se dit Hélène en attrapant son sac. Elle lui dicta son adresse mail personnelle et sortit du bureau. Elle aurait aimé recroiser la jeune fille rousse. « Anita », avait-elle entendu dans la bouche de Laetitia Horn. Esther était rousse, Antonia était rousse aussi, tout comme Anita. Plus elle y réfléchissait, moins elle croyait au hasard…

Hélène se retrouva sur le parking et inspira une bouffée d'air frais du lac à pleins poumons. Tout se mélangeait dans son esprit… Sara était donc morte de son plein gré sur cette île dont lui avait parlé Fabien Schmidt et, d'après Horn, ses restes reposaient là-bas, dans le cimetière de Thanatea. Par ailleurs, Esther avait rencontré, à l'hôpital, Régis, le père de la fillette qui s'était liée d'amitié avec Sara. Là, elle avait pu sympathiser aussi avec l'oncle, Paul Marten. « Paul Marten », comme le thanatopracteur de l'île. Peut-être était-ce lui qui l'avait orientée vers Thanatea à l'époque. En pleine confusion due à son état de stress post-traumatique, Esther s'était ensuite inventé une histoire avec ce nouveau poste, là même où sa fille avait quitté ce monde. Romain, quant à lui, n'avait jamais évoqué cette mort assistée, pas plus qu'Horn n'avait évoqué la présence du père lors de la cérémonie. Esther avait-elle pris seule cette terrible décision ? Avait-elle contribué à l'éclatement de leur couple ?

Hélène balaya du regard les environs d'Athenata. La promenade sur les berges se déroulait entre le lac et une étendue verdoyante et, à une cinquantaine de mètres, de petits bateaux de plaisance étaient amarrés à un ponton telles des sardines sur un étal, ainsi que quelques bateaux rapides portant le logo du centre « AH ». Comme Athenata et Horn. Elle aurait aimé trouver un moyen pour se rendre sur l'île, mais son instinct l'en dissuada. Toute cette histoire lui laissait une forte impression de malaise. Si elle insistait trop, elle ne ferait qu'attirer davantage l'attention sur elle et éveillerait les soupçons sur les véritables raisons de sa présence. Elle regagna donc sa voiture, prit son portable et appela Schmidt, qui répondit tout de suite.

— Fabien, j'ai quelque chose à te dire…

D'une traite, elle lui raconta sa visite à Athenata. « Un arrêt sur un coup de tête, au moment de reprendre la route », se justifia-t-elle. Elle n'omit aucun détail, y compris sa maladresse qui lui avait permis de découvrir le plus troublant : le lien entre Laetitia Horn, le légiste en chef de l'IML de Lyon et Thierry Cossowitz, un photographe que leurs investigations avaient mis sur leur chemin, car il était le fils de la psy d'Esther.

— Depuis que j'ai vu Horn, je ressens un truc bizarre, acheva-t-elle. Elle cache des choses, c'est certain.

— Tu sais, ce n'est peut-être pas si étonnant qu'ils se connaissent. Ils étaient tous les trois lyonnais à la même époque. Le monde est petit, alors une ville de province, n'en parlons pas…

— Écoute, Fabien, juste avant que je parte de Lyon, Layla, qui avait rendez-vous avec Cossowitz en fin d'après-midi, n'a plus donné signe de vie. J'ai contacté Cossowitz et il m'a assuré qu'elle ne s'était jamais présentée au rendez-vous. Il peut raconter ce qu'il veut. Après Esther, Layla, toutes les deux travaillant ou ayant travaillé à la PJ, ça fait beaucoup. Et surtout, toutes les deux de belles femmes.

— J'admets que c'est troublant.

— Tu dois creuser encore, Fabien. Retrouver celle qui prétend être Antonia Levens. À mon avis, si elle n'a pas de papiers sur elle, elle n'a pas pu quitter la Suisse. Tu es sur place et tu es flic. Tu peux obtenir toutes les commissions rogatoires nécessaires à ton enquête. Horn m'a dans le collimateur, maintenant, c'est sûr. Elle semble très fine, d'une intelligence supérieure, son visage est si statique qu'on dirait un masque, et elle se méfie de moi. À la fin de l'entretien, elle m'a fait une menace à peine voilée en feignant discuter de ses méduses.

— Des méduses ?

— Elle possède un aquarium, dans son bureau, avec des poissons exotiques et des méduses bleues. Elle m'a expliqué de quelle manière elles inoculent leur venin pour se défendre. C'était un message, c'est clair.

— Tu ne penses pas que tu deviens un peu parano, là ?

— Tu ne dirais pas ça, si tu avais été à ma place. Je suis très sérieuse, Fabien. Athenata et Thanatea ne sont peut-être que des façades derrière lesquelles il se passe des trucs bien plus obscurs. J'ignore ce que Horn trafique avec Ménard et Cossowitz, mais il faut trouver. Parce que je suis sûre qu'ils sont impliqués aussi.

— Tu estimes que tu es en danger, Hélène ?

— Avoir vu Laetitia Horn m'a mise en danger, oui.

72

— Qui… qui êtes-vous ? haleta-t-elle.

— Personne. Ou, plutôt, celui qui rend la vie aux défunts. Du moins, en apparence.

— Je ne comprends pas, je ne suis pas morte !

— Pas encore, ma chère. Pas encore. Une fois que je t'aurai injecté le contenu de la seringue que je suis en train de préparer, tu ne pourras plus dire ça. Tu ne pourras plus rien dire du tout, même. Seulement, tu ne seras pas tout à fait morte non plus. Mais enfermée dans ton corps. Comme dans une combinaison d'astronaute ou dans un scaphandre. Tu seras consciente de tout ce qui se passe, en revanche, tu ne seras plus capable d'articuler un mot, ni de bouger. Tels sont les effets de la substance paralysante que j'ai personnellement mise au point à partir du venin de méduse. Une variété de méduse dite commune, *Aurelia aurita*. Ainsi, tu assisteras au début de l'intervention. Tu seras aux premières loges.

— Une intervention ? De quoi parlez-vous ?

— Je te viderai tout d'abord de tes organes digestifs. Une partie de ton œsophage, puis l'estomac, les intestins, le foie, la vésicule, le pancréas, la vessie et les reins. Ensuite je m'attellerai à l'appareil génital. Après quoi j'inciserai le thorax pour en extraire les poumons, le cœur et ce qu'il restera de l'œsophage. Je finirai par le cerveau au moyen d'un aspirateur nasal et d'une trépanation.

— Vous êtes cinglé ! s'écria Layla, secouée de tremblements de froid et de panique.

Dans sa carrière, elle avait dû faire face à des situations périlleuses d'où elle avait pu se sortir grâce à son expérience et à son équipe. Là, elle était seule et savait qu'il n'y aurait aucune issue de secours, aucune aide extérieure. Elle était à la merci d'un psychopathe déterminé à mettre à exécution son projet macabre.

— Pourquoi faites-vous ça ? gémit-elle. Vous pourriez réaliser vos œuvres mortuaires sur des cadavres. Il y en a tellement…

— Je crois que tu n'as pas bien compris, très chère, susurra-t-il derrière le masque chirurgical qu'il venait d'ajuster après avoir mis un bonnet bleu de chirurgien.

Elle ne vit de lui que ses yeux. Le plus glaçant. Ses iris couleur de lac par temps d'orage. Dépouillés de toute humanité. Il alluma le scialytique dont la lumière l'éblouit sur le coup.

— Qu'y a-t-il à comprendre, à part que vous allez me dépecer vivante pour obtenir le même résultat que sur un mort ?

— C'est justement là où tu te trompes, car le résultat n'est pas du tout le même. Un cadavre a déjà perdu ses couleurs, il est exsangue, raide, gris ou verdâtre, la peau, les cheveux ont changé de texture. La thanatopraxie pratiquée sur un individu dont le cœur bat encore au début offre un rendu d'un réalisme confondant.

Layla repensa à ce qu'Esther lui avait raconté au téléphone et qu'elle avait pris pour un délire. Elle lui avait parlé d'un chauffeur jardinier qui était aussi thanatopracteur et lui avait même donné son nom.

— Vous êtes Marten, c'est ça ? dit-elle soudain. Esther m'a tout expliqué. Vous exercez au sein d'une entreprise funéraire du nom de... de Thanatea et vous y avez plusieurs casquettes, dont celle de thanatopracteur.

Un silence s'abattit sous le scialytique.

— Alors c'est donc ça, Marten, c'est vous, insista-t-elle.

— Je suis thanatopracteur et embaumeur, en effet, ce n'est pas un secret, répondit-il brusquement.

— Ce qui l'est, en revanche, ce sont vos pratiques derrière cette façade, répliqua Layla.

— J'ai voulu mettre mon savoir-faire et mon art au service d'autres nobles causes. Je traite avec des particuliers qui me passent commande.

— Commande de quoi ? frémit Layla.

— Assez discuté, maintenant. Nous perdons du temps.

— De toute façon, je ne ressortirai pas d'ici vivante, vous n'avez donc rien à craindre de moi. Vous avez aussi un frère, Régis, non ? Esther et lui se sont connus à l'hôpital...

Sans s'attarder davantage, Marten prit la seringue sur laquelle il venait de fixer l'aiguille et aspira un liquide incolore dans un petit flacon. Il pressa ensuite l'embout. Quelques gouttes coulèrent de la pointe de l'aiguille. Puis il s'assit à côté de Layla, lui prit le bras gauche en le maintenant tendu et chercha une veine à la saignée du coude.

C'est le moment de prier, se dit Layla qui ne parvenait même plus à pleurer. *Nour, ma fille, je te souhaite tout le bonheur du monde dans cette vie qui ne t'épargnera pas et te demande pardon. Pardon de te quitter aussi jeune, alors que tu as encore besoin de moi. Pardon de tout ce que je n'ai pas pu t'offrir. J'espère quand même que tu sais à quel point je t'aime, jusqu'à mon dernier souffle, ma dernière goutte de sang que je te donne avec tout mon amour de mère. Que Dieu te bénisse, mon trésor, et prenne soin de toi et de tes grands-parents.*

Il la trouva enfin, rivière palpitante et bleue, dans le creux du bras. Il y posa le bout de l'index, appuya légèrement en quête du pouls. L'air satisfait, il serra le garrot enroulé autour du biceps, juste au-dessus, et allait piquer quand son portable sonna. *Un téléphone prépayé*, nota Layla, comme par réflexe, en ouvrant les yeux.

— Je suis en pleine taxidermie, là. C'est urgent ? s'agaça-t-il, l'appareil calé entre l'oreille et l'épaule. Ah, OK. Dis à Thierry de s'en occuper. Il nous la faut absolument, surtout si tu penses qu'elle a compris quelque chose ou qu'elle est un peu trop curieuse. Tiens-moi au courant. Oui, la petite dernière sera à la hauteur de tes attentes. Un vrai « dahlia noir ». Une merveille. Je te laisse.

Paul Marten remit son téléphone dans la poche de sa blouse et reprit la seringue.

— Désolé pour ce contretemps. Vous devez bien connaître Hélène Gorce, j'imagine. Elle va bientôt vous rejoindre ici. Quel nom allons-nous lui donner pour sa nouvelle vie de cadavre embaumé ? Si vous avez une idée, avant que je vous injecte la substance…

— Moi j'en ai une, mais elle ne va pas te plaire, Marten.

Layla vibra de tout son corps. Elle crut que son cœur allait jaillir de sa poitrine avant même qu'elle ne soit incisée. Cette voix, elle l'identifierait entre mille… Esther.

73

Esther se tenait debout, immobile dans la pénombre, à quelques mètres de Marten et de Layla, bras tendus et mains jointes sur un pistolet, un doigt sur la queue de détente.

— Pose cette seringue lentement, mets les mains sur ta tête et écarte-toi d'elle, ordonna-t-elle d'une voix cassante. Tout de suite !

Avec la rapidité d'une vipère, Marten piqua la veine, mais Esther tira avant qu'il eût le temps d'appuyer sur le piston. La détonation déchira les tympans de Layla qui se tendit comme un arc sur la table, toujours entravée. Touché à l'épaule, Marten se renversa sur son siège et s'écroula par terre. S'agrippant au chariot, il tenta aussitôt de se relever et d'attraper un scalpel.

— Pas de connerie, sinon je t'en colle une autre, Marten. Et cette fois, ce sera dans la tête !

Elle s'approcha de lui et, d'un coup de talon dans le nez, l'étendit à terre dans un cri de douleur. Le sang jaillit instantanément. Un second coup, cette fois au niveau de la tempe, avec la crosse de son Glock, assomma le thanatopracteur qui retomba mollement au sol, sans connaissance. Esther le repoussa alors du pied, coinça son arme dans son jean entre les reins et saisit le scalpel.

— Attends, Chupa, ne bouge pas, je vais couper les Serflex…

Libérée, Layla frotta ses poignets endoloris et marqués avant de se jeter dans les bras d'Esther. Le champ opératoire avait glissé sur sa nudité. *Chupa*… Il lui semblait qu'elle n'avait pas entendu son surnom depuis une éternité.

— Dépêchons-nous, on doit sortir d'ici… souffla Esther, dont elle ne voyait qu'un profil. Tiens, enveloppe-toi avec ce drap. Désolée, je n'ai pas de fringues à te filer.

— Comment tu m'as retrouvée ? Comment tu as su que j'étais en danger ?

— Pas le temps, Layla ! Je t'expliquerai tout plus tard, promis… Si l'autre arrive, on est fichues !

— L'autre ?

— Horn !

— Mais où sommes-nous ?

— Sur l'île ! À Thanatea ! Allez, aide-moi…

Layla entortilla le tissu autour d'elle, le noua aussi fort que possible et, sur un signe d'Esther, empoigna Marten par les chevilles, tandis que son amie le soulevait sous les bras. Elles le hissèrent péniblement sur la table où elles l'attachèrent comme elles purent avec des gants en latex et le garrot. Le caoutchouc lui rentrait dans la peau, promettant une certaine résistance. Esther fouilla les poches de sa blouse et en sortit un trousseau de clefs ainsi que le portable. À cet instant, Layla remarqua les auréoles brunâtres séchées sur le sol carrelé.

— Tu as vu, par terre, c'est…

— Oui, c'est du sang. Il y en a eu d'autres avant toi.

— Bordel… Ce sont des cinglés !

Sans répondre, Esther saisit la seringue, enfonça l'aiguille dans le cou de Marten, visant la jugulaire, et appuya sur le piston. Le liquide paralysant se répandit dans l'artère, puis dans tout le corps. Quand il se réveillerait, il ne pourrait pas bouger un orteil. Une sécurité supplémentaire.

— Les effets durent une dizaine d'heures, expliqua Esther en reposant la seringue vide.

— Comment tu le sais ?

— Tes questions vont nous retarder, Layla ! On doit vraiment partir. Suis-moi.

Layla n'avait plus qu'à se fier à son amie. Elle allait devoir lui faire confiance. Y parviendrait-elle ? Comment Esther avait-elle su qu'elle se trouvait ici ? Sa réapparition soulevait forcément une autre interrogation… Esther vivante, qui était le corps du box ? Et, surtout, était-elle la meurtrière ? Impossible pour Layla de lui parler de cette découverte, sinon elle se mettrait peut-être en danger… Elle se contenta alors de l'observer. C'était comme si Esther se dérobait à sa vue et cherchait à esquiver son regard. Elle l'avait sauvée, mais Layla ne devait pas oublier qu'elle souffrait sans doute toujours de stress post-traumatique. Si elle se sentait menacée, elle n'hésiterait pas, comme elle n'avait pas hésité à neutraliser Marten. Avec une froideur que Layla ne lui connaissait pas.

Ensemble, elles sortirent de la salle et empruntèrent une galerie souterraine éclairée par quelques néons blafards et où se succédaient des portes numérotées. Les murs suintaient l'humidité et une odeur de vase flottait dans cet endroit qui paraissait étrangement désert.

— On est où, là ? Qu'est-ce que c'est ?

— Ne t'arrête pas !

— Stop, ça suffit tous tes mystères, là ! explosa Layla, pieds nus, empêtrée dans son drap. En plus, je ne peux pas courir avec ce truc !

— OK, tu veux vraiment voir ? Viens, je vais te montrer… J'espère juste qu'on ne le payera pas trop cher !

Elles avancèrent encore sur quelques mètres, ralentirent, et Esther bifurqua brusquement à droite.

— Attends-moi !

Esther se figea devant une porte sur laquelle une inscription indiquait : « Azalée ». Elle étudia le trousseau de clefs étiquetées, isola enfin celle qui correspondait au nom et l'introduisit dans la serrure. Le battant s'ouvrit lourdement.

— Après toi, dit Esther en la poussant.

L'intérieur était déjà éclairé. Layla hésita. Elle sentait le froid s'insinuer par tous ses pores et le poison de la paranoïa s'infiltrer dans son esprit. Si c'était un piège ? Si elle se retrouvait enfermée là-dedans sans que personne ne vienne la libérer, cette fois ?

— Alors ? Tu veux voir ou pas ? s'agaça Esther.

Layla se décida et fit quelques pas, les doigts crispés sur le nœud du drap. La température qui régnait là-dedans était celle d'une chambre froide. Ce qu'elle découvrit lui fit l'effet d'une électrocution. Allongée dans un coffre en acier, nue sur un lit de satin mauve, telle une poupée de porcelaine, une femme plutôt jeune, d'une beauté remarquable, les cheveux cuivrés ramenés en tresse ornant son front, pommettes rosées, lèvres charnues et sanguines, semblait dormir. Tout autour d'elle, des lampes industrielles dispensaient une lumière orangée.

— Je te présente Azalée. Une des œuvres d'art de Paul Marten, qui allait t'ajouter à sa collection.

Layla regarda Esther d'un air confus. Dans la pénombre, un peu en retrait, elle ne distinguait pas bien ses traits.

— Tu la connais ?

— Pas personnellement. Mais elle a travaillé ici. Son nom est Patricia Kessner.

— Merde !

— Qu'est-ce qu'il y a ?

— Hélène m'a parlé de cette femme. Un pote à elle de la police suisse l'avait rencardée sur cette disparition. On devait aller ensemble rencontrer son collègue, mais j'ai eu la mauvaise idée de faire confiance à un salopard. Je crois qu'il ne te sera pas étranger, d'ailleurs. Thierry Cossowitz, le fils de ta psy.

Esther tressaillit.

— Il est mouillé lui aussi ?

— J'en suis la preuve.

— La preuve vivante, heureusement…

— Ça, c'est grâce à toi, et je ne t'ai même pas remerciée.

— Chaque chose en son temps.

Layla ne pouvait détourner les yeux de la gisante. Patricia Kessner, devenue Azalée. Une azalée morte. Morte. Ce qu'elle aurait été aussi, sans l'intervention d'Esther. Un dahlia noir.

— Pourquoi font-ils ça ?

— Tu veux vraiment savoir à quoi tu as échappé ?

Layla se tourna enfin vers Esther qui s'était approchée et se figea.

— Ton visage… Qu'est-ce qui t'est arrivé ?

— Une branche qui m'a entaillé la joue pendant un orage… J'ai été prise dans une tempête, un déluge tel que je ne voyais plus rien. Un arbre me tendait les bras, la foudre l'a frappé quelques secondes avant que je me réfugie dessous. J'ai eu une sacrée chance. Bon, assez parlé, on doit vraiment y aller. J'aurai tout le temps, après, de te raconter ce que j'ai découvert.

Layla se demandait encore si tout ça était bien réel. Si ce n'était pas les effets du GHB qui persistaient. Si elle n'hallucinait pas. Elle se réveillerait dans son lit et trouverait un message de Cossowitz l'invitant à dîner. Après s'être laissé désirer dans des délais convenables, elle finirait par accepter. À l'issue du repas les attendrait alors une nuit d'amour et de sueur. Il la prendrait avec son gros objectif sous toutes les coutures, tous les angles et par tous les orifices. Elle retournerait ensuite travailler et, à la fin de la journée, elle passerait chercher Nour pour une soirée pizza et télé.

Si seulement… Au moins, maintenant, Esther se tenait bien là et cette sordide histoire se terminait pour le mieux. Elles étaient en vie et l'autre malade hors d'état de nuire. Esther avait raison, il fallait quitter l'île au plus vite et avertir la police suisse. Derrière Athenata, et son antenne mortuaire Thanatea, se cachait un trafic monstrueux à démanteler d'urgence.

— C'est bon. Je te suis, Chups.

— OK. Quand on sera sorties de ce bunker, on devra marcher vers une petite plage de galets. J'espère que le Zodiac que j'ai emprunté sera toujours là. Une fois au bateau, j'appellerai la police suisse avec le portable de Marten. On n'a pas de temps à perdre, Horn a les moyens de se faire la malle, et de nous mettre la main dessus avant.

— Je parie qu'elle a un hélicoptère privé.

— Je ne pense pas. Elle n'irait pas bien loin en cas d'alerte, c'est trop repérable. Allons-y.

Après un dernier regard à la « Belle au bois mort », Layla emboîta le pas à Esther. L'issue était désormais proche. Elles montèrent une volée de marches, glacées sous les pieds nus de Layla, qui avait foulé des pierres, des ronces et le sol brûlant des étés africains sans broncher. Avant de franchir la porte blindée entrouverte, Esther lui fit signe de s'arrêter et tira le Glock de sa ceinture. Le canon pointé sur le battant qu'elle poussa suffisamment pour leur faire un passage, elle balaya les environs du regard. Le ciel était encombré de nuages aux teintes ardoise. Un vent de sud-ouest s'était levé sur l'île, charriant des relents d'algues et de limon. Esther jeta un œil à l'écran du téléphone prépayé qui indiquait 15 h 24. Alors qu'un rai de lumière l'éclairait, Layla vit à son cou une petite chaîne avec un médaillon. Elle n'en était pas certaine, mais elle crut y distinguer un prénom gravé. Antonia.

Alors qu'elle allait l'interroger à ce sujet, trois types cagoulés surgirent devant elles, les visant avec leurs HK USP. Une quatrième silhouette, plus mince, apparut, sans arme, des lunettes de soleil lui protégeant les yeux, et la tête coiffée d'une casquette sur laquelle était brodée au fil d'or la lettre « H ».

74

— Vous devriez savoir qu'il est très difficile de se rendre sur Thanatea, mais encore plus d'en repartir, mesdames, grinça Laetitia Horn sur un ton faussement obséquieux.

Obéissant à un signe de tête furtif, ses hommes de main encerclèrent Layla et Esther, qui aussitôt pointa son Glock sur Horn.

— Lâchez votre arme, Azoulay !

— De toute façon, tu ne nous laisseras aucune chance…

— Sauf qu'il serait vraiment dommage de trouer ces si belles peaux.

Esther resserra les mains sur le pistolet.

— Ça suffit, maintenant, Azoulay ! somma la PDG de Thanatea. Lâchez votre arme, je ne vous le répéterai pas une troisième fois.

— Je t'aurai mis une balle dans le caisson avant qu'un seul de ces types n'ait le temps de m'atteindre, Horn. Une arme de poing est plus précise, surtout à cette distance.

— Sauf que vous, vous n'avez pas de gilet pare-balles, sourit Horn en tapotant sa poitrine.

Esther sentit son pouls s'accélérer de surprise, mais n'en montra rien et garda sa position d'attaque.

— On n'a pas le choix… On est à un contre trois là, murmura Layla à côté d'elle.

— On en a vu d'autres, Lay. Tu ne veux pas finir en « Dahlia noir », n'est-ce pas ?

— Si tu la touches, ils t'auront juste après. C'est peine perdue…

— Sauf qu'au moins, on mourra au combat ! *À la vie, à la mort*, hein ?

— *À la vie, à la mort*, mon amie, répéta Layla en lui souriant tendrement.

Soudain, quelque chose dans l'atmosphère de l'île se modifia. L'air s'était chargé d'électricité, la nature retenait son souffle, comme à la veille d'une éclipse. Le sol craqua juste derrière Horn et jaillirent de nulle part des hommes cagoulés et casqués, fusils d'assaut pointés devant eux, dont le cercle se referma sur Laetitia Horn, ses gardes du corps et les deux femmes.

— Police ! glapit celui qui semblait être le chef du commando. À terre, et mains visibles sur la tête !

Mais Laetitia Horn, plus rapide qu'une flèche, profita de l'effet de stupeur pour bondir sur Esther. Elle lui arracha le Glock, passa un bras sous sa gorge et colla le canon contre sa tempe tout en la maintenant immobile, plaquée en bouclier contre sa poitrine. Esther ne pouvait rien faire pour se libérer de l'étreinte étonnamment puissante de la PDG.

— Pas un geste ou je la bute ! hurla Horn, le visage tordu de rage.

D'un seul bras, elle étranglait Esther, qui arrivait à peine à respirer. « Ne vous occupez pas de moi et tirez ! » voulait-elle leur crier, mais les doigts de Horn sur sa bouche l'en empêchèrent.

Au même moment, l'espace s'ouvrit sur deux autres silhouettes armées et protégées de gilets pare-balles à l'insigne de la police judiciaire suisse.

— Hélène ! s'exclama Layla, incapable de masquer sa surprise.

— Layla ! lui renvoya Gorce en écho.

— Rendez-vous, Horn ! intima Fabien Schmidt à la femme d'affaires. Paul Marten et son collègue ont été retrouvés et arrêtés. Vous êtes seule, Horn, complètement seule ! C'est fini…

— Oh non, ce n'est pas fini, surtout si vous voulez que votre collègue vive ! cracha-t-elle dans les cheveux d'Esther. Vous allez dire à vos gars de baisser leurs fusils et de nous laisser partir, sinon ça va être un carnage ! Et, contrairement à vous, la mort ne me fait pas peur.

Sans quitter Horn des yeux, Hélène se rapprocha d'elle à petits pas sur le côté. Schmidt, qui avait sa collègue dans son champ de vision et avait deviné son plan, continua à attirer l'attention de Horn sur lui, pendant que les hommes des deux camps se tenaient en joue et se jaugeaient comme des loups avant l'attaque.

— Réfléchissez bien ! lui lança Schmidt. Admettons que nous soyons prêts à sacrifier l'une des nôtres, ça se terminera en effet dans un bain de sang, mais vous et vos cow-boys n'en sortirez pas vainqueurs. Nous sommes plus nombreux ! Ce serait du suicide.

— Je vous répète que je n'ai pas peur de la mort, ricana-t-elle, le bras toujours en collier autour de la gorge d'Esther. Au Japon, mourir est une question d'honneur !

Pendant ce temps, Hélène poursuivit sa lente et discrète progression. Elle y était presque… Encore un pas, ou deux.

— Dites à vos toutous de déposer leurs armes ! lâcha Horn, cette fois à bout de patience.

Dans un rugissement terrible, Hélène bondit sur sa cible telle un fauve sur sa proie. Elle jouait son dernier match sur un seul plaquage. *Tu vas voir ce dont ta Viking est capable, Gauthier…* Esther rattrapa aussitôt son Glock que Horn avait laissé échapper, sous la prise brutale d'Hélène, la main écrasée par la montagne de muscles. Une série de détonations suivirent, perçant l'espace et les tympans comme autant de mèches métalliques. Le sang jaillit, chaud, visqueux. Le sang coula, trop. Six personnes à terre. Trois hommes touchés à la tête et trois femmes, dont une venait de succomber. À la vie, à la mort.

75

Laquelle de nous trois mourra ? On le joue à Am stram gram ?

Pfff… On l'a déjà fait.

Ouais, mais c'était pour rire. Là, c'est pour de vrai. Qui y va ?

Pourquoi il y en a une qui doit mourir ? Pourquoi pas toutes les trois ? Ou alors personne ne meurt.

C'est pas drôle.

Non, pas drôle du tout. C'est plus marrant s'il y en a une qui meurt.

Elle serait morte de quoi ?

Ben, elle se ferait attaquer par des méchants.

C'est qui, les méchants ? Icham ?

Oh oui ! Icham, tu veux bien faire le méchant ? Le chef des méchants, haha ! Allez… s'il te plaît !

Bon, d'accord, mais je veux pas que Chupa meure alors.

Ah, mais on peut pas savoir. C'est le hasard.

Si, le *mektoub*, il sait, lui.

Le *mektoub* ?

Le destin, quoi !

C'est quoi, le destin ?

C'est quand c'est déjà écrit et qu'on peut rien faire.

Ah… Le destin, il est moins cool que le hasard, alors.

Bah ouais. Mais si c'est déjà écrit, ça veut dire que c'est pas notre faute, puisqu'on peut rien y faire.

N'empêche, je préfère quand même le hasard à ton *mek*-machin !

Et le hasard, c'est quoi ?

C'est Am stram gram… Regarde. Am stram gram pic et pic et colégram, bour et bour et ratatam, am stram gram ! Haha ! Voilà, maintenant, on sait qui va mourir !

Moi ? Mais j'veux pas mourir, moi !

C'est comme ça, c'est le hasard qui décide.

C'est pas du jeu !

La vie, c'est pas du jeu.

On recommence, alors.

On peut pas ! On vient de le faire.

Alors elle meurt et c'est tout ?

Oui, c'est tout.

76

Fabien Schmidt avait été reçu par Delgado dans son bureau. Il aurait préféré ne jamais voir les locaux de la PJ de Lyon. Ne jamais avoir à raconter ce qui s'était passé sur l'île. Mais il n'avait pas eu le choix…

Lorsqu'il avait raccroché de son coup de fil avec Hélène, qui lui avait confié de nouveaux éléments tout en lui expliquant se sentir en danger à la suite de sa visite à Athenata, Schmidt avait décidé d'agir et fait remonter toutes ses informations à sa hiérarchie. Dans un premier temps, il avait été question que seulement Hélène, deux coéquipiers et lui se rendent sur Thanatea. Et puis, il avait finalement été décidé qu'ils débarqueraient avec une équipe du DARD[1], le groupe d'intervention de la police vaudoise. Grâce à un repérage satellite, ils n'avaient pas mis très longtemps à localiser la planque où Marten s'adonnait à son activité illicite.

Cossowitz, lui, avait pu être arrêté et incarcéré après la perquisition de son appartement, où le lieutenant Delgado et ses effectifs avaient fait des découvertes glaçantes. Beaucoup de portraits et de photos de femmes dans des poses suggestives. Rien d'illégal a priori, mais, en y regardant de plus près, on se rendait compte, avec un malaise croissant, que

1. Détachement d'action rapide et de dissuasion.

ces clichés mettaient en scène des cadavres. Avec son œil de photographe et d'artiste, Cossowitz était le rabatteur du réseau. Il repérait les proies et les harponnait en les séduisant tout d'abord, puis en les invitant à des shootings au cours desquels il leur proposait à boire et glissait du GHB dans leur verre, qu'il préparait lui-même. Une fois sa victime neutralisée, elle était acheminée de nuit, dans un van, vers l'île de Thanatea, où Paul Marten la réceptionnait en vue de pratiquer un embaumement. Les œuvres d'art que modelaient alors ses mains, « ses œuvres immortelles », comme il les appelait, se vendaient à des prix extravagants, le plus souvent à des hommes qui l'étaient tout autant, en plus de nécrophiles avérés. Ils se délectaient de la compagnie d'une morte et éprouvaient même envers elle un désir sexuel intense qu'ils disaient incomparable à celui qu'ils pouvaient partager avec des femmes bien vivantes.

Cependant, tous les modèles de Cossowitz ne finissaient pas ainsi. La sélection était drastique. Il leur fallait de la qualité. De la beauté. Une exigence qui les avait poussés à s'allouer les services du légiste de l'IML de Lyon, qui trempait dans l'affaire en tant que pourvoyeur de cadavres, à l'instar de ceux de Jade et de Muriel – dont les photos avaient été retrouvées dans le book de Cossowitz. Si parmi les prostituées ou les SDF que personne ne réclamait et qui iraient dans la fosse commune, certaines passaient la sélection avec succès, elles terminaient sur la table de Paul Marten, qui les ajoutait au catalogue après leur avoir attribué un nom de fleur. Le rendu était moins exceptionnel, mais l'exploitation de ces corps leur permettait d'offrir des prestations à des tarifs un peu plus raisonnables et, surtout, leur évitait de multiplier les meurtres. Logiquement les risques de se faire repérer diminuaient. En théorie, du moins…

Au cours de sa garde à vue, Thierry Cossowitz avait avoué avoir rencontré Ophélie Meyer dans un bar et avoir eu l'intention de lui réserver le même sort. Il lui avait proposé un shooting qu'elle avait accepté. Pourtant, avant de toucher à son cocktail, elle avait tout à coup voulu partir, prétextant un rendez-vous oublié. Après avoir essayé de la convaincre de rester, il avait perdu patience, avait tenté de la retenir de force. Elle s'était débattue, mais il l'avait renversée sur le canapé puis étouffée avec un coussin. Dans la foulée, il avait eu un rapport sexuel *post mortem* protégé avec Ophélie, et, muni de gants en latex, il avait pris soin de la laver entièrement. D'où l'absence d'ADN sur le corps. Il avait ensuite attendu la nuit pour aller jeter sa dépouille dans le Rhône et mettre en scène un suicide. Son complice de l'IML avait confirmé cette hypothèse avec un compte rendu falsifié.

Esther, quant à elle, avait été auditionnée au sujet de sa présence sur l'île et de son séjour à Thanatea qui s'était soldé par sa « disparition » sous une fausse identité. Delgado avait retranscrit l'audition d'Esther et la relisait à présent en frémissant.

Sa sœur, Antonia, avait refusé de porter un second enfant qui aurait pu sauver sa fille avec une greffe de cellules souches. Lorsqu'elle avait vu Sara décliner et qu'elle avait compris qu'il n'y aurait plus aucun espoir, elle l'avait fait transférer dans ce centre de soins palliatifs pour enfants atteints de maladies rares et qui pratiquait le suicide assisté dont lui avait parlé Régis Marten, le père d'une gamine, voisine de chambre de Sara.

— Prendre cette décision a été horrible, avait-elle soufflé dans le silence tendu de la salle d'interrogatoire où elle-même avait entendu tant de suspects… Bien qu'elle vienne de Sara, ça nous a encore plus déchirés, Romain et moi. Je crois qu'il voulait malgré tout que ça se finisse, lui aussi, mais pas pour les mêmes raisons. Pas pour abréger les souffrances de Sara.

— Pourquoi selon toi ? lui avait demandé Delgado.

— Pour se libérer lui-même et enfin vivre sa relation avec ma sœur, dont il était tombé amoureux et qu'il espérait pouvoir récupérer. Sara est donc morte sur l'île de Thanatea. Je l'ai accompagnée jusqu'à son dernier souffle en lui tenant la main… Antonia était là aussi. Mais pas Romain.

Esther avait réussi à contenir les larmes qui allaient la submerger.

— Ses cendres sont au cimetière de Loyasse, avec ses grands-parents, avait-elle repris péniblement, j'ai planté des daphnés blancs sur sa tombe. Deux ans plus tard, je suis tombée sur cette annonce. Un poste de préposée au café à Thanatea ! J'y ai vu un signe de Sara. En arrivant là-bas, j'ai revu Paul Marten, le frère de Régis, que je croisais de temps en temps à l'hôpital. Il avait quitté Lyon lui aussi pour devenir chauffeur, jardinier-paysagiste du cimetière et, je l'ai découvert après, thanatopracteur. Une coïncidence qui paraît incroyable, mais, en y repensant, pas tant que ça. Nous étions liés, quoi qu'il en soit, par la maladie et la mort. Celles de nos enfants et nièces respectives. Entre-temps, sur les pages d'un journal suisse, je suis tombée sur un avis de disparition. Une femme qui avait occupé le même poste que moi. Patricia Kessner.

Ensuite, pour Esther, tout était devenu confus. Elle s'était sentie comme dans un brouillard. Antonia la hantait et son image s'était superposée à celle de Kessner. Dans son esprit, Kessner était devenue Antonia et aurait travaillé à Thanatea avant de disparaître.

Delgado leva la tête quelques instants pour souffler, le regard dans le vague, puis reprit la lecture du récit d'Esther.

— Revenir là où j'avais accompagné Sara à la mort m'a causé un choc, même si je l'avais soutenue dans son souhait, avait raconté Esther. J'étais en pleine confusion mentale. Ma psy m'avait déjà évoqué le syndrome de stress post-traumatique à la suite du décès de Sara. Elle m'avait aidée à faire le deuil, mais le trauma était là, ancré en moi. Je n'arrivais plus à distinguer le réel de mes fantasmes. C'est, paraît-il, un mécanisme de défense. Je me suis retrouvée sur la tombe de Sara, à côté de celle de Sadako. J'ai construit un autre monde, à Thanatea. Une nouvelle vie, dans l'absence de ma fille. Jusqu'à ce que je fasse une découverte qui a provoqué un électrochoc et réveillé mon instinct de flic. Lors d'une de mes escapades à pied sur l'île, j'ai été attirée par un arbre à fleurs rouges. Le ciel commençait à se couvrir et l'orage menaçait. J'ai aperçu à ce moment-là, un bâtiment gris à moitié enterré, qui ressemblait à une sorte de bunker. J'ai tout d'abord pensé à un abri anti-atomique, comme il y en a partout en Suisse, et j'ai commencé à en faire le tour. Au moment où je suis revenue vers ce que je supposais être l'entrée, j'ai vu, à quelques mètres, Paul Marten avec deux inconnus qui déchargeaient d'un van noir des caisses de la forme et de la taille de cercueils et qui les transportaient à l'intérieur. Mon cerveau s'est aussitôt mis en alerte. Je me suis planquée, sans penser qu'il y en avait un quatrième dans les parages. J'ai reçu un coup à la tête et je me suis réveillée dans une pièce sinistre, à l'odeur aseptisée, sur une table, pieds nus, à côté d'un chariot sur lequel étaient posés des instruments chirurgicaux. Contrairement à Layla, on ne m'avait pas attachée. J'ai entendu des voix et j'ai reconnu celle de Marten. Lorsqu'il est entré, j'ai fait comme si j'étais toujours inconsciente. Je me suis dit que cette fois, je n'avais affaire ni au chauffeur ni au jardinier, mais au thanatopracteur. Doublé d'un psychopathe. Je n'ai pas vraiment réfléchi… Il était là, tout près, à préparer ma mort pour son ignoble trafic. J'étais encore libre de mes mouvements et je savais me battre, contrairement à lui. Je l'ai visé à l'entrejambe, ça lui a coupé le souffle et j'en ai profité pour m'échapper sans savoir ce qui m'attendait dehors. Par chance, les types étaient partis. Mais l'orage avait éclaté. Une vraie tempête. J'étais pieds nus sur un chemin de cailloux. J'ai couru jusqu'à l'arbre aux fleurs rouges, qui portait bien son nom. La flamme de la forêt. Les éclairs crevaient le ciel. Par réflexe, je me suis réfugiée sous l'arbre. La foudre est tombée dessus quelques secondes après. J'ai eu une partie du visage entaillée par une branche, mais avec mes pieds meurtris et en sang, je ne sentais plus aucune douleur. Je me suis relevée et j'ai quitté mon refuge encore fumant et j'ai marché jusqu'à la berge où il y avait une barque retournée. Je l'ai mise à l'eau et suis montée dedans. Le vent soufflait fort, ça tanguait. Il y avait des vagues très hautes, j'étais trempée et je me suis vue disparaître dans le lac avec ma coquille de noix. La barque a tenu bon et la tempête s'est calmée. J'ai pu enfin prendre les rames qui se trouvaient dans le fond et j'ai cherché à atteindre la rive côté suisse, d'où j'étais venue et où j'avais laissé ma voiture. Sauf que j'ai accosté plus bas. Je me suis retrouvée à errer dans les rues d'une petite ville avant de m'asseoir devant une boutique, à l'abri de la pluie qui continuait de tomber. Quand elle a cessé, j'ai cherché où dormir. Je n'avais pas de portable, pas de papiers, pas d'argent ni de carte bancaire, seule à l'étranger. Autant dire que je n'étais personne. Mais ai-je été quelqu'un un jour ?

À ce moment de l'audition, Esther avait étouffé un sanglot, puis avait repris, racontant qu'elle avait dormi sur un banc, dans une gare, à côté d'un SDF et de ses chiens. Elle s'était ensuite réveillée avec l'arrivée des employés et des premiers voyageurs et elle était allée à l'accueil se renseigner sur la distance qu'il y avait jusqu'à Athenata. Les coupures aux pieds l'avaient empêchée de marcher. Elle avait des griffures de ronces aux bras et sa plaie au visage était à vif. L'agente à l'accueil l'avait fait patienter et, cinq minutes plus tard, les gars de la sécurité ferroviaire avaient débarqué.

— Pour eux, je n'étais qu'une SDF, peut-être même une droguée ou une folle, avait-elle enchaîné. Ils n'ont pas cru un instant à mon histoire de bunker et d'activités morbides sur une île perdue en plein Léman et ont appelé la police qui, apparemment, avait déjà un signalement d'une femme disparue auquel je pouvais répondre. Celui de Patricia Kessner. On m'a conduite à un poste à Nyon, où un flic du nom de Schmidt m'a reçue. Il a estimé que mon état nécessitait du repos avant de pouvoir m'interroger et m'a emmenée dans un centre d'aide aux sans-abri, où j'ai vu un médecin pour mon entaille au visage. Il m'a fait quelques points de suture et donné des antalgiques avec une pommade en me disant que j'avais un bon ange gardien. J'ai souri en pensant à Sara.

— Tu n'avais pas de papiers… tu leur as donné une identité ? avait demandé Delgado.

— Schmidt a vu mon médaillon autour du cou, sur lequel était gravé le prénom d'Antonia. De toute façon, je n'allais plus revenir en France. Schmidt m'a demandé si je m'appelais Antonia. Avec son cadavre dans le box que j'avais loué avant de partir, je me suis dit que décliner mon identité à la police, même suisse, n'était pas une bonne idée et qu'il valait mieux qu'Esther Azoulay se fasse oublier un temps. Pour Schmidt, j'étais donc Antonia Levens. Même si, tôt ou tard, il découvrirait la vérité. Mais ce jour-là, j'espérais bien être loin. Cette nuit passée au centre a été sans doute la meilleure de toute ma vie. Je suis partie le matin, tôt. Avec les tickets de transport, les chèques-repas généreusement donnés par le centre et une carte de la région. J'ai pu regagner ma voiture dont je n'avais plus les clefs, le double étant resté dans mon sac sur l'île, à l'intérieur de mon logement de fonction. J'ai cassé la vitre avant côté passager pour récupérer le Glock que je m'étais procuré avant de partir. On n'est jamais trop prudent. Je suis retournée à Thanatea sur un Zodiac que j'ai *emprunté*.

— Toute seule ? Pourquoi ne pas avoir averti la police ?

— Comme je te l'ai dit, j'étais en pleine confusion. Je voulais voir par moi-même, démêler la réalité du fantasme.

Esther avait alors évoqué la présence d'origamis, des oiseaux de papier bleu ciel, sur lesquels elle tombait où qu'elle aille, croyant à une sorte de jeu malsain destiné à remuer la douleur subie à la perte de sa fille. Jusqu'à ce qu'elle comprenne que c'était en réalité elle-même qui les avait semés… En revanche, elle savait désormais que la figurine découverte dans le tiroir du chevet de son logement de fonction avait été mise là intentionnellement. Comme une sorte d'avertissement ou de cadeau morbide. C'était un *haniwa*, un objet funéraire japonais.

À l'inverse de son frère Andreas… Quand elle avait découvert son existence par l'orphelinat, il n'avait jamais voulu la voir, elle s'était alors imaginé leur rencontre sur Thanatea, venant lui confier son inquiétude au sujet de la disparition de sa demi-sœur, Antonia Levens.

— Alors que… alors qu'Antonia était morte, emballée tel un morceau de viande dans une bâche, avait lâché Esther d'une voix altérée.

Au bord de la nausée, Delgado fit une pause de quelques minutes avant de se replonger dans l'audition d'Esther.

— En arrivant donc aux abords du bunker, j'ai surpris les mêmes types et Marten en train de décharger le van et, cette fois, il ne s'agissait pas de caisses fermées, mais d'une femme sur une civière, qui semblait inconsciente. À cette distance, je n'ai pas tout de suite reconnu Layla. J'ai profité du fait qu'ils soient occupés avec elle pour m'introduire dans le bâtiment, dont j'avais déjà repéré la configuration à l'intérieur…

77

Quelques petits coups répétés à la porte tirèrent Philippe de son hébétude.

— Je peux entrer ?

Encore tout à sa lecture, Delgado regarda Esther sans vraiment la voir. Son acquiescement fut plutôt une sorte de réflexe. Elle n'avait pas encore été placée en garde à vue, ni interrogée au sujet du corps retrouvé dans le box n° 7, en raison de son intervention qui avait sauvé Layla d'une mort atroce. Mais elle n'y couperait pas malgré tout. Il lui faudrait s'expliquer sur la présence d'un cadavre en décomposition dans le box qu'elle avait loué avant de partir.

— Je peux m'asseoir ?

— Fais comme chez toi, dit-il sans chaleur.

— Je ne voulais pas que ça se passe comme ça, Phil. Ça n'aurait pas dû se passer comme ça.

— Ça ne se passe jamais comme ça devrait se passer, répondit-il, les yeux dans le vague. Tu as des nouvelles de l'hôpital ?

Esther baissa la tête.

— Pas pour le moment.

— Ils… ils pensent qu'elle va s'en sortir ?

— Je ne sais pas. Je l'espère.

— Ça fait mal d'attendre. D'être impuissant.

— J'ai mal aussi. Depuis longtemps. J'ai l'impression de n'éprouver plus que ça dans la vie. La douleur.

— C'est vrai, désolé…

— Phil, je me doute qu'on va me placer en garde à vue dans les prochaines heures pour l'affaire du box et que je devrai m'entretenir avec toi dans le cadre de l'interrogatoire, mais dans un premier temps, je préfère que ce soit en dehors.

— Vas-y, je t'écoute.

— J'ai couvert quelqu'un. Quelqu'un qui m'a été proche. Qui ne l'est plus, mais avec qui j'ai un lien que rien ni personne ne pourra changer, car il restera toujours le père de ma fille. Nous l'avons élevée ensemble, accompagnée ensemble dans sa maladie.

— Demange ? C'est lui que tu as couvert ?

— Oui. Tu es au courant de l'histoire avec Antonia Levens, ma sœur que j'ai retrouvée par le biais de l'orphelinat et à qui j'ai demandé de porter mon enfant. Je savais que Romain ne serait jamais d'accord. Il était farouchement opposé à la GPA. Alors je me suis tournée vers un homme avec lequel j'avais eu une brève relation. Thierry Cossowitz.

Esther s'interrompit pour respirer.

— Il a été facile à convaincre et a procédé à un don de sperme dans une clinique privée à Valence en Espagne.

— Tu ne lui as pas présenté Antonia ?

— Non. Ce n'était pas le but. Tout s'est déroulé avec succès et Antonia a pu mener cette grossesse à bien après qu'un gynécologue de la clinique lui eut implanté mes ovocytes.

— Moyennant une coquette somme, j'imagine ?

— Elle était dans la mouise, ça l'a aidée financièrement. Et moi, à remonter la pente. Ce bébé à venir redonnait un sens à ma vie.

Un bébé qui était aussi la fille d'un monstre.

— Tu as conscience que c'est dégueulasse, ce que tu as fait à ton mec ?

— Il m'aurait empêchée d'avoir un enfant par l'unique recours dont je disposais… Qu'est-ce qui est le plus dégueulasse ?

— Et après, esquiva Delgado, pourquoi t'être fait passer pour Antonia dans ce centre pour démunis ? Schmidt y a récupéré une compresse avec du sang dessus, l'ADN correspond au tien. Alors où est Antonia ? Et le médaillon à son nom que tu portes, c'est elle qui te l'a donné ?

Esther soupira. Dans le fond, Delgado le savait sûrement, mais il attendait qu'elle le lui dise elle-même.

— Tu as raison, j'ai tout fait dans le dos de Romain et j'en paie les conséquences, lâcha-t-elle avec effort.

— Lesquelles ?

— La mort d'Antonia.

Delgado se recula dans son siège. Depuis l'hospitalisation de Layla, il s'était complètement rasé le crâne, ça lui donnait un air de brute, mais ça lui allait bien.

— Comment ça ?

— Romain a fini par tout découvrir en fouillant dans mes affaires et en tombant sur des papiers de la GPA. Il a pété les plombs quand il a su que sa maîtresse, ma sœur, était en réalité la mère porteuse de Sara et, surtout, qu'il n'était pas le père biologique.

— Rien d'étonnant. Tu aurais pu faire appel à une autre femme. Pourquoi elle ?

— Elle me ressemble beaucoup. Ce n'est pas rationnel, mais ça me rassurait. J'avais l'impression que le lien avec ma fille serait plus facile à créer à sa naissance.

— Et Romain ?

— Je crois qu'il en a plus voulu à Antonia qu'à moi. Un jour, il m'a téléphoné, en panique. Il sanglotait, je ne comprenais rien à ce qu'il racontait. Je suis allée chez lui et j'ai vu Antonia, étendue par terre, morte. D'après lui, ils s'étaient disputés, il l'avait violemment repoussée quand elle avait voulu l'embrasser pour lui demander pardon et sa chute lui avait été fatale. C'était peu de temps avant mon départ. Je venais de louer le box. J'ai aidé Romain à envelopper le corps dans une bâche qui lui avait servi lors de son déménagement. J'avais mis des gants de ménage, mais pas lui. On a agi dans la précipitation, on a paniqué, rien n'avait de sens dans tout ça…

— Tu veux dire que…

Esther hocha la tête.

— Que le cadavre qui a été retrouvé dans le box est celui de ma sœur, Antonia Levens, victime d'un homicide involontaire dont je suis complice.

78

Delgado demeura, quelques instants, emmuré dans son silence. Son regard était devenu dur. Celui du flic sur une coupable.

— Le médaillon, tu l'as récupéré sur son corps, c'est ça ?

— Pendant un moment, j'étais persuadée de l'avoir trouvé dans la terre mouillée, sous l'orage, à Thanatea. J'étais encore dans le déni de tout ça. Mais en effet, je l'ai gardé en souvenir de ma sœur.

— Tu ne me facilites pas la tâche, finit-il par soupirer.

— Elle n'est simple pour personne. Je sais que tu dois faire ton boulot, mais laisse-moi juste aller voir Layla et Hélène avant.

— À partir de maintenant, sur la base de tes aveux, je devrais te mettre en garde à vue.

— Dans ce cas, j'appellerais mon avocat et tu n'obtiendrais plus rien de moi.

— OK, je vois. Tu veux la jouer comme ça.

— Je ne joue pas, Phil. Je te demande simplement de m'autoriser à voir mes deux amies, dont une peut-être pour la dernière fois. Je n'ai plus qu'elles. J'ai besoin de leur dire à quel point je regrette tout ça.

— Tu es partie en abandonnant un cadavre caché dans un placard. Qui me dit que tu ne vas pas en profiter pour t'évanouir dans la nature à nouveau ? Et, à ce propos, Schmidt n'a toujours pas identifié celui ou celle qui a fait paraître un avis de disparition à ton nom. Une idée ?

— C'était Romain.

Le flic la regarda bouche bée.

— Quand j'ai répondu à cette annonce pour un job en Suisse, j'ai pensé que c'était l'occasion de disparaître vraiment. Je n'ai jamais eu le courage de Sara, alors c'était une façon pour moi de mourir. Pour les gens que j'aimais, je me serais tout d'abord volatilisée, et ensuite je serais morte. Dans leur mémoire, j'aurais été aux côtés de Sara. Ils auraient fait leur deuil de moi comme j'avais été obligée de faire celui de ma propre enfant. Nous avions fixé une date avec Romain pour qu'il émette le signalement.

— Et il a accepté de faire ça pour toi ? Même après que tu lui as planté un couteau dans le dos ?

— Comme je l'avais aidé pour Antonia et que, avec son corps entreposé dans mon box, je risquais gros, oui, il a accepté.

— Je ne vais d'ailleurs pas t'apprendre combien tu peux ramasser pour l'avoir couvert dans un homicide, lança le flic.

— Involontaire.

— Ça restera à prouver.

— Romain m'a dit la vérité. Il paraissait réellement en état de panique.

— Ce qui ne l'a pas empêché de jouer la comédie à la perfection quand on l'a auditionné. Ni toi de te faire la malle en Suisse, sous des apparences de reconversion professionnelle. Comment je dois qualifier ça ? En délit de fuite ? Je dois en tout cas admettre que ton plan était bien ficelé. Mais c'était ta sœur, bordel ! Comment t'as pu passer ça sous silence ?

— Quand tu te regardes dans la glace le matin, tu vois un type irréprochable, toi ? Vraiment, Delgado ?

— Je n'ai jamais aidé un meurtrier. Au contraire, je les coffre, moi ! T'étais une flic, bordel, Azoulay ! C'est ta profession que tu as trahie, là !

Esther se pencha au-dessus du bureau, son visage tout près de celui de son ex-collègue.

— Tu n'as peut-être pas aidé de meurtrier, non, mais tu t'es rendu coupable de harcèlement sexuel sur ton lieu de travail. Et ça, c'est tout aussi répréhensible par la loi. Ça s'appelle un délit, flic exemplaire de mes deux !

L'autre ouvrit la bouche d'où ne sortit aucun mot.

— Ça te laisse sans voix, hein ? reprit Esther. J'ai croisé Julie avant de toquer à ta porte. Elle n'avait pas l'air bien. Au bord des larmes, les yeux gonflés d'avoir déjà trop pleuré. Je connais ça. Quand je lui ai demandé ce qui n'allait pas, elle a vidé son sac. Tu n'arrêtes pas de la draguer et de lui mettre la main aux fesses, au passage, innocemment. Bien sûr, c'est la parole d'une stagiaire contre celle d'un gradé. Sauf que tu ignores, qu'une fois, elle t'a enregistré avec son portable. Et je ne parle pas de ton nom qui apparaît dans le répertoire téléphonique d'une prostituée morte étranglée, dont le corps a mystérieusement disparu de l'IML. Julie a pu t'identifier grâce à ton numéro. Tu as été assez con pour ne pas utiliser un portable prépayé. Tu vois, même si je ne bosse plus ici, je suis au courant de certaines choses. Harcèlement sexuel, suspect dans une affaire de meurtre… C'est beaucoup pour un seul homme qui, de plus, appartient à la maison. Irréprochable, c'est ça ?

Devenu livide, Delgado ne broncha pas.

— Il me suffit d'aller tout raconter à Morize et tu peux dire adieu à ta carrière de keuf de merde ! Qu'est-ce qui m'en empêcherait, d'ailleurs ? Avec Sara, j'ai déjà tout perdu, je n'ai plus rien à perdre ! Ce qui n'est pas ton cas. Alors ? Tu comptes toujours me mettre en garde à vue pour complicité de meurtre ? Ah, j'ai l'impression que tu y réfléchis, tout d'un coup ! Parfait. Donc, je vais maintenant aller voir mes amies à l'hôpital, avec ou sans ta permission. Finalement, ton hypocrisie est pire que tout ce qu'on me reproche. Au fond, je te plains.

Le flic ne répondit rien, ne fit rien non plus pour empêcher Esther de sortir. Pas seulement par crainte pour sa carrière. Devant lui, ce n'était plus la lieutenante Azoulay, mais une femme désespérée et perdue, qui n'avait jamais pu surmonter la perte de son enfant et qui avait été capable de tout pour fuir son passé. Y compris de se perdre elle-même.

79

Hélène, touchée à la jambe, mais hors de danger, occupait une chambre seule. Quant à Layla, elle était encore en soins intensifs pour une blessure par balle au thorax avec perforation du poumon droit. Elles avaient été transférées par hélicoptère après la fusillade sur l'île, dans laquelle Laetitia Horn avait trouvé la mort, ainsi que deux de ses hommes de main, atteints à la tête. Le troisième homme mort était un des policiers du DARD. Un bain de sang, mais qui n'avait pas été vain. Le noyau du réseau nécrophile avait en effet été neutralisé. Restait le fichier clients, qui comptait des notables suisses et français, mais également des individus à travers le monde. Des banquiers, des chefs d'entreprise ou encore quelques politiques. Les tarifs pour avoir une « œuvre d'art » au nom floral ne s'adressaient qu'aux grosses fortunes. Démanteler cette organisation internationale demanderait sans doute des mois, voire des années, même si le monstre avait été décapité.

Esther était d'abord passée voir Hélène, avec qui elle avait pu longuement discuter, sans pour autant lui raconter son entrevue avec Delgado, puis elle l'avait quittée sur un « Au revoir » ému. Toutes les deux savaient ce qu'Esther encourait désormais. En revanche, pour Layla, la situation était plus grave. Le projectile avait été extrait lors d'une intervention de plusieurs heures, mais le poumon était lésé. Si elle s'en sortait, elle ne pourrait plus aller sur le terrain. La connaissant, elle préférerait démissionner de la police. Au moins, grâce à ce crève-cœur, elle aurait enfin davantage de temps à consacrer à sa fille.

Elle s'assit près de la tête de lit et lui parla doucement en lui caressant le front, dans le souffle du respirateur.

— Ma Chupa… Pardon, pardon pour tout. Pardon d'être partie comme ça et de t'avoir laissée. C'est moi qui devrais être là, à ta place. Toi, tu as encore Nour et tes parents. Ce n'est pas juste. Pour eux, ce n'est pas juste du tout. Hélène, ça va. Elle n'a été touchée qu'à la jambe. Par contre, entre sa rupture avec Maréchal et son cancer qui récidive, elle cumule les points… Je devrais me dire que j'ai de la chance, mais la chance, ce n'est pas ça. Pas ce merdier. La chance, ce n'est pas d'aller voir sa meilleure amie, sa sœur de cœur, sur un lit d'hôpital, entre la vie et la mort. En plus, tu te rappelles, chaque fois qu'on jouait à « Am stram gram », c'était moi qui mourais ! Chaque fois ! Hélène et toi, vous rigoliez pendant qu'Icham nous faisait son cours sur le hasard et le destin… Voir son enfant souffrir d'une maladie incurable et lui survivre, tu crois que c'est écrit, ce genre de malheur ? Quel est le message derrière tout ça ? Et pourquoi moi ? Je l'ai tellement voulue, Sara… C'est peut-être pour ça. Quand on veut quelque chose trop fort ou quand elle nous comble, la vie nous la reprend. C'est parfois ce que je pense. Et puis, à d'autres moments, je me dis que tout ça, ce n'est qu'une loterie. Il y a ceux qui gagnent et ceux qui perdent. Ceux qui réussissent et ceux qui échouent. Mais Sara n'a pas été un échec ! Elle a été la plus belle chose qui me soit arrivée. Et la plus cruelle aussi. Bon, assez de lamentations ! Tu dois en avoir déjà marre de m'entendre pleurnicher. Repose-toi, ma Chupa. On reparlera de tout ce qui s'est passé ces dernières semaines. Je te raconterai tout, c'est promis. On ne manquera pas d'occasions pour le faire. Parce que t'as intérêt à t'en sortir et à te retaper. Dès que tu auras repris assez de forces, je t'emmène dîner dans notre bouchon préféré. Je t'aime, ma sœur de cœur, mon amie.

Esther déposa un baiser sur le front perlé de sueur et quitta discrètement la chambre. Elle s'était garée à l'extérieur de l'hôpital, de l'autre côté de la rue. Elle irait dormir à l'hôtel, encore cette nuit. Entre ses clavicules, à chaque pas, battait contre sa peau le médaillon d'Antonia, tandis qu'un sourire naissait sur ses lèvres. Delgado était pieds et poings liés. Avec ce qu'elle savait sur lui, il la fermerait. De toute façon, il ignorait que la version qu'elle lui avait donnée comme un os à ronger ne correspondait pas vraiment à la réalité. Ce n'était pas Romain qui l'avait appelée en panique, mais l'inverse. Ce fameux soir, elle avait revu Antonia et lui avait demandé une énième fois de lui offrir un second enfant. Cette idée l'obsédait. Non plus pour sauver Sara, ni pour la remplacer, plutôt pour anticiper son deuil et recommencer sa vie ailleurs, en Suisse par exemple. Elle avait proposé à sa sœur une autre grosse somme d'argent en échange de cette nouvelle GPA. Antonia avait refusé et avait fini par lui balancer à la figure qu'elle et Romain s'étaient réconciliés, allaient vivre ensemble et envisageaient d'avoir un bébé. Pour Esther, ça avait été de trop. Elle s'était jetée sur Antonia et l'avait prise à la gorge. Antonia avait perdu l'équilibre et était tombée à la renverse, entraînant dans sa chute Esther qui ne l'avait pas lâchée. Aveuglée par la rage, ses mains avaient serré, serré le cou d'Antonia jusqu'à écraser la trachée. Jusqu'à ce qu'elle s'arrête de respirer.

Prise de panique devant les yeux grands ouverts de sa sœur qui ne bougeait plus, Esther avait contacté Romain. Elle sanglotait et lui avait demandé de venir tout de suite. Elle ne pouvait rien lui dire au téléphone, mais c'était grave. Il devait apporter une bâche. « Antonia m'a agressée, elle a voulu me tuer ! » lui avait-elle servi lorsqu'il était entré. « Je n'ai pas compris, elle s'est jetée sur moi comme une furie en criant que je lui avais volé Sara et… je me suis défendue. C'est un accident, Romain, un accident et je suis dans la merde ! » Demange avait un instant hésité entre appeler la police et aider cette femme qui l'avait trahi. Cette femme qui venait de tuer, même involontairement, celle qu'il aimait. Mais lui aussi l'avait trahie, en aimant sa sœur. Et la perte de Sara les avait liés à jamais.

Antonia avait été enveloppée dans la bâche, descendue dans le van de location avec lequel Esther se rendrait dès le lendemain matin au parc de containers, déposer le reste des meubles et de ses affaires dans le box n° 7. *Si on la trouve, ils croiront que c'est moi. Le lien de parenté fera matcher les ADN*, avait-elle espéré. Et elle, elle deviendrait Antonia Levens, comme l'indiquait le prénom du médaillon qu'elle portait autour du cou, en attendant d'avoir les papiers de sa nouvelle identité.

Sanglée dans ses pensées, Esther franchit la grille de l'hôpital Édouard-Herriot et traversa la rue en direction de sa voiture. Au moment où le véhicule qui venait de débouler à grande vitesse la percuta, elle crut, un court instant, apercevoir derrière la vitre le visage de Marc d'Orsay. Mais elle n'en était pas sûre. Comme elle n'était pas sûre non plus qui du hasard ou du destin scellait son sort à 15 h 07, cet après-midi de la fin mai. Ce dont elle était certaine, en revanche, c'est qu'elle rejoindrait Sara, une fois que son cœur aurait cessé de battre, et que c'était le mieux qui pût lui arriver. Dans un réflexe, alors qu'elle gisait sur le bitume, sa main s'ouvrit, laissant échapper un oiseau de papier bleu ciel qui, peu à peu, se teinta de rouge. Le dernier origami que

Sara avait fabriqué, juste avant de s'éteindre sur ces ultimes paroles adressées à sa mère.

— Tu sais quel vœu j'ai fait, maman ? Je peux te le dire, maintenant que je suis sûre qu'il ne va pas se réaliser.

— Dis-moi, mon ange.

— Qu'on soit ensemble pour toujours.

Épilogue

L'ironie du sort voulut que le corps d'Esther, après l'autopsie pratiquée à l'IML d'Édouard-Herriot, soit remis aux soins d'un thanatopracteur pour être conservé le temps que ses amies guérissent de leurs blessures et puissent assister à son inhumation. Le responsable de l'accident qui lui avait été fatal ne s'était, quant à lui, pas arrêté. En revanche, un témoin avait pu mémoriser et noter le numéro d'immatriculation de la voiture avant d'appeler immédiatement les secours. Malheureusement, Esther avait déjà rendu son dernier souffle à leur arrivée.

Il s'agissait d'un véhicule de location, loué sous une fausse identité. Ce qui ne prouvait pas pour autant qu'il s'agissait d'un assassinat. Mais ce qui avait fini par trahir le mystérieux client et permis à la police de l'interpeller, ce furent les images de la vidéosurveillance de l'agence sur lesquelles, malgré sa casquette aux deux lettres dorées « NY », les enquêteurs reconnurent formellement Marc d'Orsay. En dépit de toute son expérience, l'erreur qu'il avait commise en oubliant la présence des caméras lui avait été fatale. Il avait refusé de s'expliquer sur les raisons de son acte et avait été déféré au centre pénitentiaire de Roanne. Mais lui seul savait la promesse faite à sa victime et qu'il avait tenue en vengeant un être que, comme son fils Arthur, il aurait pu chérir et voir grandir. Cet être qui n'avait jamais vu le jour, parce qu'elle seule avait décidé de mettre un terme à la vie qui prenait racine dans son ventre. « Tu n'es qu'une ordure, et jamais, tu entends, jamais je ne laisserai naître ce monstre que je porte en moi ! » Ces mots, qu'Esther lui avaient jetés en pleine face, avaient été la pire des tortures. Elle avait commis un meurtre, un assassinat. Elle avait tué un petit d'Orsay, et il s'était juré de le lui faire payer un jour.

Layla, encore sous oxygène et en fauteuil roulant, tint à être présente aux obsèques d'Esther, aux côtés d'Hélène à peu près remise de sa blessure. Il lui fallut ensuite un mois de convalescence avant de réintégrer la PJ à un poste aménagé. Un mois de réflexion à l'issue duquel elle fut sûre d'une chose : sa fille représentait ce qu'elle avait de plus cher, mais elle ne saurait rien faire d'autre que son métier de flic et poursuivrait aussi sa tâche en mémoire d'Esther. Dans le fond, peu lui importait de savoir qui son amie avait été vraiment. Nous sommes parfois ce que nous ne sommes pas, et ne sommes pas toujours ce que nous sommes réellement. Voilà la conclusion à laquelle elle arriva. Et Romain, lui, ne saurait jamais comment, grâce à Esther, il avait échappé à la réclusion à perpétuité pour un meurtre qu'il n'avait pas commis.

Apprenant que Layla, la mère de sa fille et la femme qu'il avait aimée comme il avait pu, était entre la vie et la mort, Cherkaoui sembla prendre conscience de la fragilité de l'existence. Toujours est-il qu'il mit de l'eau dans son vin et qu'un rendez-vous avec un médiateur put avoir lieu. Rendez-vous au cours duquel ils tombèrent d'accord sur la garde alternée.

Delgado, après avoir raconté à Layla et à Hélène les derniers aveux d'Esther – dont personne ne saurait qu'ils étaient faux –, déposa quant à lui son insigne et son arme de service et quitta définitivement la police. Ne comprenant pas le motif d'une telle décision, Morize, dans un premier temps, refusa, mais devant l'insistance de son lieutenant, céda. Julie retrouva aussitôt le sourire et son entrain. Elle aurait un bel avenir. La démission de Delgado lui suffisait, et elle avait annoncé à Layla qu'elle ne porterait pas plainte.

Malgré les circonstances tragiques, Hélène aussi renoua doucement avec le bonheur. Au fait de son état, Gauthier vint la voir à l'hôpital et implora son pardon en lui jurant qu'elle était la femme de sa vie et qu'il n'aimait qu'elle. Qu'il avait pété les plombs à cause de la pression au boulot et que ça ne se reproduirait plus jamais. Hélène lui rouvrit la porte. Parfois, elle se demandait si c'était vraiment pour lui ou pour la joie que lui procurait la perspective de partager à nouveau son quotidien avec Titi. Mais Gauthier semblait avoir réellement changé. Il avait ralenti sur les jeux vidéo et ne touchait plus au cannabis. L'avenir lui dirait si elle avait eu raison de lui pardonner. Caressant malgré tout le secret espoir d'être mère un jour, Hélène consentit finalement à suivre le protocole en immunothérapie dont lui avait parlé l'oncologue et, déjà, les premières séances s'annonçaient prometteuses.

Esther s'était persuadée jusqu'au bout que Sara avait été incinérée et que l'urne contenant ses cendres avait été placée à Loyasse, dans le caveau familial. Sauf que ça ne collait pas avec la politique de Thanatea exposée par Horn… Hélène et Layla se firent donc un devoir d'éclaircir ça. Quand les restes de Sara furent exhumés de leur tertre dans le cimetière fleuri de Thanatea, le fameux paradis de Marten, et que les analyses confirmèrent qu'il s'agissait bien d'elle, la tombe des Azoulay fut ouverte et l'urne descellée. En tombèrent en cascade une multitude d'origamis bleu ciel. Ceux qu'avait confectionnés Esther afin d'aider sa fille, trop fatiguée pour continuer à en plier avec la même régularité. Il y en avait quatre cent trente qui ajoutés aux cinq cent soixante-dix, trouvés par Layla dans la boîte de madeleines, faisaient mille.

Mais qu'importe, maintenant que le vœu s'était réalisé. Esther et Sara, ensemble pour toujours. À la vie, à la mort.

Remerciements

Ma profonde gratitude

À Florian Lafani, capitaine de ce navire, pour m'avoir accueillie chez Fleuve et accordé toute sa confiance dans cette nouvelle aventure.

À Amandine Le Goff et à son regard d'aigle sur les manuscrits, pour m'avoir évité écueils et icebergs en redressant la barre lorsque cela s'est avéré nécessaire.

À Thomas Girault, responsable marketing, pour sa disponibilité et son sourire.

À Manon Tassy, responsable relations libraires et salons, pour le palpitant programme qui s'annonce.

À Estelle Revelant, attachée de presse, qui, j'en suis sûre, portera cette histoire.

À Julie Buffaud et Anne-Sophie Millet, cessionnaires de droits, pour leur intérêt.

À Maryannick Le Du, responsable du service correction, pour son agréable compagnie à Toulon.

À Pauline Fontan, implacable correctrice de ces pages.

À Pierre Béronie, pour l'élégance et la sobriété qu'il a su donner à l'habillage de ce roman.

Aux équipes de représentants, pour leur précieuse collaboration et leur enthousiasme.

À tous les libraires de France et des pays francophones, pour soutenir avec passion et flamme nos livres auprès de nos lecteurs.

À vous, qui êtes allé.e.s jusqu'au bout de cette histoire et m'accompagnez depuis tant d'années ou qui me découvrez maintenant.

Et enfin, toute ma reconnaissance et mon affection vont à mon éditrice de toujours, Caroline Lépée, qui a su apaiser mes doutes et m'accompagner sans faillir sur le passionnant chemin de l'écriture.

Composition et mise en pages
Nord Compo à Villeneuve-d'Ascq

CET OUVRAGE
À ÉTÉ ACHEVÉ D'IMPRIMER
SUR ROTO-PAGE
PAR L'IMPRIMERIE FLOCH
À MAYENNE EN FÉVRIER 2023

N° d'impression : 102070
Imprimé en France